LES WHISKEY :

LES DARK KNIGHTS DE PEACEFUL HARBOR

Aime-moi dans tes ténèbres (Tome 7)

MELISSA FOSTER

Note aux lecteurs

Si c'est la première fois que vous découvrez la famille Whiskey, sachez que chaque livre est écrit afin de pouvoir être lu de manière indépendante, alors faites le grand saut et tombez sous le charme de Quincy and Roni.

Depuis que j'ai écrit *Sous l'armure de ton cœur*, j'ai attendu avec impatience le bon moment pour écrire l'histoire d'amour de Quincy. J'attends toujours que mes héros et héroïnes me disent quand ils sont prêts pour leur "happy end". Quincy ne m'a rien chuchoté à l'oreille quand il a rencontré Veronica "Roni" Wescott. Il a hurlé, refusant de se faire oublier. Leur amour est trop fort pour pouvoir être détruit, mais sortez les mouchoirs, parce que ce livre va vous bouleverser et au moment-même où vous pensiez avoir fait le tour de la question, il va vous frapper à nouveau. Mais je vous promets de vous remettre sur pied avec une vraie romance, de l'amour pur et dur et un bonheur à couper le souffle.

De cette histoire d'amour épique ont découlé deux novella inattendues À NOS HORIZONS, une novella mettant en scène Penny Wilson et Scott Beckley (et le mariage de Bones et Sarah !) et oui, Jon Butterscotch aura droit à son propre roman. Ne manquez aucune information en restant connectés.

Vous pouvez télécharger l'arbre généalogique des Whiskey/Wicked ici :
www.MelissaFoster.com/Wicked-Whiskey-Family-Tree

Vous pouvez retrouver les livres de la série Les Whiskey ici :
www.MelissaFoster.com/Amour-Sublime

N'oubliez pas de vous abonner à ma newsletter pour vous
assurer de ne manquer aucune sortie de la série Les Whiskey :
www.MelissaFoster.com/Francaise-News

CHAPITRE UN

LE RHYTHME DE la chanson "Halo" de Beyoncé transcenda le professeur de danse Veronica "Roni" Wescott alors qu'elle tournait et sautait dans la salle du studio de danse *On Your Toes*. En voyant le nom de Quincy Gritt sur un SMS, son corps se mit à bouillonner de désir et elle essaya de se reprendre avant que huit adorables petites filles n'entrent dans le studio pour leur cours. Roni était parfaitement consciente de ses mouvements saccadés et elle repoussait ses limites, cherchant à atteindre la perfection qu'elle savait ne plus jamais pouvoir atteindre, de la même manière qu'elle était consciente qu'il n'y avait pas assez de musique sur cette planète pour effacer toute pensée pour le sosie de Charlie Hunnam, qui avait les yeux bleus. Mais elle devait *essayer*. S'inspirant des astuces qu'elle avait apprises lorsqu'elle était plus jeune et qu'elle naviguait dans les rues délabrées de son quartier, elle se força à se concentrer sur l'objectif et non sur le bruit dans sa tête. Elle s'abandonna à la musique, se laissant entraîner par la danse contemporaine qu'elle aimait tant, repoussant la douleur des rêves brisés et les pensées confuses de l'homme dont l'amitié et les textos séducteurs l'empêchaient de dormir la nuit. Quand le dernier mouvement crescendo retentit, elle se laissa glisser au sol sur le côté, posant sa joue sur le bois lisse et ferma les yeux.

— Bravo !

Les yeux de Roni s'ouvrirent brusquement lorsqu'elle entendit la voix de sa meilleure amie et professeure de danse, Angela Keiser. Elles étaient amies depuis le CE2, lorsqu'elles s'étaient rencontrées dans un cours de danse dans ce même studio.

— Ma belle, tu déchires, déclara Angela en arrivant dans la salle, vêtue d'une jupe de danse blanche et d'un haut décolleté.

Ses longs cheveux blonds étaient tressés et enroulés en un chignon sur le dessus de sa tête, telle une Barbara Eden moderne dans *Jinny de mes rêves*. Elle portait sa moitié du collier *Meilleures Amies* qui scintillait autour de son cou, comme toujours.

— Merci. Ton cours est terminé ?

Roni se leva et attrapa une serviette pour s'éponger le visage.

— Ouais. Je m'en vais dans quelques minutes mais je dois te dire quelque chose même si je sais que tu en as marre de l'entendre. Tu dois *vraiment* danser au spectacle annuel, et *non*, Elisa ne m'a pas demandé de te convaincre.

Elisa Abbot était propriétaire du studio et Roni avait pris des leçons de danse avec elle depuis l'âge de cinq ans, jusqu'à il y a quelques années. Trois fois par an, Elisa organisait des productions, ou des *spectacles*, dans lesquels les élèves et les professeurs se produisaient devant la communauté. Elisa avait incité Roni à participer au spectacle, qui avait lieu à la fin du mois de janvier. Quand Roni était petite, elle avait dansé avec ardeur lors de ces événements, le plus souvent en solo. Mais à la suite d'un accident de voiture, elle avait cessé d'être en tête d'affiche.

— *Pfff.* Non, merci, répondit Roni alors que son téléphone sonnait tel un véritable traître, lui rappelant qu'elle avait un message de Quincy qui attendait d'être lu.

— Tu es une trop bonne danseuse pour te cacher ici.

Angela fixa le téléphone de Roni sur la table.

— Et trop *sexy* pour continuer à te cacher de Quincy.

— Je ne me cache de rien ni de personne.

Roni la dépassa et attrapa son téléphone.

— Tu es sûre ? demanda Angela qui croisa les bras avec une expression de défi. Donc, ces incessants SMS ne viennent pas de Beau Gosse ?

— Je t'ai dit d'arrêter de l'appeler comme ça.

Heureusement, Angela ne le surnommait pas ainsi lorsqu'il venait occasionnellement chercher sa nièce, Kennedy, au cours de danse de Roni, que la fillette avait commencé à fréquenter en septembre.

Angela la connaissait si bien. C'est elle qui avait traîné Roni à la vente aux enchères pour célibataires au bar Le *Whiskey's*, il y avait cinq mois de cela, et elle avait remporté le rendez-vous avec Quincy spécialement pour son amie, bien que Roni l'ait suppliée de ne pas le faire. Bien qu'à présent, elle ne regrettait pas que sa meilleure amie l'ait fait.

— Et je t'ai dit d'arrêter d'être aussi ridicule et de sortir avec ce gars, insista Angela. Vous vous envoyez des messages tout le temps de toute façon.

— Non, c'est faux. On s'envoie *parfois* des textos mais on ne discute pas de choses sérieuses. Il flirte et me demande comment s'est passée ma journée. Nous parlons de la danse et de son travail à la librairie, de nos plats préférés, des séries que nous regardons en boucle et *parfois*, nous nous envoyons des photos amusantes. Je ne sais rien de précis sur lui.

Elle avait beaucoup réfléchi à cela ces derniers temps, curieuse de savoir qui il était vraiment et pourquoi il acceptait de donner ce ton léger à leurs conversations et de flirter, alors que la plupart des gars auraient insisté davantage, puis auraient abandonné. Bien sûr, Quincy avait essayé de la convaincre de sortir avec lui au début. Angela avait remporté les enchères pour Roni dans ce but précis, après tout. Mais quand elle avait prétendu être trop occupée pour sortir avec quelqu'un, il n'avait pas insisté et quand sa grand-mère était décédée pendant l'été et qu'elle avait affirmé vouloir faire son deuil seule, il lui avait laissé le temps nécessaire. Il lui avait envoyé des messages plus souvent pour s'assurer qu'elle allait bien, mais il ne s'était jamais mêlé de sa vie, chose qu'elle avait appréciée. Puis vendredi dernier, il lui avait envoyé un message pour lui proposer de sortir après Halloween. *Je pense qu'il est temps d'enlever nos masques et d'apprendre à mieux se connaître.* A présent, elle était aussi nerveuse qu'excitée à cette idée.

— Bien sûr que si. Tu sais qu'il est intelligent et sexy et nous avons toutes les deux vu à quel point il est gentil avec sa nièce. On sait aussi qu'il ne réagit jamais quand les mamans le dévisagent parce qu'il est trop occupé à s'occuper des enfants ou de *toi.* C'est un type bien, Roni et je parie que c'est un très *mauvais* coup.

— Oh mon Dieu… Je suis sûre que Joey apprécie que tu aies remarqué cela.

Angela était fiancée à Joey Carbo, le copropriétaire du café *Jazzy Joe's,* où Angela et Roni déjeunaient souvent. Ils se dévoraient des yeux depuis des mois avant qu'il ne lui demande enfin de sortir avec elle, il y avait un peu plus d'un an.

— *Voyons.* Joey n'est pas jaloux. Il *sait* que je suis follement amoureuse de lui. Dis-moi juste *pourquoi* tu ne veux pas sortir avec Quincy. On a payé *mille* dollars pour que tu décroches ce rendez-vous avec lui.

— Si j'avais su que tu avais amené toutes tes amies avec nous à la vente aux enchères pour qu'elles contribuent à me payer un rendez-vous, je n'y serais jamais allée, lâcha Roni. Et je *t'avais dit* de ne pas dépenser cet argent pour lui.

— C'était pour la bonne cause, précisa Angela.

Roni lui jeta un regard noir.

— Ah parce que je suis devenue une *bonne cause* ?

— Non. L'*événement* était organisé à titre caritatif, idiote. Tu es ma sœur, même si nous n'avons pas la même mère, Roni, et je veux que tu sois heureuse.

— Je le *suis*, avoua-t-elle à demi-mot.

— En quelque sorte. Mais tu sembles tellement seule depuis la mort de ta grand-mère et je suis tout le temps avec Joey, alors on n'a plus l'occasion de traîner ensemble aussi souvent qu'avant.

La jeune femme *était* encore plus solitaire sans sa grand-mère. Elle n'avait aucune idée de qui était sa mère et son père était parti quand elle avait quatre ans, la confiant à sa grand-mère pour l'élever. Avec le soutien de cette dernière, elle avait passé toute sa vie à se préparer à une carrière de danseuse professionnelle et avait même réussi à entrer à *Juilliard.*[1] Elle était en passe de construire l'avenir dont elle avait toujours rêvé lorsque cet accident lui avait volé son futur, emportant avec lui le seul groupe auquel elle avait toujours eu le sentiment d'appartenir. Mais au moins, il lui *restait* sa grand-mère et une place dans sa vie. Quand elle est morte, Roni s'est retrouvée à la dérive dans un monde qu'elle ne connaissait que très peu en dehors de la danse.

— Je sais que tu es proche d'Elisa, mais c'est différent avec un garçon, expliqua Angela sur un ton plus doux. La vie est

---

[1] La Juilliard School est un conservatoire supérieur privé de musique et des arts du spectacle de New York de réputation internationale.

meilleure quand tu as quelqu'un à qui tu tiens pour la partager. Le fait que Quincy ait respecté ton besoin d'espace quand tu étais en deuil, tout en trouvant des moyens de te faire savoir qu'il était là pour toi, devrait te montrer quel genre de type il est. Et pour info, je pense toujours que tu aurais dû le laisser venir te réconforter pendant cette période au lieu de te terrer dans ton appartement toute seule.

— Je pouvais à peine le supporter, lui rappela Roni. J'avais besoin de temps pour faire mon deuil, pas de me sentir obligée d'être drôle ou sexy pour un mec.

La vérité était qu'elle avait déversé son chagrin en dansant tard le soir quand personne d'autre n'était là et les textos de Quincy avaient été une lumière vive pendant ses jours les plus sombres. Ses messages avaient toujours été attentionnés mais pendant cette période, il avait pris soin de demander comment elle se sentait et si elle avait besoin de quelque chose.

— Je comprends, Roni, mais je m'inquiète pour toi. C'est pourquoi je t'ai décroché le rendez-vous avec Quincy en premier lieu. Il t'est arrivé tellement de choses ces dernières années et tu dépéris dans ce studio. Tu n'as qu'à descendre de ton appartement et tu restes *dans ce studio* jusqu'à ce que tu remontes après le travail.

— Parfois, toi et moi, on sort déjeuner, rétorqua Roni ? Même à ses propres oreilles, ça semblait pathétique et totalement digne des yeux levés au ciel d'Angela.

— *Arrête.* Tu es la personne la plus jolie, la plus intelligente et la plus talentueuse que j'aie jamais rencontrée et nous savons toutes les deux que tu ne sortiras jamais pour rencontrer un homme par toi-même. Tu devrais me remercier de l'avoir choisi à ta place.

— Je ne t'ai jamais rien demandé et je n'ai pas besoin d'un

homme pour être heureuse.

— Je sais, mais je te connais depuis toujours et je ne t'ai *jamais* vu réagir comme tu le fais avec Quincy. Tout le monde a vu comment vous vous êtes regardés quand il a traversé la salle avant la vente. Quand il s'est approché de la table et a posé ses yeux bleu sexy sur toi, tu t'es accrochée au bord de ton siège comme à une bouée de sauvetage.

Le pouls de Roni s'accéléra à ce souvenir. Son corps était devenu brûlant, vibrant d'une euphorie inconnue. La seule fois où elle avait ressenti quelque chose d'aussi puissant, c'était quand elle dansait.

— Je dois avouer, Roni, que j'ai peur que la voiture qui t'a renversée, t'ait cassé plus que tes os. Je pense que cela a aussi détraqué tes hormones. Si j'étais toi, je serais à fond sur lui.

Un rire fusa.

— Mes hormones vont *bien*, comme le prouve la façon dont ses *messages* font battre mon cœur. Je te jure, un seul regard de lui, même après tous ces mois, me donne des papillons dans le ventre. Mais qu'est-ce que ça signifie ?

— On s'appelle cela de l'*alchimie*.

Roni se moqua d'elle.

— Ce niveau d'alchimie est bien au-delà de mes compétences. Ce type *dégage* de la testostérone avec ses bras tatoués et sa mâchoire négligée qui montre qu'il ne se donne pas la peine de se raser plus d'une fois tous les quinze jours. Puis, il y a ses cheveux châtain clair qui frôlent son col, vous donnant envie de les attraper, et …

Ses mains se crispèrent, la démangeant de le faire. Elle adorait ses cheveux.

— Et il y a cette chose sombre et passionnée qui couve dans ses yeux. Tu l'as vue. Je n'ai pas la moindre idée de *ce* que c'est.

Il a l'air un peu hanté et sur ses gardes, mais aussi téméraire, ce qui est super déroutant. Sans parler de la façon dont il me drague, tout *en douceur* et *en charme*, sans vraiment le faire, alors qu'il construit une amitié qui ne demande qu'à s'épanouir.

— Je connais plein de filles qui se laisseraient charmer par lui et qui enlèveraient leur culotte, dit-elle en ricanant.

— Sans blague, Angela. C'est *bien là* le problème. Quand ce message est arrivé, avant que j'essaie d'oublier ma nervosité, j'étais *à deux doigts* de lui dire que je sortirais avec lui. Mais je me suis souvenue que dès qu'il me regarde, mon corps s'échauffe et mon cerveau me transforme en obsédée du sexe. J'ai peur de lui parler à cause de toutes les pensées classées X qu'il envoie à mon cerveau.

La chaleur effleura sa peau, lui donnant la chair de poule. Elle tendit le bras.

— *Regarde.* Ça, c'est juste le fait de le mentionner. Tu vois pourquoi je ne peux pas sortir avec lui ?

Angela éclata de rire.

— Tu te rends compte que tu ne cesses de parler de choses pour lesquelles la plupart des femmes donneraient tout.

— Ouais, eh bien, au cas où tu l'aurais oublié, la plupart des jeunes de vingt-quatre ans ont beaucoup plus d'expérience que moi dans *la réalisation* de toutes ces pensées coquines.

L'expression d'Angela se radoucit.

— Roni, je sais que tu es gênée par tes cicatrices, mais il faut bien un début à tout. Et s'il était la bonne personne pour t'aider à trouver ton chemin parmi ces sombres pensées ?

— Cela n'a rien à voir avec mes cicatrices. Enfin, je ne suis pas emballée pas par l'idée qu'un mec les voie, mais…

Elle baissa la voix.

— C'est un sacré mec pour une fille comme moi, qui n'a été

qu'avec *un seul* homme. Et ce fut de courte durée, donc ce n'est pas comme si on avait fait toutes ces bonnes choses dont tu parles.

Elle était sortie avec un gars quelques fois quand elle étudiait à *Juilliard* et elle avait couché avec lui juste pour en finir, parce qu'elle était la seule vierge parmi ses connaissances et qu'elle était curieuse. La première fois avait été nulle. Les fois suivantes avaient été correctes, mais rien d'extraordinaires. Elle soupira.

— Tu dois garder à l'esprit, Ang, que j'ai vécu toute ma vie au rythme de la danse. Pendant que tu sortais avec quelqu'un, j'étais ici à m'entraîner. Quand tu allais au bal de fin d'année, j'étais ici à me préparer pour le festival d'été.

— Je sais bien et tout cela a porté ses fruits, lui rappela Angela. Mais je crois que tu oublies que tu es une femme à part entière et que tu peux *tout* gérer. Je ne dis pas que tu dois coucher avec lui ou même que ça doit être sérieux. Mais il a clairement fait savoir à Halloween qu'il voulait passer à l'étape suivante, quoi qu'il y ait entre vous. Accepte *un* rendez-vous avec lui. Donne-lui, et donne-toi une chance d'apprendre à mieux te connaître. Le fait que vous soyez restés amis tout ce temps me montre à quel point vous êtes compatibles.

— Comme je te le disais, j'étais *à deux doigts* d'accepter de sortir avec lui.

Angela désigna le téléphone de Roni.

— Et pourtant, tu n'as même pas lu son texto. Tu ne crois pas que tu devrais ?

— Peut-être bien. Mon corps est déjà en train de faire la fête.

Elle ouvrit son message et elles le lurent toutes les deux. *Hé, ma belle. Tu m'as manqué le week-end dernier. J'ai quelques soirées de libres cette semaine. Appelle-moi pour qu'on puisse se voir.* Elle fondait un peu à chaque fois qu'il la qualifiait de belle.

Angela soupira.

— Il t'a proposé de sortir le week-end dernier ? Quelle était ton excuse ? Nettoyer tes joints avec une brosse à dents ?

— Il m'a envoyé un texto le week-end dernier pour me proposer de faire un tour sur sa moto. Mais premièrement, je n'étais jamais montée sur une moto, ce qui me rendait nerveuse, et l'idée de me cramponner à lui comme si ma vie en dépendait était trop dure à supporter. J'ai prétendu que je devais shampouiner mes tapis.

Angela lui lança un regard impassible.

— T'es sérieuse ? Tu n'as même pas de tapis.

Elle attrapa Roni par les épaules.

— Où est cette fille intrépide qui a travaillé comme une folle et est allée à *Juilliard* comme si rien ne pouvait la briser ?

— Elle a été renversée par une voiture.

Elle ressentit une pointe de tristesse.

Le bruit des petites filles qui gloussent dans le couloir apaisa cette nostalgie et remplit Roni de bonheur.

Un autre message de Quincy arriva et elles le lurent de nouveau ensemble. *Il ne te reste plus beaucoup de temps pour faire ton choix.*

Angela leva son regard vers Roni.

— Tu ne vas pas le laisser filer, hein ?

La poitrine de Roni se contracta à l'idée de perdre leur lien.

— Je ne veux pas qu'il se lasse, mais je suis trop nerveuse pour sortir avec lui. On ne peut pas rester amis et s'envoyer des textos éternellement ?

Le visage d'Angela se tordit de confusion.

— Laisse-moi résumer. Tu veux te contenter de n'être qu'une *simple* amie, mais tu ne veux pas vraiment apprendre à le connaître ? Juste des personnes qui s'envoient des photos idiotes et se posent des questions sur leurs journées respectives ?

— Ça me convient parfaitement ! Je dois aller donner mon cours.

Roni se dépêcha de sortir de la pièce, essayant de faire abstraction de l'arrière-goût amer de son mensonge.

QUINCY S'APPUYA SUR le comptoir de *Luscious Licks*, la boutique de glaces de son amie Penny, en regardant son téléphone.

— Tout vient à point à qui sait attendre, affirma Penny en essuyant le comptoir et en l'observant avec curiosité.

Ses cheveux étaient rassemblés sur sa tête en un chignon désordonné, maintenu en place avec une paille et une petite pince, comme d'habitude.

— Fais-moi confiance, ça va finir par payer.

Il glissa son téléphone dans sa poche alors que l'amusement naissait dans les grands yeux bleus de Penny. Les gens pensaient que la jeune femme ressemblait à une Zooey Deschanel aux cheveux clairs, mais quand Quincy la regardait, il voyait une amie précieuse qu'il protégerait au péril de sa vie, la fille qui lui avait appris tout ce qu'il y avait à savoir sur l'amitié.

— Je n'arrive pas à comprendre pourquoi elle envoie des SMS à toute heure, mais ne veut pas sortir avec moi.

— Ah, on parle de Roni, la seule fille de Peaceful Harbor, à part moi, qui *ne veut pas* sortir avec toi, pas vrai ?

Quincy n'était pas insensible aux mères célibataires et aux jeunes femmes d'*Entre les Pages*, la librairie où il travaillait, ni à la moitié des autres femmes qu'il voyait en ville, se disputant son attention. Il n'en avait simplement rien à faire d'elles. Avec son mètre quatre-vingt-dix, son corps robuste et son visage agréable à regarder, il y aurait forcément des femmes qui lui courraient après, qu'il le veuille ou non. Mais en tant que personne ayant réussi sa désintoxication et ayant participé à des réunions de Narcotiques Anonymes, Quincy connaissait l'importance de prendre soin de soi et de s'entourer de personnes qui soute-naient sa guérison. Se taper des femmes au hasard n'apporterait rien à l'homme qu'il s'efforçait de devenir, à part lui rappeler le type et la vie qu'il avait laissés derrière lui. Avec Roni, c'était une toute autre histoire. Elle était la seule femme avec laquelle il avait ressenti un lien plus profond que de l'amitié et ce n'était même pas quelque chose qu'il pouvait identifier ou expliquer. Il le sentait dans ses tripes, comme s'ils étaient faits pour être ensemble.

— Elle le *veut*, répondit-il avec confiance. Mais elle ne le fera pas.

Penny pencha la tête.

— C'est ce que tu disais à mon propos.

— Ouais, mais on savait tous les deux que c'était différent. Nous aurions pu coucher ensemble et passer un bon moment, mais nous aurions probablement perdu tout cela.

Il fit un geste entre eux deux. Ils étaient amis depuis qu'il était sorti de désintoxication il y avait presque deux ans de cela, et oui, il avait été arrogant et Penny était sexy, mais ils étaient rapidement devenus des amis qui flirtaient. Alors que tout le monde pensait qu'ils finiraient ensemble, Quincy le savait au plus profond de lui-même. Il n'avait jamais eu de vrais amis avant d'être clean et maintenant l'amitié était ce qu'il y avait de plus précieux. Il n'aurait jamais risqué de perdre cela avec Penny et la vérité était que cette attirance initiale n'avait pas changé sa vie, comme cela avait été le cas avec celle qu'il ressentait pour Roni.

— Je te fais juste marcher. Je suis contente qu'on ne soit jamais sortis ensemble. Tu es mon meilleur ami et je ne sais pas ce que je ferais sans toi.

— Tu prendrais probablement beaucoup de très mauvaises décisions, la taquina-t-il.

— Je le fais déjà. Je t'autorise à venir ici, non ? dit-elle en souriant. Tu as laissé cette petite brune sexy te mener en bateau pendant des mois. Je croyais que tu ne faisais que batifoler avec elle.

— *J'attends mon heure*, je ne m'amuse pas. Tu sais combien il est important pour moi de passer la barre des deux ans sans drogue avant de m'engager avec quelqu'un.

Le lendemain d'Halloween, cela ferait deux ans qu'il avait été en cure de désintoxication et qu'il ne s'était plus drogué.

— Oui, mais ça fait des mois que tu t'amuses à envoyer des SMS. Qu'est-ce qui te fait croire qu'elle est intéressée ? Elle a refusé quand tu as essayé de sortir avec elle la première fois et ce n'est même pas elle qui a remporté le rendez-vous aux enchères, tu te souviens ? Son amie l'a gagné pour elle.

— Bien sûr que je m'en souviens. C'est une nuit que je n'oublierai jamais.

La première fois qu'il avait vu la superbe brune aux lunettes à monture noire, aux lèvres pulpeuses qui ne demandaient qu'à être dévorées et au corps fait pour être adoré, leurs regards s'étaient croisés et il avait été certain que la salle allait s'enflammer avant qu'il n'atteigne la scène. Après que son amie ait remporté la mise, il était allé se présenter et il avait appris que Roni, la femme aux plus beaux yeux et aux lèvres les plus pulpeuses de tout Peaceful Harbor, dans le Maryland, marchait en boitillant légèrement et était soit terriblement timide, soit très prudente. Il avait été tellement intrigué qu'il n'avait cessé de penser à elle depuis.

— Je le sens. Il y a entre nous une énergie incroyable, bon sang.

Penny le pointa du doigt.

— La prochaine fois que quelqu'un nous demande pourquoi nous ne sortons pas ensemble, tu peux, *s'il te plaît*, leur dire que nous ne partageons pas *ce truc* ? C'est le meilleur sentiment du monde.

— Comment tu le sais, *toi* ? Tu n'as jamais dit qu'un gars t'avait fait ressentir ces sensations.

— Une fille a forcément ses secrets.

Elle gloussa et alla essuyer une table.

— En parlant de cela, est-ce que Roni connaît le tien ?

— Mon passé n'est pas un secret, Pen. Toi, plus que quiconque, le sais. Mais ce n'est pas non plus le genre de chose que tu balances comme ça par SMS.

— C'est logique.

Elle commença à essuyer une autre table.

— Qu'est-ce que tu fais ce soir ?

— Je révise. Et toi ?

Quincy prenait des cours en ligne pour obtenir un diplôme en comptabilité.

— Rien de prévu, mais je suis sûre que je vais trouver quelque chose pour m'occuper.

La cloche au-dessus de la porte retentit et leur ami Scott Beckley entra, les yeux rivés sur Penny. Elle leva les yeux.

— Hé, Scotty. *Scott.* Bon sang. J'ai passé trop de temps avec les enfants.

— Salut, répondit-il en se dirigeant vers elle. Je suis venu goûter à ma friandise préférée.

— Hé, Scott, lança Quincy et le jeune homme se tourna vers lui, comme s'il ne l'avait pas encore remarqué.

— Quincy. Salut.

Scott traversa la pièce et posa une main sur le dos du jeune homme.

— Comment ça va, mec ?

C'était un type formidable, robuste, avec des cheveux blonds et une force tranquille qui témoignait des années qu'il avait passées à se débrouiller seul après avoir échappé à ses parents violents, à l'âge de dix-sept ans.

— Bien. Et toi ?

— Ça ne pourrait pas mieux aller.

Scott jeta un coup d'œil à Penny.

— Je suis venu prendre du sucre avant d'aller chez Sarah. Je garde les enfants cette nuit.

Scott avait récemment retrouvé ses sœurs perdues de vue, Sarah et Josie. La première était fiancée à Wayne "Bones" Whiskey, un médecin et membre du club de bikers. Bones avait adopté les trois enfants de Sarah et ils allaient se marier au printemps prochain. L'ancien colocataire de Quincy, Jed Moon, était tombé éperdument amoureux de sa plus jeune sœur et de son fils, Hail, et Quincy allait être témoin à leur mariage le jour de Noël. Jed était aussi un Dark Knight et il travaillait comme barman au bar *Le Whiskey's* et comme mécanicien chez *Whiskey Automobile*, deux entreprises appartenant à la famille de Bones.

— Cool. Embrasse les enfants pour moi. Je dois y aller.

Quincy se dirigea vers la porte puis se retourna.

— Je vous vois à la chasse au trésor ce week-end ?

Le club des Dark Knights organisait une chasse au trésor

pour collecter des fonds pour le foyer pour femmes de Parkvale, qui était situé à environ une demi-heure de route de Peaceful Harbor et géré par la femme et la fille d'un autre Dark Knight. Josie et Hail avaient séjourné au foyer à leur arrivée dans la ville. Bones y était bénévole, s'occupant des visites médicales pour les femmes et les enfants qui y séjournaient. Quant à Sarah, elle l'accompagnait souvent pour parler avec les femmes de son propre parcours pour sortir du statut de sans-abri.

— Bien sûr.

Penny déposa le chiffon qu'elle utilisait et fit signe à Scott.

— Ce type est mon complice ce soir, puisque tu attends ta maîtresse par SMS.

— Ne sois pas trop dure avec lui, Penny, répliqua Scott. Certains hommes mettent plus de temps que d'autres à trouver la perle rare.

Les amis de Quincy formaient un groupe très soudé. Ils savaient tous que Roni et lui s'envoyaient des textos et il avait été clair sur le fait qu'il n'avait d'yeux que pour elle.

— Enfin un homme qui comprend que tout est une question de timing.

Quincy aimait garder une certaine légèreté avec Roni, apprendre à la connaître sans être arrivé au point de lui révéler son passé ou les crimes qu'il avait commis. Mais dernièrement, il s'était raccroché à ces textos, voulant se rapprocher de la femme qui se cachait derrière. Il était temps d'ouvrir les portes de son passé et de voir si elle était prête à franchir le cap pour être à ses côtés ou si elle allait faire demi-tour et s'enfuir.

— Je suis un homme qui a un plan, lança-t-il alors qu'il se dirigeait vers la porte.

— Hé ! cria Penny, le stoppant dans son élan. Et pourquoi *je* ne suis pas au courant de ce plan ?

— Un homme se doit d'avoir ses secrets.

Quincy gloussa en se dirigeant vers l'extérieur.

Il enfourcha sa moto et se rendit à son appartement situé au-dessus de *Whiskey Automobile*, à la périphérie de la ville. Alors qu'il s'engageait dans la longue allée, la vue du garage à quatre box lui procura une foule d'émotions contradictoires. Le serrement douloureux de ses tripes et le gonflement de son cœur se disputaient la victoire. Quincy avait choisi d'endurer la réalité quotidienne plutôt que de trouver un autre endroit où vivre.

Il fut un temps où il avait traversé tellement de moments difficiles qu'il pensait être la seule personne sur terre à ne pas *avoir touché le fond*. Mais deux ans auparavant, le soir d'Halloween, il avait finalement touché le fond. Il avait été violemment tabassé par un dealer et s'était effondré inconscient sur la pelouse de l'atelier automobile où son frère, Truman, de neuf ans son aîné, travaillait et vivait dans l'appartement que Quincy louait à présent. Truman avait passé six ans en prison pour un meurtre commis par son frère et n'était sorti que quelques mois avant cette nuit-là, lorsque pour la millionième fois, et espérons-le pour *la dernière*, Truman était venu au secours de Quincy. Il avait réussi à lui obtenir les soins médi-caux dont il avait besoin et l'avait convaincu d'aller en cure de désintoxication.

Il descendit de sa moto et aperçut Truman debout dans un des box, s'essuyant les mains sur un chiffon. Il parlait avec Bear Whiskey et sa sœur, Dixie. Les Whiskey, Biggs et Red ainsi que leurs grands enfants, Bones, Bullet, Bear et Dixie, étaient comme de la famille pour Quincy. Bear était mécanicien à temps partiel à l'atelier automobile et concepteur talentueux de motos pour *Silver-Stone*, l'entreprise de Jace, le mari de Dixie. Cette dernière gérait le garage et le bar tout en étant devenue l'égérie de la nouvelle marque de vêtements pour femmes *Leather and Lace* de *Silver-Stone*.

Truman leva le menton en signe de salutation alors que Quincy entrait dans le box.

Dixie rejeta ses longs cheveux roux sur son épaule.

— Salut, Quincy.

— Salut, Miss Janvier, répondit Quincy avec un petit rire.

Dixie lui lança un regard noir. Elle était grande, tatouée et magnifique, et elle figurait sur les pages du calendrier *Silver-Stone* de l'année prochaine. C'était aussi une dure à cuire qui ne se laissait pas faire et c'est pour cela que la taquiner était si amusant.

— Je vais entrer par effraction dans ton appartement et brûler ce calendrier, siffla-t-elle.

— Vas-y. J'en ai trois de plus, répondit Quincy, bien que ce soit un mensonge. Il n'en avait même pas un. Il avait acheté une poignée de calendriers pour la soutenir, mais il les avait donnés aux gars avec qui il travaillait à la librairie.

— Mec, c'est ma *sœur* que tu placardes sur tes murs, grogna Bear.

— T'es jaloux ? le taquina Quincy. Mets ta vilaine tronche sur un calendrier et je l'accrocherai aussi.

— Je suis content que tu sois là, mon frère, ajouta Truman.

Ses biceps étaient tendus contre les manches de sa chemise, l'encre bleue recouvrait sa peau de ses articulations jusqu'à son cou. Son regard profond était de moins en moins hanté depuis le séjour de Quincy en cure de désintoxication, mais la prison avait toujours le pouvoir d'inspirer la peur au plus fort des hommes d'un seul regard. Ses épais cheveux noirs et sa barbe renforçaient son aspect intimidant mais Truman était l'homme le plus gentil parmi tous ceux qu'il connaissait.

— Qu'est-ce qui se passe ? demanda Quincy.

— Gemma a été retenue au travail et Red a envoyé Lincoln faire une sieste.

Gemma, la femme de Truman, tenait la boutique *Princesse d'un jour*.

— Tu aurais le temps d'aller chercher Kennedy à son cours de danse ?

Gemma et lui élevaient les frère et sœur beaucoup plus jeunes de Truman et Quincy, Kennedy, 5 ans, ainsi que Lincoln, 3 ans, comme si c'était les leurs, leur donnant la stabilité familiale et l'amour parental qui leur avaient tant fait défaut. Red était autant une grand-mère de substitution pour Kennedy et Lincoln que Biggs et elle étaient des parents de substitution pour Truman et Quincy.

— Comme s'il allait dire non à une chance de reluquer Roni, Dixie posa sa main sur sa hanche. Il essaie de faire entrer cette nana dans son repaire depuis des mois.

— Crois-moi, Dix. Si j'étais pressé de l'avoir dans mon lit, elle y serait depuis longtemps.

Mais Dixie avait raison, Quincy était toujours partant pour passer quelques minutes avec la douce et sexy Roni. Il regarda Truman.

— Pas de problème. Tu peux me demander tout ce que tu veux.

— Et si tu gardais mon bébé pour la nuit pour que je puisse faire l'amour avec ma femme sans avoir à me lever chaque fois qu'il fait le moindre bruit ?

La femme de Bear, Crystal, avait accouché il y avait deux mois et demi de cela et ils avaient nommé leur fils en hommage au défunt oncle de Bear, Axel, qui l'avait formé à la mécanique automobile.

— Vu la façon dont tu tripotes ta femme, elle a sûrement

besoin d'une pause, ajouta Dixie en souriant.

— Elle adore ça dit-il en fléchissant ses biceps tatoués. Elle a décroché le plus gros lot de tout Peaceful Harbor, ma belle.

Truman jeta son chiffon sur Bear.

— On a du boulot, frimeur.

— A tout à l'heure, les gars.

Quincy se dirigea vers le vieux camion que Truman avait réparé pour lui. Il avait depuis longtemps acheté des sièges auto, puisqu'il essayait de passer le plus de temps possible avec les enfants.

Le studio de danse n'était pas loin du magasin et il y entra à peine quelques minutes avant la fin du cours de Kennedy. Il se faufila entre les mères qui attendaient dans le hall et se dirigea vers le cours en suivant le son de la musique jusqu'à la salle de classe de Roni.

La jeune femme se trouvait devant la classe, magnifique dans un body blanc moulant qui disparaissait sous la taille de sa jupe noire transparente et de ses leggings. Il avait remarqué qu'elle ne portait pas de lunettes quand elle enseignait, ce qui lui donnait une vue partielle de ses pommettes hautes, de son nez fin et de sa bouche magnifique. Kennedy était au premier rang, habillée tout en rose, ses cheveux noirs attachés avec des nattes et elle accordait à Roni toute son attention. L'amour qu'il ressentait pour sa sœur, devenue sa nièce, s'intensifia. Il s'était battu pour la garder en vie dans les maisons de crack et dans la rue avant que leur mère ne fasse une overdose.

— Main droite sur le côté. Main gauche sur le côté, indiqua Roni, en faisant les mouvements pour que les filles puissent les imiter. Croisez vos bras sur votre poitrine, les mains sur vos épaules et balancez le haut de votre corps, en guidant vos épaules.

Elle bougeait avec une telle fluidité et une telle grâce, Quincy était hypnotisé.

— Essayons toutes ensemble maintenant, proposa Roni, répétant les mouvements lentement et patiemment, ses yeux se déplaçant sur les filles, un regard compatissant se posant sur une adorable rousse appuyée contre le mur du fond, les mains repliées derrière elle.

— Ok, mesdemoiselles, essayez encore trois fois par vous-mêmes.

Pendant que les fillettes s'entraînaient, Roni se dirigea vers la fillette rousse au fond de la pièce et s'accroupit à côté d'elle tout en lui parlant. La petite fille secoua la tête en fronçant les sourcils. Elle lui toucha la main, tout en continuant à parler doucement. Elle acquiesça. Roni se leva, prit la main de l'enfant et s'adressa à la classe à voix haute.

— Bon travail, mesdemoiselles. Bien, nous allons... Ses yeux rencontrèrent ceux de Quincy et elle buta sur ses mots.

Un lent sourire se dessina sur ses lèvres, appréciant sa réaction, qui était la même à chaque fois qu'il récupérait Kennedy. Il lui fit un clin d'œil alors qu'elle luttait pour reprendre le contrôle. Elle était si mignonne, lui offrant un sourire nerveux puis détournant les yeux avec une telle force qu'il se demandait pourquoi elle s'en donnait la peine alors qu'il serait tellement plus facile de céder à leur attirance.

Roni conduisit la rousse jusqu'au groupe puis se précipita à l'avant de la classe.

— Excellent cours, mesdemoiselles. Applaudissez-vous bien fort.

Les filles applaudirent mais la fillette rousse resta en retrait. Roni regarda Quincy furtivement.

Bonjour, ma belle.

— N'oubliez pas de prendre vos affaires dans vos casiers, lança Roni, provoquant un regain d'activité.

— Oncle Quincy !

Kennedy se précipita vers lui, ses nattes se balançant. Quincy la prit dans ses bras et elle jeta les siens autour de son cou, embrassant sa joue. Après tout ce que les enfants et lui avaient traversé, être aimé par eux était l'une de ses plus grandes réussites. Il avait de la chance d'avoir de nombreux *grands* bonheurs dans sa vie et il n'en prendrait jamais un seul pour acquis.

— Hé, ma p'tite puce, dit-il en la serrant dans ses bras. Maman est bloquée au travail, alors je te ramène à la maison.

— Youpi ! Kennedy applaudit.

Alors que les parents se pressaient dans la salle pour récupérer leurs enfants, Roni les surveillait comme une mère poule, jetant des coups d'œil furtifs à Quincy.

— Tu m'as vue danser ? Je suis bonne, non ? demanda Kennedy.

— Tu es la meilleure. Pourquoi tu ne prendrais pas tes affaires pendant que je parle avec Mademoiselle Roni ?

Elle s'agrippa à lui comme le ferait un petit singe.

— Je veux venir avec toi.

Il ne pourrait pas vraiment séduire Roni comme il l'aurait voulu avec une petite fille dans les bras. *C'était le moment d'être créatif.* Il traversa la pièce en la portant jusqu'à Roni, qui disait au revoir à l'un des autres enfants.

— Mademoiselle *Woni*, mon oncle veut vous parler ! s'exclama la fillette dès qu'elle eut terminé avec ses élèves.

Un sourire nerveux se dessina sur les lèvres pleines et séduisantes de Roni tandis qu'elle posait ses yeux noisette sur lui, créant un frisson dans sa poitrine.

— Que puis-je faire pour vous, oncle Quincy ?

— Accepte de sortir avec toi demain soir. *Allez, ma belle, accepte.*

Ses yeux se portèrent sur Kennedy.

— Je suis désolée mais je dois travailler.

— Mercredi, alors ?

Elle baissa les yeux une seconde avant qu'ils ne se dirigent vers les siens, comme s'il était difficile de détourner le regard.

— J'ai cours.

Il était temps de sortir l'artillerie lourde. Il regarda Kennedy.

— Ma p'tite puce, aide-moi un peu. Je voudrais que Mademoiselle Roni accepte un rendez-vous pour qu'on *joue ensemble*, mais elle ne veut pas jouer avec moi.

Les joues de Roni s'enflammèrent. Mais son sourire grandissant le poussa à sortir le grand jeu.

— Oncle Quincy est le meilleur pour jouer ! s'exclama Kennedy. Il joue *pendant des heures.* On joue à la poupée et à se déguiser Parfois on joue au football, mais il doit jouer sur ses genoux parce qu'il est si grand. Nous jouons à la dînette et nous dansons, et il me laisse même mettre des roubans dans ses cheveux.

Roni se mit à rire et il aurait donné n'importe quoi pour entendre encore ce doux son.

— Des roubans ?, demanda-t-elle.

Oh mince, peut-être que Kennedy ne l'aidait pas en fin de compte.

Kennedy acquiesça.

— Oui et si tu es sage, il t'emmènera chez Penny manger une glace. Il adore les glaces. Il dit toujours qu'il peut en manger toute la nuit. Pas vrai, Oncle Quincy ?

Il fit un sourire. *La meilleure assistante au monde.*

— C'est vrai, ma puce. *Toute la nuit.*

Les yeux de Roni s'écarquillèrent et elle ferma la bouche.

— Vous pourriez vous amuser avec lui, Mademoiselle

Woni ! affirma Kennedy avec enthousiasme et elle se dégagea des bras de Quincy.

— Je vais chercher mes affaires !

— Tu es *vraiment* un sale gosse, chuchota Roni en regardant autour d'eux et en riant doucement.

— Avant, c'était vrai au sens propre du terme. Mais je t'assure que maintenant, je n'utilise mon mauvais côté que pour être *très, très gentil.*

Il se rapprocha, la température entre eux grimpant en flèche. Roni était grande, un mètre soixante ou soixante-dix, selon lui, la taille parfaite pour prendre son visage entre ses mains et l'embrasser. Elle dégageait une odeur féminine séduisante, mais il garda ses mains pour lui.

— Qu'est-ce qu'un gars doit faire pour obtenir un rendez-vous avec toi ?

— Je ne fréquente personne, Quincy.

Elle dit son nom avec hésitation, du bout des lèvres.

— Moi non plus, avoua-t-il en toute sincérité et il jeta un coup d'œil à Kennedy, qui mettait ses chaussures près des casiers.

Tous les autres enfants étaient partis. Il est peut-être temps de se lancer.

— A quelle heure finis-tu demain ?

— J'ai une réunion tard le soir pour une prochaine production.

— Et mercredi ?

— Désolée. Je serai là jusqu'à vingt heures. Je t'aime beaucoup, mais…

— Pas de *mais qui tiennent*, Roni. Tu ne peux pas te cacher derrière ton téléphone éternellement.

— Si, c'est possible, lança-t-elle avec une pointe

d'espièglerie. Je ne me sens pas nerveuse quand on s'envoie des textos. C'est plus facile quand – elle désigna son corps – tout *ça* n'est pas devant moi.

— Alors peut-être que je dois améliorer ma façon de textoter.

— *Non* ! répondit-elle rapidement en riant.

— Rire est un bon début.

Il combla le petit écart entre eux et sa poitrine se frotta contre lui, le désir montant dans ses yeux. Sa respiration se bloqua mais elle ne détourna pas le regard. Un autre bon signe. Il fit courir ses doigts le long de son bras et lui donna la chair de poule. Elle émit un son sexy et *désirable*, réveillant le monstre qui se cachait derrière sa braguette.

— Un rendez-vous, Veronica, et je promets de garder le contrôle de mes mains.

Il se pencha vers elle.

— Sauf si tu me demandes de ne pas le faire.

Elle ouvrit la bouche pour répondre et il la coupa.

— Tu veux vraiment inventer une autre excuse ? Parce que tes yeux me disent que tu ressens l'incroyable et *inéluctable* énergie entre nous aussi fortement que moi.

— Hum hum…

Elle pressa ses lèvres l'une contre l'autre, soutenant son regard pendant un instant.

— Je la ressens aussi, murmura-t-elle.

— C'est tout ce que j'ai besoin de savoir.

Kennedy courut et attrapa la main de Quincy.

— On peut y aller maintenant ?

— Bien sûr, mon cœur.

Quincy fit un clin d'œil à Roni.

— Tic-tac, ma belle. A bientôt.

CHAPITRE DEUX

PARFOIS, QUINCY AVAIT l'impression de vivre la vie de deux personnes différentes. Le type travailleur et facile à vivre qui poursuivait Roni et le toxicomane en voie de guérison qui présidait la réunion des Narcotiques Anonymes les mercredis soirs dans le sous-sol de l'église luthérienne de Peaceful Harbor. Mais il était impossible d'échapper au fait qu'ils ne formaient qu'un seul et même homme et que l'un ne pouvait exister sans l'autre.

Le bourdonnement des plafonniers était peut-être ennuyeux pour certains, mais pour lui, c'était synonyme de stabilité et de constance, des choses dont il avait été privé pendant des années et dont il avait maintenant autant besoin que les drogues autrefois. C'était presque aussi fort que son envie de se rapprocher de Roni.

Le son des lumières combla le moment d'introspection silencieuse de Simone Davidson, assise en face de lui et partageant son histoire avec le groupe. Simone était douloureusement maigre, bien qu'elle ait repris quelques kilos depuis sa sortie de désintoxication le mois dernier. Ses cheveux auburn et bouclés flottaient autour de son visage. Une cicatrice courait sur le côté gauche de son visage, de l'oreille au menton, se terminant juste sous sa lèvre inférieure. Une blessure de guerre, due à une des multiples tentatives pour échapper aux mains de son ex-petit ami. Son jean et son pull étaient propres et ses yeux bruns étaient clairs, bien que marqués par les fantômes de son passé. Elle se tripotait nerveusement ses ongles, qui étaient également exempts de saleté. Quincy n'avait jamais remarqué la propreté des gens ou de leurs vêtements jusqu'à ce que les drogues aient été éliminées de son organisme. Désormais, c'était l'une des premières choses qu'il remarquait, à la recherche de signes de difficultés, même en dehors des réunions. La plupart du temps, il n'était même pas conscient de ce qu'il faisait.

Il avait rencontré Simone à l'époque où il vivait une période sombre, quand chacun de ses mouvements était motivé par la prochaine dose, avant qu'elle ne devienne la petite amie de Patrick "Puck" Fulton, le dealer dont la bande avait autrefois tabassé Quincy. Quand Simone était venue lui demander de l'aide, il savait qu'il prenait le risque d'être harcelé par Puck, mais il avait déjà flirté avec la mort et il ne la redoutait pas, ni *Puck* d'ailleurs. Non seulement il avait les idées plus claires et faisait preuve de plus d'intelligence que n'importe quel dealer, mais son corps était plus fort et sa volonté de vaincre tout ce qui essayait de l'entraîner vers le bas était inébranlable. Le fait de savoir que Truman, les Whiskey et tout un club de bikers téméraires le soutenaient, cela faisait de lui la personne idéale pour assumer le rôle dangereux de parrain de Simone.

Elle leva son regard vers les autres personnes assises autour du cercle.

— L'autre jour, je traversais le parking d'une station-service pour me rendre à l'arrêt de bus et ce type, debout à côté d'une berline de luxe, me dévisageait comme s'il me connaissait. Il me disait quelque chose mais je ne parvenais pas à mettre un nom sur son visage. Il portait un costume et prenait de l'essence. Il ne cessait de me regarder et cela me rendait nerveuse, mais après avoir vécu dans la peur si longtemps – je refuse de continuer à avoir peur-je me suis fait la promesse de les affronter, alors je me suis approchée de lui et je lui ai demandé pourquoi il me fixait.

Elle baissa le regard sur ses mains, se rongeant à nouveau les ongles.

— Il a répondu qu'il était surpris que je ne me souvienne pas de lui.

Elle leva les yeux.

— Il faisait partie des types avec lesquels mon petit ami m'a prostituée. Il a affirmé que nous avions fait l'amour des dizaines de fois. Je savais que j'avais perdu la mémoire et la notion du temps quand je me droguais, mais il a tout fait remonter à la surface, me poussant à me rappeler combien d'autres hommes j'avais fréquentés mais aussi tous ces instants passés que j'en avais perdu la notion du temps. J'ai pris de la drogue pendant cinq ans, presque jour pour jour, croyez-moi ou pas. Cela fait environ quarante-trois mille huit cents heures, et oui, j'ai fait le calcul. Mais je peux dire avec une grande certitude que je ne me souviens pas de la majorité de ces heures.

Il n'y eut ni tressaillements, ni halètements, ni commentaires. Il n'y eut aucun jugement. La toxicomanie était impitoyable et les personnes présentes livraient toutes des batailles similaires. Quincy ne pouvait s'empêcher de se demander quelle aurait été la réaction de Roni si elle avait été là. Il chassa rapidement ces pensées de sa tête, voulant la préserver de la laideur de la drogue.

— Ces heures sont mon cheval de bataille, déclara Simone. Je veux arriver à un point où je pourrais affirmer que j'ai été clean plus longtemps que je ne me droguais et je veux me souvenir de chaque minute…

Tandis que Simone poursuivait son histoire, Quincy se souvenait de ses premières semaines après la cure de désintoxication, qui s'étaient écoulées dans un brouillard fait de réunions des Narcotiques Anonymes, de doute de soi et de dégoût luttant contre la confiance et la détermination et des centaines de questions sans réponse. Mais les pires moments au cours de ces semaines, et de bien d'autres, furent probablement les regards quotidiens dans le miroir, le fait d'accepter de prendre la responsabilité de la douleur qu'il avait causée et la peur *et* l'espoir profondément ancrés qu'il avait vus dans les yeux de son frère et de ses amis. Il avait vu ces mêmes choses dans ses propres yeux. *Dieu merci, Roni ne m'a jamais vu comme ça.* Quincy faisait partie des chanceux. Il avait, et continuait d'avoir, le soutien sans faille de Truman, des Whiskey et du reste de leurs amis, ce qui lui donnait de nombreuses raisons de se battre pour une vie meilleure. Mais il se demandait souvent comment les gens faisaient pour combattre la bête sans ces soutiens.

—Un jour après l'autre, déclara Simone, comme si elle répondait à sa question. C'est ce que je me dis. Quand je pense à toutes les années que j'ai perdues, trop défoncée pour penser, ressentir ou parler, c'est juste…

Des larmes glissèrent sur ses joues et elle regarda Quincy.

Il hocha la tête pour l'encourager, même s'il voulait la prendre dans ses bras et lui faire savoir qu'elle avait ce qu'il fallait pour rester clean. Quincy savait combien les câlins et les encouragements étaient importants, les deux ayant disparu de sa vie après que Truman soit allé en prison. Au cours des deux dernières années, depuis sa guérison, Quincy avait accepté avec joie et avait distribué autant de câlins qu'il le pouvait. Mais ce n'était pas un groupe d'amis qui discutaient ou une séance de thérapie. C'était au tour de Simone de partager ses expériences douloureuses et d'essayer de se frayer un chemin, et ce faisant, elle pourrait également aider les autres. Bien que les câlins soient encouragés, les membres étaient priés de réserver les conversations et les commentaires après les réunions et c'est exactement ce que Quincy allait faire.

— Je ne veux pas redevenir la personne que j'étais et je ne sais pas trop qui je suis censée devenir. Mais je vais le découvrir, annonça Simone avec plus de confiance. Merci.

Jacob, le gars assis à côté d'elle, se rapprocha d'elle et la prit dans ses bras, lui tapotant le dos pour la réconforter.

Quincy jeta un coup d'œil à l'horloge.

— Nous n'avons plus de temps. Je voudrais remercier tous ceux qui ont participé ce soir. Quand vous passerez cette porte, rappelez-vous les raisons pour lesquelles vous l'avez franchie. La seule personne qui peut changer votre vie est celle qui se trouve dans le miroir, mais vous n'avez pas à le faire seul. Si vous sentez que vous allez déraper, appuyez-vous sur vos parrains. C'est pour cela qu'on est là. Il y a une liste des lieux de rencontre quotidienne sur la table. Vous *pouvez* le faire, mais vous devez le vouloir.

Il se leva et tous les autres suivirent, se tenant par la main et inclinant la tête en récitant la prière de la sérénité.

Quand ils eurent terminé, quelques personnes partirent sans un mot. D'autres remercièrent Quincy en rangeant les chaises, puis se dirigèrent vers l'extérieur, là où il savait qu'elles allaient s'attarder et parler aussi tard que possible. Pour les personnes en voie de guérison, trop de temps mort ou de temps seul ouvrait des portes dangereuses, derrière lesquelles les bêtes s'agrippaient pour passer.

— Tu t'es bien débrouillée ce soir, Sims. Je suis fier de toi, dit Quincy en enfilant son manteau. Comment tu t'es sentie ?

— Comme si j'étais assise là, nue.

Il ne se souvenait que trop bien de ce sentiment, mais se sentir vulnérable était tellement mieux que de se défoncer.

— Ça résume bien la situation, non ?

— Oui, mais je me suis aussi sentie bien, tu sais ? De tout faire sortir. Je n'en reviens toujours pas des choses que j'ai faites, de la façon dont j'ai traité les gens. La façon dont je me suis moi-même considérée.

— Se rétablir n'est pas pour les faibles. Nous avons besoin d'y voir plus clair pour accepter ce que nous avons fait et trouver des moyens de nous pardonner afin de pouvoir aller de l'avant. Nous sommes *tous* passés par là. Garde juste à l'esprit que nous sommes tous loin d'être parfaits. Ce gars en costume dont tu as parlé ? Il ne vaut pas mieux que toi. En fait, il est pire. Il a profité de ta toxicomanie et maintenant tu en as fini avec la drogue. Tu mets tout en œuvre pour progresser et il paie probablement encore pour du sexe.

Ses lèvres se courbèrent avec gratitude.

— Tu dis toujours des choses qui permettent de croire que je n'étais pas une mauvaise personne.

— Ma belle-sœur m'a dit un jour que même les bonnes personnes font de mauvaises choses. Je n'y croyais pas alors autant que maintenant, mais je m'inspire souvent de ses paroles. C'est simple, mais c'est vrai et c'est un bon rappel quand les choses deviennent difficiles.

— Je m'en souviendrai. Merci. Je vais le faire, Quincy, répondit-elle avec véhémence. Je n'ai jamais eu personne vers qui me tourner et j'apprécie que tu m'aides à entrer en cure de désintoxication et à m'installer au refuge pour femmes. J'ai trouvé un travail dans une épicerie qui se trouve sur la ligne de bus qui passe devant le refuge. Je commence demain.

— C'est fantastique.

Il aurait préféré qu'elle travaille à Peaceful Harbor, où les Dark Knights patrouillaient comme des chiens de garde enragés depuis des générations. Puck n'aurait pas osé traverser le pont pour aller à Peaceful Harbor. Mais il en avait parlé avec Simone il y avait quelques semaines de cela et les bus ne circulaient pas assez régulièrement pour qu'elle puisse faire l'aller-retour entre la ville et son travail. Heureusement, les Dark Knights patrouillaient également dans la zone autour du refuge pour femmes de Parkvale et surveillaient les trafiquants de drogue et toute autre personne qui pourrait être une menace pour les résidents du refuge. Les rondes n'étaient pas aussi étendues qu'à Harbor, mais au moins ils la surveillaient.

— Tu as eu des nouvelles de Puck ou de ses gars ? demanda Quincy.

— Non. Après ce que Diesel lui a fait quand il est venu me chercher au refuge, je ne pense pas qu'il reviendra.

Desmond "Diesel" Black était un Nomade, un membre itinérant des Dark Knights qui ne revendiquait aucun chapitre comme étant le sien. C'était un homme imposant, aux yeux sombres et froids, qui n'avait *aucun* sens du contact. Il était barman au *Whiskey's* quand il était en ville, ce qui évitait les problèmes au bar et il était chargé de patrouiller et de gérer les autres Dark Knights qui surveillaient le refuge. Il fallait avoir envie de mourir pour s'en prendre à lui.

— Je n'aurais pas pu aller aussi loin sans toi, Quincy. Je ne sais pas comment je pourrai te remercier.

— Mais si, déclara-t-il sérieusement. Tu vas t'en tenir au programme, chaque minute, chaque heure, chaque jour et tu m'appelleras en cas de besoin. J'assure tes arrières, Sims. Peu importe la demande, de jour comme de nuit. Il la prit dans ses bras. Tu peux le faire. Je crois en toi.

RONI FIT signe au dernier groupe d'adolescentes de son cours de hip-hop et ferma la porte du studio derrière elles. Elle revint dans la salle de classe pour prendre son téléphone, en espérant que Quincy lui ait envoyé un message. Même s'ils n'avaient jamais échangé de textos quotidiennement, elle pensait avoir de ses nouvelles après les choses qu'il avait dites et la façon dont il avait agi lundi. Mais elle n'avait pas eu de ses nouvelles hier ou aujourd'hui. Elle se dit qu'il fallait tempérer l'espoir qui grandissait depuis une heure et attrapa son téléphone sur la table, se décourageant à la vue de l'écran vide.

En poussant un lourd soupir, elle éteignit les lumières et se dirigea vers l'avant, répétant ce geste dans chacune des autres salles sur son chemin. Elle se sentait stupide d'avoir nourri de tels espoirs, mais la façon dont il l'avait regardée comme s'il ne voulait pas perdre une seule *seconde* de la voir lui avait donné le sentiment d'être spéciale et avait même semblé intime.

Mais qu'est-ce qu'elle en savait sur ce qui était unique et intime ?

Un gars comme Quincy avait probablement des dizaines de relations *sans* lendemain.

Pour la énième fois, elle se demandait pourquoi il s'embêtait avec elle. Ce n'était pas comme si elle était fantastique pour la drague ou dégageait des notes de séduction, comme le faisait Angela avec Joey sans même essayer. Comme d'habitude, il n'y avait qu'une seule réponse et cette dernière l'avait trouvée.

L'alchimie.

Elle leva les yeux au ciel en se reprochant de croire qu'elle était spéciale à ses yeux. Elle était persuadée que ces sex friends avaient *encore plus* d'atomes crochus avec lui. Cette étincelle qui provoquait des crépitements entre eux devait sans doute lui sembler unique parce qu'elle n'avait pas assez d'expérience en matière de flirt avec les hommes pour se rendre compte que c'était normal.

Mais en tout cas, cela ne semblait pas normal.

Elle éteignit les dernières lumières du hall d'entrée et fixa les portes vitrées donnant sur le parking, sa grand-mère lui manquant. Si elle était vivante, sa mamie dirait à Roni ce qu'elle disait toujours à propos des affaires de cœur. *Les étincelles provoquent des incendies et ces derniers sont agréables lorsqu'ils suffisent à vous réchauffer, mais inévitablement, ils s'éteignent ou brûlent tout sur leur passage. Oublie les étincelles, Veronica. Regarde dans le cœur de la personne. Si tu vois du gris, cours dans l'autre sens. Si tu vois du rouge, emmène l'homme dans ton lit. Mais si tu vois un ciel bleu clair, tu tiens une perle rare et il pourrait bien être ton homme bon, gentil et travailleur. Celui avec qui tu es destinée à vivre éternellement.*

Roni fixa l'obscurité, imaginant les yeux sérieux de sa grand-mère derrière ses lunettes à monture métallique, son visage marqué de rides et de signes d'inquiétude, ses cheveux gris et courts, bouclés autour de ses oreilles. Le poids familier de la solitude prit naissance dans la poitrine de Roni.

Elle sursauta lorsqu'on frappa à la vitre, sa main se portant sur sa poitrine alors que Quincy se dressait devant elle, ses yeux perçants soutenant son regard. Aucun des deux ne bougea, mais un sourire se dessina sur ses lèvres, la faisant sourire à son tour. Il atteignit la porte, ses sourcils se soulevant en signe d'interrogation.

— Oh.

Elle déverrouilla la porte et il l'ouvrit. *Mon Dieu.* Il était magnifique, grand et imposant dans un blouson de cuir noir usé sur un pull gris et un jean délavé. Ses cheveux étaient brossés en arrière, rendant ses traits encore plus remarquables.

Il plaqua une botte noire contre le bas de la porte, la tenant ouverte.

— Salut, ma belle.

Sa voix était rauque et douce à la fois, faisant frissonner chaque parcelle de son corps.

— Salut. Qu'est-ce que tu fais ici ?

— Je t'emmène à notre rendez-vous.

Elle rit nerveusement, se sentant un peu étourdie.

— Notre *rendez-vous* ?

— Tu n'as pas saisi l'occasion de faire un pas en avant, alors je fais à ta place. C'est pour toi.

Il leva la main et lui montra une poignée de fleurs sauvages, qu'il avait dû cueillir pour elle car les tiges étaient broussailleuses et sales.

Oh, ce qu'elle aimait ça ! Elle n'aurait pas pu arrêter le soupir songeur qui lui échappa même si elle l'avait voulu.

— Quincy, elles sont magnifiques. Merci.

— Tu as dit que tu préférais les fleurs sauvages, comme celles du champ près du pont, non ? C'est de là qu'elles viennent.

Elle n'en revenait pas qu'il se souvienne de ce détail alors qu'ils en étaient à leurs premières semaines de conversation en mai. Elle fut sans voix submergée par une vague d'émotions. Il se rapprocha, dégageant des odeurs riches et masculines faites de cuir, de terre et de *virilité*, avec un soupçon de quelque chose qu'elle avait appris à considérer comme unique chez *Quincy*, et son pouls s'accéléra.

— Tu devrais prendre tes affaires, dit-il avec confiance.

— Mes affaires ?

— Tes clés ? Ton sac à main ?

Son regard se déplaça lentement de son visage jusqu'à ses orteils, son regard trahissant sa gratitude alors que ses yeux suivaient le même chemin pour remonter le long de son legging noir, s'attardant assez longtemps sur sa chemise blanche de ballet et faisant pointer ses traîtres de tétons. Un sourire malicieux apparut lorsqu'il croisa son regard.

— Bien que je déteste te demander de te couvrir, tu auras besoin d'une veste.

En dépit de ses nerfs à vif, elle fut surprise qu'aucune partie d'elle ne veuille inventer une excuse ce soir.

— Ok. Tu veux entrer et attendre ? Je dois aller chercher ma veste à l'étage dans mon appartement.

Il fronça les sourcils.

— Tu peux porter la mienne.

Il ôta la sienne et la lui tendit pour qu'elle l'enfile.

— Je ne vais pas prendre le risque que tu ne redescendes pas.

Elle rit doucement, aimant son sens de l'humour.

— Tu n'auras pas froid ?

— Pas vraiment avec toi à mes côtés.

Même si elle savait qu'elle n'aurait pas froid non plus avec lui, l'entendre le dire si ouvertement la rendait un peu nerveuse.

Il dut le remarquer.

— J'ai déjà promis de me tenir à carreau et si tu es inquiète, envoie un SMS à la blonde avec qui tu fais toujours des messes basses quand je viens. Dis-lui que nous avons rendez-vous.

— Elle s'appelle Angela, précisa-t-elle, se sentant bête d'être si prudente. Je n'ai pas besoin de lui envoyer un message. Je te fais confiance, Quincy. Un tueur psychopathe ne prendrait probablement pas le temps d'envoyer des SMS pendant des mois. Laisse-moi juste retirer mes chaussons de danse.

Il haussa de nouveau les sourcils et elle s'expliqua.

— Je garde une paire de chaussons juste derrière le bureau en désignant la réception.

Ses yeux restèrent rivés sur elle pendant qu'elle changeait de chaussures. Elle prit ses clés et sortit. Il l'aida à enfiler sa veste, qui était trop grande d'environ cinq tailles, mais qui était chaude et confortable et sentait délicieusement bon, comme lui.

Il soutint son regard en retroussant les manches.

— Tu es sexy dans ma veste.

Elle sentit ses joues s'enflammer.

— Toi aussi.

Incapable de croire qu'elle avait eu le courage de formuler cela, elle se retourna et ferma la porte de l'appartement.

— Tu dois obligatoirement passer par le studio pour aller à ton appartement ?

— Non, dit-elle en désignant la porte à quelques mètres de là. Cette porte me permet de le rejoindre. On va où, au fait ?

— Tu verras.

Il posa une main sur le bas de son dos, la guidant le long de la façade de l'immeuble.

— Il n'y a rien derrière le bâtiment à part un parking et des quais de chargement. Tu crois que je devrais m'inquiéter ? lui demanda-t-elle quand ils tournèrent au coin de la rue, vers l'arrière de ce dernier.

— Jamais quand tu es avec moi.

Sa grande main se colla contre son dos, la guidant vers

l'avant et lorsqu'ils tournèrent, elle eut le souffle coupé. Le châssis de sa camionnette était illuminé par des guirlandes composées de petites lumières blanches. Le hayon était abaissé et le plus petit feu qu'elle n'ait jamais vu était posé sur le lit métallique, un tipi de bois perché au centre. Juste derrière, il avait étalé des couvertures et des oreillers colorés et en leur centre se trouvaient plusieurs plats à emporter venant de son restaurant préféré ainsi que deux gobelets.

— Quincy, c'est *incroyable*, dit-elle quand ils s'approchèrent de la camionnette. C'est comme ces photos romantiques sur Instagram et je n'aurais jamais cru les voir dans la vraie vie. Je n'en reviens pas que tu aies fait tout cela pour moi.

— Ouais, moi non plus en riant de manière incrédule.

Le creux de son estomac se creusa.

— Qu'est-ce que *tu* veux dire ?

— Oh, mince. Je ne voulais pas dire ça comme ça. C'est que je n'ai jamais fait quelque chose comme cela auparavant. Mais ça fait longtemps que j'attends de sortir avec toi et je ne voulais pas t'emmener n'importe où, par exemple manger une pizza ou aller au cinéma.

— J'aime les pizzas et les films, dit-elle, surprise qu'il ait l'air nerveux, *lui* aussi.

— Cool. Moi aussi.

— Mais je préfère ça un million de fois, admit-elle et le sourire qu'elle obtint en retour lui fit comprendre à quel point cela le rendait heureux.

— Je suis content, parce que je voulais que notre premier rendez-vous soit spécial et honnêtement, je n'ai aucune idée de ce que je fais. C'est mon premier *vrai* rendez-vous.

— Tu plaisantes ?

Cela sortit tout seul avant qu'elle ne puisse se retenir.

Il acquiesça.

— Eh *non*.

— Je ne sais même pas quoi te répondre. Je pensais que les femmes faisaient la queue devant ta porte pour sortir avec toi.

— C'est le cas, mais ça ne veut pas dire que je les prends au mot.

La façon dont il prononça ces mots n'était ni vantarde, ni arrogante. C'était franchement honnête et, entre ça, sa nervosité et le rendez-vous romantique qu'il avait arrangé, l'inquiétude de Roni disparut. Il déposa les fleurs sur le plateau de la camionnette et l'aida à monter, puis s'installa derrière elle.

Elle ramassa les fleurs pendant qu'il s'agenouillait pour allumer le feu.

— Je ne savais pas que les fleurs sauvages étaient encore là si tard dans la saison, mais j'ai tenté le coup et j'ai eu de la chance.

— Dans le Maryland, elles peuvent fleurir jusqu'à la mi-novembre, surtout quand le temps est aussi chaud que ces derniers temps. En fait, on ne m'avait jamais offert de fleurs auparavant. C'est merveilleux, admit-elle.

Il inclina la tête, lui accordant toute son attention.

— Je n'en ai jamais offert non plus et cela me fait du bien à moi aussi.

Oh mon Dieu, elle adorait ça.

Il se retourna vers le feu, essayant d'allumer le petit bois et elle se força à ne pas trop s'appesantir sur sa confession.

— Je suis ravie que tu les aies cueillies à l'endroit que j'ai mentionné. Je suis surprise que tu t'en souviennes.

Le feu crépita, les flammes se reflétant dans ses yeux. Il mit le briquet dans sa poche.

— J'ai une bonne mémoire quand il s'agit de choses importantes.

Il la trouvait *importante* ! Peut-être qu'elle était spéciale à ses yeux en fin de compte.

Elle regarda les gobelets.

— Il y en a un pour moi ?

— Oui, oui. Celui de gauche, c'est de l'eau avec du citron.

Sa boisson préférée.

— Oh mon Dieu, tu te souviens de tout, s'exclama-t-elle.

— J'espère bien. Je t'ai pris une salade club avec un supplément d'avocat, une vinaigrette au miel et à la moutarde ainsi qu'un accompagnement de choux de Bruxelles grillés. A vrai dire, j'ai dû consulter nos anciens échanges pour me souvenir du type de sauce que tu aimais.

Intérieurement, elle faisait une petite danse de joie et elle se sentait assez à l'aise pour le taquiner.

— Ah bon ? Peut-être que je devrais réévaluer ce rendez-vous au final.

Il rigola.

Elle brandit les fleurs qu'il lui avait offertes.

— Tu le prendrais mal si je les mettais dans mon verre d'eau ?

— Attends une minute. Il sauta hors du véhicule, fit le tour vers l'avant, attrapa quelque chose dans la cabine puis remonta avec un gobelet en plastique sur lequel était imprimé *WHISKEY AUTOMOBILE* et une bouteille d'eau. Il versa l'eau dans le gobelet et le lui tendit.

— Ce n'est pas très chic, mais ça fera l'affaire.

— C'est parfait.

Elle mit les fleurs dans Le gobelet et ils s'installèrent sur les couvertures.

Quincy se pencha et toucha la breloque symbolisant sa meilleure amie sur son collier, l'effleurement de ses doigts sur sa peau lui fit monter le rouge aux joues.

— Qui a l'autre moitié ?

— Celle avec qui je fais toujours des messes basses. Angela.

— La chanceuse.

Il soutint son regard si longtemps que l'air entre eux crépita. Quand elle détourna les yeux, il commença à enlever les couvercles des récipients.

— Tu as faim ? Toute cette nourriture ne va pas se manger toute seule.

Elle était impressionnée par tout ce qu'il avait fait. Même la façon dont il l'avait surprise était spéciale.

— Ça a l'air super, Quincy. Merci de t'être donné tant de mal.

— Merci de te joindre à moi. Depuis combien de temps enseignes-tu la danse ? lui demanda-t-il en commençant à manger.

— Officiellement, un peu plus d'un an.

— Comment ça, officiellement ?

— J'ai été professeure quand j'étais plus jeune. Je fais de la danse dans ce studio depuis que j'ai cinq ans, deux jours par semaine au début, comme Kennedy. Mais j'aimais tellement ça, c'était tout ce que je voulais faire. J'inventais des chansons sur ce que nous apprenions à l'école et je dansais dans les couloirs, et à la maison pendant que je faisais les tâches ménagères.

— Je parie que tu étais adorable, déclara-t-il et la chaleur dans ses yeux lui indiqua qu'il le pensait vraiment.

— Je n'en sais rien, mais merci.

— Donc, tu dansais deux jours par semaine adolescente ?

— Pendant un certain temps. Plus tard, j'ai voulu prendre trois cours de danse par semaine. Mais ma grand-mère, qui m'a élevée, était serveuse et couturière, et elle ne gagnait pas beaucoup d'argent. Elle était douée, elle économisait chaque pourboire, chaque centime supplémentaire. Mais même quand j'étais jeune, je savais que les cours de danse étaient un luxe. Alors pour gagner de l'argent en plus, j'ai commencé à aider les voisins de notre immeuble. Je promenais leurs chiens, jouais avec les enfants pendant que leurs mères étaient occupées. Je faisais tout ce qu'ils me laissaient faire pour compenser la différence de frais entre deux et trois cours par semaine.

Ils mangèrent tout en discutant et Quincy la regarda attentivement, écoutant chaque mot qu'elle prononçait, comme le faisait sa grand-mère. Comme s'il *se souciait* de ses réponses.

— J'ai adoré étudier avec Elisa, la propriétaire du studio. Elle a été danseuse professionnelle dans le monde entier pendant plus de vingt ans et elle a pris sa retraite lorsque sa mère est tombée malade. Elle est revenue ici pour s'occuper d'elle et après son décès, elle a ouvert le studio. C'est une personne extraordinaire et une danseuse encore plus exceptionnelle. Je n'oublierai jamais le jour où elle m'a pris à part, après un de mes cours, pour me suggérer de prendre des leçons privées. J'avais dix ans et quand elle a dit que je lui faisais penser à elle ; ça a été *le plus grand* compliment que je pouvais imaginer, donc j'ai fondu en larmes.

Elle prit une gorgée de son eau.

— Je suis trop bête.

— Tu n'es pas stupide. Tu es *passionnée* et c'est merveilleux.

Il mangea une de ses frites et lui en proposa une.

— Merci. J'adore les frites.

Elle aimait qu'il partage encore plus.

— Tu veux de ma salade ou de mes choux ?

Une lueur de malice brilla dans ses yeux.

— Je veux *tout* de toi.

Il planta une tomate cerise avec sa fourchette et la mit dans sa bouche, soutenant son regard.

— Hum, douce et juteuse.

— *Oh Mon Dieu.*

Elle se détourna, ses joues brûlantes.

— Tu es sexy quand tu rougis.

Elle surprit son sourire et ne put empêcher le sien d'apparaître. Il était si facile à vivre et sympathique, elle ne tenta même pas de retenir son insolence.

— Et tu passes de doux à coquin en l'espace d'une seconde.

— Je ne vais pas m'excuser pour cela, mais je vois que ça te gêne, alors je vais essayer de modérer mes propos. As-tu pris ces leçons privées ?

— Mal à l'aise ? *Non.* Je suis née comme ça.

Il rit.

— Ma belle, tu *as* vraiment un truc en plus.

— Quand tu sauras ce que c'est, fais-le moi savoir.

Waouh. C'était amusant. Il faisait ressortir une partie de la confiance en elle qu'elle n'avait pas vue depuis l'accident.

— Pour répondre à ta question, j'ai pris des cours privés et j'ai fini par danser cinq jours par semaine, mais j'ai dû faire preuve de créativité pour me le permettre. Ma grand-mère a commencé à créer les tenues pour les récitals et les productions, gratuitement, et Elisa fournissait les matériaux et Mamie les faisait.

Il étira sa longue jambe devant lui et plia l'autre, en appuyant son bras sur son genou et en tournant son corps vers elle.

— Ta mamie a l'air génial.

La façon dont il a dit *Mamie,* comme s'il la connaissait, était agréable.

— Elle l'était. Elle accordait autant d'importance à la danse que moi.

— Je suis incapable d'imaginer avoir ce genre de passion pour quelque chose quand on est enfant et encore moins ce genre de soutien. Parle-moi de ta grand-mère.

— Elle était *dure*. Elle ne me dorlotait pas mais elle n'était pas froide non plus. Elle m'embrassait le soir et venait à *chaque* récital de danse, mais elle montrait surtout son amour en m'encourageant à danser et en m'élevant alors que ce n'était pas prévu. Elle était parfois dure avec moi, me poussant à avoir des bonnes notes et à rester du bon côté de la loi, ce que j'apprécie bien sûr. Mais si je disais que je n'arrivais pas à comprendre quelque chose, elle avait ce regard que j'avais l'habitude d'appeler *Ne me fais pas cette tête-là.*

Roni essaya d'imiter l'expression de sa grand-mère, en inclinant la tête, en plissant les yeux et en pinçant les lèvres.

L'amusement surgit dans les yeux de Quincy et elle aimait cela chez lui autant qu'elle aimait le regard enflammé qu'il avait porté sur elle quelques instants plus tôt.

— C'est une sacrée grimace.

— Eh oui. Mamie était petite, un mètre cinquante dans les bons jours, mais elle était féroce. Quand elle faisait cette tête, je savais que je devais me débrouiller toute seule. Mais ça allait. J'aimais l'école et j'étais douée, donc ça m'a juste fait travailler plus dur et appris à résoudre les problèmes. Mais je me souviens que lorsque j'étais beaucoup plus jeune, j'aurais aimé qu'elle ressemble davantage aux grands-mères de mes amies qui préparaient des repas élaborés et les choyaient. Mamie cuisinait comme si c'était une corvée, et non un plaisir, en veillant à ce que je reçoive les bonnes vitamines et les bons minéraux. Nous avions toujours trois groupes d'aliments et tout était trop cuit, peu importe ce que c'était. Elle pouvait faire une bonne tarte aux pommes quand elle était de bonne humeur, ce qui n'était pas souvent le cas. Mais c'est ce qui la rendait encore plus spéciale. Elle disait toujours qu'elle les remplissait d'amour. Ce n'est pas étonnant que j'aime autant les tartes aux pommes. Rien que son odeur me fait me sentir bien. Mais être dure avec moi et me pousser à avoir une meilleure vie, c'était la façon qu'avait grand-mère de me montrer son amour.

Elle enfourna une fourchette de salade, alors que d'autres souvenirs heureux la réchauffaient.

Quincy couvrit sa main avec la sienne, la serrant doucement.

— Elle doit te manquer.

Roni acquiesça, sa gorge se serrant.

— Elle me manque. Beaucoup. Avant que tu ne frappes à la fenêtre, je pensais à elle.

Elle baissa les yeux sur sa main, consciente de la rugosité de sa paume, de la chaleur de son pouce caressant sa peau.

— Je ne t'ai jamais vraiment remercié d'avoir pris de mes nouvelles les semaines qui ont suivi sa mort. C'était vraiment gentil de ta part.

Elle plongea son regard dans ses yeux compatissants.

— J'attendais avec impatience tes textos. Ils m'ont aidée.

— Je guettais tes réponses. Je voulais venir pour que tu ne sois pas seule à faire ton deuil, mais tu étais si catégorique sur le fait de vouloir rester seule.

Même si elle ne l'avait pas admis devant Angela, une partie d'elle aurait souhaité ne pas être aussi nerveuse pour le laisser venir.

— Désolée. À part Grand-mère, Angela et, dans une certaine mesure, Elisa, je n'ai jamais eu personne sur qui compter. Je ne sais pas *comment faire*.

— Je pense que nous avons ça en commun. Mais j'ai appris

que c'est bien de faire confiance aux gens, de les laisser entrer et de compter sur eux. Si je peux apprendre à le faire, peut-être que tu le peux aussi.

Ils soutinrent leurs regards pendant un long moment silencieux, la chaleur et quelque chose de plus profond emplissant l'espace entre eux. Son visage était si proche qu'elle pouvait voir de fines cicatrices blanches au-dessus de son sourcil gauche et le long de sa joue. Elle se demandait comment il se les était faites, mais elle était trop distraite par le désir qui couvait en elle pour s'y accrocher. Elle sentit ses doigts se crisper sur sa main et il se lécha les lèvres, ses yeux se plantant dans les siens. Elle se demanda s'il allait l'embrasser et fut surprise de voir à quel point elle le désirait. Ses doigts se resserrèrent autour de sa main et son pouls s'accéléra.

Embrasse-moi...

LES DOIGTS DE QUINCY BRÛLAIENT d'envie de s'emmêler dans ses cheveux, d'attraper son visage, de *sentir* sa beauté *et* sa passion alors qu'il dévorait la bouche sur laquelle il avait fantasmé pendant tous ces mois. Bon sang, il aimait ses lèvres pleines. Angelina Jolie n'avait rien à lui envier. Mais il s'était promis d'y aller doucement pour ne pas l'effrayer. Le problème était que Quincy n'avait aucune idée de comment procéder. Il savait comment *baiser* et il savait comment être un ami, mais il n'avait aucune idée de comment gérer les émotions profondes qui le consumaient chaque fois qu'il voyait Roni ou qu'il lui envoyait un texto. Il avait envie de la protéger et en même temps, il ressentait un besoin viscéral d'être plus proche d'elle – et il voulait explorer *tout cela*, tout apprendre sur elle, la toucher, tenir son corps nu pendant qu'ils se perdaient l'un dans l'autre.

Mais c'est quoi ce bordel ?

Il n'avait jamais fait un tel choix et encore moins ressenti une connexion physique. Mais il avait le sentiment que le sexe avec Roni ne ressemblerait en rien avec ce qu'il avait déjà connu, tout comme ce rendez-vous était différent de tout ce qu'il avait vécu ou imaginé. Penny et lui avaient passé de nombreuses nuits à discuter, mais depuis qu'il la connaissait, il n'avait jamais ressenti quelque chose de semblable. S'il ne freinait pas, il allait se fondre dans ce baiser et tout cela serait terminé avant même d'avoir commencé.

Il déplaça sa main à contrecœur, voulant instantanément retrouver une connexion. A la place, il prit une gorgée de son eau et se racla la gorge pour tenter de calmer ses désirs.

Ouais, cela ne fonctionnait pas.

Il savait depuis la première fois qu'il avait vu Roni qu'il ne pourrait pas *se calmer*, mais bon, il devait essayer. Il changea de sujet pour orienter son cerveau vers une voie plus sûre.

— Où as-tu grandi ?

— Pas dans cette ville idyllique, c'est sûr. J'ai grandi de l'autre côté du pont, dans un quartier horrible, ravagé par les drogues. Ma grand-mère y avait vécu toute sa vie et refusait de déménager. Mais elle voulait que je parte dès que j'aurais mon bac en poche, c'est pour cette raison qu'elle m'a poussée autant.

— C'est bizarre qu'elle ne t'ait pas fait partir de là quand tu étais plus jeune.

— Le quartier n'était pas dans cet état quand elle y avait grandi et elle a affirmé qu'elle ne laisserait personne la chasser de chez elle.

— C'est courageux. Tu n'as jamais rien pris ?

— Jamais. Je n'ai même jamais fumé une cigarette. Ma grand-mère fumait un paquet par jour jusqu'au mois de sa mort. Elle m'aurait étranglée si je n'avais que serait-ce qu'*essayer*.

— C'est bien. C'est vraiment de l'amour.

C'est ce que Truman avait fait pour lui avant d'aller en prison.

— Tes parents sont toujours vivants ?

Son regard dériva vers ce qui restait de sa salade et elle poussa la nourriture avec sa fourchette.

— Je ne sais pas qui est ma mère. Mon père a quitté la maison quand il avait dix-huit ans et six ans plus tard, il est revenu vivre chez ma grand-mère avec moi dans ses bras. J'avais environ une semaine. Il buvait, il jouait beaucoup et il a fait des allers-retours dans ma vie les premières années. Il volait ma grand-mère et il était *méchant*. Un jour, il est arrivé ivre, réclamant de l'argent et a réduit l'appartement en miettes. Ma grand-mère a pointé une arme sur lui en lui ordonnant de dégager et de ne jamais revenir, sinon elle le ferait arrêter.

Les mauvais souvenirs de la nuit où Quincy s'était présenté chez Truman en demandant de l'argent pour payer sa dette à Puck refirent surface. Il n'oubliera jamais le regard dégoûté, et sacrément déçu de Truman quand il l'avait repoussé. *C'est toi qui t'es mis dans cette situation merdique. A moins que tu ne veuilles t'en sortir, ne te pointe plus jamais ici.*

Roni leva des yeux inquiets.

— Je ne l'ai pas revu depuis l'âge de cinq ans.

Il regarda Roni, elle qui avait un comportement doux et une vie sans histoires. Il détestait qu'elle ait connu une telle horreur et se demandait s'il était égoïste de vouloir continuer à apprendre à la connaître. Mais il n'était plus ce type drogué. Il l'avait prouvé chaque jour depuis deux ans et il continuerait à le faire jusqu'à ce qu'on l'enterre six pieds sous terre.

— Je suis désolé que tu aies vécu tout cela et je suis content que tu aies eu ta grand-mère armée jusqu'aux dents, lança-t-il en écartant ses doutes.

— Je t'avais dit qu'elle était féroce.

Bon sang, il aimait la façon dont son sourire illuminait son visage. Il avait prévu d'avouer toutes ses horribles vérités à Roni ce soir. Il avait dévoilé son passé à beaucoup de gens, sans hésitation. Mais il n'avait jamais été confronté au fait de partager cette noirceur avec quelqu'un avec qui il voulait s'engager. Il savait qu'une fois qu'il le ferait, cela aurait le pouvoir de tout changer, y compris la façon dont elle le regardait en sirotant son eau et il n'était pas prêt à y renoncer pour le moment.

Ils firent la conversation en finissant de manger.

— Si je me souviens bien, il y a une chose que ta Mamie ne t'a pas apprise.

— Ah bon ?

— Comment faire griller des marshmallows.

Il sortit un sac de guimauves de derrière un oreiller et deux bâtons qu'il avait taillés en pointe.

— T'es sérieux ?

Elle émit le cri le plus mignon qu'il soit et se mit à genoux, sa veste couvrant son corps léger tandis qu'elle jetait ses bras autour de lui, le serrant très fort.

Il était heureux d'avoir attendu pour lui parler de son passé car rien n'était *meilleur* que l'expression de son visage ou la sensation de son étreinte.

— Tu es très surprenant ! dit-elle en se retirant.

Et tu ne connais pas le reste.

— Viens, ma belle. On va te rendre chaude et collante.

Le rougissement qui la gagna rivalisa avec les flammes dans ses yeux. Il avait tort avant. *Ce* regard était de loin supérieur au précédent.

Ils firent griller des marshmallows jusqu'à ce que le feu ne soit plus qu'une braise, tout en gémissant à chaque bouchée des friandises collantes et en léchant la guimauve fondue sur leurs doigts et Roni le rendit de plus en plus tendu. C'était une torture de garder ses mains et sa bouche pour lui. Ils discutèrent de choses et d'autres et se moquèrent de blagues stupides et il adorait son rire. Ils évoquèrent son travail à la librairie. Il lui dit à quel point il l'aimait et que ce qu'il préférait était de faire la lecture aux enfants pendant l'heure du conte. Lorsqu'il lui demanda comment c'était d'enseigner la danse, son visage s'illumina comme précédemment et elle s'extasia sur les cours qu'elle donnait – danse contemporaine (son préféré), hip-hop et classique. Son ton se réchauffa lorsqu'elle lui confia qu'Angela et elle se connaissaient depuis leur enfance mais il sentit quelque chose de doux-amer lorsqu'elle mentionna que son amie était fiancée et qu'elles ne passaient plus beaucoup de temps ensemble en dehors du studio.

— Je parie que vous rendiez les garçons fous quand vous étiez petites, dit-il en posant son bâton pendant qu'elle faisait griller une autre guimauve.

Il avait cru que sa vie ces deux dernières années avait été plutôt incroyable mais le tempérament ensoleillé de Roni, son innocence sexy et son sens de l'humour insolent lui donnaient l'impression de n'avoir vécu qu'à moitié.

— Oui pour Angela, mais j'étais toujours au studio à danser ou à aider pour les cours. Je n'avais pas beaucoup de temps pour les garçons. Et pour être tout à fait honnête, je n'en ai toujours pas.

— J'avais remarqué.

Il appuya son bras contre le sien.

— Merci de m'avoir accordé quelques heures ce soir.

— Je n'arrive toujours pas à croire que tu aies fait tout cela rien que pour moi.

Elle retira sa guimauve du feu et l'arracha du bâton. Ses yeux passèrent en revue les lumières scintillantes qui encadraient la plate-forme du pick-up, les déchets de leur repas qu'ils avaient mis dans des sacs et déplacés sur le côté et se posèrent sur les fleurs sauvages, s'y attardant. Lorsque ses yeux magnifiques le fixèrent, l'intensité de leur regard attisa les flammes qui couvaient entre eux depuis des mois.

— Je suis vraiment contente qu'Angela ait remporté un rendez-vous avec toi pour moi. C'est la meilleure nuit que j'ai jamais passée.

Elle se lécha les lèvres et ses joues rosirent alors qu'elle mit à chuchoter : *Je t'aime bien, Quincy.*

— Même si je te rends nerveuse ?

— C'est une bonne nervosité. Des papillons dans mon ventre.

Elle lui tendit la guimauve pour qu'il la mange.

— Celle-là, c'est pour toi.

Ses doigts entourèrent délicatement son poignet et il abaissa sa bouche sur la friandise, n'en faisant qu'une bouchée et léchant le sucre sur ses doigts. Ses yeux s'emplirent de chaleur, sa poitrine se souleva avec des respirations plus profondes. Il se pencha plus près et effleura ses lèvres sur les siennes.

— Que dirais-tu de celui-là ? chuchota-t-il.

Un *Quincy* s'échappa de ses lèvres avec nostalgie.

Il glissa son bras autour de sa taille, l'attirant encore plus près.

— Je promets de garder mes mains pour moi, mais mes lèvres veulent les tiennes.

— *Embrasse-moi.*

Il fit glisser sa langue le long de sa lèvre inférieure et embrassa le coin de sa bouche.

— Si douce, murmura-t-il en traçant l'arc de sa lèvre supérieure. Bon sang, j'adore tes lèvres.

Elle émit un son bestial lorsque sa bouche se posa sur la sienne et il se délecta de sa douceur, de la sensation de sa langue glissant sur la sienne, hésitante mais également avide. Il était conscient de *tout* ce qui la concernait : la façon dont elle retenait son souffle pendant quelques secondes, le relâchant avec un gémissement affamé ou encore la sensation de ses bras qui l'entouraient, l'attirant plus près, lui permettant de prendre le baiser plus profondément. Sa bouche était un trésor de plaisirs. Ses doigts s'enfoncèrent dans ses épaules alors qu'elle s'ouvrait plus largement à lui, provoquant un gémissement d'un endroit encore vierge au plus profond de lui. Sa main effleura sa hanche, et nom de Dieu, elle était incroyable. Il se souvint de sa promesse et força sa main à rester là. Il avait une envie irrésistible d'être plus près, même habillé. Il se pencha sur elle, la mettant sur le dos, mais elle rompit le baiser, les yeux écarquillés.

— Quincy, je *ne peux pas.*

L'inquiétude dans sa voix fut déchirante. Il la regarda droit dans les yeux.

— Je n'essaie pas de faire autre chose que de t'embrasser. Je voulais juste te tenir pendant ce baiser. On peut s'arrêter.

Il entreprit de se redresser et elle lui attrapa le bras, une étincelle de surprise luisant dans ses yeux.

— *Attends.* Tu es vraiment d'accord pour te contenter d'un baiser ?

Elle était si douce et innocente, il avait envie de l'envelopper et de prendre soin d'elle autant qu'il avait envie de l'embrasser.

— Oui. J'ai attendu longtemps pour t'embrasser, et je ne suis pas pressé d'aller plus loin. Je sais que tu es nerveuse. Je le suis aussi. Je n'ai jamais voulu tenir une femme dans mes bras pendant que je l'embrassais. Pas comme je le fais avec toi. Cette chose entre nous est… *Plus puissante que l'attrait de la drogue.*

— Électrique, répondit-elle.

— Ouais.

— Et effrayante.

— Un peu. Oui.

Elle se lécha les lèvres, la confiance s'installant à nouveau dans ses yeux.

— La plupart des mecs ne l'admettraient pas.

— Une grande partie d'entre eux n'ont pas vécu la vie que j'ai eue. J'apprécie l'honnêteté et je ne brise pas les promesses, Roni. Je veux te revoir. Je veux faire la chasse au trésor avec toi vendredi soir si tu es libre, te voir la semaine prochaine et la semaine d'après. Je ne suis pas intéressé par un coup d'un soir.

— Je te crois sur parole. J'aime t'embrasser. Je ne voulais tout simplement pas te donner une mauvaise impression.

Mon Dieu, cette femme…

— Moi aussi j'aime t'embrasser et j'aime que tu sois aussi honnête que moi. Je pourrais t'embrasser toute la journée.

Un sourire timide courba ses lèvres.

— Je dois me lever tôt demain pour aller travailler. C'est une de mes longues journées. Mais tu pourrais peut-être m'embrasser encore un peu ?

— Bon sang, Roni, tu me fais tourner la tête.

Elle plissa le nez.

— C'est une bonne chose ? murmura-t-elle.

— *Oh que oui*, ma belle, tu donnes un nouveau sens à ce mot.

Il baissa sa bouche vers la sienne et tous les nœuds dans son ventre se dissipèrent.

CHAPITRE TROIS

— TU VEUX BIEN RALENTIR ? s'exclama Angela alors que Roni et elle se précipitaient dans le quartier ce vendredi après-midi-là.

Elles allaient chercher le déjeuner chez Jazzy Joe's et se rendaient à la librairie où Quincy travaillait, pour que Roni puisse lui faire un petit coucou. Quincy et elle avaient échangé des textos beaucoup plus souvent ces deux derniers jours, mais ils étaient tous les deux pris par le travail. Hier soir, il était sorti avec Kennedy et son petit frère, Lincoln car il avait précisé qu'il essayait de le faire assez souvent. Elle aimait qu'il fasse de sa nièce et de son neveu une priorité. Mais après mercredi soir, lorsqu'ils étaient restés allongés dans son camion à s'embrasser et à parler jusqu'à près de minuit – *surtout à s'embrasser* – elle avait hâte de le *revoir*. Et pas seulement à cause de ses baisers torrides, même si elle n'avait pas pu s'empêcher d'y penser non plus. Elle n'avait pas beaucoup d'expérience en matière de baisers, mais elle était certaine que ceux de Quincy, qui provoquaient des papillons dans son ventre et lui faisaient recroqueviller les orteils, pouvaient remporter des médailles d'or. Quand ils s'étaient enfin dit bonne nuit, elle avait été excitée et troublée. Et à présent, *il* lui manquait. Son visage, son rire, la façon dont il la regardait lui manquaient.

— Je sais que tu meurs d'envie de voir Quincy, dit Angela quand elles arrivèrent au coin de la rue et que l'auvent de la librairie apparut. Mais ce n'est pas comme s'il allait s'envoler. Tu as indiqué qu'il travaillait jusqu'à seize heures, puis qu'il venait te chercher pour la chasse au trésor.

— Je sais. Je suis tout simplement…

— Une femme qui le harcèle ? la titilla Angela.

— *Non*. Mais de quel droit tu juges ? Au début de ta relation avec Joey, vous vous voyiez *tous les jours*. Je veux juste jeter *un coup œil*.

Elle cessa de marcher.

— Attends. Est-ce que *j'ai l'air* d'une harceleuse ? C'est bizarre qu'après tous ces mois, les textos ne suffisent plus ?

Angela rit.

— Non. Je plaisantais. La seule chose à laquelle tu ressembles, c'est une fille qui a enfin laissé entrer dans sa vie le gars dont elle a rêvé tout l'été et qui en redemande. C'est une bonne chose, Roni. Peut-être vas-tu reprendre une vie sexuelle et passer à l'action. Maintenant, viens, allons voir ton mec, ensuite on pourra aller voir le mien.

— Arg ! J'ai un *mec* ! dit-elle, étourdie, ce qui les fit rire tous les deux.

Elle fut encore plus sur les nerfs lorsqu'elles approchèrent de l'entrée de la librairie et elle attrapa le bras d'Angela pour arrêter de marcher.

— Maintenant, j'ai peur qu'il me trouve collante.

— Être collante aurait impliqué de le supplier de passer après être sorti avec les enfants hier soir. Tu veux juste dire bonjour. En plus, tu n'as pas dit qu'il t'avait envoyé un texto à l'eau de rose disant qu'il décomptait les heures jusqu'à la chasse au trésor ? Il est à fond sur toi.

Elle ouvrit la porte et fit signe à Roni d'entrer.

Son message n'était pas du tout mièvre. Son pouls s'accéléra rien que d'y penser. *Il y a ce type à la librairie qui se vante de sortir avec la fille la plus sexy de Peaceful Harbor ce soir. Je dois te montrer ce type.* Il avait envoyé un selfie avec le message. *J'ai hâte de te voir ce soir, ma belle.* Il était encore plus difficile de lui résister à cause de son sens de l'humour. Non pas qu'elle veuille encore lui résister.

Elle repéra Quincy et de nouveaux papillons surgirent au creux de son estomac. Ses cheveux tombaient devant ses yeux et il y passa la main, les repoussant derrière ses oreilles, lui donnant une belle vue de son beau visage. Elle aimait la sincérité de ses yeux, mais qu'est-ce qui lui plaisait tant dans son visage ? Cela faisait deux jours qu'elle se posait la question. Il ne faisait aucun doute qu'il était magnifique, avec sa mâchoire carrée et sa force inéluctable, mais tout ne se résumait pas à son apparence. Roni savait à quel point les apparences extérieures pouvaient rapidement changer avec les accidents ou l'âge. Elle avait appris avec sa grand-mère à voir les gens pour ce qu'ils étaient à l'intérieur, parce que même les gens séduisants pouvaient être pourris… La réponse lui apparut immédiatement. La personnalité de Quincy rendait tout le reste encore plus séduisant. Et pour couronner le tout, elle se doutait bien qu'elle était la seule personne à connaître son côté tendre et romantique.

Elle le regardait faire la lecture à une douzaine de bambins assis par terre devant sa chaise, leurs adorables visages inclinés vers le haut alors qu'ils étaient suspendus à chacun de ses mots. Deux autres enfants se tenaient à ses côtés, regardant les pages qu'il lisait. L'un d'eux avait une main sur son épaule et l'autre était appuyé contre son autre côté. Quincy regardait les enfants pendant qu'il racontait l'histoire, en utilisant des voix idiotes et en leur posant des questions. Il écoutait leurs réponses aussi attentivement qu'il l'avait fait avec elle l'autre soir. Une petite fille blonde tenant un hérisson en peluche essaya de grimper sur ses genoux. Il la souleva et l'entoura de son bras sans rater un seul mot de l'histoire. La petite fille posa sa tête sur son épaule.

Elle fondait. Encore et encore.

Angela entraîna Roni loin de l'entrée et elles se tinrent près d'une fille maigre qui observait également Quincy. Angela pointa du doigt des femmes qui se tenaient serrées les unes contre les autres, chuchotant, au bord du tapis sur lequel les enfants étaient assis, les yeux rivés sur lui.

— A ton avis, combien de ces femmes ont emprunté leurs nièces ou neveux juste pour pouvoir le contempler ?

Roni remarqua que d'autres femmes étaient assises sur des chaises, certaines avec des bébés ou des enfants en bas âge sur leurs genoux et il y avait définitivement une différence entre elles et celles qui chuchotaient.

— Est-ce qu'on peut vraiment leur en vouloir ? demanda Roni de la manière la plus décontractée possible, en essayant d'ignorer la jalousie qui la tenaillait.

La jeune fille maigre répondit.

— Il est tout le temps reluqué, mais il ne pense qu'aux enfants.

— Ton enfant est là-bas ?

— Non. Le type qui lit est un de mes amis.

Les sourcils d'Angela se froncèrent légèrement.

— Un *ami* ? C'est ton petit ami ?

Roni jeta un regard furieux à Angela.

— Non, répondit-elle. C'est juste un ami qui m'aide à traverser une période difficile. C'est un type bien et il est célibataire, si c'est ce que tu cherches à savoir.

— Elle *ne* va *pas* à la pêche aux informations, déclara Roni, gênée qu'Angela ait posé la question.

Elle avait besoin de sortir de là.

— On doit y aller. Passe une bonne journée.

Elle se précipita hors de la librairie avec Angela sur ses talons et dès qu'elles eurent franchi la porte, elle se retourna vers son amie :

— Pourquoi as-tu dit ça ? Quincy n'est pas ce genre d'homme.

— Je sais bien que ce n'est pas le cas, mais pourquoi ne pas s'en assurer ?

— Parce que ça donne l'impression de ne pas avoir confiance en lui mais ce n'est pas *mon* cas. En plus, tu ne sais pas qui est cette fille ou ce qu'elle va lui raconter. Et s'il m'avait vue et qu'elle raconte que je le surveillais ? Ce n'est même pas moi qui ai parlé de cela et je ne le surveille pas. Je ne voulais qu'une chose : le voir.

— Je suis désolée, insista Angela. Tu as raison. Ça semblait être une bonne idée sur le moment.

— C'est toi qui as chanté ses louanges, tu t'en souviens ? lui fit-elle remarquer alors qu'elles se dirigeaient vers *Jazzy Joe's*.

— Oui et tu as raison. Je suis désolée. Comme je disais, j'ai vu une ouverture et j'ai pensé que ça valait le coup de demander. Et maintenant nous sommes fixées.

Elle mit son bras autour de Roni.

— Tu es ma copine. Je vais être un peu protectrice avec toi.

— J'apprécie, mais je ne crois pas que ce soit un coureur de jupons et je ne pense pas qu'il faille me protéger de lui. Mais il faudrait peut-être que je me protège de moi-même. Il me regarde comme s'il voulait me manger toute crue.

Elle tira la porte de *Jazzy Joe's*.

— Et je ne serais pas contre.

RONI PASSA LA JOURNÉE à osciller entre les commentaires incessants de son amie et ses leçons de morale sur les rapports protégés. Elle n'en revenait pas d'avoir confié à sa meilleure amie vouloir être dévorée par Quincy. Ce n'était pas comme si elle allait sauter dans son lit quand ils iraient à la chasse au trésor ce soir, mais ça ne voulait pas dire qu'elle ne pensait pas au fait qu'elle aimait être dans ses bras, à la sensation agréable que ses mains lui avaient procurée en se déplaçant sur sa hanche et dans son dos, et au fait qu'elle aimait quand il lui caressait le visage, plongeant si profondément dans son regard que cela lui semblait encore plus intime que leurs baisers. Ces choses la poussèrent à se demander ce que serait le fait d'être plus proche de lui, à quel point son corps nu serait agréable d'être pressé contre elle. Un coup à la porte de son appartement la sortit de ses pensées, envoyant des frissons d'anticipation le long de sa poitrine.

Quincy venait la chercher pour la chasse au trésor. Elle se regarda une dernière fois dans la glace. Elle portait un jean noir moulant, des bottines, son pull lavande préféré et elle trouva qu'elle était très belle.

Si seulement elle n'était pas si nerveuse.

Elle traversa le salon à toute vitesse, tentant de se calmer, et ouvrit la porte. Son corps entier frémit à la vue du lent sourire de Quincy et de ses yeux bleu clair qui la contemplaient.

— Bonjour, ma belle.

Il fit un pas à l'intérieur, glissa son bras autour de sa taille et l'attira pour un baiser qui lui fit fléchir les genoux.

— J'ai attendu toute la journée de faire ça.

— Moi aussi, glissa-t-elle, en toute honnêteté, même si c'était choquant.

— Alors peut-être que nous avons besoin d'un autre.

Il déposa ses lèvres sur les siennes.

— Et encore un autre.

Il l'embrassa lentement et tendrement, la gardant près de lui.

— Je ne me lasserai jamais de faire ça.

Elle ne chercha même pas à se raisonner quand elle se mit sur la pointe des pieds et pressa ses lèvres contre les siennes, parce qu'*elle aussi* n'en avait jamais assez. Il écrasa son corps contre le sien et elle sentit chaque centimètre dur de son être. Au moment où leurs lèvres se séparèrent, elle était très excitée.

— Si on continue comme ça, dit-il d'une voix pleine de retenue, je vais rompre la promesse que j'ai faite de garder mes mains pour moi.

Il relâcha sa prise, ce qui était probablement une bonne chose, car elle hésitait à lui demander de rompre cette promesse.

— Comment est-il possible que tu sois encore plus sexy avec tes lunettes ?

Elle toucha distraitement les montures noires.

— Je ne porte des lentilles que lorsque j'enseigne ou que je danse.

— Ça me convient parfaitement. Tu portais des lunettes le premier soir de notre rencontre et c'est l'image que j'ai de toi, assise à la table, essayant de comprendre ce qu'était cet éclair d'électricité entre nous. Tout comme moi.

Il déposa un léger baiser sur ses lèvres et ferma la porte, ses yeux balayant le canapé blanc cassé du salon avec des coussins rose pâle et lavande, la table basse en verre et la table d'appoint, ainsi que son canapé d'occasion de teinte bleue et chêne.

— J'aime cet endroit, dit-il en se dirigeant vers l'étagère près du canapé, jetant un coup d'œil aux romans, aux livres sur la danse et aux photos d'elle avec sa grand-mère, Angela et ses collègues danseurs.

— Merci. Il n'y a pas grand-chose.

Elle n'avait jamais reçu d'hommes dans son appartement et il ne lui avait jamais semblé trop féminin. Mais Quincy était si puissamment *masculin* et la façon dont il traversait la pièce, grand et costaud dans sa veste en cuir et ses bottes noires, en faisait un contraste frappant.

—Je ne suis pas d'accord. Ta maison en dit long sur toi. Elle est féminine et organisée, et toutes ces photos me disent qui tu es et ce qui est important à tes yeux. Peut-être qu'un jour nous finirons dans un cadre sur cette étagère, nous aussi.

Elle espérait que ce serait le cas.

Il prit une photo de Roni et de sa grand-mère.

— Je suppose que c'est Mamie, la célèbre cuisinière de tartes aux pommes.

— Tu te souviens vraiment de tout.

— Quand il s'agit de toi, oui. Quel âge avais-tu là-dessus ? Quatorze ans ? Quinze ans ?

— Quinze ans. Cette photo a été prise après le spectacle estival. Je préfère la danse contemporaine, et j'ai fait un solo sur *My Immortal* d'Evanescence. Grand-mère m'a avoué avoir pleuré pendant ma performance. Sa gorge se serra d'émotion lorsqu'elle vit le sourire fier de sa grand-mère.

— J'aimerais pouvoir remonter le temps et assister à toutes tes performances.

Il posa la photo.

— Angela vient à la chasse au trésor ?

Elle était toujours bloquée sur le fait qu'il aurait aimé la voir danser et il lui fallut une seconde pour mettre de côté ce doux sentiment et répondre.

— Non. Elle a d'autres projets.

— C'est dommage. J'aurais aimé la rencontrer *officiellement*, déclara-t-il en regardant d'autres photos.

— Nous nous sommes arrêtées à la librairie pour te saluer en allant chercher le déjeuner aujourd'hui, mais tu étais occupé à faire la lecture aux enfants. Tu étais vraiment bien avec eux.

— Je les adore. Ils sont tellement enthousiastes pour tout.

Il prit une autre photo comme s'il ne voulait pas en manquer une seule.

— Pourquoi ne pas être restées dans les parages ? J'aurais adoré vous voir.

— On devait récupérer notre repas et retourner au studio pour nos cours.

Il lui montra la photo qu'il tenait, un sourire carnassier soulignant ses joues.

— Tu es sexy dans ce justaucorps. Tu devras probablement le porter rien pour moi un jour.

La chaleur envahit son cœur et elle la sentit se propager sur son cou et ses joues.

— Tu es vachement mignonne, Roni, dit-il en gloussant doucement. Ta grand-mère a l'air fière sur chacune de ces photos. Quand a-t-elle été prise ?

— C'était à ma première représentation après mon départ à l'école, il y a environ six ans. Ce fut la seule fois où elle était venue me rendre visite et nous avons passé le plus beau des week-ends ensemble, même si elle détestait la ville. Elle disait que c'était trop animé et trop bruyant. Mais la vérité, c'est qu'elle ne sentait pas chez elle. Elle aimait être à la maison.

— Je peux comprendre ça. La plupart des gens veulent voyager, mais je suis comme ta Mamie. Je préfère que ma vie soit sans histoires. Je suis parfaitement heureux ici à Harbor, avec ma famille et mes amis.

Il reposa le cadre sur l'étagère.

— Nous devrions probablement y aller pour ne pas être en retard.

Elle attrapa sa veste courte en daim qui se trouvait sur la patère du mur. Angela la lui avait offerte à Noël dernier et avait dit qu'elle la rendait *sexy*. Quincy la prit et la lui tendit pour qu'elle l'enfile.

— Un vrai gentleman, hein ? dit-elle en y glissant ses bras.

— On dirait bien que je ne le suis qu'avec toi.

Il haussa les sourcils, ses yeux se promenant lentement le long de son corps.

— C'est une magnifique veste. Elle te va à ravir.

— Merci.

Elle mit ses clés dans sa poche et alors qu'ils se dirigeaient vers son camion, elle pensa à quel point elle aimait que les rendez-vous galants soient aussi une nouveauté pour lui. C'était bien de savoir qu'ils exploraient tous les deux cela pour la première fois.

Il l'aida à grimper dans sa camionnette et s'installa sur son siège.

— Prête à entrer dans mon monde ?

— Je pensais que nous allions à la chasse au trésor.

Il démarra le véhicule, mais il mit son bras en travers du dossier, lui accordant toute son attention.

— Nous y allons. C'est organisé par les Whiskey et Silver-Stone.

— J'ai vu ça sur internet.

— Eh bien, les Whiskey sont comme une famille pour moi et j'aimerais te les présenter, ainsi que mon pote Jed et le reste de mes amis, si tu es d'accord. Jed et moi étions colocataires, et je serai son témoin à son mariage pendant les vacances.

— Avec plaisir, dit-elle, bien que l'idée la rende encore plus nerveuse. J'aimerais rencontrer tes amis.

— Super. Comme les Whiskey organisent la soirée et que Biggs Whiskey est le président des Dark Knights, il y aura beaucoup de motards. Tu sais qui sont les Dark Knights ?

— Je suis certaine que tout le monde à Peaceful Harbor les connaît. Ils font beaucoup pour la communauté. Mais même si je n'avais pas entendu parler d'eux, ils ont fait une sacrée impression à la vente aux enchères.

— J'avais oublié. J'allais te prévenir que certains d'entre eux semblent intimidants, mais ce sont de bons gars.

— Est-ce que les deux gars qui ont failli se battre pour la rousse à la vente aux enchères seront là ? Ils m'ont fait peur.

La rousse n'était pas sur la liste lorsqu'elle était montée sur scène et avait été mise aux enchères, et le plus calme des deux hommes, qui mesuraient tous deux plus d'un mètre quatre-vingt, avait enchéri des dizaines de milliers de dollars sur elle. Le type à l'air plus rude, avec sa barbe épaisse et ses tatouages recouvrant chaque centimètre de sa peau, avait fait penser à Roni à un chien enragé prêt à attaquer quand il avait entamé la dispute. Même si l'enchérisseur avait semblé plus calme, elle ne doutait pas un instant qu'il aurait fait n'importe quoi pour remporter la jeune femme.

Quincy toucha son épaule.

— Ils seront là, mais tu n'as pas à t'inquiéter qu'une bagarre éclate. C'était un incident isolé entre Bullet Whiskey, le plus colérique des deux gars, celui avec la barbe épaisse, et Jace Stone, l'un des propriétaires de *Silver-Stone*. Bullet pensait que Jace voulait juste s'amuser avec sa jeune sœur, Dixie, la rousse.

— Elle avait pourtant l'air de pouvoir se débrouiller toute seule et je ne pense pas qu'*un* mec ferait une telle offre sur une femme si ce n'était pas sérieux.

— Je sais, mais Bullet est protecteur avec les gens qu'il aime. Nous le sommes tous. Mais ils sont de nouveau amis, et Jace et Dixie se sont mariés cet été.

— Vraiment ? C'est du rapide.

— Oh, je ne sais pas. Je pense que quand c'est la bonne personne, on le sait dès le premier jour.

Il lui pressa l'épaule et ils se dirigèrent vers le bar *Le Whiskey's*.

CHAPITRE QUATRE

LE PARKING du bar *Le Whiskey's* était rempli de motos, de camions et d'autres véhicules. Il n'était pas étonnant que Roni ait été mal à l'aise lorsqu'elle avait assisté à la vente aux enchères. Même avec la bannière lumineuse annonçant la chasse au trésor accrochée sur la façade du vieux bâtiment en bois, il avait toujours l'air aussi dangereux que la plupart des motards auxquels il s'adressait. Une foule de personnes, allant de jeunes familles et de professionnels à des bikers aux allures de durs à cuire portant des vestes en cuir avec des patchs Dark Knights, se massa autour des tables installées sur l'herbe. Quincy se gara sur le côté du bâtiment et aida Roni à sortir du pick-up.

— C'est quoi ce bâtiment ? demanda-t-elle en désignant un autre bâtiment usé par le temps derrière le bar.

— Le clubhouse des Dark Knights. Ils s'y rencontrent les lundis soirs.

— Si tu es si proche des Whiskey, pourquoi n'es-tu pas membre du club de bikers ?

— Ce serait un honneur de le devenir un jour, mais l'adhésion demande un gros engagement. Entre l'école, le travail, Kennedy et Lincoln ainsi que d'autres obligations, y compris une certaine nouvelle femme dans ma vie, j'ai suffisamment à faire. Tru n'est pas membre non plus, tout comme

Jace ou mon pote Scott, que tu vas rencontrer ce soir.

Il mit son bras autour d'elle alors qu'ils se dirigeaient vers l'entrée.

— Est-ce que Tru et Gemma seront là avec les enfants ?

— Certainement.

Il balaya la foule du regard, à la recherche de son frère. Dixie était debout près d'une table d'inscription avec Crystal et Finlay, la femme très enceinte de Bullet. Il repéra Truman qui parlait avec Jed et Bear.

— Tiens, Tru est là-bas.

— Nerveuse ? lui demanda-t-il alors qu'ils se dirigeaient vers eux.

— Un peu.

Il la serra contre lui et embrassa sa joue.

— J'assure tes arrières, ma belle. On va bien s'amuser.

— Et voilà le grand garçon, dit Bear alors qu'ils s'approchaient, faisant un signe de tête approbateur à Quincy.

— Je pense que tu veux dire le *meilleur* des hommes, déclara Jed.

Il ressemblait plus au frère biologique de Quincy que Truman, avec des cheveux blonds, une courte barbe et des yeux bleus.

— Comment ça va, mon frère ?

— T'as vraiment besoin de poser la question ?

Truman fit un clin d'œil à Roni.

— Hey salut, Roni. Content de te voir.

— Salut.

— Roni, voici mes potes Bear Whiskey et Jed Moon. Ils travaillent à *Whiskey Automobile* avec Tru. Bear est marié à la petite sœur de Jed, Crystal.

— C'est un plaisir de faire enfin ta connaissance, répondit

Jed.

— De même, dit-elle avec douceur.

— On voit ce mec dessiner des cœurs autour de ton nom depuis des mois, plaisanta Bear.

— Abruti, lança Quincy en riant.

— En fait, Bear, je suis contente d'entendre ça, répliqua Roni, ses yeux trouvant ceux de Quincy. Parce que moi aussi j'ai gribouillé son nom.

Jed et Truman gloussèrent.

Purée, ça faisait du bien.

— C'est bien, ma belle. Revendique ton homme.

Quincy lui embrassa la joue, ce qui lui valut un adorable rougissement.

— Elle doit d'abord trouver un *homme*, se moqua Bear.

Quincy se précipita vers lui et Bear recula en trébuchant, manquant de tomber sur sa mère qui traversait la foule en tenant bébé Axel dans ses bras. Wren "Red" Whiskey ressemblait à une Sharon Osbourne plus jeune, avec des cheveux roux courts et des yeux plein de sagesse. Comme d'habitude, elle était habillée tout en noir, de sa veste en cuir jusqu'à son jean et ses bottes. Comme toutes les femmes de bikers, Red était une dure à cuire, mais elle était aussi chaleureuse et aimante et avait plus joué le rôle d'une mère pour Quincy que sa propre mère ne l'avait jamais fait.

— Attention, mon grand, dit Red en les rejoignant. J'ai une précieuse cargaison.

— Désolé, maman.

Bear attrapa Axel.

— *Oh.* C'est ton bébé ? demanda Roni, en se penchant plus près pour mieux voir.

— C'est bien lui. C'est mon petit bonhomme, Axel.

— Il est adorable. J'*adore* les bébés.

La jeune femme remua le pied couvert de chaussons du bébé.

— Bonjour, Axel. Tu es adorable, pas vrai ?

— Et *toi aussi*, ajouta Red en s'approchant de Quincy et en posant une main sur son dos. Tu vas me présenter à cette belle jeune femme, mon chéri ?

— Désolé, Red. Je te présente ma nana, Roni.

La dite *nana* le frappa fort et il aima la sensation que cela lui procura de prononcer ces mots.

— Roni, voici Red Whiskey, la mère de Bullet, Bones, Bear et Dixie.

Elle lui lança un regard signifiant *Ne sois pas bête.*

— Si tu fais la liste de mes enfants, tu ferais bien de t'y ajouter avec Tru, Jed et la moitié des autres gars du coin.

Elle adressa un sourire de bienvenue à Roni.

— C'est un plaisir de te rencontrer, mon cœur. Tu es la veinarde dont l'amie a remporté un rendez-vous pour toi avec ce merveilleux jeune homme lors de la vente aux enchères, n'est-ce pas ? Celle qui, d'après ce que j'ai entendu dire, l'a fait attendre pendant tous ces mois.

— Je plaide coupable. Je ne sors pas souvent.

— Eh bien, ma chérie, tu t'es dégoté un gros lot, répondit-elle. Notre Quincy a un cœur en or. Il m'a appris le décès de ta grand-mère et je suis vraiment désolée de cette perte. Si tu as besoin d'une oreille attentive, il paraît que je sais écouter.

— Merci, dit-elle en regardant Quincy avec curiosité.

— J'ai aussi entendu dire que tu apprenais à notre Kennedy quelques mouvements adorables au studio d'Elisa, lança Red.

— Oui, c'est exact. Kennedy est une adorable petite fille et elle aime vraiment danser. Comment connaissez-vous Elisa ?

— Je la connais *assez bien*. Il est important de savoir qui sont les propriétaires d'entreprises sur le territoire des Dark Knights pour pouvoir les protéger. Tu vois ce vieil homme à la canne et à la barbe ébouriffée, mais incroyablement sexy ?

Red désigna Biggs, qui parlait avec Jace et Bullet. Biggs mesurait un mètre quatre-vingt-cinq, sa peau était comme du cuir après des années passées à conduire sa moto sous un soleil de plomb. Il portait une chemise noire à manches longues sous son gilet de cuir noir, sur lequel étaient apposés les patchs des Dark Knights. Il avait été victime d'un accident vasculaire cérébral, il y avait plusieurs années de cela et gardait un léger affaissement du côté gauche de son visage, principalement caché par sa barbe blanche et sa moustache, ainsi qu'un boitement qui nécessitait une canne.

— C'est mon mari, Biggs. Son grand-père a fondé les Dark Knights. Nous protégeons Peaceful Harbor depuis des décennies.

— Ok, écoutez tous ! annonça Dixie grâce à un mégaphone, puis attendit que la foule se calme. Bienvenue et merci de soutenir le refuge pour femmes de Parkvale en participant à cette chasse au trésor. Nous commencerons dans 10 minutes. Si vous n'êtes pas préinscrits ou si vous n'avez pas récupéré votre liste de chasse au trésor, vous pouvez le faire ici à cette table. Vous aurez deux heures pour cocher autant d'éléments de la liste que vous le pourrez. Chaque article vaut un certain nombre de points, comme indiqué sur la liste, et vous devez prendre une photo avec chacun d'eux. L'équipe qui obtiendra le plus de points gagnera un chèque-cadeau d'une valeur de deux cent cinquante dollars pour la boutique en ligne de *Silver-Stone*.

Des applaudissements et des cris de joie retentirent.

— Elle est encore plus belle que dans mon souvenir, déclara

Roni.

— Dixie est l'égérie de la société de Jace pour sa nouvelle ligne de vêtements *Leather and Lace*, et elle est le top model du calendrier pour l'année prochaine, expliqua Quincy. Elle doit faire des apparitions plusieurs fois au cours de l'année et je la remplacerai pendant son absence, en m'occupant de la comptabilité et de l'administration de leurs entreprises familiales.

— Waouh, tu ne plaisantais pas en disant être proche d'eux, dit Roni.

— Celui qui arrivera en deuxième position remportera des chèques-cadeaux d'une valeur de cent dollars de la part du *Whiskey's* et de *Whiskey Automobile*, annonça Dixie, suscitant de nouveaux applaudissements. N'oubliez pas d'être prudents là-bas. Nous nous retrouverons ici à huit heures pour annoncer les gagnants et profiter d'un buffet préparé par ma très talentueuse – et très enceinte – belle-sœur, Finlay !

— C'est ma Lollipop !² hurla Bullet, ce qui provoqua un grand nombre de rires.

— Est-ce qu'il a dit *Lollipop* ? demanda Roni.

— Eh oui. C'est ainsi que Bullet surnomme sa femme, Finlay, la Blonde enceinte qui se tient à côté de Dixie. Elle est propriétaire d'une entreprise de restauration et cuisine à temps partiel pour le bar.

Quincy lui prit la main.

— Je ne m'attarderais pas trop sur les raisons de cette appellation.

Il se pencha pour l'embrasser et remarqua qu'elle rougissait à nouveau, mais le faire en public lui paraissait déjà naturel.

— Nous ferions mieux de prendre notre liste. On se reverra

---

² Lollipop en anglais signifie Sucette.

ici quand on aura récupéré notre trophée.

— Rêve, répliqua Truman. Je vais être le grand gagnant. Kennedy a jeté son dévolu sur une veste en cuir du magasin de Jace.

Quincy gloussa en se dirigeant vers la table d'inscription. Si Roni et lui gagnaient, il fallait espérer qu'elle soit d'accord pour offrir cette veste à Kennedy.

— Tu as vraiment de la chance d'avoir autant d'amis, déclara Roni.

— J'en ai bien conscience. Je sais que c'est probablement éprouvant pour toi de retenir les noms de tout le monde, mais je suis content que tu sois là.

— Moi aussi. J'aime bien tes amis et j'aime beaucoup Red. On voit à quel point elle t'adore, dit-elle alors qu'ils s'engagèrent dans la file pour s'inscrire. Je ne savais pas que tu avais parlé de Mamie à quelqu'un.

Il la prit dans ses bras et elle rougit à nouveau.

— Tu devrais probablement t'habituer à ce que je t'embrasse et te tienne dans mes bras en public, parce que je ne peux pas m'en empêcher.

Il posa ses lèvres sur les siennes.

— Je suis désolé d'en avoir parlé à Red, mais j'étais en train de dîner chez eux quand tu m'as envoyé un message disant que ta grand-mère était décédée et tu m'as dit de ne pas venir te voir quand je te l'ai proposé. Je comptais venir mais Red m'en a dissuadé. Elle a précisé que les femmes fortes savent ce dont elles ont besoin et que je gâcherais toutes mes chances avec toi si je ne te laissais pas de l'espace.

— C'est vraiment une figure maternelle pour toi.

— Ouais et ces gars et leurs femmes, ainsi que Dixie, sont comme des frères et sœurs. On veille les uns sur les autres et comme tu l'as vu, on s'envoie aussi des piques.

— C'est bien. Je n'ai à vrai dire qu'Angela et Elisa, dit-elle alors que la file avançait.

— Et moi, chérie. Et par extension, tu auras aussi tous ces amis, que tu me largues ou non. Nous formons une fidèle équipe.

— Apparemment, tu es aussi un gros nigaud, lui lança Dixie en s'approchant d'eux.

— Hé, Dix.

Quincy était tellement occupé par Roni qu'il ne l'avait pas vue s'approcher d'eux.

— Voici Roni. Roni, voici la seule et unique Dixie Whiskey.

— C'est Dixie Whiskey-*Stone* maintenant, merci beaucoup. Salut, Roni.

La jeune femme se pencha vers elle et la serra dans ses bras, ses longs cheveux roux tombant en avant.

— Je suis contente que vous soyez là et c'est une super veste.

— Merci. C'était un cadeau de mon amie.

— Eh bien, ton amie a bon goût.

Elle lui remit une feuille de papier.

— Voici la liste de votre chasse au trésor. N'oubliez pas de prendre des photos, sinon vos réponses ne compteront pas.

— Ok. Merci, dit Roni.

— Dix ! Tu as une seconde ? brailla Jace à travers la pelouse, lui faisant signe. Hé, Quincy !

— Jace.

Quincy leva son menton.

— Je ferais mieux d'y aller. Tout le monde a besoin de quelque chose aujourd'hui. Bonne chance ! lança-t-elle, en se dirigeant vers Jace.

— Elle a l'air sympa, répliqua-t-elle en regardant Dixie s'éloigner. Elle se déplace dans ces bottes montantes comme si elle était née avec.

— Ouais, elle est géniale, répondit Quincy.

— Cinq minutes, tout le monde ! annonça Crystal dans le mégaphone.

Elle se faisait toujours remarquer dans une foule, avec ses cheveux noirs de jais, plusieurs piercings à une oreille et une affinité pour s'habiller comme une rockeuse punk.

— C'est Crystal, la femme de Bear.

— Waouh, on ne dirait pas qu'elle vient d'avoir un bébé, dit Roni.

— Tu devras le lui dire. Elle pense qu'elle est devenue énorme, mais nous pensons tous qu'elle est superbe et Bear ne peut pas s'empêcher de la toucher.

Il fit un signe de tête à ce dernier qui s'avançait derrière Crystal, berçant Axel dans un bras tandis qu'il mettait l'autre autour d'elle et l'embrassait.

— Tu vois ?

— Ils sont mignons ensemble, dit-elle alors que les gens commençaient à se diriger vers le parking.

— Allez, on y va.

Quincy repéra Penny et Scott à côté de la voiture de ce dernier de l'autre côté du parking et la désigna.

— C'est mon amie Penny, la sœur de Finlay, et le gars avec elle est notre ami Scott.

Penny jeta un coup d'œil, fit un signe, dit quelque chose à Scott, puis courut vers eux.

— Hey, Pen.

La jeune femme posa une main sur sa hanche vêtue d'un jean, leur souriant.

— Salut.

Ses yeux se tournèrent vers Roni.

— Je suis Penny.

— Moi, c'est Roni. Tu travailles au magasin de glaces, c'est ça ?

— Ouais, j'en suis la propriétaire.

Elle désigna Quincy.

— Parfois, ce gros balourd m'aide là-bas.

— Vraiment ? C'est tellement amusant. J'*adore* tes sundaes, avoua Roni. Je pense que le sundae *Adieu jour de déprime* est mon préféré.

— Je travaille sur un nouveau sundae appelé *Le Garçon aux livres trouve sa copine*, dit Penny en regardant Quincy. Ce sera mon sundae le plus doux.

— Je pense que ça va être mon prochain sundae préféré.

— Moi aussi, dit Quincy, en se rapprochant d'elle.

— Je ferais mieux d'y aller avant que Scott ne s'impatiente. Vous allez revenir ici ?

Penny regarda Roni.

— J'adorerais discuter et apprendre à mieux te connaître.

— Je pense que oui. Pas vrai, Quincy ?

— Ouais, on sera là. Mais tout ce que Penny te dira sur moi sera un mensonge.

— Ha ! On verra bien. On se voit plus tard les gars.

Penny courut rejoindre Scott.

— Elle a l'air drôle, déclara Roni en se dirigeant vers le pick-up de Quincy.

— Elle est géniale.

Il ouvrit la portière côté passager et l'aida à grimper, puis fit le tour du côté conducteur.

— Tu devrais savoir que tout le monde pensait que Penny

et moi allions sortir ensemble, mais ça n'a jamais le cas, ajouta-t-il en démarrant le moteur. Nous sommes juste de très bons amis. Il y a eu des fois où j'ai dormi sur son canapé et où elle a dormi sur le mien. Mais on ne s'est jamais embrassés.

— Ok, répondit-elle et elle examina la liste pour la chasse au trésor.

Il ne pouvait pas voir son expression pour la jauger.

— C'est un *ok*, genre tu me crois, ou un *ok*, comme quand les filles disent qu'elles vont bien, mais qu'elles sont vraiment énervées ?

Il amena le pick-up dans la file derrière les autres véhicules. Elle leva les yeux de la liste.

— Je te fais confiance, Quincy. Je m'attendais à ce que tu aies des amis filles et garçons. En plus, ce n'est pas comme si j'allais être jalouse d'une *ancienne* petite amie.

— Eh bien, je n'ai jamais eu de véritable petite amie donc il n'y en a pas d'anciennes. Je sais que c'est nouveau entre nous, mais je veux que tu saches que je ne cherche personne d'autre.

— Ok. Je suis contente, parce que moi non plus.

Elle soutint son regard un peu plus longtemps, puis regarda à nouveau la liste.

— Elle est bien *longue*. Écoute quelques-unes des choses que nous devons faire. *Jouer la sérénade à un inconnu, dévaler un toboggan, s'embrasser sur les marches de la bibliothèque municipale,* en levant les yeux au ciel. C'est bizarre pour une chasse au trésor.

Il était encore sous le coup de l'émotion parce qu'elle ne cherchait pas la petite bête et que son amitié avec Penny ne la dérangeait pas.

— C'est sûr mais d'abord, on va à la bibliothèque.

— Attends !

Elle tordit son cou, regardant par la fenêtre Biggs et Red qui se dirigeaient vers leur voiture.

— Il nous faut une photo de Biggs pour cocher la case *Prendre la photo d'un type avec une moustache cool*. Cela rapporte 15 points. Je me dépêche !

Elle ouvrit sa portière et sortit son téléphone de sa poche arrière avant de traverser le parking en courant vers eux.

Son boitement était plus prononcé quand elle courait. Quincy se demanda si c'était dû à une ancienne blessure de danse, mais il pensa que ce serait impoli de le lui demander et supposa qu'elle lui en parlerait quand elle serait prête. Il la regarda montrer la liste à Biggs, qui lui fit signe de se mettre à côté de lui. Il mit son bras autour d'elle et elle prit un selfie. Quincy aimait la voir sortir de sa coquille. Alors qu'elle courait vers le véhicule, le vieil homme lui fit un signe du pouce ; c'était merveilleux.

Elle grimpa dans la voiture, en respirant fort.

— Je l'ai !

Sans hésiter ni réfléchir, il la hissa sur la banquette à côté de lui.

— Tu es si adorable, dit-il, et colla sa bouche à la sienne.

Quand leurs lèvres se séparèrent, elle soupira longuement.

— Si je me précipite pour prendre une autre photo, j'aurai droit à un autre baiser ?

— Chérie, tu n'as pas besoin de bouger un muscle.

Il lui donna un autre baiser et le véhicule derrière eux klaxonna. Quincy s'écarta et jeta un regard par-dessus le siège, rencontrant les yeux amusés de Truman et Gemma.

APRÈS AVOIR PARTAGÉ PLUSIEURS baisers à vous donner des frissons sur les marches de la bibliothèque, avoir oublié de prendre une photo et en avoir ri en conduisant pour recommencer, ils avaient avancé sur la liste, prenant des photos d'un homme promenant un chien, de graffitis sur un mur de briques et d'une dizaine d'autres choses. Ils prirent des selfies ensemble, s'embrassant et faisant des grimaces. Quincy ne s'était jamais autant amusé.

Quand ils s'arrêtèrent au parc pour faire du toboggan, il grimpa sur l'échelle derrière Roni et lui donna une claque sur les fesses. Elle cria, se précipitant sur le palier. Il l'attrapa par la taille, l'écrasant contre lui et captura ses lèvres rieuses contre les siennes.

— Tu *ne* gardes *pas* tes mains pour toi, dit-elle en souriant, mais ses yeux lui disaient qu'elle aimait chaque seconde de ce moment autant que lui.

— Peut-être qu'on peut renégocier. Juste pour *cela*.

Il pressa ses lèvres contre elle et attrapa ses fesses à deux mains.

— C'est une torture de regarder ton corps magnifique et de ne pas pouvoir te toucher. Je n'essaierai pas de te caresser ailleurs.

Elle rit et posa son front sur sa poitrine.

Il déplaça ses mains vers sa taille.

— Désolé. Un peu trop tôt ?

Elle hocha la tête et repoussa ses mains jusqu'à ses fesses.

— Mais il faut être équitable.

Elle lui empoigna les fesses et son corps s'électrifia. Un gémissement monta dans sa gorge et il abaissa de nouveau sa bouche vers la sienne, l'embrassant longuement et passionnément. Elle appuya plus fortement sur ses fesses, et en quelques secondes, ils s'embrassèrent fiévreusement, leurs hanches s'entrechoquant. Était-ce la même femme qui rougissait pour un baiser en public ? Lorsque leurs lèvres se séparèrent enfin, son corps vibrait de la tête aux pieds, mais c'est le sentiment vertigineux de plénitude qui plongea Quincy dans le brouillard.

— *Bon sang*, Roni. Qu'est-ce que tu me fais ? Je ne me suis jamais senti comme cela.

— Moi non plus.

Elle se mit sur la pointe des pieds et il la rejoignit dans un autre baiser renversant.

— *Waouh*, chuchota-t-elle. On ferait mieux de…

— Bien sûr.

Il grimpa en haut du toboggan, la tirant sur ses genoux. *Bon sang de bonsoir.* Il était dur et elle était douce et parfaite. Elle allait le tuer.

Il ne put s'empêcher d'embrasser sa mâchoire et de lui donner un autre baiser torride.

Quelque temps plus tard, dix minutes ou peut-être trente – il n'avait aucune idée de ce qu'il en était – les joues de Roni étaient rouges, ses yeux lascifs et magnifiques, ils prirent un selfie, s'embrassèrent pendant qu'ils en prenaient un autre et finalement descendirent le long du toboggan, prenant d'autres photos au passage. Puis ils retournèrent au pick-up pour rayer d'autres éléments de leur liste.

En commençant par un autre baiser.

LE SOLEIL se couchait quand Roni demanda à Quincy de se garer sur le parking de la pharmacie.

— Qu'est-ce qu'on va chercher ici ? demanda-t-il.

— Tu vas voir. Mais nous devons être rapides. Nous n'avons que vingt minutes pour retourner au bar.

Ils se précipitèrent dans la pharmacie et il la suivit dans les allées. Elle attrapa un kit d'épilation.

— Je suis totalement cool avec les épilations du bikini, dit Quincy. Mais tu n'as pas besoin de le faire *maintenant*.

Elle émit un *tss* et lui donna une petite tape sur l'estomac en se dirigeant vers la caisse.

— Ce n'est pas pour moi. C'est sur notre liste.

— Y aurait-il une autre liste dont je n'ai pas connaissance ? demanda-t-il en payant la crème dépilatoire. Est-ce que ça implique des cravates en soie ? Parce que je suis totalement d'accord pour le faire.

Elle leva les yeux au ciel alors qu'ils retournaient dehors.

— Et la crème fouettée ? C'est sur cette nouvelle liste ?

— Parce que ça serait cool, aussi.

— Dixie pourrait peut-être l'ajouter pour l'année prochaine. Elle s'arrêta à côté de la voiture. J'ai besoin que tu enlèves ta chemise.

— On va se mettre à poil sur le parking ?

— Nous devons épiler une partie du corps. Ça vaut *cent points* et cela pourrait faire de nous les gagnants.

Elle désigna son t-shirt :

— Enlève-le.

— Pas question. J'ai vu le film *40 ans, toujours puceau*. Je sais ce que la cire fait à la poitrine d'un mec.

— Bien.

Elle souleva l'ourlet de son T-shirt et regarda en dessous.

— Il n'y a pas assez de poils sur ton ventre.

Elle se mit à genoux.

— Euh, *ma belle*. Je ne peux pas te toucher, mais tu as le droit de me faire une fellation sur un parking public ? Ok.

Il saisit le bouton de son jean.

— Non, *je ne peux pas* !

Elle rit, devenant rouge écarlate.

— Je cherche une partie poilue du corps.

Il ricana et elle lui lança un regard impassible. Elle fit courir sa main de haut en bas de son mollet.

— C'est parfait.

— Oui, en effet. Fais-le un peu plus haut.

Elle se leva, souriant d'une oreille à l'autre.

— Tu as une paire de ciseaux, un couteau ou quelque chose d'autre ?

Il couvrit son sexe avec ses mains.

— Je t'aime bien, ma belle, mais tu ne t'*en* approcheras pas avec un objet pointu autre que tes dents.

— Oh mon Dieu. *Quincy* !

Elle se détourna mais elle riait :

— Tu es impossible.

— Pour toi, tout est possible. Je suis une valeur sûre.

Il l'attira dans ses bras et l'embrassa.

— Nous manquons de temps. Pourquoi as-tu besoin de ciseaux ?

— Pour couper la bande de cire.

Il déverrouilla le pick-up et attrapa son canif dans la boîte à gants. Elle ouvrit le paquet et tendit la main vers le couteau.

— Je vais le faire, ma belle.

Il n'arrivait pas à croire qu'il allait la laisser faire ça.

Si, il le pouvait, parce que c'était Roni, et qu'il aurait un mal fou à lui refuser quoi que ce soit.

— Je sais me servir d'un couteau, dit-elle en le lui prenant des mains.

Elle s'agenouilla sur le sol, tenant fermement la bande pendant qu'elle la coupait. Puis elle le regarda derrière ses lunettes sexy, ses yeux noisette reflétant l'indéniable combinaison d'amusement et de désir – son nouveau regard préféré.

— Cela va peut-être faire mal.

Il avait connu bien pire qu'une petite épilation à la cire.

— Vas-y, ma belle.

Elle décolla l'arrière de la bande de cire, puis la pressa sur le côté de son mollet et frotta sa main dessus pendant une minute ou deux.

— Prêt ?

— Ma belle, fais-le…

Elle arracha la bande de cire, provoquant une sensation de brûlure dans sa jambe et il grimaça.

— *Bordel de merde.* Les femmes font ça à leurs… ?

Elle ricana et prit une photo.

— Cela finira par arrêter de piquer, dit-elle en se relevant. Merci de t'être sacrifié pour l'équipe. On ferait mieux de se dépêcher.

Elle lui tendit la bande. Elle était couverte de poils et coupée en forme de R. Il haussa un sourcil.

— *Roni…* ?

— Tu m'as dit de revendiquer mon homme, répondit-elle d'un ton insolent et elle monta dans le véhicule comme si elle ne venait pas d'attraper son cœur au lasso et de le ramener à bon port.

CHAPITRE CINQ

RONI ENTRA DANS le *Whiskey's* bras dessus, bras dessous avec Quincy, se sentant complètement différente de la nuit de la vente aux enchères. Non seulement elle passait la meilleure soirée de sa vie, mais ils furent immédiatement accueillis par des gars costauds en blousons de cuir qui embrassèrent Quincy ou lui tapèrent dans le dos et accueillirent Roni chaleureusement. Elle n'en revenait pas du nombre d'amis qu'il avait, ni du nombre d'entre eux qui s'interpelaient par leur nom de route – Court, Viper, Crow, et bien d'autres – à la manière des hommes Whiskey. Elle rencontra Bones Whiskey et sa douce fiancée, Sarah, ainsi que la fiancée de Jed, Josie. Alors qu'ils se frayaient un chemin à travers le bar bondé vers la table pour rendre leurs photos pour la chasse au trésor, Quincy continua apparemment de la présenter à tout le monde. L'endroit était bondé. Des hommes et des femmes jouaient aux fléchettes et au billard, remplissaient leurs assiettes au buffet et mangeaient aux tables. Il y avait aussi des enfants qui couraient partout. C'était bruyant et animé, et tout le monde était amical. Elle ne parvint pas à retenir tous les noms, mais elle s'assura de se souvenir de ceux des Whiskey, de Jed et de Scott ainsi que ceux de leurs proches car elle savait combien ils étaient importants aux yeux de Quincy.

Une blonde nommée Isla les aida à télécharger leurs photos et quand ils se retournèrent, un petit garçon avec une tignasse de cheveux marron clair passa en courant, poursuivi par un autre plus jeune aux cheveux blonds.

— Eh ! oh ! les p'tits gars, ralentissez, cria Quincy après eux. Bones passa.

— Je m'en occupe. Merci, Quincy.

— Ce sont ses garçons ? demanda Roni.

— Le plus âgé est le fils de Jed et Josie, Hail, et le plus jeune est Bradley, l'un des trois enfants de Bones et Sarah.

Il désigna leurs deux filles, Maggie Rose, un nourrisson emmitouflé dans les bras de sa mère, et Lila, la petite fille que Quincy avait mise sur ses genoux à la librairie. Elle semblait avoir environ deux ans et s'accrochait joyeusement à Biggs pendant qu'il parlait avec un type dont Roni ne se souvenait pas du nom.

— Je n'ai jamais entendu parler d'enfants qui courent dans un bar, dit Roni. Non pas que j'en fréquente ou que j'en entende souvent parler, mais je présume toujours que les gens y vont pour boire et faire la fête.

— Chaque fois que les Whiskey organisent un événement, c'est une affaire de famille et pas mal d'entre nous ne boivent pas. C'est l'une des nombreuses choses que j'aime dans ce groupe.

— C'est un autre point commun car moi non plus, je ne bois pas.

— Miss *Woni* est là ! brailla Kennedy à pleins poumons, se faufilant entre Truman et Gemma, qui discutaient avec Bullet à quelques mètres de là.

Roni avait apprécié Truman et Gemma au moment même où elle les avait rencontrés, lorsqu'ils étaient venus au studio pour vérifier que tout allait bien pendant les cours de Kennedy. Gemma était un amour, avec des cheveux bruns et des reflets dorés. Quant à Truman, il était grand mais il avait les cheveux noirs alors que Quincy était blond. Il avait une barbe et des tatouages bleus sur les bras et les mains, et qui dépassaient du col de sa chemise. Mais malgré son apparence de dur à cuire, il était gentil et doux avec les enfants et Gemma.

Kennedy sautait sur place dans sa robe violette.

— Maman ! Papa ! Mademoiselle Woni est là ! Tu es à ton rendez-vous avec Oncle Quincy ? cria-t-elle.

— Oui, je pense, dit Roni, et une poignée de personnes autour d'elles gloussèrent.

— Un *rendez-vous pour s'amuser* ? demanda Truman.

— Oui ! s'exclama Kennedy. Oncle Quincy voulait vraiment avoir un rendez-vous pour s'amuser avec Miss Woni.

— Je n'en doute pas un seul instant, répondit Bullet en ricanant.

Il était le plus intimidant de tous, à l'exception du barman massif portant une casquette de baseball, Diesel, à qui Quincy avait présenté Roni plus tôt.

— J'adore ce genre de rendez-vous avec ma femme, dit Bear de l'endroit où il se tenait près du bar, déclenchant une litanie de rires et de blagues parmi la foule.

Quincy attira Roni dans ses bras, la regardant dans les yeux avec un sourire diabolique.

— Nous avons été démasqués par un petit être humain.

Elle rigola.

— Ce n'est pas grave. J'aime bien jouer avec toi.

Il lui donna un baiser et la foule les acclama et siffla. Il y mit tout son cœur, appelant Kennedy.

— Hé, mon chou ! Mademoiselle Roni et moi aurons beaucoup d'autres *rendez-vous* dans le futur.

— Yeah ! s'écria Kennedy en applaudissant. Maintenant, tu peux montrer à Mademoiselle Woni comment tu peux avaler de la glace toute la nuit ! *Bye* !

Elle partit en courant, laissant les gars hurler de rire et Roni, les joues rouges, enfouit son visage dans la poitrine de Quincy.

Le jeune homme embrassa le haut de sa tête.

— Oh, ma chérie. Je suis désolé.

— Désolé de manger *de la glace* toute la nuit ? se moqua Bullet. Mec, c'est un sacré avantage.

— Très bien, Bullet. *Dégage*, dit Quincy, en frottant une main sur le dos de Roni.

Son côté protecteur le rendait encore plus sexy. Elle leva son visage, le surprenant en train de fixer Bullet. Un soupçon d'inquiétude pulsa dans sa poitrine. Elle voulut lui dire que tout allait bien et le forcer à arrêter de défier Bullet et ouvrit la bouche pour le faire, mais avant qu'elle ne puisse dire un mot, Bullet la coupa.

— Désolé, Roni. Je ne voulais pas t'embarrasser.

Bullet caressa sa barbe, ses yeux étant maintenant rivés sur la jeune femme alors que Finlay venait à ses côtés, adorable avec son ventre qui commençait à se voir et ses cheveux blonds tombant en cascade autour de son visage.

— Mais vous devez admettre que *c'est* un avantage. Comment pensez-vous que ma femme a obtenu son surnom ?

Finlay sursauta.

— Bullet Whiskey, ce *n*'est *pas* vrai.

— Mais c'est marrant, avoua Bullet.

Roni dut admettre que c'était drôle. Elle rit comme tout le monde, aimant l'esprit de camaraderie des amis de Quincy.

— Ok, ça suffit, lança Dixie, passant devant Bullet avec

Penny et Crystal sur ses talons. Sans sa veste, les tatouages colorés de la jeune femme étaient visibles et ils étaient aussi beaux qu'elle.

— C'est l'heure des filles, Quince. Nous avons besoin de t'emprunter Roni pour un petit moment. Tu peux traîner avec les Néandertaliens.

Roni fut surprise qu'elles veuillent l'inclure et elle était impatiente d'apprendre à les connaître.

— Les gars sont loin d'être aussi amusants que ma copine.

Quincy resserra son emprise sur Roni, et *oh*, comme elle aimait ça.

— Dernière chance, Gritt. Embrasse-la ou retiens-toi pour toujours, dit Crystal.

— Mon cœur, tu es d'accord pour aller avec elles ? demanda-t-il pensivement.

— Oui, bien sûr.

Il pressa ses lèvres contre les siennes, puis leur jeta un regard furieux à toutes les trois.

— Je ne sais pas ce que vous faites pour endoctriner les femmes dans votre groupe, mais allez-y doucement, d'accord ? Ne l'effrayez pas.

Roni le regarda.

— Il en faudrait beaucoup pour me faire fuir.

— Eh bien, nous y voilà, dit Dixie. Cette fille n'est plus si timide, n'est-ce pas ?

— C'est dur de le rester par ici, répliqua-t-elle alors que Dixie et Crystal l'encadrèrent.

Gemma les rejoignit.

— Je n'arrive pas à croire que tu l'aies éloignée de Quincy. Il l'avait collée à ses côtés.

— Je ne vois pas Roni se plaindre, dit Quincy.

Waouh. Elle aimait cette facette de Quincy. Il était un peu possessif mais pas autoritaire. Il était juste… Protecteur ? Attentionné ? Aussi intéressé par elle qu'elle ne l'était par lui ? Oui, il était toutes ces choses à la fois. Ses mots lui vinrent à l'esprit et elle y repensa *Il marque son territoire et cela fait du bien.*

— Je vous rejoins dans une seconde, les filles, ajouta Penny. Je dois parler à Quincy.

Alors qu'ils l'emmenèrent, Roni sentit les yeux de ce dernier sur elle et elle jeta un coup d'œil par-dessus son épaule pour le regarder. Bien sûr, même si Penny et lui étaient en train de discuter, il *la* fixait. Il lui envoya un baiser et elle l'attrapa mentalement et le rangea avec les autres choses romantiques qu'il avait faites.

— La voilà !

Josie, une petite femme à la chevelure blond vénitien, se leva d'un bond à une table où elle était assise avec sa sœur, Sarah. Cette dernière berçait son bébé.

— Est-ce que Quincy nous surveille toujours ? demanda Dixie alors qu'elles s'asseyaient toutes.

Gemma se tordit le cou.

— Il parle à Penny. Oups, il a jeté un coup d'œil.

Roni ne put s'empêcher de faire de même. Son cœur fit un bond à la façon dont Quincy la dévisageait.

— Eh bien, si ce regard n'en dit pas long, déclara Dixie. Tu as rencontré toutes les filles, n'est-ce pas, Roni ?

— Je crois bien, sauf la Belle au bois dormant, précisa-t-elle en désignant le bébé de Sarah. Ce doit être Maggie Rose. Elle est très belle.

Sarah ramena ses cheveux blonds foncés derrière son oreille.

— Elle est épuisée.

— Je n'arrive pas à croire qu'elle puisse dormir avec tout le bruit qu'il y a ici, s'étonna Roni.

— Elle est habituée. Je te jure que notre maison n'est jamais calme.

Sarah embrassa la tête de Maggie Rose.

— Tu as déjà rencontré mes autres enfants, Bradley et Lila ? Biggs s'est enfui avec Lila, il y a un petit moment. Je suis sûre qu'elle s'est gavée de cookies et Bones gardait un œil sur Bradley et Hail.

— Les garçons sont passés en trombe devant nous juste avant que Kennedy n'annonce publiquement mon *rendez-vous* avec Quincy.

— Désolée pour ça, dit Gemma quand Penny les rejoignit à la table.

— Oh, ne le sois pas. Kennedy est une petite maligne, répondit-elle. Je dois admettre que je suis fille unique, donc tout ce monde est un peu étouffant mais j'adore les enfants. J'ai vraiment apprécié de rencontrer tant d'amis de Quincy.

— Cette foule peut définitivement être envahissante. Tu es toujours là, donc c'est un point en ta faveur, la taquina Josie.

— Elle a de nombreux points en sa faveur, répondit Penny. Quincy est fou de toi, Roni. Il n'a pas arrêté de te regarder pendant qu'on parlait et quand Jed, Tru et Scott l'ont coincé, je l'ai entendu parler de toi en m'éloignant.

Elle se sentit alors vraiment très bien et cela lui donna un regain de confiance.

— Je suis folle de lui, moi aussi.

— Tu as aimé la chasse au trésor ? demanda Sarah.

— On s'est bien amusés. J'ai trouvé que la liste contenait des choses étranges, par contre. Je n'avais jamais participé à un jeu où l'on demandait d'embrasser son partenaire. Non pas que ça me dérange, précisa Roni. J'adore embrasser Quincy, et une fois que j'ai vu Penny et Scott s'embrasser près du parc et prendre un selfie, je me suis dit que ça devait être quelque chose qui devait être fait par le groupe pour la chasse au trésor.

— *Embrasser* quelqu'un était sur ta liste ? s'interrogea Gemma.

— Je suis *bien plus* intéressée par le fait que Penny et Scott se soient embrassés.

Dixie pencha la tête, regardant Penny.

— Crache le morceau, ma belle.

— Pourquoi le baiser n'était pas sur *ma* liste ? demanda Crystal.

— Penny, tu as *embrassé* Scott ? dit Josie.

— Ou c'est *Scott* qui t'a embrassée ? "précisa Sarah."

Elles regardèrent toutes Penny avec impatience quand Finlay fit irruption dans la foule et s'assit sur une chaise en poussant un soupir.

— J'ai mal aux pieds.

Elle regarda autour d'elle.

— Oh oh. Qu'est-ce que j'ai manqué ?

— Penny a embrassé Scott, déclara Josie. Ou c'est notre frère qui l'a peut-être embrassée.

— Quoi ? Finlay lança un regard furieux à Penny. Je suis ta *sœur*, et je suis la dernière au courant ?

— Je suis si confuse, affirma Roni. Vous n'aviez pas le baiser sur votre liste ? Et l'épilation d'une partie du corps ? C'était une autre chose bizarre de la liste.

Tous les regards se tournèrent vers elle et Crystal éclata de rire.

— Oh mon Dieu, lança Finlay et elle se couvrit la bouche quand le rire jaillit.

Josie toucha le bras de Roni.

— On ne se moque pas de toi. C'est du *Dixie* tout craché.

— Tu as *épilé* quelque chose ? demanda Crystal, morte de rire.

— J'ai épilé *Quincy*, répliqua-t-elle et tout le monde explosa de rire, elle y compris. Ça valait 100 points et on voulait gagner !

Ce qui provoqua de nouveaux éclats de rire.

— Tu vas t'intégrer parfaitement, Roni, confirma Dixie. Le radar à ragots d'Izzy doit être en alerte maximum. La voilà.

Dixie pointa du doigt la superbe barmaid aux cheveux noirs et lisses et aux grands yeux en amande qui se dirigeait vers elles, marchant comme si elle était en mission dans une mini-robe moulante. Roni avait oublié son nom et elle était heureuse que Dixie le lui rappelle.

Izzy attrapa Tracey, la petite serveuse brune qui était en train de débarrasser les tables quand Quincy les avait présentées. Elle se souvint de son nom parce qu'elle avait remarqué que le barman à l'air effrayant avec la casquette de baseball ne la quittait pas des yeux.

— *Qu'est*-ce qui se passe ici ? demanda Izzy en glissant son corps souple sur une chaise.

Tracey prit le dernier siège vide et sourit à Roni. Elle avait un regard prudent, différent de celui des autres, qui semblaient toutes si bien dans leur peau.

— Penny a embrassé Scott, lâcha Dixie.

— Waouh, *Penny*, s'exclama Izzy.

— Et Roni a épilé *une partie du corps* de Quincy, ajouta Gemma. On ne sait pas encore laquelle.

— Oh mon Dieu, déclara Tracey.

— C'était sa *jambe*, cria Roni. J'ai mis un *R* à la cire dessus, ajouta-t-elle plus doucement.

Les filles étaient hystériques.

— Je vais lui en faire voir de toutes les couleurs, dit Penny en riant.

Finlay pointa cette dernière du doigt.

— Super. Juste après que tu aies avoué pour Scott. Qu'est-ce qui se passe entre vous deux ?

— Il n'y a rien à dire. La jeune femme croisa les bras, comme si elle avait été prise la main dans le sac. On avait aussi le baiser sur notre liste.

Dixie hurla de rire.

— C'est des foutaises, mais vous avez des points supplémentaires pour la créativité. J'ai fait les listes et seuls Quincy et Roni avaient le baiser sur la leur.

— Oh, répliqua Penny. *Oups.*

— Pourquoi seulement nous ? demanda Roni.

— Parce qu'on aime tous Quincy et ça fait des mois qu'il meurt d'envie de sortir avec toi. Quand il m'a avoué qu'il t'avait invitée à venir ce soir, j'ai pensé vous donner un petit coup de pouce, ajouta Dixie. Je suis contente que ça ait marché.

— J'aime que tu t'inquiètes autant pour lui, mais crois-moi, je n'ai pas besoin d'un coup de pouce pour embrasser Quincy. J'ai les genoux qui tremblent à chaque fois qu'il me dit *Hé, ma belle*, expliqua Roni, se surprenant elle-même de son honnêteté.

Mais c'était facile de leur parler et elle ne se sentait pas gênée de leur avouer la vérité.

— Waouh, *allez*, Team Quincy, dit Gemma. Tru me fait ressentir la même chose à chaque fois qu'il me regarde. La séduction doit être dans leurs gènes.

— La première fois que je vous ai rencontrés Tru et toi, il vous regardait, les enfants et toi, comme si vous étiez tout son monde, dit Roni. Mais je ne voulais pas *vendre la mèche*, Penny. Je suis désolée.

— Il n'y a rien à dire. On s'est embrassés. Pas de quoi en faire un plat, répondit-elle.

— C'est pour ça que tu étais chez nous à faire du baby-sitting avec lui l'autre soir ? demanda Sarah. Scott nous a dit qu'il avait besoin d'aide parce que Maggie Rose avait des coliques, mais elle s'est sentie bien le reste de la nuit.

— Elle *était* grincheuse. Mais Scotty est si doué avec elle. Il l'a calmée tout de suite. Et oui, nous nous sommes embrassés cette nuit-là, mais nous n'avons rien fait d'autre chez toi. Tu n'as pas besoin d'aseptiser tes canapés.

— *Scotty*, lancèrent Josie, Gemma et Crystal à l'unisson.

Penny leva les yeux au ciel. Elle se pencha, baissa la voix et tout le monde l'imita.

— Est-ce qu'on peut garder ça secret ? Juste entre nous les filles ? Je ne sais pas encore ce que c'est. Scott a dit qu'il voulait m'inviter à sortir depuis un moment. Et pour être honnête, cela fait un moment qu'il me plaît aussi, mais il a toujours gardé ses distances. Je pensais donc qu'il n'était pas intéressé. Il s'avère qu'il pensait que Quincy et moi pourrions être ensemble. J'ai été freinée par mon meilleur ami et il n'a même pas tenté sa chance.

— On pensait tous que vous finiriez ensemble parce que vous êtes de si bons amis, dit Sarah.

— Je sais.

Penny regarda Roni.

— Mais ça n'a *jamais* été comme ça. Alors... *le code des filles* ? demanda Penny.

— Bien sûr. Considère que le code des filles a été adopté.

Dixie jeta un coup œil à la table.

— Personne ne dit un mot en dehors de cette table. Y compris toi, Roni. Tu es l'une des nôtres maintenant, donc tu ne peux pas le dire à Quincy.

C'était bon d'être intégrée. La jeune femme n'avait jamais fait partie d'un groupe en dehors de la danse et ces groupes ne reposaient que sur des amitiés qui n'allaient pas plus loin que le fait de partager un objectif commun. Mais autant elle voulait faire partie de leur cercle fermé de filles, autant elle ne voulait pas mentir à Quincy.

— Je ne dirai rien, mais s'il les voit ? Et s'il demande ? Je ne veux pas lui mentir, ajouta-t-elle.

— En fait, il le sait déjà, répondit Penny. C'est pour cette raison que je voulais lui parler avant. Je pensais qu'il serait blessé si je ne lui disais pas en premier, et pour ta gouverne, je lui ai précisé qu'il pouvait te le dire, Roni, tant qu'il te faisait jurer de garder le secret. Mais il était déjà au courant. Apparemment, Scott lui en a parlé la semaine dernière et lui a confié que je lui plaisais. Le *Code entre mecs* et tout ça. Mais tu as raison, Roni, Quincy serait blessé si tu lui mentais. L'honnêteté est importante pour lui.

— Suivre le code des filles n'est pas mentir, lança sèchement Dixie. Quincy le sait pertinemment.

— Elle a raison, ajouta Finlay. De la même façon que nos gars ne peuvent pas nous parler de ce qui se passe dans les réunions du club. C'est la même chose, seulement *nous* avons le contrôle.

Elles discutaient de ce qui constituait un mensonge.

— Je suis vraiment heureuse pour Quincy et toi. Quant à toi Penny, je suis également heureuse pour Scott et toi. Mais je vous jure, je dois avoir un nuage noir au-dessus de ma tête. Non pas que je veuille un homme dans ma vie, mais j'ai échappé à un abruti abusif, j'ai enfin trouvé mon équilibre, et pendant que vous vivez des histoires heureuses, je ne peux même pas recevoir de *pourboires* parce que Diesel les fait tous fuir, râla Tracy.

— La seule raison pour laquelle Diesel les effraie est qu'il veut te manger toute crue, affirma Izzy.

Tracey secoua la tête et regarda Diesel qui se tenait près du bar tout en parlant avec Quincy et d'autres gars. Il fixait Tracey, le visage stoïque, comme un rottweiler, avec des yeux froids et sombres.

Roni eut des frissons.

— Quincy me l'a présenté comme l'un de ses amis, comme quelqu'un de sa famille, comme vous les filles. Il avait l'air assez sympa, même s'il n'a pas dit grand-chose. Est-il dangereux ?

— Seulement pour les petites culottes de Tracey, dit Izzy avec un sourire en coin.

— Tu vas *arrêter* avec cela ? rétorqua la jeune femme.

— Je note dans un coin de ma tête de te placer à côté de lui à Thanksgiving, dit Dixie.

— Tu n'as pas intérêt ! la mit en garde Tracey.

— Vous allez passer Thanksgiving ensemble ? demanda Roni.

Elle n'était pas pressée de passer les fêtes sans sa grand-mère.

— Bien sûr.

Dixie fixa Tracey de ses yeux verts.

— Et maintenant que Diesel est de retour en ville, il sera là aussi, assis juste à côté de son *dessert*.

— *Mon Dieu* ! Stop ! lança-t-elle. La porte de la chambre de ce type, c'est open bar. Je l'ai vu quitter le travail avec une femme différente chaque semaine. Il est comme une maman ours pour moi. C'est tellement ennuyeux.

— Il n'y a rien de *maternel* chez cet homme, dit Josie. C'est un mammouth tout en muscles et qui grogne. Il ne prononce jamais plus de deux mots.

— Il n'a pas besoin de le faire. Tout est dans son regard.

Tracey baissa la voix : *Approche-toi de Tracey et je t'arrache les bras.*

Elle se recula et soupira.

— Quand il est parti pour deux semaines le mois dernier, j'ai gagné plus de pourboires que jamais. C'était génial. Maintenant, je suis de nouveau en train de servir principalement des femmes. S'il ne se calme pas, je vais devoir chercher un autre travail.

— Oh non, pas question. Tu fais partie de la famille. Je parlerai à Diesel et j'augmenterai ton salaire pour compenser le manque de pourboires au cas où il lui faudrait du temps pour apprendre à se calmer, dit Dixie.

— Tu ne peux pas faire ça, Dix, et par pitié, *ne* lui parle *pas* de moi.

— Elle en est capable et elle devrait le faire. Dixie est la patronne, lui rappela Finlay. Tu ne démissionnes pas, Tracey. On a besoin de toi ici. Si tu ne veux pas que la boss lui parle, je dirai à Bullet de le remettre à sa place.

Roni adora la façon dont les filles sautèrent sur l'occasion pour s'occuper de Tracey. Elle n'avait pas réalisé tout ce qu'elle manquait. Elle avait envie d'avoir des amies comme elles.

— Non, répéta Tracey. Si quelqu'un doit lui parler, ce sera *moi.*

— Mais je ne peux pas te laisser bosser dans un endroit où tu n'es pas à l'aise, rétorqua Dixie. Ce n'est pas juste.

— Je ne suis plus mal à l'aise. Je suis juste en colère à cause de mes pourboires. Je vais lui en parler. Pas maintenant, mais un jour, quand j'aurai trouvé assez de courage pour le faire.

Le regard de Tracey fit le tour de la table et un petit sourire apparut sur ses lèvres.

— Genre peut-être l'année prochaine. Je ferais mieux de me remettre au travail.

— Moi aussi, dit Izzy. Oh, Dix. Je ne peux pas venir à Thanksgiving. Jared m'emmène à New York pour voir ma famille.

— Oh ouais ? Tu vas voir *Dick* et *les garçons* ? Dixie sourit.

— Seulement s'il a de la chance, déclara Izzy.

— Ce sont tes frères ? demanda Roni.

Dixie et Izzy se mirent à rire.

— C'est un code pour le sexe. J'ai mis du temps à comprendre leur jargon, moi aussi. Jared est le petit frère de Jace et le bruit court dans le bar qu'Izzy et Jared ont couché ensemble, dit Finlay alors qu'Izzy s'éloignait. Je ferais mieux d'aller vérifier le buffet.

Elle se leva et désigna Penny.

— Je *t*'appelle plus tard.

— Okay, sœurette, répondit Penny.

Roni se pencha en avant.

— Je suis vraiment désolée de t'avoir balancée, Penny.

— Ce n'est pas grave. Les secrets ne restent jamais cachés longtemps au sein de ce groupe. C'est pourquoi, c'est à ton tour de cracher le morceau. Comment Quincy a fini par te convaincre de sortir avec lui ?

Roni jeta un coup d'œil à Quincy, qui se tenait de l'autre côté de la pièce au même moment où il la regardait. Son pouls s'accéléra, se remémorant le moment où elle l'avait vu à travers la porte vitrée mercredi soir. Il lui fit un clin d'œil, puis Bones, qui tenait Lila, lui dit quelque chose, détournant son attention. Quand Quincy prit la petite fille dans ses bras, le corps entier de Roni se liquéfia.

— *Ettttttt* on l'a perdue, dit Dixie.

Roni regarda les filles, consciente qu'elle rougissait, mais elle s'en fichait. Quincy valait bien cette gêne. Il lui fallut une seconde pour se souvenir de la question de Penny.

— Il s'est présenté à mon travail avec mes fleurs préférées, qu'il avait cueillies dans un champ, et un pique-nique installé à l'arrière de son pick-up, avec des lumières et un petit feu. Ce fut la nuit la plus magique de toute ma vie.

Les filles se pâmèrent lorsqu'elle leur raconta le reste de l'histoire. Elles la bombardèrent de questions, auxquelles elle prit plaisir à répondre. C'était bon de s'extasier sur Quincy. Elles parlèrent de tous ces mois où ils avaient échangé des textos et de la façon dont il avait pris de ses nouvelles plus souvent après la mort de sa grand-mère. Mais l'évoquer lui donnait envie d'être à nouveau à ses côtés.

Maggie Rose se réveilla et quand Sarah alla la changer, la conversation revint sur la chasse au trésor. Roni leur montra la photo de la jambe épilée de Quincy et elles rirent quand elle leur raconta comment il avait hurlé quand elle avait retiré la bande de cire. Cela déboucha sur une conversation sur la douleur de l'épilation à la cire, sur qui le faisait et qui ne le faisait pas, ce qui se transforma en une discussion sur ce que leurs proches ressentaient à ce sujet. Roni fut surprise par leur ouverture d'esprit. C'était si nouveau pour elle de partager des parties privées de sa vie avec d'autres femmes. Angela et elle parlaient de choses personnelles, mais pas *de cette manière-là*. Roni apprécia l'honnêteté et la bienveillance de ses nouvelles amies. Elle leur demanda comment elles avaient rencontré leur moitié et aima entendre leurs histoires, qui étaient toutes très différentes. Elle explosa de rire quand Crystal décrivit la façon dont Bear lui avait couru après et son cœur se serra quand

Tracey lui parla de son passé violent et que Josie dévoila que Scott et Sarah avaient été victimes d'abus de la part de leurs parents. Elle avait l'impression de recueillir des bribes d'informations sur chacune d'elles comme si elle ramassait des baies pour en faire une tarte de l'amitié.

— Je suis sûre que Quincy t'a dit qu'il serait le témoin de Jed à notre mariage. Tu devrais venir à ma journée de préparation au mariage, dit Josie.

Les autres filles prirent toutes la parole en même temps, l'incitant à se joindre à elles.

— J'adorerais, mais c'est quoi, exactement ?

— Ce n'est pas vraiment une journée de préparation au mariage. C'est un *enterrement de vie de jeune fille*, précisa Dixie. Josie ne nous laisse pas lui en organiser un parce qu'elle ne veut pas célébrer ses derniers jours de célibat et qu'elle se sent mal à l'aise de recevoir des cadeaux. Mais ça ne serait pas bien de ne pas en faire, alors on va combiner une bachelorette party et une fête à la maison pour en faire *un enterrement de vie de jeune fille.*

— Une journée entre filles, conclut Josie.

— Vous pouvez l'appeler comme vous voulez, tant qu'on peut célébrer votre mariage avec Jed.

Penny regarda Roni.

— C'est le dimanche qui précède Noël.

— On le fait dans la boutique de Josie, *Ginger All the Days.* C'est à côté du bar. Jed et Josie ont converti leur garage en magasin, ajouta Gemma.

— Il *t'appartient?* demanda Roni. Mon amie Angela et moi adorons tes biscuits en pain d'épice. Son petit ami les achète par douzaine. Tu dois être débordée à cette époque de l'année.

Josie hocha la tête.

— Oui et j'adore ça, mais je fermerai l'après-midi de la fête.

— Je ne voudrais pas que les clients voient les pénis en pain d'épice que nous fabriquons, s'exclama Crystal.

Les yeux de Roni s'élargirent.

— Sérieusement ?

— Non. On ne va *pas* en faire, dit Josie. Bon… Izzy et Crystal le feront probablement, mais pas moi, et vous n'êtes pas obligés de le faire. On va créer des maisons en pain d'épice. Ce sera amusant et ça nous donnera l'occasion de mieux nous connaître.

— J'aimerais bien. Merci, dit Roni.

Josie sortit son téléphone.

— Donne-moi ton numéro et je t'enverrai les détails par SMS. J'aimerais l'avoir de toute façon, puisque ton homme et le mien sont les meilleurs amis du monde. Je suis sûre que nous allons être amenées à nous voir plus souvent.

Pendant qu'elles échangeaient leurs numéros, Quincy, Jed et Scott se rapprochèrent, chacun tenant deux assiettes de nourriture. Les yeux du jeune homme se fixèrent sur ceux de Roni et son pouls s'accéléra.

— Hey, ma belle. Tu as de la place pour quelques Néandertaliens ?

Scott fixa Penny et elle détourna rapidement les yeux, mais il n'y avait pas moyen de cacher cette attirance.

— Où est Hail ? demanda Josie à Jed.

— Il voulait manger avec Bradley donc il est assis avec Bones, répondit-il en prenant place à côté d'elle.

— Comment ça va, *Scotty* ? l'interrogea Dixie avec un sourire en coin.

Il posa une assiette devant Penny.

— Super. Et toi ?

— Ça ira mieux dès que j'aurai trouvé mon homme.

Dixie se mit debout, les yeux rivés sur Penny alors que Scott s'asseyait à côté d'elle.

— Mes *lèvres* se sentent bien seules.

Crystal quitta son siège aux côtés de Roni.

— Tiens, Quincy, prends ma chaise. Je dois trouver Bear pour que je puisse allaiter Axel avant que mes seins n'explosent.

— Et je devrais voir si Tru a besoin d'aide avec les enfants, dit Gemma en se levant d'un bond.

— Kennedy avait un cookie dans chaque main la dernière fois que je l'ai vue, dit Quincy.

— Évidemment, gémit Gemma. Elle mène cet homme par le bout de son nez.

— Elle nous mène *tous* par le bout du nez.

Quincy prit place à côté de Roni et mit leurs assiettes sur la table.

— Je n'étais pas sûr de ce que tu voulais, alors j'ai pris un peu de tout, avec beaucoup de fruits et de légumes.

— C'est parfait, merci.

Il se pencha pour l'embrasser, puis effleura sa joue avec sa barbe.

— C'est fou ce que tu m'as manqué, murmura-t-il.

— Si ça se trouve, ils feraient mieux de me mettre aussi à l'asile de fous.

Il l'embrassa à nouveau.

— Je parie que Dixie ne verrait pas d'inconvénient à ce que tu utilises son bureau pour quelques minutes, tant que tu désinfectes après, lança Jed.

Quincy lui lança un regard d'avertissement et il gloussa.

Ils discutèrent et plaisantèrent en mangeant. Scott était charmant et à chaque fois qu'il murmurait quelque chose à Penny, elle souriait d'une manière différente de celle des autres.

Il était évident pour Roni qu'ils se tenaient la main sous la table, mais elle pensait que les autres n'en avaient pas conscience, tout comme ils ne voyaient pas les regards volés de Scott et Penny. Jed était drôle et n'arrêtait pas de se blottir contre Josie, la désignant fièrement comme sa *future femme*. Quincy était si attentif et affectueux, gardant son bras autour de Roni pendant qu'ils mangeaient, lui volant des baisers et demandant plusieurs fois si elle avait besoin de quelque chose. Elle avait l'impression qu'ils sortaient ensemble depuis des mois. Elle se demandait s'il y avait quelque chose dans l'eau au *Whiskey's* parce que tous ces hommes imposants savaient comment traiter leurs femmes.

— Votre attention.

La voix de Hail retentit dans le microphone, depuis son perchoir dans les bras de Biggs sur la scène.

Il était adorable avec ses cheveux bruns hirsutes qui frisaient aux extrémités. Biggs était un homme tellement grand que Hail semblait encore plus petit dans ses bras. À côté de lui, Red tenait les mains de Kennedy et de Bradley. La scène semblait plus petite et plus intime sans les rideaux fantaisistes qu'ils avaient installés pendant la vente aux enchères.

— C'est un vrai casse-cou, dit Josie.

— Je le trouve adorable, répondit Roni.

— Merci de soutenir le…

Hail regarda Biggs.

— Comment ça s'appelle, Papa Biggs ?

— Le refuge pour femmes de Parkvale.

— Ah oui ! Merci de soutenir le refuge pour femmes de Parkvale, dit fièrement Hail.

Il jeta un coup œil à l'autre bout de la pièce.

— Vous avez vu Maman et Moon ! J'ai fait une annonce ! cria-t-il.

Des rires s'élevèrent de la foule.

— Bien joué, mon pote ! l'interpella Jed.

— Il t'appelle *Moon* ? C'est la chose la plus mignonne que j'ai jamais entendue, dit Roni. J'aime la façon dont ils ont inclus les enfants ce soir.

Quincy l'attira plus près.

— La famille, ma belle. C'est de cela dont il s'agit.

Même avec Angela, et dans une certaine mesure, Elisa, la famille de Roni était petite. Elle n'avait jamais imaginé que cela pouvait ressembler à ça.

Biggs posa Hail à terre et Red envoya Bradley vers son grand-père, tenant le jeune garçon par la main. Il dit quelque chose à Bradley et celui-ci acquiesça. Puis il se pencha vers le micro.

— La seconde place est attribuée à…

Biggs lui dit quelque chose.

— Jon Butterscotch et…

Il gloussa, ce qui provoqua de nouveaux rires.

— C'est un drôle de nom, Papa Biggs.

— Oui, c'est vrai. Maintenant, dis l'autre nom.

— Je ne me souviens pas, avoua Bradley et Biggs lui parla à l'oreille.

— Jillian Braden ! hurla le petit garçon.

Des applaudissements retentirent alors qu'un homme aux cheveux blonds se leva et poussa *un cri de joie*. Une superbe femme aux cheveux auburn se leva à son tour et ils firent une danse de la joie rigolote. Tout le monde les acclama alors qu'ils se dirigeaient vers la scène. Roni reconnut le gars de la vente aux enchères.

Biggs posa Bradley, qui cria *Papa !* et passa devant Jon et Jillian, se dirigeant vers Bones, qui le prit dans ses bras et l'embrassa sur la joue.

Pendant que Jon et Jillian acceptaient leurs prix, Biggs prononça quelques mots, mais Roni était trop distraite par Quincy qui lui caressait l'épaule pour y prêter attention. Après qu'ils aient quitté la scène, Kennedy courut vers le vieil homme. Il la souleva dans ses bras et lui chuchota quelque chose à l'oreille.

Kennedy sursauta.

— Oncle Quincy et Mademoiselle Woni ! Vous avez gagné !

Un frisson parcourut Roni quand elle se tourna vers Quincy et qu'il l'embrassa *fougueusement*, suscitant encore plus de *cris* et d'applaudissements que ceux qui avaient déjà retenti autour d'eux. Quincy prit sa main et ils se précipitèrent sur la scène.

— Vous avez gagné, Mademoiselle Woni ! Vous avez gagné ! chantonna Kennedy en applaudissant.

— Et moi, ma puce ? plaisanta Quincy, en tenant fermement la main de Roni.

— Tu as aussi gagné !

Kennedy s'échappa des bras de Biggs.

— Papa, on n'a pas gagné, mais ce n'est pas grave ! Miss Woni a gagné ! hurla-t-elle en courant vers Truman.

Biggs rit.

— C'est la deuxième fois que Miss Roni a de la chance au *Whiskey's* avec ce grand type.

Les rires fusèrent dans la foule.

— Je parie que Quincy aura de la chance ce soir, brailla quelqu'un, faisant rougir Roni et applaudir tout le monde.

— J'ai déjà eu de la chance, cria Quincy et il offrit à Roni un long baiser passionné devant tout le monde.

Quand leurs lèvres se détachèrent, elle était à bout de souffle et rougissait. Les gens acclamaient et applaudissaient et, en regardant dans les yeux bleu clair de Quincy, elle ne se sentit pas gênée. Elle avait l'impression de rajeunir, comme si elle s'était débarrassée d'une couche protectrice qu'elle portait depuis trop longtemps. Elle aimait son monde bruyant, différent, avec des amis qui semblaient pouvoir casser une personne en deux et qui disaient des choses qu'elle n'aurait jamais osé dire, où les enfants couraient partout comme si l'endroit leur appartenait. Quincy, son grand et bel homme, lui donnait l'impression que peut-être, *probablement*, elle avait trouvé un endroit où elle avait vraiment sa place, juste là, à ses côtés.

APRÈS UNE INCROYABLE soirée, ils laissèrent le chaos de la fête derrière eux. Roni se blottit contre Quincy sur le chemin vers son pick-up, mais même l'air froid de la nuit ne pouvait refroidir sa chaleur corporelle, qui s'était amplifiée au cours des dernières heures à force d'échanger des baisers volés et des caresses furtives. Il ne se souvenait pas d'un moment où il avait été plus heureux. Il aimait regarder Roni plaisanter avec ses amis, rire et chuchoter avec les filles. Il pouvait pratiquement voir ses murs s'effondrer alors que la fille derrière les textos prenait vie sous ses yeux. Il savait qu'il devait lui parler de son passé, mais cette soirée avait été si merveilleuse qu'il n'était pas plus prêt à révéler sa noirceur qu'il ne l'était à ce que leur nuit se termine.

Elle se retourna alors qu'ils approchaient du véhicule, marchant à reculons et agitant le chèque-cadeau qu'ils avaient gagné.

— Kennedy va *vraiment* avoir cette veste qu'elle désire tant. Peut-être qu'on peut en offrir une à Lincoln, aussi, s'il reste assez d'argent. Ou on pourrait tous les deux participer pour mettre la différence.

Ses sentiments grimpèrent en flèche.

— C'est comme si tu lisais dans mes pensées.

Il la prit dans ses bras.

Je suis tellement amoureux de toi, Roni Wescott…

Il écrasa sa bouche contre la sienne comme il avait eu envie de le faire toute la soirée, l'embrassant si profondément que son dos heurta le flanc du pick-up et qu'elle émit un son *de douleur*. Il cessa de l'embrasser.

— *Désolé.*

Elle saisit sa tête, ramenant ses lèvres vers les siennes, et bon sang, elle était affamée, l'embrassant avidement, ses mains dans ses cheveux. Leurs corps se heurtèrent et il approfondit le baiser, se perdant en elle comme il l'avait fait l'autre nuit.

Le bruit d'un moteur de moto interrompit sa transe sensuelle et il se força à reculer. Leurs regards se croisèrent, ils haletèrent tous les deux et aucun d'eux ne dit un mot tandis qu'il ouvrait la porte passager et l'aidait à monter, puis faisait le tour du côté conducteur. Si heureux qu'elle se soit déjà installée au milieu, il lui donna un autre baiser intense. Elle gémit avec avidité et ce son sexy fit monter le désir en lui. S'il ne sortait pas de ce parking, il allait l'allonger et se rassasier sur place. Il s'écarta de sa bouche en jurant et attrapa sa ceinture de sécurité, l'embrassant encore plus pendant qu'il se débattait avec.

Il conduisit directement chez elle et ils s'embrassèrent sur le chemin en traversant le parking et en montant jusqu'à son appartement. Quand elle se retourna pour déverrouiller la porte, il se tenait derrière elle, la tenant et dévorant son cou. Elle se colla contre lui, inclinant sa tête sur le côté, lui donnant un meilleur accès, mais il remarqua que ses mains tremblaient et ressentit un sentiment de culpabilité lorsque la porte s'ouvrit.

— Ma belle…

Il la prit dans ses bras et chercha dans son regard un indice pour comprendre ce qu'elle ressentait. Mais tout ce qu'il voyait était une femme qui le désirait autant qu'il la désirait, ce qui signifiait qu'il n'était pas en mesure de décider ce qu'*elle* voulait, alors il lui donna une porte de sortie.

— Je peux me contenter de te dire bonne nuit ici même. Je n'ai pas besoin d'entrer.

Elle fronça les sourcils.

— Tu ne *désires* pas entrer ?

— J'en ai vraiment envie mais je ne veux pas te mettre la pression.

Il passa le dos de ses doigts sur sa joue et écarta ses cheveux de son beau visage.

— Roni, je ne m'attends pas à ce que cette soirée se termine dans ton lit. Je ne la *laisserai* pas se terminer ainsi. Mais si tu préfères que je parte maintenant, je le ferai.

Un léger soupir quitta ses lèvres. Elle poussa la porte, avançant à reculons dans son appartement en enlevant sa veste et en la suspendant à un crochet près de la porte. Ses yeux se firent séducteurs et elle lui fit un signe du doigt pour qu'il la suive.

Il enleva sa veste, l'accrocha à côté de la sienne et la prit dans ses bras, l'embrassant doucement alors qu'ils se dirigeaient vers le canapé.

— Si je me laisse emporter, *arrête-moi*, ma puce. D'accord ?

Elle acquiesça, un sourire sexy aux lèvres, posa ses lunettes sur la table basse.

— Mais tu ne le feras pas.

— Pas volontairement, mais tu n'as aucune idée de l'effet que tu as sur moi.

Il embrassa à nouveau son cou.

— Je n'ai jamais rien *désiré* de la façon dont je te désire.

Même pas quand il se droguait.

— Moi non plus. Je te *comprends*, Quincy. Je sens la façon dont tu m'embrasses, la façon dont tu me touches. Je n'ai peut-être pas beaucoup d'expérience avec les mecs, mais je n'en ai pas besoin pour savoir que tu ne me feras pas de mal.

— Jamais, ma chérie.

Il approcha ses lèvres des siennes et ils s'enfoncèrent dans le canapé, s'embrassant comme s'ils n'en auraient jamais plus l'occasion. Elle avait le goût de tout ce qui était bon et doux dans ce monde, et peu importe la force et la *profondeur* de leur baiser, ce n'était pas suffisant. Tous ces mois à s'envoyer des textos, à vouloir tellement plus et à se retenir, tout cela fut réduit à néant. Il voulait se glisser en elle, *ressentir* ce qu'elle ressentait, lui donner du plaisir jusqu'à ce que son monde bascule. Ensuite, il voulait être son point d'ancrage, l'homme qui la soutiendrait pendant les tempêtes et l'aimerait pendant les journées ensoleillées et les froides nuits d'hiver. Il n'avait jamais ressenti autant de choses aussi rapidement ou compris quelque chose aussi clairement. Toutes ces pensées et ces sentiments étaient accompagnés d'un choc, mais il ne les combattit pas. Il voulait s'en *délecter*, et il déversa cette passion dans leurs baisers alors qu'il la couchait sur le dos. Il passa sa main sur son côté et elle se cambra sous lui alors qu'il l'embrassait plus passionnément, s'enfonçant en elle, ne faisant qu'un d'une manière qu'il n'aurait jamais imaginée. Ses mains se déplacèrent le long de ses bras et dans son dos, ses doigts se plantant dans ses cheveux.

Bon sang, oui, ma belle, j'adore ça.

Il glissa son genou entre ses jambes et elle gémit, chevauchant sa jambe, s'accrochant à ses épaules. Il était dur comme de la pierre, frottant contre sa cuisse. Elle resserra sa prise sur ses cheveux, allumant le feu dans ses reins. Sa main descendit le long de sa hanche, sur le côté de sa cuisse et remonta, s'arrêtant près de sa poitrine, encore et encore, dans un rythme endiablé. Elle se cambrait et se balançait, tout en gémissant et en haletant. Il savait qu'elle en avait autant besoin que lui, mais il ne voulait pas tout gâcher. Il écarta sa bouche, plongea sa tête à côté de la sienne.

— *Bon sang*, ma puce. Je meurs d'envie de te toucher.

— *Quincy…* ? murmura-t-elle.

Il ferma les yeux.

— Je ne demande rien. Je veux juste que tu saches.

— Regarde-moi, susurra-t-elle et il leva le visage.

Le désir dans ses yeux brûla sa peau.

— *Touche-moi*, chuchota-t-elle.

Le besoin dans sa voix libéra ses désirs. Il reconquit sa bouche, plus exigeant cette fois, et elle le lui rendit avec ferveur, ses hanches s'agitant contre sa jambe. Il glissa sa main sous son pull-over, saisissant sa poitrine couverte de dentelle et un son, moitié gémissement, moitié grognement, sortit de sa bouche. Il n'avait jamais rien ressenti d'aussi magnifique. Ils se caressèrent et se touchèrent, tortillant des hanches, dévorant leurs bouches. Elle laissa échapper un son trahissant son désir, l'un après l'autre, si doux et si coupable en même temps, qu'il en devint fou. Il voulait entendre *davantage* ces sons, sentir la force de sa passion alors qu'il était enfoui profondément en elle. Mais il était là pour le long terme et refusait de se précipiter. Il n'avait pas pensé qu'il la toucherait comme ça ce soir, et *bon sang*, il se sentait honoré. Il l'embrassa plus lentement, avec amour, et ses gémissements devinrent plus sensuels. Il n'avait jamais pensé autant à ce qu'il ressentait, mais les émotions qu'elle faisait naître en lui étaient inéluctables. Elle se tortillait contre lui, en gémissant de plus en plus. Il profita de chaque son intime, de chaque contact de ses mains délicates. Mais ce n'était pas suffisant. Il voulait lui donner plus, *vénérer* son corps comme elle le méritait. Il fit glisser sa langue le long de ses lèvres et déposa des baisers le long de son cou, ralentissant pour prendre une longue et sensuelle *succion*, ce qui lui valut de nouveaux gémissements.

— C'est si bon, déclara-t-elle avec chaleur.

Il resta là, adorant son cou avec des baisers à pleine bouche et des succions sensationnelles, jusqu'à ce qu'elle halète. Il souleva son pull, descendit le long de son corps, embrassant son ventre.

— Tu es si douce, ma belle.

Ses mains étaient toujours dans ses cheveux lorsqu'il atteignit l'agrafe avant de son soutien-gorge, levant les yeux pour vérifier qu'elle allait bien, mais ses yeux étaient fermés.

Comme si elle savait qu'il avait besoin de son approbation, ses yeux s'ouvrirent et sa main glissa de sa tête. Elle détacha son soutien-gorge et poussa les bonnets sur le côté. Bon sang, c'était sexy, et ses seins étaient encore plus magnifiques que ce qu'il avait imaginé. Il passa sa langue sur et autour de son téton, l'amenant jusqu'à sa pointe tendue. Elle se cambra sur les coussins, chevauchant sa jambe, ses mains s'agrippant à ses cheveux tandis qu'il abaissait sa bouche sur son sein, aspirant le bout contre son palais.

— Oh, *mon Dieu*. Ne t'arrête pas, implora-t-elle.

Il suça plus fort, embrassa, lécha et taquina, jusqu'à ce que chacune de ses respirations soit une supplication ou un gémissement, puis il l'aima plus vite, plus brutalement, perdu dans ces bruits. Son corps tout entier avait envie d'elle, et elle était là, avec lui, à le supplier d'en avoir plus. Il se déplaça sur le côté pour pouvoir passer entre ses jambes, capturant sa bouche dans un baiser vorace, et la caressa entre ses jambes, par-dessus son jean. Sans rompre leur baiser, elle tendit la main et le déboutonna. Il le dézippa et enfonça sa main sous sa culotte. Elle était nue et épilée, et il grogna en la sentant.

— Tellement sexy, bon sang.

Ses doigts glissèrent dans son corps humide, la taquinant tandis qu'ils s'embrassaient, ses hanches se soulevant. Quand il plongea ses doigts en elle, elle laissa échapper un long soupir. Elle était serrée, chaude et tellement parfaite qu'il avait *besoin* de la goûter.

Il effleura ses lèvres.

— Bon sang, ma belle, je veux te dévorer.

Ses yeux s'ouvrirent brusquement et son cœur remarqua la nervosité qu'ils dégageaient. Il l'embrassa doucement, continuant à la caresser.

— Un jour, ma puce. Quand tu seras prête. Je te promets que ce sera si bon que tu auras envie de ma bouche sur toi.

Ses joues rougirent et elle ramena sa bouche contre la sienne, balançant ses hanches plus rapidement, enserrant ses doigts. Il l'embrassa plus fort, caressant l'endroit qui faisait ployer ses jambes. Elle jouit *intensément*, son sexe se resserrant contre ses doigts. Sa tête retomba mais sa bouche l'accompagna, avalant ses sons, sachant qu'il les entendrait, les *goûterait* jusqu'à la fin des temps.

Il resta avec elle, la taquinant, l'embrassant, l'aimant, alors qu'elle redescendait de son orgasme Elle s'accrocha à sa nuque et il l'embrassa plus fort, voulant ressentir les frissons qu'elle ressentait, jusqu'à ce qu'elle s'effondre sur les coussins. Il garda ses doigts en elle, l'embrassant doucement, ses sentiments s'exprimant en chuchotements.

— Si belle, ma chérie… j'aime te toucher… t'embrasser.

Il retira ses doigts et les fit glisser le long de sa lèvre inférieure. Ses yeux s'ouvrirent, intenses et séduisants, et il l'embrassa à nouveau, longuement et lentement, puis plus profondément, plus passionnément, disparaissant en elle. Il le fit longuement et quand il se déplaça à côté d'elle, la berçant dans ses bras, elle enfouit son visage dans le creux de son cou.

Il déposa un baiser sur son front, sachant qu'elle était gênée.

— Il n'y a que toi et moi ici, ma belle et je t'adore.

Il la serra dans ses bras jusqu'à ce que son cœur se calme, se délectant de leur proximité. Quand elle lui sourit enfin, ses yeux langoureux cillèrent, son souffle chaud sur sa peau.

— Ma belle, j'espère que tu sais combien tu comptes pour moi.

CHAPITRE SIX

La librairie *ENTRE LES PAGES* accueillait des clubs de lecture, des conférences, des lectures et chaque semaine, on lisait des histoires aux enfants. En général, l'atmosphère animée et le rythme rapide occupaient Quincy pour qu'il ne pense à rien d'autre, mais malgré le flux constant de clients, il ne fit *que* penser *à* Roni toute la journée. Même à l'heure du déjeuner, quand il essaya de rattraper ses cours, ses pensées revenaient sans cesse à elle. Il s'en voulut toute la journée de ne pas lui avoir parlé de son passé avant d'aller plus loin, *mais* elle l'avait transformé et il avait désespérément voulu lui montrer à quel point il était fou d'elle. La quitter la nuit dernière avait été une torture. Même une douche froide n'avait pas eu l'effet escompté. Il avait dû se masturber pour se soulager, pour ensuite recevoir un texto d'elle le remerciant pour la meilleure nuit de sa vie, ce qui lui avait fait penser à elle dans les affres de la passion, et il avait fini par prendre les choses en main pour la deuxième fois.

Il serra les dents, sachant que s'il pensait trop à elle, il se baladerait avec une érection pour le reste de la soirée.

— Mec, qu'est-ce qui se passe dans ta tête ?

La voix de Jed tira Quincy de ses pensées.

— Hé, Jed. Comment ça va ?

— A toi de me le dire. J'ai dû répéter ton nom trois fois. Tu vas bien ?

— Ouais, mec. Je réfléchis.

Quincy prit un autre livre sur le chariot et le mit en rayon.

— En quoi puis-je t'aider ? demanda Jed.

Quand son ami et lui s'étaient rencontrés pour la première fois, ils s'étaient rapprochés à cause de leur passé difficile. Le père de Jed était mort quand il avait onze ans et ce dernier avait eu des problèmes par intermittence pendant des années et avait même passé quelques mois en prison avant de se racheter une conduite.

— Peut-être. Est-ce que quelque chose a changé entre Josie et toi quand tu lui as parlé de ton passé ?

Jed haussa les épaules, marchant à côté de Quincy alors qu'il rangeait d'autres livres.

— Je ne pense pas que quelqu'un ait envie d'entendre que le gars dont il est amoureux était un voleur ou a passé du temps en prison, mais nous avons surmonté ça. Pourquoi ? Qu'est-ce qu'il y a ?

— Roni et moi nous sommes rapprochés la nuit dernière.

— Cela ne m'étonne pas après avoir passé du temps avec vous deux. C'est génial.

— Ouais. Elle est incroyable. Tu as parlé avec elle – tu sais à quel point elle est intelligente – et elle est tellement mignonne que ça me tue.

Quincy rit un peu, se rappelant combien elle avait été surprise la première nuit où ils avaient été ensemble, quand il avait dit qu'il pouvait se contenter de quelques baisers, et combien elle avait été mignonne quand il l'avait embrassée sur scène hier soir.

— Josie et moi l'aimons vraiment. Bear et Tru ont pesé le

pour et le contre ce matin au magasin. Ils l'ont adorée aussi, et c'était facile de voir à quel point elle en pince pour toi.

— Ouais. Je suis tellement chanceux.

— C'est *elle* qui a de la chance, Quince. Tu es un bon parti. Demande à n'importe laquelle des millions de femmes qui essaient d'attirer ton attention, ou à tous ceux qui te connaissent.

Quincy fit signe à Jed de le suivre dans l'allée suivante.

— C'est gentil. Je ne peux pas m'empêcher de penser à elle. Son père est un con – un joueur et un buveur. Elle ne l'a pas vu depuis son enfance et elle n'a aucune idée de qui est sa mère. Elle n'a pas de famille, et à part une amie et peut-être sa patronne, je ne pense pas qu'elle ait quelqu'un sur qui se reposer.

— Elle t'a *toi*.

— Tu as raison, encore plus maintenant. Mais il se passe des choses bizarres dans ma tête. Elle a cette force tranquille, et je sais qu'elle peut se débrouiller. Mais elle a grandi dans un quartier miteux et ça m'énerve que sa grand-mère ne l'ait jamais fait partir de là. C'est une trop bonne personne pour avoir eu à gérer cette situation.

— Quincy, toi plus que quiconque sait que tu ne peux pas changer le passé. Ne te tracasse pas avec cela. C'est une perte d'énergie. Elle s'en est sortie maintenant et elle est en sécurité.

— Ouais. Mais j'ai fait une erreur, et ça m'a pesé toute la journée. Je ne lui ai pas parlé de mon passé avant qu'on aille plus loin et je pense que j'aurais dû le faire.

— Tu as couché avec elle ?

Quincy rangea les derniers livres qu'il mettait en rayon.

— Non.

— Donc, on parle de se câliner ? De s'embrasser ? De se

toucher ? Si elle était d'accord, tout va bien.

— C'est exactement ça le problème. On n'est pas allés plus loin, mais c'est bien plus que de *simples* baisers ou des caresses entre nous. Pas physiquement mais émotionnellement parlant.

Quincy regarda autour de lui pour s'assurer qu'aucun client n'était à portée de voix.

— Je n'ai jamais… Elle me sidère, punaise.

— Aussi bien que ça, hein ?

— Je ne plaisante pas, mec. L'embrasser est totalement irréel. Si on avait été debout hier soir quand cela s'est produit, elle m'aurait mis à genoux.

Jed lui donna un coup de coude.

— Je suis sûr que tu aurais fait bon usage de cette position.

— Sans blague, mais il ne s'agit pas de cela. On a passé des mois à s'envoyer des textos, à prendre les choses à la légère et en deux nuits, je ressens tout cela ? As-tu déjà vécu quelque chose d'aussi puissant avec une femme ?

— Oui, et je vais l'épouser le mois prochain.

— Exact. Tu es bien placé pour savoir de quoi je parle.

Il fit les cent pas dans l'allée.

— Tu sais que j'assume toujours mes conneries, mais j'ai peur de parler de mon passé à Roni. Elle me plaît vraiment et je veux passer plus de temps avec elle.

— Et tu as peur de ne jamais en avoir l'occasion une fois que tu lui auras parlé ?

— Oui, mais elle mérite de connaître la vérité avant de s'engager plus sérieusement. Je ne me suis jamais soucié de ce que les gens pensaient de mon passé avant qu'elle n'entre dans ma vie, et ces derniers mois, cela m'a pesé.

— Je sais. J'étais juste là, à tes côtés, quand tu as attendu tes deux ans de sobriété pour prouver que tu pouvais le faire.

Jed plaça une main sur l'épaule de Quincy.

— Écoute, tu ne voudras pas entendre ceci, mais tu le sais déjà, car je t'ai entendu le dire. Si elle ne peut pas voir l'homme que tu es devenu, alors elle n'est pas la femme qu'il te faut. Fin de l'histoire.

Quincy passa une main dans ses cheveux, digérant cette vérité cinglante.

— Tu as absolument raison. J'aurais juste aimé lui dire avant la nuit dernière. Je suis déjà dans le pétrin, Jed.

— Je savais que tu l'étais hier soir. Quoi qu'il arrive, on s'en sortira. J'assure tes arrières, Quincy.

— Je sais. Assez parlé de mes problèmes. Qu'est-ce que tu fais ici ? T'as besoin d'un livre pour Hail ?

— Non. Je cherche un livre sur la manière de communiquer avec les ados pour le programme des *Young Knights.*

Au début de l'année, Jed avait lancé le programme qui ressemblait au programme de tutorat de *Big Brother*, mais géré par les Dark Knights. Aujourd'hui, une douzaine de jeunes y participaient.

— Nous avons un nouveau gamin qui est un peu capricieux. Je veux m'assurer que je fais les choses correctement.

— Les adolescents capricieux devraient être dans tes cordes. Suis-moi, mon ami.

LORSQUE Quincy enfourcha sa moto après le travail, il était plus tendu que jamais. Roni et lui avaient travaillé jusqu'à sept heures, et ils avaient prévu de se voir à huit heures et demie, mais la culpabilité de ne pas lui avoir parlé de son passé le rongeait. Il avait essayé d'envoyer des SMS, mais elle n'avait pas répondu, alors il s'est rendu directement au studio, en espérant pouvoir la rejoindre plus tôt.

Angela était derrière le bureau quand il franchit la porte avec son casque. Ses cheveux blonds étaient attachés en une queue de cheval relevée. Elle sourit, de la curiosité dans les yeux.

— Salut. Quincy, le meilleur premier *et* deuxième rendez-vous du monde, non ?

Il aimait savoir que Roni lui avait évoqué le temps qu'ils avaient passé ensemble.

— Le seul et unique. Et toi, tu es Angela ?

— Bien sûr. C'est un plaisir de pouvoir enfin te rencontrer.

— De même. Merci de m'avoir remporté pour Roni. Elle est toujours dans le coin ?

— Oui, elle est là. Elle est dans la salle numéro trois, au bout du couloir à droite. Mais avant que tu n'ailles la voir, je veux juste que tu saches qu'elle a traversé beaucoup de choses. Je sais que vous êtes amis depuis un moment maintenant, et que tu n'as pas l'air d'un salaud, mais sois gentil avec elle, d'accord ? Elle mérite les meilleures choses de la vie.

— Je ne connais qu'une seule manière de me comporter ces jours-ci, Angela, et ce que tu vois est ce que tu as.

Il se rendit compte que ce n'était pas tout à fait vrai, parce que ses démons n'étaient pas visibles, mais il était sur le point d'arranger cela.

— Ok, bien. Tu peux dire à Roni que je pars ? Je fermerai la porte derrière moi.

— Bien sûr.

Il suivit la musique dans le couloir, et là, au milieu de la troisième salle, se trouvait Roni, vêtue d'un legging noir et d'un haut moulant rose comme l'autre soir, glissant élégamment sur le sol. Ses bras se déplaçaient gracieusement de haut en bas, mais lorsque le tempo changea, elle s'écroula sur le sol, la tête et les épaules penchées en avant, roulant son corps vers le haut et faisant le grand écart. Avec les orteils pointés, elle avança les mains en suivant le rythme, et une jambe se balança autour d'elle, puis vers le haut, les orteils pointant vers le plafond. Puis elle se remit sur ses pieds, se couchant, se relevant, s'élançant, dans une série de mouvements gracieux, puis plus brusques. Quincy était sous le charme. Elle était tellement concentrée qu'on aurait dit qu'elle ne faisait qu'un avec la musique. La chanson recommença sans pause, et ses bras se déplacèrent au-dessus de sa tête dans une danse nouvelle et différente. Puis elle se laissa tomber sur le sol, traînant son corps le long du sol avec ses mains et ses avant-bras. Elle se mit sur le dos, se levant lentement, comme s'il y avait un câble au centre de son corps, le soulevant, sa poitrine se cambrant.

Il se concentra sur les paroles en la regardant danser. C'était une chanson sur la nécessité de perdre quelqu'un pour pouvoir s'aimer soi-même. Cela pourrait être sa *propre* chanson. Pas sur une relation avec une personne, mais sur sa relation avec les drogues. Il avait besoin de les abandonner pour s'aimer lui-même. Le sentiment et l'intensité de la danse de Roni fusionnèrent, le submergeant. C'était comme un signe et il savait qu'il avait pris la bonne décision, celle de ne pas laisser passer plus de temps avant de partager son passé avec elle.

Lorsque la chanson prit fin, Roni se tenait debout, la tête baissée, sa poitrine se soulevant au rythme de ses fortes respirations. Elle se frotta la hanche, comme si elle avait mal. Il voulait la masser à sa place.

— *Waouh*, ma belle. C'était magnifique, dit-il depuis le seuil de la porte.

Sa tête se redressa avec une expression de malaise.

— *Quincy.* Qu'est-ce que tu fais là ?

— Je suis venu plus tôt pour discuter. Je t'ai envoyé un texto, mais je suppose que tu ne l'as pas reçu.

Il pénétra dans la pièce, se demandant si elle regrettait déjà ce qu'ils avaient fait hier soir.

— Je peux revenir à vingt heures trente comme on l'avait prévu si ce n'est pas le bon moment.

— Désolée, *non*, c'est bon. Je suis contente que tu sois là. Je faisais un peu n'importe quoi et tu m'as prise au dépourvu. Je n'ai pas l'habitude que les gens me voient danser.

Elle attrapa un pull sur la table et l'enfila. Le doux tissu gris descendit le long de son corps, s'arrêtant juste au-dessus de sa taille et tombant de façon sexy sur une épaule.

Il se rapprocha d'elle et lui tendit la main, obtenant enfin le doux sourire qui lui comprimait la poitrine.

— Salut, ma belle, dit-il doucement et il se pencha pour l'embrasser, humant son parfum féminin, qui lui donna envie d'en avoir plus. Si ça, c'était toi en train de faire n'importe quoi, alors j'ai besoin de te voir danser pour de vrai, parce que tu m'as époustouflé.

— Merci, mais je ne me produis plus.

— Pourquoi pas ? C'était si puissant.

— C'était *correct.* J'étais trop raide, mes rotations étaient nulles, et j'ai favorisé mon côté gauche.

Elle appuya ses fesses contre la table, un éclair de tristesse passant sur ses traits.

— Je ne pourrai jamais plus danser comme avant.

Il déposa son casque sur la table et retira sa veste en cuir, la jetant juste à côté et avança jusqu'à elle. Elle leva les yeux vers les siens, et *bon sang*, elle avait raison quand elle avait qualifié leur connexion d'électrique. Son corps ressemblait à un enchevêtrement de fils électriques à chaque fois qu'ils étaient ensemble.

— Parle-moi, ma puce. Qu'est-ce que tu entends par, comme tu le faisais avant ?

Elle baissa les yeux.

— Ce n'est pas une jolie histoire.

Il glissa son doigt sous son menton, soulevant son visage.

— J'ai moi-même mes histoires hideuses. Si tu partages les tiennes, je partagerai les miennes.

Ses lèvres se retroussèrent.

— Qu'est-ce qu'il y a chez toi qui fait que c'est tellement facile pour moi de m'ouvrir ?

— Je ne sais pas, mais quoi que ce soit, je pense que tu le fais ressortir en moi.

Elle se redressa et s'assit sur la table, tapotant l'espace à côté d'elle.

— Tu pourrais aussi bien te mettre à l'aise.

Il s'installa entre ses jambes et posa ses mains juste en dessous de ses hanches.

— Je suis bien ici, merci. Je veux être capable de voir ton visage.

Il appuya sur l'extérieur de ses cuisses.

— Et c'est un bel avantage.

— Je suppose qu'après la nuit dernière, on a officiellement dépassé le stade où tu gardes tes mains pour toi.

— Elles sont sur l'extérieur de tes jambes, pas entre elles.

Ses joues prirent une teinte cramoisie et elle détourna le regard, secouant la tête et souriant.

— Je ne suis pas habituée à entendre des choses pareilles.

— Je ne dis que la vérité.

Il fit courir ses mains sur l'extérieur de ses jambes et la sentit se hérisser. Elle ne lui avait donné aucune indication qu'elle regrettait la nuit dernière, mais ce sursaut l'inquiétait. Il leva les mains, ramenant ses yeux vers les siens.

— Je n'essaie pas de faire quoi que ce soit, Roni. Je me montrais juste *affectueux*, rien de sexuel.

— Ce n'est pas ça, s'excusa-t-elle. J'aime quand tu me touches.

Il poussa un soupir de soulagement et s'assit à côté d'elle.

— C'est mieux ainsi ? Oui et non, dit-elle doucement.

Il entrelaça leurs doigts et déposa un baiser sur le dos de sa main.

— Que penses-tu de ceci ?

— J'aime bien. J'ai aimé que tu te tiennes devant moi, aussi. Ce n'est pas toi, Quincy. Malgré les apparences après la nuit dernière, je n'ai pas été avec beaucoup de gars, donc si je réagis bizarrement parfois, c'est parce que je ne sais pas *comment* réagir.

— Ça ne ressemble à rien pour moi, Roni, à part deux personnes qui s'aiment bien.

— Alors cela me va. Je tâtonne encore avec cette histoire de rendez-vous, de couples. J'ai consacré toute ma vie à la danse, comme je te l'ai dit l'autre soir. Mais cela va plus loin que les cours de danse. Tu te souviens quand j'ai dit que ma grand-mère voulait que je quitte l'endroit où nous vivions ?

— Ouais. Pour être honnête, la façon dont tu l'as décrit me pousse à me demander pourquoi elle t'a permis d'y vivre. Je comprends qu'elle refusait d'être chassée de sa maison, mais quand même. Cela ne semblait pas être le meilleur endroit où grandir pour une jeune fille.

— Je sais. Peu avant sa mort, j'ai appris que nous étions

restés pour d'autres raisons. D'après elle, j'ai commencé à danser dès que j'ai su marcher. Je ne veux pas avoir l'air de me vanter, mais elle a précisé que même quand j'étais jeune, j'étais déjà douée pour la danse. Quand Elisa a confirmé ce que ma grand-mère avait décelé, cela a tout changé. La façon dont je me percevais a changé, et cela m'a donné la possibilité de fuir l'endroit horrible où nous vivions. C'est vrai que ma grand-mère ne voulait pas partir parce qu'elle avait grandi là, mais maintenant je sais que la seule façon de pouvoir payer mes cours de danse était de rester là, parce que le loyer de l'appartement était plafonné.

— C'était un moyen d'arriver à ses fins.

— Oui, et quand j'ai eu douze ans, je voulais atteindre *ce but* de tout mon cœur, déclara-t-elle si passionnément que son visage rayonna. Je dansais comme une folle sept jours sur sept. La raison pour laquelle je n'ai jamais fait griller de guimauve ou ne suis jamais allée à une seule danse ou fête d'école est que je n'ai pas eu une enfance normale. Grand-mère et moi n'allions jamais au cinéma. Je n'ai jamais vu un film Disney jusqu'à l'année dernière, quand j'en ai regardé un avec Angela dans son appartement. Pendant que les autres enfants jouaient au jeu de la bouteille et à *Sept minutes au paradis*, qu'ils vivaient leurs premiers baisers et qu'ils allaient au bal de fin d'année, j'étais là à perfectionner mes talents, à m'efforcer d'être *parfaite*, parce que le fait d'être *douée* n'était pas suffisant pour entrer à *Juilliard*, et c'était mon rêve. Je ne me plains pas. C'était mon choix de travailler si dur. J'aurais pu avoir un objectif moins noble et avoir une vie plus agréable, mais je n'ai jamais été aussi heureuse que lorsque je dansais. Quand je me perdais dans la musique et le mouvement, je n'étais plus la fille qui devait baisser la tête et courir de l'arrêt de bus à l'appartement, ou dormir la tête sous l'oreiller parce que les gangs devant mes fenêtres étaient debout à toute heure, faisant crisser les roues et criant des injures.

Cela aurait pu être la description de l'enfance de Quincy, et cela le rendait malade de penser à elle grandissant dans de telles conditions.

— Je rêvais d'être sur scène, de raconter des histoires grâce à la danse. Je voulais être la *meilleure* soliste de danse contemporaine, entraîner les gens dans l'histoire et les faire *réfléchir à* et *ressentir* des choses qu'ils n'avaient jamais ressenties. Je vivais pour la danse. C'est tout ce que j'ai toujours voulu. Enfin, ça et rendre ma grand-mère et Elisa fières. J'aurais fait n'importe quoi pour y parvenir, et j'y suis *arrivée*, Quincy, dit-elle avec fierté et des larmes aux yeux. J'ai été acceptée à *Juilliard*, et j'ai travaillé comme une folle pour réaliser l'impossible. *Moi*. J'étais juste une fille avec un rêve venant d'un quartier pauvre, élevée par sa grand-mère. J'ai déjoué les pronostics et j'étais si fière de moi. Après mon diplôme, j'ai trouvé un emploi dans une grande compagnie de danse. J'étais au sommet de mon art et je suis rentrée à la maison pour fêter ça avec Grand-mère. Elle aussi était aux anges, si fière de moi qu'elle n'arrêtait pas d'en parler. Nous allions faire une tarte aux pommes. Elle est restée à la maison pour couper les pommes et j'ai traversé quelques rues jusqu'au magasin pour acheter le reste des ingrédients. Au sud de chez nous, c'était très dangereux, mais au nord, là où se trouvait le magasin, ce n'était pas si mal et nous y allions toujours à pied quand nous le pouvions. Elle serra sa main, regardant distraitement le sol. Je revenais du magasin quand j'ai entendu des coups de feu – *pan, pan pan* – très vite, quelques secondes avant que la voiture ne me percute, puis tout est devenu noir.

Des larmes coulèrent sur ses joues.

Le cœur de Quincy se brisa.

— *Mon Dieu, ma belle.*

La tristesse l'envahit. Il l'attira dans ses bras, la serrant très fort.

— La voiture m'a traînée. La chaussée a déchiré mes vêtements. J'ai dû subir des greffes de peau sur ma hanche et ma cuisse gauche. Je me suis fracturé la hanche, ma jambe, mon pied, quelques côtes, et mes rêves ont été brisés, tout ça en un claquement de doigt.

— *Non*, dit-il en s'étranglant, ne voulant pas y croire.

Elle essuya ses larmes.

Cela m'a perturbée pendant un long moment. Je suis retournée vivre chez Grand-mère le temps de ma guérison et de ma rééducation et, quand j'ai été suffisamment rétablie, Elisa m'a engagée comme réceptionniste. Elle m'a autorisée à travailler mon amplitude de mouvement et ma force au studio avant et après le travail. Finalement, je me suis suffisamment remise pour pouvoir enseigner et Elisa m'a proposé de prendre l'appartement du dessus. Je ne voulais pas quitter Mamie, mais elle m'a pratiquement jetée dehors. Je pense qu'elle se sentait coupable. J'ai essayé de la convaincre d'emménager avec moi, mais elle a refusé.

— Bon sang, Roni. Tu as traversé tellement de choses. Je suis sûr qu'elle s'est sentie coupable, mais ce n'était pas sa faute. Elle a fait ce qu'elle a pu pour que tu aies une chance d'avoir un meilleur avenir.

— Je sais.

Sa voix se brisa.

— Ça va aller, ma puce. Je suis là ! Il déposa un baiser sur sa tempe, frottant sa main de manière apaisante le long de son dos.

J'aimerais pouvoir faire disparaître toute cette douleur et effacer ta mémoire, pour que tu n'y penses plus jamais. Qu'est-il arrivé au type qui t'a renversé ? Est-il allé en prison ? Il était défoncé ? Sous l'emprise de l'alcool ?

— Non. C'était un grand-père avec trois enfants, âgé de 74 ans. Je ne connais pas tous les détails, parce qu'ils n'ont jamais arrêté personne, mais on m'a dit que c'était un deal de drogue qui avait mal tourné. Une personne a tiré des coups de feu destinés à quelqu'un d'autre, et l'une des balles a touché le conducteur à l'arrière de la tête. Il a été tué sur le coup.

Quincy serra la mâchoire pour empêcher la bile de remonter dans sa gorge.

— C'est pour ça que je ne fais plus de spectacles, déclara-t-elle en s'essuyant les yeux. Je suis bonne, mais plus suffisamment.

Il cala son visage dans ses mains, essuyant ses larmes avec ses pouces.

— Qu'est-ce que tu veux dire ? Je t'ai vu danser comme si ta vie en dépendait Si la compagnie qui t'avait engagée ne veut pas te reprendre, ne peux-tu pas travailler pour une autre compagnie de danse ?

— Si seulement. La danse est une question de niveau et de perfection. Mes mouvements sont trop saccadés, et j'ai des douleurs si je danse trop longtemps. Je ne pourrai plus jamais danser professionnellement.

Elle leva son index avec un sourire authentique qui atteignait ses yeux.

— Mais il y a un bon côté. J'ai trouvé une autre passion. Deux, en fait. Je n'en n'aurais peut-être pas eu conscience si j'avais continué dans cette voie. Quand j'aidais à enseigner, c'était juste un moyen pour moi de rembourser Elisa pour tous les cours que je voulais prendre. Mais maintenant que j'y mets tout mon cœur, j'*adore* enseigner, aider les filles de tous âges à se sentir mieux dans leur peau et leur montrer qu'elles peuvent briller, peu importe ce qui se passe autour d'elles. Et j'ai aussi constaté que j'*adore* les enfants. Avant l'accident, je n'avais jamais eu l'occasion de prendre le temps de penser aux enfants ou au fait d'avoir une famille à moi un jour. Les enfants ne faisaient jamais partie de ma vie en dehors de l'aide que je leur apportais ici au studio, et comme je l'ai dit, je ne me suis jamais demandé si je *les* appréciais. Je faisais mon travail. Mais tu te souviens de la petite rousse du cours de Kennedy qui était appuyée contre le mur l'autre soir ?

— Ouais. Elle était mignonne.

— Elle l'est. Elle est adorable. Elle s'appelle Dottie, et crois-moi ou non, se tenir contre le mur est un *grand* progrès pour elle. Sa mère l'a mise dans ma classe pour essayer de la faire sortir de sa coquille parce qu'elle est terriblement timide. Les premiers cours, elle était assise par terre, recroquevillée, les bras autour des jambes et elle regardait les autres filles. Elle ne voulait même pas me regarder dans les yeux. Mais maintenant, nous *créons des liens*. Elle y arrive et ça prendra du temps, mais cela fait du bien de savoir qu'à travers la danse et la musique, elle progresse. Je n'aurais jamais trouvé ce genre d'épanouissement si j'avais continué à danser professionnellement.

— C'est génial, ma puce. Mais tu as travaillé si dur. Tu as sacrifié ton enfance pour être la meilleure, pour danser seule sur scène et raconter des histoires par le biais de tes mouvements. Je ne comprends pas comment tu peux t'éloigner de ce rêve. C'est tout ou rien dans cette profession ? Faut-il danser avec les meilleurs ? Ne peux-tu pas te produire avec un plus petit groupe ? Créer ta propre compagnie de danse en solo ?

— Ma propre compagnie ? Non. Et le reste est compliqué, dit-elle doucement. Pour danser avec une compagnie, petite ou grande, il faut beaucoup d'entraînement et on fait partie d'une équipe. Les mouvements de chaque danseur sont le reflet du groupe. Je sais de quoi je suis capable et je n'arrive pas à les suivre, Quincy. Parfois, j'ai des douleurs au pied, à la hanche et dans le bas du dos. Mes mouvements ne sont plus assez fluides pour accompagner les autres danseurs chevronnés. Je sortirais du lot, et il y a des jours où je n'arrive pas à danser sur une chanson de trois minutes et demie. Je ne ferai jamais honte aux autres danseurs avec ma piètre performance. Mais j'ai accepté le fait que je ne me produirai plus jamais et ça me va.

Elle se redressa et le regarda droit dans les yeux. La tristesse et les larmes avaient disparu, remplacées par quelque chose de plus lumineux.

— J'ai de la chance d'être en vie, Quincy. J'ai eu droit à une seconde chance, et j'en suis plus que reconnaissante, parce que je ne pense pas que ma grand-mère aurait survécu à ma mort et j'ai bénéficié d'un an et demi avec elle après l'accident. Tous les rêves du monde ne peuvent pas changer ce qui s'est passé, mais je peux profiter de ce qui me reste, et c'est exactement ce que je fais. Et puis tu sais quoi ? Si je n'avais pas été renversée par la voiture, on ne se serait probablement jamais rencontrés. Encore plus de paillettes dans ma vie.

— Tu es vraiment incroyable, tu le sais ?

Elle haussa les sourcils.

— Parce que j'ai été percutée par une voiture ?

— Non, ma belle. Parce qu'on t'a volé tes rêves et que tu n'es ni rancunière ni amère. Tu te concentres sur ce que tu as et pas sur ce que tu as perdu. Beaucoup de gens seraient devenus quelqu'un de différent après ça.

— Je le suis. Personne ne pouvait me freiner. Maintenant, je sais qu'on peut m'arrêter.

Il encadra son visage avec ses mains, ayant besoin d'être plus près.

— Tu es toujours invincible, Roni. L'accident ne t'a pas freinée. C'était un obstacle que tu as *surmonté*, et regarde-toi maintenant.

Il effleura de son pouce sa joue.

— Tu es forte, belle, et pour moi, un non-initié qui te regarde danser, tu es l'incarnation même de la perfection. J'espère que tu n'abandonneras pas définitivement tes rêves, parce que les filles à qui tu enseignes ne sont pas les seules à mériter de briller.

Il plaqua ses lèvres sur les siennes, et lorsqu'elle se laissa aller au baiser, il l'approfondit, voulant chasser la douleur qu'elle avait subie et *combler* tous ces vides. Il enfonça une main dans ses cheveux, et l'autre entoura sa taille, la serrant contre lui. Ses pensées commencèrent à se dissoudre et il se sentit se perdre en elle. Cela se passait si vite entre eux à chaque fois qu'ils s'embrassaient, comme s'ils étaient faits pour être reliés par leurs lèvres. Ses mains remontèrent le long de son dos jusqu'à sa nuque et il aimait la sensation de son corps qui le tenait, qui le *désirait*. Elle émit l'un de ses bruits sexy, faisant naître des rivières de désir en lui et le ramenant à la réalité, lui rappelant pourquoi il était venu si tôt.

La dernière chose qu'il voulait faire était d'arrêter de l'embrasser, mais il le fallait. Il se contenta d'une série de baisers plus légers, la gardant près de lui, se délectant d'elle. Il savait que les choses changeraient une fois qu'il lui aurait révélé son passé. Il voulait profiter de ce dernier moment, mémoriser la sensation qu'elle avait dans ses bras, ses doigts effleurant sa nuque et s'imprégner de son parfum désormais familier.

— Embrasse-moi encore ? chuchota-t-elle.

Sa douceur le toucha, et il pressa ses lèvres contre les siennes, l'embrassant lentement et tendrement, souhaitant pouvoir effacer son passé et *n'être qu'un simple gars qui travaillait dans une librairie et qui tombait amoureux d'une fille qui enseignait la danse* pour toujours.

CHAPITRE SEPT

RONI AVAIT ATTEINT le nirvana. Quincy ne s'était pas contenté de l'embrasser. Il l'avait *enveloppée* avec autre chose que ses bras forts et sa bouche délicieuse, qui lui faisait émettre des sons qu'elle n'avait jamais émis auparavant. Les émotions jaillissaient de cet homme, et elle voulait s'en imprégner, l'embrasser pendant des heures, avoir ses mains et sa bouche sur elle comme il l'avait fait la nuit dernière.

Quand leurs lèvres se séparèrent, elle en voulut plus. Mais il ne s'arrêta pas là. Il l'enlaça, la serrant aussi fort qu'il l'avait fait la nuit dernière, et elle aima aussi cela. Elle se sentait en sécurité quand elle était dans ses bras, comme si rien de mal ne pouvait lui arriver à nouveau.

Sa barbe lui chatouilla la joue lorsqu'il déposa un baiser près de son oreille.

— Je suis désolé pour ce que tu as vécu, et encore plus pour ce que je dois te dire.

Un frisson lui parcourut l'échine lorsque ses bras tombèrent, la laissant languissante. Elle avait oublié qu'il était venu lui parler de quelque chose.

— C'est si grave que ça ?

Il se redressa, se tordit les mains, inclina la tête dans sa direction. Le désir qu'elle avait lu dans ses yeux était maintenant assombri par le regret. Il posa ses mains à côté de ses jambes, et ses doigts s'enroulèrent autour du bord de la table.

— Je suppose que cela dépend de la façon dont on voit les choses. Comme tu l'as dit, tous les souhaits du monde ne peuvent pas changer le passé d'une personne, et je comprendrais si le mien est trop lourd pour toi.

— Cela semble de mauvais augure.

Elle ne savait pas ce qui pouvait être si grave pour changer ce qu'elle ressentait pour lui, et elle espérait qu'il dramatisait.

— Je ne veux pas que ce soit le cas, mais il en est ainsi. Avant d'entrer dans le vif du sujet, je veux que tu saches que je suis désolé de ne pas te l'avoir dit avant d'aller si loin hier soir. J'aurais probablement dû. Tu le mérites. Mais honnêtement, je ne pensais pas que nous irions aussi loin. J'avais attendu si longtemps pour sortir avec toi et je passais un si bon moment, je voulais vivre une dernière nuit ensemble avant de prendre le risque de tout te dire et de changer la façon dont tu me perçois.

— Alors ce baiser de tout à l'heure, c'était un *dernier* baiser ? demanda-t-elle nerveusement.

— On verra bien. Toi et moi avons plus de choses en commun que tu ne le penses. Nous avons tous les deux grandi dans des quartiers défavorisés et nous avons eu des parents qui étaient nuls. Tu ne sais pas qui est ta mère et je ne sais pas qui est mon père. Nous avons tous deux laissé cette laideur derrière nous et construit une nouvelle vie, et…

Il serra les dents, les muscles de sa mâchoire se contractèrent.

— Nous avons tous les deux dû nous soigner.

Son regard lui indiqua qu'il ne parlait pas de rééducation physique. Le creux de son estomac se creusa.

— Ma mère était une droguée, Roni. Elle a eu Tru quand elle avait quatorze ans. Il a neuf ans de plus que moi, et ils vivaient avec notre grand-mère, qui, selon lui, était aussi une épave. Tru a raconté que les choses se sont aggravées après la mort de notre grand-mère, qui a eu lieu environ un an avant ma naissance. C'est à ce moment-là que notre mère a commencé à se droguer plus ouvertement, et massivement. Il m'a expliqué qu'elle s'était calmée quand elle était enceinte, mais après ma naissance, les choses ont empiré. Elle n'était presque jamais à la maison, et quand elle l'était, elle était généralement inconsciente, en train de se droguer ou de faire l'amour avec un drogué ou un dealer quelconque.

Roni fut prise de nausée en sachant qu'il avait grandi dans ces conditions. Elle passa sa main sur la sienne, son cœur se brisant pour lui.

— Ça a l'air horrible.

— Je n'ai connu que cela. Je ne me suis pas rendu compte à quel point c'était anormal parce que j'avais Tru, qui, je le jure, est né en faisant tout son possible pour que ce soit normal. Dieu merci, parce que si on avait laissé mon bien-être entre les mains de notre mère, je n'aurais peut-être pas survécu. Tru me nourrissait, s'assurait que je me lavais, faisait ma lessive, m'emmenait à l'école, me faisait faire mes devoirs, m'apprenait à être respectueux, *absolument tout*. Il me protégeait du mieux qu'il pouvait de toutes les mauvaises choses, mais nos vies étaient tellement chaotiques. J'ai appris à me taire, et d'une certaine manière, je savais que tant que je suivais l'exemple de Tru, tout irait bien. Adolescent, il a rencontré Bear et ce dernier l'a pris sous son aile et lui a appris à travailler sur les voitures à *Whiskey Automobile*. Tru avait l'habitude de m'emmener à l'atelier avec lui et je faisais mes devoirs pendant qu'il travaillait avec Bear. Mon frère était *toujours* là pour moi. Il s'assurait que je n'étais jamais seul, sauf à l'école, bien sûr. Il était ma forteresse, mon point de repère et pour je ne sais quelle raison, cela semblait vraiment énerver ma mère. Elle était odieuse avec lui.

Il se leva et fit les cent pas.

— Je garderai toujours une certaine culpabilité à ce sujet.

— Mais ce n'est pas ta faute.

— Je sais que ce n'est pas ma faute. Les enfants ne peuvent pas être tenus responsables des échecs de leurs parents. Mais cela ne change rien au fait que j'ai passé des années à souhaiter ne jamais être né.

Cela l'anéantit.

— Je suis heureuse que tu sois né, Quincy, et on dirait que tous ceux qui étaient là hier soir l'étaient aussi.

— Merci, ma chérie. Crois-moi, je sais la chance que j'ai d'avoir autant de bons amis et de passer ce moment avec toi. Et ne t'inquiète pas. Je ne souhaite plus ne jamais être né. Beaucoup de choses ont changé.

Il se racla la gorge en faisant les cent pas.

— Quoi qu'il en soit, Tru a déménagé à dix-huit ans et il a essayé de m'emmener avec lui, mais ma mère a envoyé un de ses camés à ses trousses. Je m'en souviens comme d'un film dans ma tête, parce que le gars avait une arme. J'avais neuf ans, j'avais une peur bleue, et je m'accrochais à Tru. Il était grand, même à l'époque, presque la taille que je fais maintenant, et il n'a jamais eu peur d'une foutue chose. Excepté une fois, mais j'en parlerai plus tard. Quoi qu'il en soit, le type agitait le pistolet, et Tru m'a poussé derrière lui. Il a couru vers le type, essayant de le mettre à terre. Ils se sont affrontés, se sont battus et le type a réussi à se mettre sur le dos de Tru.

Les yeux de Quincy se plissèrent et de colère, ses mains se crispèrent.

— Il a pointé le pistolet droit sur la tête de Tru et j'ai *supplié* pour sauver la vie de mon frère. Je n'oublierai jamais la peur que j'ai ressentie à ce moment-là. J'ai promis de rentrer à la maison.

Des larmes coulèrent sur les joues de Roni.

— Oh mon Dieu, Quincy. C'est horrible.

Il acquiesça, la mâchoire serrée.

— Ton frère et toi êtes si courageux, et ta *mère…* dit-elle en prononçant le mot *mère* avec dégoût, ses mains se crispant à leur tour. J'ai envie de la frapper sur la tête.

— Elle a finalement payé pour tout cela.

— Alors que s'est-il passé ? Tu es retournée dans cette horrible maison ? Sans Truman ?

— Ouais, et le gars avec le pistolet a prévenu Tru de rester loin de moi, mais il n'a pas écouté. Mon frère a mis au point un plan où j'allais directement de l'école à la bibliothèque publique, et je faisais mes devoirs ou je lisais jusqu'à ce qu'elle ferme. Puis je rentrais à la maison, mangeais quelque chose, et m'enfermais dans ma chambre. Au cours des années qui ont suivi, il est venu tous les deux ou trois jours. Il apportait de la nourriture, de l'argent, des vêtements, tout ce dont j'avais besoin, en s'assurant que j'allais bien et que j'allais à l'école, en restant clean.

La tristesse ternit son regard.

— Ce furent des années difficiles. Je savais qu'il risquait sa vie chaque fois qu'il venait me voir, et ce n'était pas comme si nous pouvions nous payer des téléphones portables. Je lui disais de ne pas venir, parce que j'avais peur pour lui, mais il m'a fait comprendre que nous devions protéger notre famille à tout prix. Je l'avais vu arracher des gars des bras de notre mère des dizaines de fois et leur tenir tête sans peur. Je savais que quand il parlait de famille, il pensait à elle aussi, malgré son état. Tru prétend que Bear lui a appris la loyauté, mais je ne suis pas dupe, car

Truman me protégeait bien avant de le rencontrer.

— On dirait que tu avais raison quand tu disais que Tru avait tout prévu depuis le début.

— Ouais, dit-il doucement. Mais j'étais tellement habitué à suivre son exemple que les jours où je ne le voyais pas, je vivais dans la peur, attendant que le couperet tombe. On nous avait dit des choses horribles sur le système de placement en famille d'accueil, et à cause de cela, nous n'avons jamais laissé les enseignants ou les autres enfants savoir ce qui se passait à la maison. Et il n'y avait aucun signe extérieur parce que Tru s'assurait que je n'étais pas un enfant mal nourri et sale. Comme toi, j'ai toujours été bon à l'école. J'aime apprendre, et tout comme tu te plongeais à corps perdu dans la danse, je me suis investi dans le travail scolaire et les livres. Mais pendant tout ce temps, j'étais terrifié à l'idée que quelqu'un puisse découvrir nos conditions de vie et m'emmène, et que je ne puisse plus jamais revoir Tru.

— Je ne peux pas imaginer vivre ainsi. Je suis tellement désolée. Je me sens idiote de croire que j'étais malheureuse de devoir courir de l'arrêt de bus à la maison ou de faire abstraction du bruit la nuit, alors que tu vivais au milieu de tout cet enfer.

— Ce n'est pas idiot, ma chérie. *Tu* l'as mal vécu. On l'a mal vécu tous les deux. C'était juste des problèmes différents. Mais on a survécu, et c'est sur ça qu'on doit se concentrer.

Il se rapprocha, mais pas autant qu'avant, et certainement *pas assez*, mais elle sentait qu'il avait besoin de cet espace.

— Ce que je suis sur le point de te dévoiler est vraiment horrible, Roni. J'en ai honte, et je n'aime pas apporter cette laideur dans ton monde, mais l'honnêteté est importante pour moi et j'assume la responsabilité de tous mes échecs. Je vais donc te demander de m'écouter jusqu'au bout et de ne pas me prier de partir avant que j'ai fini, parce qu'après tout ce mal, il y a le bien.

Il tendit les bras sur les côtés, et elle eut envie de pleurer à cause du regard vulnérable et suppliant qu'il lui lança.

— Le type qui t'a tapé dans l'œil à la vente aux enchères, celui qui n'a pas arrêté de penser à toi depuis cette nuit-là, est la même personne que celle que j'étais jusqu'au moment dont je viens de te parler. J'étais le gentil garçon qui a grandi dans un trou perdu, avec un frère qui l'aimait et une mère qui n'avait aucune idée de ce qu'était l'amour. Et *ce* gamin, celui qui faisait tout son possible pour faire les choses bien, a fini par devenir l'homme bon et loyal que je suis *à présent*.

Elle prit une inspiration hésitante.

— Ok.

Il hocha la tête et recommença à faire les cent pas, croisant et décroisant les bras, la mâchoire serrée comme s'il était un animal en cage prêt à bondir. Ses nerfs se tendirent à chaque nouvelle seconde de silence tandis qu'elle le regardait fixer la porte, comme s'il pensait à partir au lieu de révéler ce qui le torturait.

Mais il ne partit pas.

Il se plaça devant elle et écarta ses jambes, ses bras pendaient le long de son corps, mais pas de façon molle. Loin s'en faut. Ses doigts se recroquevillèrent en poings, ses muscles se tendirent contre les manches de son T-shirt, tandis qu'il la regardait directement dans les yeux, sans aucune barrière derrière laquelle se cacher.

— Entre le gamin de treize ans et l'homme que je suis maintenant, je me suis perdu, et voici comment c'est arrivé. Je respectais le plan de Tru à la lettre, comme toujours. Je restais clean, je faisais mes devoirs et je rentrais directement de l'école, tous les jours la même routine, sauf les week-ends et les étés, où je traversais le pont pour aller au garage au lieu de l'école. Il déglutit fortement. Jusqu'à un après-midi où je coupais une pomme dans la cuisine et où ma mère a franchi la porte d'entrée en se disputant avec un type. C'était un grand chauve, avec des tatouages sur les bras et le cou. Il était déjà venu avant et je savais que c'était un dealer. C'était un vrai connard. Je t'ai déjà dit que ma mère couchait à droite à gauche, troquant du sexe contre de la drogue, ce qui est typiquement le genre de merde que fait un drogué.

Il marqua une pause, les sourcils froncés.

— J'ai besoin que tu comprennes ce que cela fait de grandir dans ce genre d'environnement.

— Je peux imaginer à quel point c'était effrayant.

— Je ne pense pas que tu le puisses, non pas parce que tu n'en es pas capable, mais à moins de l'avoir vécu, je pense qu'il est impossible de connaître la peur et le dégoût profonds, les mensonges que j'ai été obligé de raconter à l'école et partout où je suis allé, et la culpabilité que tout cela a engendrée. Haïr sa mère n'est pas une chose naturelle. Quand j'ai fini par le comprendre, il m'a fallu plus d'un an pour surmonter toutes ces émotions. Bref, tu te cachais sous ton oreiller pour bloquer le bruit. Pour moi, c'était comme si les gangs que tu essayais d'ignorer étaient à l'intérieur de ma maison presque quotidiennement, fumant du cannabis, agitant des armes à feu et des couteaux, baisant ma mère. Désolé d'être grossier, mais c'est la vérité. D'habitude, elle faisait ça dans sa chambre, mais il y avait des fois…

Roni baissa les yeux, ayant l'impression de ne plus pouvoir respirer.

— Je ne veux pas t'imaginer là-bas.

— Je sais que c'est difficile. Mais la seule façon de comprendre ma vie et ce qui a mal tourné est de connaître tous les détails.

Il se rapprocha, soulevant son menton comme il l'avait fait plus tôt et elle croisa son regard.

— Je peux partir, mais je ne peux pas mentir. A toi de choisir.

Il était si honnête et avait été si bon avec elle, qu'un conflit faisait rage en elle, mais pas assez pour le repousser.

— Je ne veux pas que tu partes.

Sa main glissa de son menton et elle l'attrapa. Il regarda leurs mains jointes, puis ses yeux retrouvèrent les siens, criblés d'angoisse. Elle ne savait pas pourquoi elle voulait le retenir, mais cela la faisait se sentir mieux, et elle le serra plus fort, autant pour lui que pour elle. Le petit sourire qui se dessina la tirailla.

Il hocha la tête, comme s'il comprenait qu'elle avait besoin de ce lien.

— Nous vivions encore dans la maison que ma grand-mère avait laissée à ma mère. Elle était petite. On entrait dans le salon par la porte d'entrée et la cuisine était juste devant. Il y avait deux chambres à droite avec une salle de bain entre les deux. Tout ce que j'avais à faire était d'aller de la cuisine à ma chambre. Je me suis dit qu'ils iraient dans sa chambre et que je pourrais ensuite aller dans la mienne. J'ai attendu, mais leur dispute s'est intensifiée au point qu'il la bousculait. Je voyais bien qu'elle avait perdu la tête, car elle n'arrêtait pas de le défier. Je me souviens m'être dit : *Tais-toi. Boucle-la.* Je pensais qu'elle allait nous faire tuer tous les deux. Puis les choses se sont rapidement envenimées. Je les ai entendus atterrir sur le canapé et c'est devenu très calme. Je me suis mis derrière le mur de la cuisine parce que je pensais qu'ils allaient faire l'amour, et je ne voulais pas le voir. Mais ensuite j'ai compris que c'était *trop* calme.

Roni se cramponna au bord du coussin, craignant le pire pour tout ce qu'il avait vécu. Il la regardait toujours droit dans les yeux, mais ses dents étaient maintenant serrées.

— Il y eut une *gifle* et un cri, et j'ai couru dans le salon. Il l'avait plaquée au sol. Il était… Son pantalon était autour de ses genoux et il la forçait à le faire. Son avant-bras était pressé contre son cou. On aurait dit que ses yeux allaient sortir de sa tête, et son visage était un mélange bizarre de couleurs. Je ne sais pas. C'est un peu flou, mais je lui ai crié d'arrêter et il a continué à la violer, sans la laisser respirer. J'avais toujours le couteau dans ma main, et je me suis demandé *Que ferait Truman* ? La réponse m'est venue instantanément. *Protéger la famille*, déclara-t-il en serrant les dents. *Protéger la famille à tout prix.* J'ai essayé de l'éloigner d'elle et il a tendu son bras, me projetant en arrière.

Le bras de Quincy pivota en arrière comme il l'avait décrit.

— Mon visage a heurté le mur, entaillant ma joue, mais j'ai entendu ma mère haleter. Ça l'a mis dans une colère noire. Il l'a frappée et s'est appuyé sur sa trachée, la baisant comme si elle était une poupée de chiffon. Je n'ai pas réfléchi. Je me suis juste levé et je l'ai poursuivi. Je ne voulais pas le tuer. Je voulais le *stopper*, mais je ne pouvais pas, et même quand je l'ai poignardé, il a continué à s'en prendre à elle, alors j'ai continué à le poignarder, jusqu'à ce qu'il s'effondre. Je ne pouvais plus respirer. Je tremblais, j'ai trébuché en arrière et je me suis effondré, pensant qu'il l'avait déjà tuée. Elle était étendue là. Je me souviens m'être dit, *Je ne l'ai pas fait. Ce n'est pas réel.*

La main de Roni vola jusqu'à sa bouche alors qu'un sanglot

déchirait sa poitrine. Elle se dirigea vers lui, l'entoura de ses bras et appuya sa joue sur sa poitrine.

— Quincy, dit-elle entre deux sanglots. Je ne peux pas…

Son corps entier était rigide, les muscles tendus. Elle se rendit compte qu'il ne lui rendait pas son étreinte et quand elle leva les yeux vers lui, il y avait des larmes dans ses yeux. Quincy… ?

Il secoua la tête, mais il ne prononça pas un mot et elle se demanda s'il était incapable de le faire. Elle s'approcha et toucha sa joue, murmurant son nom, ramenant ses yeux troublés vers les siens.

— Quincy, je ne vais pas m'enfuir et je ne vais pas te repousser. Tu protégeais ta mère. Si quelqu'un avait fait ça à ma grand-mère, j'aurais probablement fait la même chose.

Son regard était froid et triste.

— Ce n'est pas fini, lança-t-il.

QUINCY AVAIT RACONTÉ son histoire des dizaines de fois, mais pas avec autant de détails, et bien que cela n'ait jamais été facile, cela n'avait jamais été aussi dur. Chaque mot était comme un éclat de verre et pourtant Roni le tenait toujours dans ses bras, *pleurait* pour lui, malgré le sang sur ses mains. Il ne souhaitait pas lui en dire plus. Il voulait continuer à se plonger dans ses beaux yeux confiants jusqu'à ce que son passé disparaisse. Mais puisqu'il n'était pas Houdini, ce n'était pas une option.

Elle fit un pas en arrière et il put voir qu'elle se préparait au pire, en se tenant plus droite, en redressant ses épaules et en levant le menton. Elle était tellement forte, même après que cet affreux monde ait failli la tuer.

— Y a-t-il un endroit où je peux prendre un verre d'eau avant de te dévoiler la suite ? demanda-t-il.

— Pourquoi ne pas monter à mon appartement ?

Il attrapa son casque et sa veste, s'arrêta net.

— Tu es sûre que ça ne te dérange pas que je monte chez toi ?

Elle effleura son ventre du bout des doigts, croisant son regard aussi directement qu'il avait croisé le sien.

— Oui, je suis sûre. Je sais qu'il y a autre chose, et je suppose que cela a un rapport avec l'alcool ou les drogues puisque tu as parlé de désintoxication tout à l'heure. Je ne sais pas ce que je vais ressentir après avoir entendu les détails, mais si tu me demandes si je me sens toujours en sécurité avec toi, la réponse est oui.

Sa tête se pencha vers l'avant avec soulagement, ses mots étant un baume sur ses blessures nouvellement ouvertes. Il était si reconnaissant qu'il la prît dans ses bras, la tenant comme il n'avait pas pu le faire quelques instants auparavant. Elle pourrait le rejeter après avoir entendu le reste, mais il profitait de *ce moment*. Il embrassa le sommet de sa tête et d'une voix tendue, chargée de trop d'émotions contradictoires, il la remercia.

Ils montèrent à l'étage et lorsqu'ils pénétrèrent dans son appartement, tout semblait complètement différent de la nuit dernière, comme si même *la pièce* savait qu'il aurait dû tout lui dire hier.

— Tu aimes le thé glacé ? Ou tu veux de l'eau ?

— Le thé glacé est parfait, merci. Il déposa son casque sur la table près de la porte et accrocha sa veste. Pendant qu'elle leur apportait leurs boissons, il se dirigea vers le canapé où il l'avait allongée la nuit dernière, et la culpabilité le submergea encore plus. Il était toujours là quand elle revint avec leurs boissons.

Elle les posa sur la table basse.

— Tu vas bien ?

— Non, répondit-il en toute honnêteté. J'aurais vraiment dû te dire tout cela avant que nous allions si loin hier soir.

— Je comprends.

Elle se rassit et prit sa main, l'attirant à côté d'elle.

— Je ne t'aurais peut-être pas encore parlé de mon accident si tu ne m'avais pas vu danser. Certaines choses ne sont pas des conversations appropriées pour le premier ou le deuxième rendez-vous. Mais je te l'aurais dit avant que nous... *hum...* avant que tu me voies sans mes vêtements, parce que mes cicatrices sont laides.

— Aucune partie de toi ne pourra jamais être laide. Les cicatrices sont un rappel des épreuves que nous avons traversées et qui nous ont amenés à ce point et ont fait de nous ce que nous sommes. Ce ne sont peut-être pas des souvenirs que nous voulons revoir, mais ils ne nous rendent pas laids. Pour moi, *la laideur* se manifeste par des actions. La laideur, c'était de tuer cet homme. J'ai fait beaucoup de choses laides et pendant des années, j'étais repoussant, même à mes propres yeux. Mais quand je me regarde dans le miroir maintenant, je ne vois plus ce type. Je sais qu'il est en moi et qu'il continuera à rôder au-dessus de mon épaule à chaque instant, pesant sur chacune de mes décisions. Mais j'ai appris de mes erreurs et je fais tout ce qui est en mon pouvoir pour ne plus jamais faire des choses affreuses.

Elle enroula ses doigts autour des ourlets de son pull.

— Je sais que tu as tué un homme, mais c'était pour sauver ta mère. Je ne pense pas que cela fasse de toi quelqu'un de repoussant. Tu es si gentil avec moi, avec tes amis, avec Kennedy et avec les autres enfants que j'ai rencontrés hier soir. Je ne peux pas t'imaginer être aussi mauvais que tu le décris.

— Eh bien, je vais t'aider à l'imaginer et ensuite, si tu me laisses faire, je t'aiderai à trouver ton chemin sur la fragile voie de l'acceptation.

Sa bouche devint encore plus pâteuse.

— Et si ce n'est pas le cas, alors je suis perdant. Mais je serai toujours là en tant qu'ami si tu as besoin de moi.

— Tu voudrais toujours être mon ami si je disais que je ne peux pas supporter ce que tu es sur le point de me révéler ?

— Bien sûr, Roni. Il y a une raison pour laquelle je n'ai pas continué à insister pour devenir plus que des amis pendant tous ces mois. Je *voulais* qu'on soit d'abord amis, pour garder les choses légères, pour plusieurs raisons. Je n'ai jamais eu de vrais amis dans ma vie jusqu'à il y a environ deux ans de cela. Pour moi, l'amitié a la même valeur que l'argent et les bijoux aux yeux des autres. Tu es une femme incroyable, mais je ne suis pas de ceux qui se sentent indignes ou difficiles à aimer. Je *sais bien* que je suis devenu un homme bon et un excellent ami bien que ce ne fût pas facile d'en arriver là. Je me suis battu pour oublier mon éducation *mais aussi* surmonter mes propres choix, pour comprendre et accepter tout cela, y compris qui je suis mainte-nant. Mais je suis aussi réaliste et je sais que certains bagages sont trop lourds à porter pour les autres, et si c'est le cas, je ne t'en tiendrai jamais rigueur. Mon passé est mon fardeau à porter.

Elle hocha la tête, les sourcils froncés, et croisa ses mains sur ses genoux, s'asseyant plus droite.

— Ok, bien, débarrassons-nous de ce bagage et voyons ce qu'il en est.

Sa poitrine se resserra et il prit une nouvelle inspiration, voulant se souvenir précisément de son apparence à ce moment précis : forte, belle et prête à écouter. Il fallut prendre son courage à deux mains pour commencer à raconter le reste de son histoire.

— La nuit où j'ai tué cet homme, Truman m'a trouvé recroquevillé sur le sol du salon, mes vêtements ensanglantés, ma joue entaillée. L'homme était encore allongé sur ma mère. Elle était revenue à elle à ce moment-là, elle criait et pleurait, mais j'étais paralysé par la peur et le choc, une boule se logeant dans sa gorge tandis que les souvenirs l'assaillaient. Avant même que Tru ne retire le corps de cet homme de notre mère, il est venu vers *moi*. Il s'est mis à genoux et m'a pris dans ses bras. Je ne me suis jamais senti aussi impuissant et perdu de toute ma vie que durant le temps qui s'est écoulé entre le moment où c'est arrivé et celui où Truman est entré. Mais avec lui, je me sentais plus en sécurité. Je savais que *lui* saurait quoi faire.

Il prit un verre, ayant besoin d'une seconde.

— Quand Tru a entendu les cris, il pensait qu'il me trouverait mort. Il a eu tellement peur, il vérifiait que mon corps n'était pas criblé de balles.

Quincy se mit debout et fit les cent pas, frottant sa main sur sa poitrine et son ventre comme Truman l'avait fait cette nuit-là.

— Quand il a vu que je n'étais pas en danger, il a déplacé le corps et a calmé ma mère. Elle s'est à nouveau évanouie et je lui ai tout raconté. Je n'oublierai jamais ce qu'il a dit juste avant d'appeler la police : *Ne dis rien, Quincy. Tu ne vas pas endosser la responsabilité de tout cela.* J'ai protesté, mais il craignait qu'à treize ans, je sois jugé comme un adulte. J'ai suivi son exemple toute ma vie et j'ai accepté de faire ce qu'il me demandait. Je n'aurais jamais dû, mais il était mon pilier. Me protéger était ce qu'il faisait de mieux.

Sa mâchoire se décrocha, les larmes coulant à nouveau.

— Il a assumé la responsabilité ?

Quincy acquiesça, baissant les yeux, la honte et la culpabilité s'entortillant comme un nœud coulant.

— L'avocat commis d'office a dit qu'il n'irait pas en prison. Il a qualifié ce meurtre de « passionnel ». Mais notre mère est restée clean assez longtemps pour cracher des mensonges à la barre des témoins. Elle a toujours eu une dent contre Truman. Elle a affirmé qu'elle n'était pas en danger et Truman a été accusé de meurtre.

Les larmes coulèrent sur les joues de Roni, envoyant cette lance de culpabilité plus profondément dans sa poitrine.

— Oh mon Dieu, Quincy. Pourquoi a-t-elle agi ainsi ?

— Je ne sais pas. Probablement parce que le fait que Truman soit dans la merde a fait ressortir tous ses échecs. Il a purgé six ans d'une peine de huit ans de prison pour un crime que *j'ai* commis.

Elle secoua la tête.

— Je n'arrive pas à croire que ta mère ait fait ça.

— C'était un sacré numéro.

Il fit les cent pas, se tordant les mains.

— Tout a changé après que Tru soit allé en prison. J'étais un enfant, complètement perdu. J'étais rongé par la culpabilité, et je n'avais aucune direction, aucun plan à suivre. Bear m'avait emmené voir Tru une ou deux fois, et *tout cela* m'avait encore plus dévasté. Par ma faute, le frère qui avait passé sa vie à me protéger était derrière les barreaux. J'aurais dû être à sa place et aller en prison, pas lui.

Sa voix se brisa et il essaya de déglutir malgré sa gorge qui se serrait.

— Chaque fois que j'y pensais, j'étais paralysé, tout comme ce jour horrible. Je *méprisais* ma mère, mais je pense que je me détestais encore plus.

Il cessa de faire les cent pas et affronta son regard, ayant besoin de sentir la douleur de chaque mot, soulignant l'importance de la guérison.

— Un jour, elle m'a tendu une pipe à crack et m'a dit que ça ferait disparaître tous mes démons. Je savais que c'était le début de la fin, mais mon frère pourrissait en prison à cause de moi. J'étais tellement rongé par la culpabilité, rempli de haine et de rancœur. J'étais tellement *perdu* que j'aurais même suivi Satan en enfer. Alors j'ai pris ce qu'elle m'offrait et je me suis forgé ma propre prison infernale pour y pourrir.

Il recourba ses doigts en poings, luttant contre la honte et se forçant à extérioriser le reste.

— C'est là que tout a commencé et je n'y suis pas allé *de main morte*. J'ai arrêté de répondre aux appels de Bear pour suivre ma mère dans les bas-fonds. Les toxicomanes savent très bien comment disparaître, en vivant dans des fumeries de crack ou dans la rue. Cela a commencé avec le crack et s'est terminé avec de l'héroïne. Je ne sais pas comment j'ai survécu ni ce qui est arrivé à la maison que ma grand-mère nous a laissée. Je pense que ma mère l'a négociée contre de la drogue à un moment ou à un autre. Les choses que j'ai faites, les trous de mémoire… Roni, c'est *ce truc-là* qui est affreux, le fait de transformer ses bras et y accueillir toutes sortes de seringues pour échapper aux démons qui me rongeaient l'esprit.

Il tendit les bras, lui montrant les cicatrices laissées par les marques de piqûres. Il voulut se détourner de l'horreur dans ses yeux, mais il savait qu'il valait mieux. C'était *le moment* de le faire.

— J'ai passé près de six ans et demi à perdre la tête, avec de brèves périodes de lucidité.

— Six *ans* et demi ?

— Oui, des années. Il suffisait que je pense à Truman pour que j'explose et comme il était toujours dans mon esprit… Jusqu'à ce que ma mère tombe enceinte.

— Oh mon Dieu, *non*.

Elle se couvrit la bouche, de nouvelles larmes coulant sur ses joues.

— Kennedy et Lincoln ne sont pas les enfants biologiques de Tru et Gemma. Ils sont nos frère et sœur.

Ses yeux s'élargirent.

— Vos *frère et sœur* ?

— Oui. Notre mère est devenue clean quand elle a découvert qu'elle était enceinte. Il y avait un drogué qui prétendait avoir été médecin avant de commencer à se droguer et il savait ce qu'il faisait. Il l'a aidée à surmonter le manque les deux fois et quand elle a accouché, il était là pour lui fournir de nouveau de la drogue.

— Ces pauvres bébés.

— Je suis parti avec Kennedy environ une semaine après sa naissance. Je voulais la déposer dans une caserne de pompiers ou un hôpital. N'importe où aurait été mieux que de vivre dans la rue. Mais ma mère a envoyé ses amis après moi, de la même façon qu'elle l'avait fait pour Truman, sauf que je me suis fait tabasser. J'ai eu quelques côtes cassées, mon œil était tuméfié.

Il frotta les cicatrices au-dessus de son œil droit.

— Alors, j'ai atténué la douleur en prenant plus de drogues.

— Quincy, dit-elle, pleurant ouvertement. Pourquoi ne pas avoir arrêté la drogue quand elle l'a fait ?

— Ce n'est pas si facile quand personne ne se soucie de savoir si on est vivant ou mort.

— Mais qu'en est-il de Bear ou de ses parents ? Tu ne pouvais pas aller les voir ?

— J'aurais pu, et ils m'auraient aidé. Mais il aurait fallu avoir les idées claires pour y parvenir. Même si ma mère ne consommait plus, elle me poussait sans cesse à en prendre. Elle était plus heureuse quand j'étais défoncé. Je pense que cela lui permettait de se sentir mieux dans sa peau. Tu as peut-être remarqué nos noms à consonance présidentielle. Quelle blague. Quand elle a choisi le nom de Kennedy, elle m'a dit que c'était important d'avoir un nom inoubliable, puisque nous aurions des vies oubliables.

Il fit de nouveau les cent pas, ses tripes se nouant douloureusement.

— J'ai essayé d'éloigner Kennedy d'elle plusieurs autres fois. Quand Lincoln est né, j'ai essayé de les emmener tous les deux.

Les larmes lui montèrent aux yeux.

— Je savais qu'il valait mieux ne pas les laisser grandir dans la rue.

Il leva les yeux au plafond alors que ses larmes coulaient, la culpabilité lui déchirant le cœur.

— C'était un cercle vicieux. J'essayais de me passer de drogues pour être là pour les enfants, je volais de la nourriture pour eux, du lait maternisé pour Linc. Ils pleuraient *tout le temps*. Je me sentais tellement coupable pour eux, pour Truman, que je me suis tourné vers la drogue pour…

Il passa son avant-bras sur ses yeux et se força à rencontrer ses yeux pleins de larmes.

— Pour échapper à la personne repoussante que j'étais devenue.

Elle baissa les yeux, et à ce moment-là, il sut qu'il l'avait perdue, mais il devait continuer. Il devait tout lui dire.

— Les jours, les semaines, les années, se confondaient. J'ai volé de la nourriture, de l'argent, des vêtements. J'ai fait tellement de choses dont je ne suis pas fier pour m'assurer que ces bébés survivent. Je suis resté avec eux chaque minute que j'ai pu pour m'assurer que personne ne les emmerde. Puis Tru est sorti de prison et m'a retrouvé. Il a essayé de me convaincre de me désintoxiquer, mais quand on est dépendant, on ne *voit* pas ce que les autres voient, et en même temps, on en a *conscience*. C'est déroutant parce qu'on ne se rend pas compte – ou on ne veut pas se rendre compte – qu'on gâche sa vie et qu'on fait du mal à tous ceux qui nous entourent. On *les* fait donc passer pour les méchants. Mais en même temps, j'avais l'impression d'être un tel gâchis et la culpabilité me rongeait. Je ne pouvais pas supporter d'être près de mon frère qui avait travaillé si dur pour me sauver. J'avais peur de lui révéler pour les enfants parce que j'avais déjà ruiné sa vie, et je savais que la bande de drogués de ma mère s'en prendrait à lui s'il essayait de les emmener. Je *ne pouvais pas* faire ça à Tru, pas après tout ce qu'il avait fait pour moi.

Il serra les dents, la culpabilité remontant à la surface.

— Alors je lui ai dit d'aller se faire foutre, puis j'ai fait ce que j'avais appris à faire de mieux. Je me suis enfoncé plus profondément dans les ténèbres avec les enfants et notre mère pour qu'il ne puisse pas nous trouver. Je ne pensais pas au fait que c'était très mauvais pour les gosses et j'*aurais dû* le savoir. Je n'ai absolument *aucune* excuse.

Des larmes coulèrent sur ses joues.

— Quand je pense à la façon dont ils ont vécu…

Il se détourna, essayant de reprendre le contrôle, mais la

haine de soi et la tristesse étaient profondes. Laisser sortir ces sentiments horribles était le seul moyen de les surmonter, alors il fit de nouveau face à elle, parlant plus vite.

— Les mois ont passé et une nuit je suis sorti pour essayer de trouver de l'argent pour le lait maternisé. Quand je suis rentré en titubant dans l'endroit où nous vivions, j'ai trouvé notre mère étendue sans vie sur le sol. Elle avait fait une overdose et les bébés hurlaient à pleins poumons sur un vieux matelas où ils dormaient quand je suis parti. J'avais l'impression d'être à nouveau ce gamin de treize ans, perdu, impuissant et tout aussi *honteux* que je ne l'avais été la nuit où j'avais tué ce foutu violeur. Alors j'ai appelé Tru. Je savais qu'il prendrait les enfants, et ensuite je pourrais disparaître. M'éloigner le plus possible de ces trois-là, pour ne plus jamais leur faire de mal.

Elle le regarda à travers ses larmes.

— C'est à ce moment-là que tu es devenu clean ? Quand Truman est arrivé ?

Il secoua la tête, ayant l'impression qu'on lui arrachait le cœur de sa poitrine.

— Non. C'est là que ça a empiré, parce que la situation est devenue réelle. J'étais furieux contre Truman parce qu'il était allé en prison. J'ai été un enfant stupide pendant toutes ces années. J'avais l'impression qu'il m'avait abandonné. Dès que j'ai été clean, j'ai su que cela n'avait aucun sens. J'ai déformé les choses dans ma tête rongée par la drogue et j'ai fait de lui le méchant. *Lui.* Le gars qui m'a élevé et qui a sacrifié *sa propre liberté* pour moi. C'est tordu, je sais, mais c'est la vérité. Il était aussi dégoûté de moi que je l'étais de moi-même. Il a pris les enfants et j'ai eu des ennuis avec des gens vraiment dangereux. Quelques jours plus tard, je me suis présenté à son appartement, complètement défoncé, pour lui demander de me prêter de l'argent afin de pouvoir rembourser ma dette. Il vivait au-dessus de *Whiskey Automobile*, là où je vis actuellement. Mais il a agi comme il le fallait et m'a renvoyé. Je suis retourné sur le pont, loin de Peaceful Harbor, dans l'enfer où j'avais passé les six dernières années et demie pour essayer de me cacher du dealer. Mais ses gars m'ont trouvé et m'ont traîné jusqu'à lui. Il y avait toutes sortes de choses qui se passaient – une dizaine de gars ou plus étaient là. Ils ont commencé à se disputer entre eux et j'y ai vu une chance. Je me suis alors enfui en courant. Ils m'ont poursuivi, mais je me suis enfui. Je n'ai aucune idée du temps passé à courir ou de la façon dont je leur ai échappé. C'était un cauchemar, suivi de semaines passées à me cacher, terrifié. Ils ont fini par me rattraper, m'ont tabassé et m'ont laissé pour mort. Je ne sais pas comment j'ai fait pour survivre ou comment j'ai pu marcher des kilomètres pour traverser le pont jusqu'au garage. Je ne me souviens pas de la majeure partie de cette nuit-là. Je pensais que c'était la fin, que j'allais mourir et que la souffrance que je causais à tout le monde serait enfin terminée. Mais je suppose que je me suis évanoui devant le magasin, parce que c'est là que Tru m'a trouvé. Quand je me suis réveillé, j'étais à l'hôpital et il était juste là avec moi.

Roni inspira en tremblant, des larmes coulaient sur ses joues.

— Dieu merci, il t'a trouvé.

Il hocha la tête.

— La première chose que j'ai demandée, c'est si j'étais en vie. C'est une question étrange, mais j'ai vraiment cru que j'étais mort cette nuit-là. Quand il a répondu *A peine en vie*, j'ai remercié Dieu, et Tru également. Il m'a demandé si j'étais sûr de vouloir rester en vie, parce que je faisais tout ce qui était en mon pouvoir pour me faire tuer. Quand je n'ai pas répondu, il s'est penché sur moi dans le lit d'hôpital, me regardant directement dans les yeux et a dit qu'il n'était pas prêt à me perdre.

Quincy regarda à nouveau le plafond, clignant des yeux pour empêcher les larmes de couler.

— Après tout ce que j'avais fait subir aux enfants et à lui, *il* n'en avait pas fini avec *moi*. Pendant toutes ces années, j'ai cru qu'il me détestait autant que je me détestais moi-même. Et pourtant, il m'aimait *encore*. Tu parles d'une seconde chance. C'est alors que j'ai vu la lumière et que j'ai accepté d'aller en cure de désintoxication, ce qui a été une autre forme d'enfer. Je devais faire face à tous ces sentiments qui m'avaient noyé pendant si longtemps. Tru est venu me voir dès qu'il en a eu l'autorisation. Je l'ai engueulé, je l'ai rendu responsable de ma consommation de drogue. Cela fait partie du processus et ça *craint*. Mais il n'a *jamais* renoncé à moi. Il était toujours le phare qu'il avait toujours été. Après la cure et avec l'aide de la thérapie, j'ai franchi un cap et une fois que je l'ai fait, j'ai vu la dévastation que j'avais causée. Je ne me remettrai jamais de ce que j'ai fait subir à Tru et aux enfants. Ce que j'ai fait subir à Gemma et à tous nos amis qui étaient là pour eux quand je me droguais.

Roni sécha ses larmes, fixant ses mains agitées sur ses genoux, sans *le* regarder. Il ne lui en voulut pas et attendit en silence pendant un long moment, jusqu'à ce qu'elle lève enfin ses yeux terriblement tristes.

— C'était quand ?

Il se plaça à côté d'elle, reconnaissant qu'elle ne détourne pas le regard.

— Il y a deux ans, le soir d'Halloween, il m'a trouvé et je suis allé en cure de désintoxication. La raison pour laquelle je n'ai pas cherché à aller plus loin avec toi après la vente aux enchères, c'est parce que l'alchimie entre nous était si forte la première nuit où nous avons discuté. Je n'avais jamais rien ressenti de tel auparavant. Puis, on a commencé à s'envoyer des textos et ils étaient légers et amusants. J'en ai savouré chaque seconde. C'était agréable d'apprendre à te connaître sans que cela ne me pèse. J'ai pris la décision d'attendre d'être clean depuis deux ans avant de vraiment essayer de te faire accepter de sortir avec moi. Je voulais franchir cette étape. Je sais que ce n'est pas une longue histoire sans drogue, mais c'était important pour moi de pouvoir te dire que j'étais clean depuis deux ans plutôt qu'un an et demi. Je savais au fond de *moi-même* que je resterais clean, mais il faut beaucoup de courage pour faire confiance à un junkie.

C'était une torture de lâcher les mots, mais il n'allait pas s'arrêter avant de tout lui avouer.

— Quand ta grand-mère est morte, ne pas pouvoir t'aider à traverser cette épreuve, c'était comme me demander de ne pas respirer. On se connaissait à peine, mais j'avais déjà des sentiments pour toi. Je voulais être là pour toi. C'est une bonne chose que Red et, dans une certaine mesure, Jed m'aient dissuadé de le faire, parce que je t'aurais tout raconté à ce moment-là. Cela n'aurait fait qu'ajouter de la douleur à ta peine.

Elle baissa à nouveau les yeux sur ses mains.

— Cela fait beaucoup à encaisser.

— Je sais et je réalise que le temps que nous avons passé ensemble était un cadeau. Je ne vais pas essayer de te pousser à me donner une chance, mais je veux que tu saches certaines choses. Je suis déterminé à rester clean pour moi *d'abord*, pour Truman et les enfants, mais également pour tous nos amis qui nous ont aidés à en arriver là. J'ai un toit au-dessus de ma tête et un travail que j'aime. J'ai obtenu mon baccalauréat et je suis des cours pour obtenir un diplôme de comptabilité. Je me suis également engagé à aider les autres à rester sobres. J'anime des réunions de Narcotiques Anonymes tous les mercredis soirs dans le sous-sol de l'église luthérienne et je suis le parrain d'une autre personne en voie de guérison. Avec mon frère et nos amis, j'ai le plus incroyable des systèmes de soutien et je n'ai pas pensé *une seule fois* à utiliser des drogues pour résoudre mes problèmes depuis que je suis clean. Je n'ai pas *l'impression* de lutter contre cette envie d'en consommer. J'ai l'impression d'avoir dépassé ce stade, comme si cela s'était passé dans une autre vie. Mais tu dois comprendre que ce n'est pas parce que j'ai cette impression que je ne suis pas une personne dépendante. Les addictions sont les méchantes à vie et elles guettent la moindre occasion d'attaquer dans chaque moment difficile et sombre.

Elle leva les yeux vers les siens, la peur s'y mêlant à l'empathie et à quelque chose de plus important qu'il ne voulait pas essayer de désigner.

— Je sais que c'est difficile à entendre, dit-il avec véhémence. Mais je veux, et je me *dois* d'être honnête avec toi, car si tu décides de nous donner une chance, tu dois être au courant de ces choses-là.

Il lui expliqua que le fait de surmonter la dépendance était un processus qui consistait à apprendre à accepter la responsabilité de ses actes, à gérer la dépendance, à identifier et à éviter les éléments déclencheurs, et à trouver d'autres moyens de gérer le stress et les éléments qui ne pouvaient être évités.

— J'étais un enfant sans repères quand je me suis laissé entraîner dans la drogue. Je ne suis *plus* cet enfant, Roni. Même si j'aime beaucoup Truman, je n'ai plus besoin de rentrer dans les rangs et de suivre son exemple. J'ai touché le fond. J'ai suivi une cure de désintoxication et une thérapie. J'ai géré la culpabilité et la honte de mes actions. Chaque jour, je fais le travail nécessaire pour rester clean. Tuer cet homme et permettre à Truman de porter le chapeau m'ont conduit à ma perte. Il a assumé la responsabilité avec les meilleures intentions du monde. Il était prêt à garder notre secret pour toujours, mais je ne pouvais pas lui faire ça. Tu te souviens quand j'ai dit que Truman avait eu peur d'une chose et que j'y reviendrais plus tard ?

Elle acquiesça.

— Il était terrifié à l'idée de perdre les enfants. Kennedy et Lincoln n'avaient pas d'acte de naissance. Quand il les a fait examiner par un ami de Bones, un pédiatre, le docteur a fait une estimation de leur âge. Nous pensons qu'ils ont trois et cinq ans parce qu'ils avaient besoin de dates pour fêter leurs anniversaires et Tru a utilisé la date à laquelle il les a trouvés. Mais ils sont probablement plus proches des deux ans et demi et quatre ans et demi à présent. Le temps n'existait pas à l'époque. Je ne me souviens pas exactement quand ils sont nés.

Elle remua sur le canapé et il savait combien c'était difficile pour elle d'entendre cela. Il lui accorda un moment avant de préciser.

— Pendant que j'étais en cure de désintoxication, Tru m'a chargé de demander la tutelle parce qu'il pensait qu'elle ne lui serait pas accordée en raison de son casier judiciaire. Celui qu'il avait pour un crime qu'il n'avait *pas* commis. À ce moment-là, j'étais clean depuis quelques semaines et je voyais les choses plus clairement – la famille que j'avais, les amis que je voulais, la vie que j'espérais – tout était à portée de main. Mais je savais que si je permettais à Truman de vivre le reste de sa vie dans l'ombre de mon crime, je finirais par être incapable de me regarder dans le miroir à nouveau, et cela pourrait me renvoyer directement vers la vie dont je m'étais finalement extirpé. Donc, un mois après être entré en désintoxication, je suis sorti. Je me suis d'abord confessé à Gemma, parce qu'elle pensait que mon frère était un tueur et qu'il ne méritait pas que ce mensonge pèse sur leur relation. Puis, je suis allé voir la police pour tout leur avouer.

Il marqua une pause, se rappelant à quel point il était nerveux.

— J'étais sûr que j'irais en prison et cela m'aurait convenu, tant que les enfants étaient en sécurité et que Tru avait un casier vierge. Mais avec l'aide du beau-père de Gemma, qui est avocat, le tribunal a accordé à Truman un redressement post-condamnation et a annulé sa condamnation, ce qui lui a permis d'obtenir la tutelle des enfants. Gemma et lui les élèvent comme s'ils étaient les leurs et les gamins ont l'amour et la stabilité que nous n'avons jamais eus. L'État aurait pu nous faire un procès à tous les deux, mais le procureur a fait usage de son pouvoir discrétionnaire et a refusé d'engager des poursuites. Notre avocat a dit que mon âge au moment du crime et la peine de prison de Truman ont pesé lourd dans cette décision.

— Tu as pris le risque d'aller en prison pour blanchir son nom.

Il hocha la tête.

— Oui, mais c'était aussi bien pour prendre mes responsabilités et libérer ma conscience, ce qui était important pour ma guérison, que pour blanchir son nom. Je suis clean dans tous les domaines maintenant, Roni. Je ne mens même pas. J'ai passé des tests de dépistage de maladies et, Dieu merci, je n'ai rien. Je n'ai pas fait l'amour depuis que je suis sorti de désintoxication. C'étaient seulement quelques fois, et *oui*, j'ai utilisé des préservatifs. Mais ce n'était que du sexe et cela me faisait me sentir vide et mal dans ma peau. Cela ne semble probablement pas très viril, mais l'une des choses que j'ai apprises en me rétablissant est de rester à l'écart des choses qui me font me sentir mal. Je me fiche que les gens pensent que je suis une mauviette pour être resté célibataire tout ce temps. La seule chose qui compte, c'est que chaque jour, quand je me réveille et que je me regarde dans le miroir, *j'aime* la personne qui me fait face. Et après avoir tout avoué, je suis retourné en désintoxication et j'ai terminé le programme de 90 jours.

Roni resta silencieuse pendant si longtemps, se tordant les mains, Quincy était sûr qu'elle rassemblait son courage pour dire que c'était trop.

— Donc, tu es à peu près sûr de rester clean ? demande-t-elle d'une voix douce et tremblante.

— J'en ai l'intention, et j'espère que je le ferai. Mais quelle que soit ma détermination et ma conviction à ne plus *jamais* retomber dans cette vie infernale, je ne peux pas faire de promesses en l'air. Ce ne serait pas juste pour toi. Mais je peux t'assurer que je n'ai aucune raison de retourner à cette vie et j'ai encore plus de raisons de rester clean à présent.

Elle baissa les yeux, mais pas avant que Quincy ne voie sa lèvre inférieure trembler. Il quitta le canapé et s'agenouilla devant elle, prenant ses mains dans les siennes. Des larmes coulèrent sur ses joues, le bouleversant à nouveau. Il posa son front sur ses mains, essayant de repousser son tourment pour trouver les mots justes. Elle posa sa joue sur sa tête, s'accrochant à ses mains, tremblant au rythme de ses sanglots. Il se mit à genoux, l'attirant dans ses bras.

— Je suis désolé, ma puce. Je suis tellement désolé, bon sang.

Il la tint dans ses bras pendant qu'elle pleurait, son corps tremblant et frémissant, ses larmes entraînant les siennes. Ils ne bougèrent pas jusqu'à ce qu'elle ait versé sa toute dernière larme, puis il la tint plus longtemps pour eux deux. Un peu plus tard, elle se calma, et il se pencha suffisamment pour voir ses beaux yeux bordés de rouge, désireux de faire les promesses qu'il savait ne pas pouvoir tenir. Au lieu de cela, il fit ce qu'il avait à faire.

— Je vais m'en aller et te laisser le temps de réfléchir à ce que tu veux.

— Je suis désolée de m'être emportée, répondit-elle d'une voix cassée.

— Ne le sois pas. Je sais que c'est terrifiant.

— Toute cette histoire me brise le cœur. Tu vis de cette façon, et les enfants…

Elle couvrit son visage de ses mains, secouant la tête.

— Je suis désolé, mais je me devais de te dire la vérité, murmura-t-il.

Il se força à se lever, malgré le chagrin qui le plombait. Le chemin vers la porte lui donna l'impression qu'il était sur le point d'affronter un peloton d'exécution, alors qu'en réalité, c'était déjà fait.

CHAPITRE HUIT

LUNDI MATIN, APRÈS une autre nuit blanche, Roni se rendit au studio deux heures avant son ouverture. *Broken* de Seether et Amy Lee résonnait dans la pièce, où elle essayait d'arrêter le tourbillon d'angoisse qui l'avait envahie tout le week-end. La sueur perlait sur son front tandis qu'elle se lançait dans chaque mouvement, essayant d'effacer les visions de Quincy, jeune adolescent, suivant sa mère dans les endroits mêmes que Roni craignait, les images de l'homme dont elle avait déjà pris soin, drogué et vivant dans la misère, battu et meurtri quand il avait essayé de sauver les bébés. Sa vision se brouilla sous le coup des larmes, tandis que les sons obsédants des pleurs des enfants dont elle s'était déjà occupée résonnaient dans ses oreilles.

La musique cessa brusquement.

— Je savais que je te trouverais ici.

Roni se retourna. Entre le voile de larmes et le tourment de son cœur, elle était incapable de dissimuler ce qu'elle ressentait. Le visage d'Angela blêmit.

— *Mon Dieu.* Qu'est-ce qui s'est passé ?

Angela se précipita vers Roni et l'entoura de ses bras, rompant le barrage qui retenait ses sanglots.

— Tu étais sur ton nuage quand on s'est parlé samedi. Est-ce que Quincy a fait quelque chose ? C'est pour ça que tu as évité mes appels hier ?

Roni tenta de parler, mais tout ce qui sortit fut de nouveaux sanglots.

— Je vais le *tuer*. Je jure devant Dieu…

Roni se dégagea de ses bras, secouant la tête et aspirant de l'air pour se calmer.

— Il ne m'a pas fait de mal.

— Alors pourquoi tu pleures ? Je ne t'ai pas vue comme ça depuis la mort de ta grand-mère. Et pourquoi tu n'as pas pris mes appels hier ?

Roni attrapa une serviette sur la table et la pressa contre ses yeux pour sécher ses larmes.

— Je ne pouvais pas en parler. Je n'étais pas prête, mais je n'arrive pas non plus me défouler en dansant.

— C'est pour ça que *je suis* là. Tu n'as pas besoin de la danse. Parle-moi. Il s'est passé quelque chose avec Quincy ?

Roni lui raconta tous les détails sordides que Quincy avait partagés. Quand elle eut fini, elle avait un nœud dans la gorge et elle était complètement épuisée. Elle se colla contre le mur et s'affaissa sur le sol.

— Je ne peux pas m'empêcher de l'imaginer enfant avec toutes ces choses horribles qui se passent autour de lui, suivant Truman partout parce qu'il était *tout pour lui* et devant *tuer* ce type pour sauver sa mère.

D'autres larmes glissèrent sur ses joues.

— C'est horrible. Chaque détail.

Roni essuya ses larmes.

— Il a dû être terrifié dès qu'il a été assez grand pour savoir ce qu'était la peur jusqu'à ce qu'il soit clean.

— Je ne peux pas imaginer vivre comme ça.

— C'est comme si l'univers s'était ligué contre lui dès le premier jour. J'aimerais juste… Je suis tellement triste, Ang.

L'inquiétude plana dans les yeux d'Angela.

— Roni, je savais que tu craquais pour Quincy, mais ça change la donne, non ? Enfin, la *drogue*… ? Est-ce que tu envisages de le revoir ?

— Je ne *sais* pas, répondit-elle, mais en vérité, elle *le savait*.

Il lui avait envoyé un SMS hier pour lui dire qu'il avait commandé les vestes de Kennedy et de Lincoln. Deux secondes plus tard, un autre message était arrivé, disant que le message précédent n'était qu'une excuse parce qu'il n'arrêtait pas de penser à elle, mais qu'il ne voulait pas lui mettre la pression. Elle avait eu mal au cœur en le lisant. Elle *luttait*, prise dans le pire des pièges, essayant de concilier des années de toxicomanie avec l'homme incroyablement stable et fort qu'elle avait appris à connaître.

— *Oui*, finit par admettre Roni. Je pense que oui. Je l'*aime* bien, Ang. Je l'aime *plus que de raison* et je sais que nous ne sortons pas ensemble depuis longtemps, mais tous ces mois à s'envoyer des messages donnent l'impression que c'est le cas. Je ne veux pas m'éloigner, mais j'ai peur. Et s'il recommençait à se droguer ?

— Ok, bien, c'est un *début*.

Angela se releva et fit les cent pas.

— Roni, tu t'es démenée pour t'éloigner de tout ça. Tu veux vraiment faire entrer un drogué dans ton lit ?

Roni leva les yeux au ciel.

— Tu n'es pas censée être de mon côté ?

— Je *suis* de ton côté, même plus que tu ne l'es *toi-même*, je crois.

Angela se mit à côté d'elle.

— Tu viens de me dire que Quincy a tué un homme et qu'il a dit qu'il ne peut pas te promettre de ne plus jamais se droguer. Comment sais-tu qu'il n'est pas instable ? affirma-t-elle d'une voix plus calme.

— Il avait *treize ans* quand c'est arrivé. Sa mère se faisait violer et il a essayé d'éloigner le type d'elle. Il l'a *sauvée*, Ang. Est-ce que je me dis qu'il aurait dû appeler la police ? *Peut-être.* Mais vu comment il l'a décrit, elle aurait été morte à leur arrivée. Ce n'est pas un tueur en série qui a tué pour le plaisir. Il était traumatisé par ce qu'il avait fait. Les tribunaux ne l'ont même pas mis en prison.

— Ok. *Bien.* C'était un peu héroïque, mais tu veux vraiment vivre ta vie en te demandant s'il va replonger ?

— Bien sûr que non, dit-elle doucement.

— Dans ce cas, ta décision devrait être facile à prendre.

— *En quoi* ? Tu te souviens quand Joey et toi avez commencé à sortir ensemble ? Tu te souviens de ce que tu m'as dit après votre premier rendez-vous ? Tu as dit que tu ignorais que tu pouvais te sentir si proche d'une autre personne, et tu *n'avais pas* passé des mois à lui envoyer des SMS comme Quincy et moi. Joey et toi n'aviez même pas vraiment discuté jusqu'à une semaine avant que vous ne commenciez à sortir ensemble.

— Bien sûr que je m'en souviens. Je ressens toujours cela un an plus tard, mais il n'a pas coupé l'herbe sous le pied en me disant qu'il avait tué quelqu'un et qu'il s'était drogué pendant des années, vivant dans des maisons de crack avec deux bébés.

Roni mit sa tête en arrière et ferma les yeux.

— Si tu avais pu le voir vendredi soir avec tous ses amis et leurs enfants.

Elle croisa le regard d'Angela.

— Et avec *moi*, Ang. Il me traite tellement bien. Quand on

faisait la chasse au trésor, et au bar après, j'avais l'impression qu'on sortait ensemble depuis des mois. C'est si facile d'être avec lui, et j'étais si heureuse pendant la chasse au trésor ou quand on était au bar. Tous ces bikers à l'air effrayant que nous avons vus à la vente aux enchères étaient présents, et ils ne sont pas effrayants quand on apprend à les connaître. Ils forment une grande famille. J'ai adoré être entourée de ses amis, apprendre à connaître les gens qui l'aiment – et crois-moi, ils l'aiment réellement.

Et ils l'aiment elle aussi. Josie avait envoyé un message dimanche matin pour l'informer de son enterrement de vie de jeune fille et de la fête, et si Roni avait été ravie de l'entendre, cela l'avait aussi rendue encore plus triste, si bien qu'elle n'avait pas répondu.

— Ils pensent le plus grand bien de lui et ce n'est pas anodin, car plusieurs d'entre eux le connaissent depuis que Tru a rencontré Bear, alors que Quincy n'avait que neuf ans. Ces bikers se battent pour maintenir la sécurité dans nos quartiers. S'il avait été une menace, il ne serait pas à leurs côtés. Et ses amis savaient à quel point il était accro à moi pendant tous ces mois. Il en a même parlé à Red Whiskey, qui est comme une mère pour lui, en disant qu'il voulait venir me voir après la mort de grand-mère. A l'époque, c'est comme si on sortait déjà ensemble, tous les deux. Et il *a attendu* d'être clean pendant deux années complètes avant d'essayer de me fréquenter. N'est-ce pas *révélateur* à son sujet ?

— Je pense que oui, concéda Angela. Mais être sûre qu'ils ne sont pas *tous* des drogués en voie de guérison ?

— Je n'en sais rien, mais si c'est le cas, qu'est-ce que ça change ? rétorqua doucement Roni. Est-ce que ça compte s'ils ne se droguent plus *maintenant* ? J'ai fait la connaissance d'un groupe de filles formidables, et elles m'ont même invitée à un enterrement de vie de jeune fille et à une fête qu'elles combinent en une seule soirée, où elles vont faire du pain d'épice. Est-ce que cela ressemble à un groupe de mauvaises personnes pour toi ? Quincy ne boit pas non plus, et il m'a avoué toute la vérité, sachant que cela pouvait mettre fin à notre relation. Il n'était pas obligé de le faire. Il aurait pu attendre des mois, ou même garder ça pour lui pour toujours.

— C'est vrai, et j'*étais* très pro-Quincy avant que tu ne me racontes tout cela. Tu le sais. J'aime le fait qu'il ait été là pour toi ces temps-ci et qu'il ne t'ait pas mis la pression pour sauter dans son lit. Mais je suis ta meilleure amie, et je dois faire attention à toi et te dire les choses que tu ne veux pas entendre.

Elle prit place à côté de Roni.

— Il y a *beaucoup* de mecs sur le marché. Tu pourrais trouver quelqu'un qui n'a pas ce genre de passif, un gars qui te traite aussi bien que Quincy, qui ne te poussera pas à te demander s'il va retomber dans la drogue. Quelqu'un qui travaille dur et qui sera toujours là pour toi. Tu le mérites, Roni. Tu mérites quelqu'un sur qui tu peux compter.

— Je sais bien, dit Roni avec douceur. Mais je ne suis pas aussi convaincue que toi que Quincy ne soit pas cette personne. Je ressens tellement de choses pour lui, et je crois vraiment que c'est une bonne personne. Je le sens au plus profond de moi. Je *sais bien* que tes arguments sont valables. Je n'essaie pas de me convaincre du contraire. Je suis juste honnête avec toi. D'un côté, même après avoir entendu tout ça, je craque encore pour lui. Et d'un autre côté, je suis terrifiée par ce que cela pourrait signifier. Je suis tellement perdue en ce moment. Je ne sais pas quoi faire.

— Eh bien, je suis contente que tu ne balayes pas du revers

de la main la réalité de ce qu'implique la *guérison*. D'après ce que j'ai cru comprendre, et d'après ce qu'il t'a dit, c'est un combat de tous les instants.

— Il a insisté sur ce point, et sur le fait qu'il ne peut rien me promettre. Même s'il voulait faire une promesse, toi et moi savons toutes les deux qu'il n'y a aucune garantie dans la vie. Regarde ce qui m'est arrivé. Ma vie a changé en un instant.

Angela lui prit la main.

— On dirait que la sienne aussi.

— Est-ce que ça te semble vraiment être le cas ? soupira Roni. Je suppose que c'est logique. Tu as grandi ici à Peaceful Harbor, avec un grand jardin et des amis dans toutes les maisons environnantes, et deux parents qui allaient travailler de neuf heures à dix-sept heures et qui t'aimaient de tout leur être. Tu n'as jamais eu à fuir un arrêt de bus par peur ou à entendre des coups de feu dans la rue en te demandant s'ils allaient entrer dans ta maison. À mes yeux, la vie de Quincy ressemblait à une bombe à retardement. Quand il m'a parlé de son enfance, cela m'a brisé le cœur. Je ne sais pas comment Truman et lui ont évité les problèmes pendant toutes ces années. Ma grand-mère me disait de qui il fallait se méfier, mais ils n'avaient aucun adulte pour les guider.

— Il est clair que Truman s'est concentré sur la survie de son petit frère, et en grandissant, ils pouvaient compter l'un sur l'autre.

— Jusqu'à ce que ce ne soit plus le cas, conclut tristement Roni.

Angela entoura Roni de son bras.

— Je te soutiendrai quelle que soit ta décision. Promets-moi simplement de ne pas te sous-estimer.

— Le plus drôle, c'est que j'avais l'impression de me rabaisser *jusqu'à* ce que je le laisse entrer dans ma vie.

RONI PASSA L'APRÈS-MIDI en hésitant entre l'envie d'envoyer un SMS à Quincy et l'envie de ne pas se lancer sur cette voie avant d'avoir compris ce que cela signifiait vraiment d'être en voie de guérison. Elle avait sauté le déjeuner et était montée à son appartement, où elle avait cherché sur Google tout ce qui lui venait à l'esprit sur les thèmes de la toxicomanie, de la guérison et du pourcentage de personnes qui rechutaient. Le simple fait de se renseigner sur le processus de guérison l'avait rendue anxieuse. Elle se consolait en pensant que Quincy avait réussi à passer le cap. Mais cela ne signifiait pas que toute la journée, les inquiétudes d'Angela ne venaient pas bousculer ce réconfort tel un corbeau sur un animal mort.

Elisa jeta un coup d'œil dans la classe de Roni, toujours aussi majestueuse dans son manteau marine boutonné jusqu'en haut. Ses cheveux grisonnants étaient attachés en un chignon rigide, son maquillage parfaitement appliqué sur des pommettes hautes et des lèvres fines. Un foulard bleu roi entourait son long cou, lui donnant un coup de jeune.

— Avant que je ne parte pour la journée, as-tu quelque chose à me dire ?

L'estomac de Roni se resserra. Elle savait qu'elle avait été peu bavarde, mais elle pensait avoir réussi à cacher son angoisse.

Avant qu'elle ne puisse trouver quoi répondre, Elisa ajouta:

— Tu as changé d'avis à propos du spectacle d'hiver ?

Le soulagement la gagna.

— Je ne pense pas, Elisa. Je suis désolée. Je ne suis pas encore prête.

Elisa pénétra dans la pièce. Même à soixante-neuf ans, elle dansait encore tous les jours, ce qui permettait à sa grande taille de rester forte et mince. Elle passa son bras autour de Roni, parlant d'un ton doux et maternel.

— Quand vas-tu cesser de te comparer à ce dont tu étais capable de faire avant et commencer à voir la beauté de ce dont tu es capable à présent ?

Cette conversation, elles l'avaient eue tous les mois depuis l'accident de Roni, et c'était la première fois que Roni y *réfléchissait* vraiment. Mais ce n'était pas à la danse qu'elle pensait. C'était à Quincy, et il y *avait* de la beauté chez l'homme très compétent qu'il était devenu.

Elisa la fixa, mais Roni n'avait pas envie de se lancer dans une grande discussion vingt minutes avant le début de son prochain cours, qui était celui de Kennedy. Roni essayait encore de comprendre tout ce que Quincy lui avait dit, y compris le fait que Kennedy et Lincoln étaient ses frère et sœur. Elle tentait de ne pas penser au fait qu'il viendrait chercher Kennedy après le cours aujourd'hui. Roni fit preuve de légèreté.

— Je vois la beauté de ce que je fais maintenant. J'adore enseigner.

Elisa lui lança le regard inexpressif auquel elle s'attendait en réponse à ses réactions évasives.

— Tu sais ce que je veux dire, ma belle.

— Oui, je le sais. Mais je ne suis pas prête, Elisa. Merci, toutefois, de m'encourager.

— Tu as été bien silencieuse aujourd'hui. Est-ce que tu vas bien ? Ta hanche te gêne-t-elle ?

— Non. Ça va. Je suis juste fatiguée. J'ai eu un gros week-end.

Elisa afficha un sourire curieux.

— J'ai entendu dire que vous aviez remporté la chasse au trésor.

— Comment l'as-tu appris ?

— Les gagnants étaient listés sur le site de la *Gazette de Peaceful Harbor*. Aurai-je la chance de rencontrer ce Quincy Gritt avec qui tu t'es associé ?

La gorge de Roni se noua.

— Hum, peut-être un jour.

— Il y a quelqu'un ? lança Gemma dans l'embrasure de la porte. Désolée, Angela était à la réception et elle a dit que je pouvais revenir parler avec Roni juste une minute. Je ne voulais pas vous interrompre. Je peux attendre dans le hall.

— J'allais justement partir, déclara Elisa, et alors qu'elle partait, Gemma pénétra dans la pièce.

— Salut, dit Roni, se demandant pourquoi elle était là en avance et où était Kennedy.

Elle espérait que Gemma et Truman ne retireraient pas Kennedy de sa classe à cause de ce qui se passait entre Quincy et elle.

— Où est Kennedy ?

— Elle joue avec Emmie dans le hall. Lira la surveille.

Emmie était une autre élève de la classe de Roni, et Lira était sa mère.

— Comment vas-tu ?

Roni poussa un soupir de soulagement et feignit de prendre une attitude optimiste.

— Je vais très bien. Et toi, comment vas-tu ?

Les yeux verts de Gemma devinrent sérieux et compatissants.

— Je vais bien, mais es-tu sûre que tout va bien ? Je ne veux pas me mêler de ce qui ne me regarde pas, mais Quincy est venu samedi soir, et il était vraiment bouleversé. Tru et lui ont parlé une partie de la nuit. Il est revenu dimanche et a passé toute la journée avec les enfants, c'est de cette façon que je sais qu'il est blessé. Ce sont ses petites doses de bonheur.

Les épaules de Roni s'affaissèrent. Elle détestait qu'il soit aussi torturé qu'elle.

— Le fait est que je ne vais pas bien, Gemma. Je suis triste et confuse, et …

— Je comprends. Quincy ignore que je suis venue te parler, mais je voulais le faire parce que, eh bien, nous avons tous vraiment apprécié d'apprendre à te connaître vendredi soir. Je suis en quelque sorte passée par ce que tu traverses. Quand Truman et moi nous sommes rencontrés pour la première fois, il m'a dit qu'il avait tué l'homme qui avait attaqué leur mère. Je n'ai découvert la vérité que bien plus tard. Je ne sais pas comment Quincy a survécu avec toute cette culpabilité, ni comment il a trouvé le courage de se confier à la police et à moi. Il ne me connaissait même pas. Mais il m'a tout dit et Truman était furieux contre lui de s'être dénoncé.

— Parce qu'il voulait protéger Quincy ?

— Toujours. De la même façon que Quincy, qui n'était plus cet enfant effrayé et perdu, voulait protéger Truman, les enfants et moi.

Les larmes menacèrent de couler, mais Roni les combattit.

— Est-ce mal de détester leur mère ?

— Non. En fait, ces sentiments sont partagés par beaucoup.

Gemma adoucit son ton.

— Je ne suis pas ici pour essayer de te convaincre de donner une chance à Quincy. C'est *ta* vie, Roni, et c'est une énorme décision d'être avec quelqu'un qui a une histoire comme la sienne. Mais j'ai pensé que tu voudrais entendre quelqu'un qui a vécu ça. Je ne savais pas quoi faire de Truman quand je l'ai rencontré, et encore moins de Quincy. Je venais d'une famille aisée qui snobait tous ceux qui étaient en dessous de leur statut économique. Mais je n'ai *jamais* été aimée aussi intensément que par Truman, et je n'ai *jamais* été aimée par une famille aussi profondément que par celle de Quincy. J'étais là quand il a touché le fond. On l'a trouvé inconscient sur la pelouse, et pour être honnête, cela m'a terrifiée. Je n'étais pas sûre de pouvoir m'engager avec quelqu'un dont le frère était un drogué. C'est un monde que je ne comprenais pas. Mais je remercie Dieu *chaque jour* que mon amour pour Tru et les enfants ait été plus fort que ma peur de ce que Quincy aurait pu représenter dans nos vies s'il n'était pas devenu clean. Ensuite, il est allé en cure de désintoxication, et c'était dur. Il y avait beaucoup de colère refoulée et de culpabilité entre eux, mais Quincy n'a jamais faibli. Il était déterminé à devenir clean. Il nous a tous surpris lorsqu'il s'est dénoncé, puis lorsqu'il est retourné en cure de désintoxication pour terminer son programme des quatre-vingt-dix jours, car il a prouvé que sa force et sa conviction de laisser cette vie derrière lui étaient bien plus puissantes que l'attrait de la drogue. C'est un homme bon qui a commis des actes terribles et qui a fait du mal aux autres, mais il va mieux maintenant.

Roni sentit qu'elle allait pleurer.

— Il m'a dit qu'il ne pouvait pas me promettre de ne plus se droguer.

— C'est vrai. Personne ne peut faire cette promesse en période de guérison. Je sais que c'est douloureux à entendre, mais je peux t'assurer que depuis que je connais Quincy, il n'a jamais rechuté une seule fois. Il ne boit pas, il est très honnête, et pour ce que ça vaut, il ne nous a jamais présenté de femme avant toi.

Roni avait aussi songé à son honnêteté, et savoir qu'il n'avait jamais présenté une autre femme à ses amis confirmait ce qu'elle savait déjà. Leur connexion était plus puissante que tout ce qu'elle avait jamais connu. Il était plus fort que chacun d'entre eux.

— Merci de m'avoir dit tout cela, Gemma. Il me manque déjà, et ça ne fait qu'un jour et demi.

Cela faisait du bien de le dire à voix haute. Ses nombreux textos, sa voix et ses yeux expressifs lui manquaient. Son *amitié*, ses baisers et son sourire qui lui donnait des papillons dans le ventre lui manquaient aussi, mais alors que cette nostalgie s'installait, les idées noires refirent surface.

CHAPITRE NEUF

QUINCY ENVOYA VALSER son ordinateur portable sur le bureau et se leva après avoir tapé et effacé la même ligne quatre fois en essayant d'écrire un devoir pour son cours d'éthique commerciale. Il n'arrivait pas plus à se concentrer sur ses devoirs qu'à faire quoi que ce soit d'autre. Il devait se rendre au studio de danse et parler à Roni. Elle n'avait pas répondu à ses SMS de dimanche. Il était anxieux et en même temps, il se sentait complètement *vidé* et épuisé. Il avait parlé à Tru, à Penny, et à Jed, mais rien ne pouvait apaiser la douleur du manque qui le rongeait. Il avait à peine dormi les deux dernières nuits, et le fait que Simone ait eu besoin d'un soutien supplémentaire hier ne l'avait pas aidé.

Il vérifia l'heure, enfila sa veste en cuir, prit ses clés et descendit les escaliers. Truman, Jed et Bear se retournèrent tous au moment où il entra dans la boutique. Impossible d'échapper à l'inquiétude dans leurs yeux. Il l'avait vu tellement de fois dans les semaines qui avaient suivi sa sortie de cure de désintoxication, qu'il pouvait repérer à un kilomètre à la ronde les regards de *ceux qui se demandaient si la situation était vraiment critique.* Depuis ces premières semaines, on ne l'avait pas mis à l'épreuve ainsi et ils le savaient tous. Faire face aux épreuves et aux difficultés liées au fait de réintégrer le monde sans le filet de sécurité que représente la drogue, au point que rien ne puisse l'effrayer, avait été une entreprise colossale, mais il *avait réussi*. Ce qu'il partageait avec Roni était totalement différent et cela lui donnait des coups de pied aux fesses, mais il se ferait mettre une camisole de force plutôt que de se droguer à nouveau. Bien qu'il ne soit pas un imbécile, tout ce qui pouvait foutre en l'air sa tête et son cœur en même temps exigeait des précautions supplémentaires.

Jed leva le menton.

— Comment ça va, Quince ?

Pas terrible.

— Ça va.

— T'inquiète pas, mec, lui dit Bear. Vu comment Roni te regardait vendredi soir, elle va t'appeler avant même que tu ne t'en rendes compte.

Il n'en était pas si sûr.

— Hé, frérot, lança Truman en réduisant la distance entre eux. Tu vas bien ?

Truman chercha son regard et Quincy dut tout faire pour ne pas lui crier dessus. Il détestait ressentir cela envers son frère, mais ce qu'il détestait encore plus, c'était que Truman s'inquiète pour lui.

— Je suis là, non ?

Quincy serra les dents.

— Désolé, Tru. Je suis agité, énervé d'avoir fait des choix foireux et d'avoir imposé ce cauchemar à Roni. Mais je gère la situation. Je vais à une réunion des Narcotiques Anonymes.

— Ah bon ?

Le soulagement dans les yeux de Truman était palpable.

— C'est génial, mec. Je suis fier de toi. Tu veux que je vienne avec toi ?

— Non, merci. Ça va aller. Mais j'apprécie l'offre. Ça t'ennuie si je vais chercher Linc chez Red après la réunion ?

Truman caressa sa barbe en souriant.

— Besoin d'un petit moment entre potes ?

— C'est toujours super, mais j'ai besoin de passer un peu de temps avec *Red*.

— Pas de problème, mec.

Truman s'approcha.

— Que puis-je faire pour t'aider ?

— Ce que tu fais déjà, proposer ton aide, être là pour m'écouter comme tu l'as fait ce week-end. Je déteste te causer des soucis, mais c'est bien que tu le fasses. Et même si je déteste être surveillé, savoir que tout le monde s'inquiète est important.

Il regarda Bear et Jed qui détournaient respectueusement le regard. Il parla d'une voix plus forte.

— Je vais m'en sortir, les gars. Ne vous inquiétez pas. Je ne vais pas foutre en l'air la vie de quiconque. Et surtout pas la mienne.

La question est, comment puis-je convaincre Roni de ça ?

— Ma porte est toujours ouverte, mon pote. On croit en toi, dit Bear.

— À cent cinquante pour cent, approuva Jed.

En hochant la tête, Quincy se dirigea vers son camion.

Assister à la réunion des Narcotiques Anonymes était exactement ce dont il avait besoin pour se recentrer. Chaque fois qu'il s'y rendait, cela lui rappelait sa première fois, lorsqu'il voulait désespérément réussir et craignait de ne pas être assez fort. Il jeta un coup d'œil dans la salle et vit des gens de tous horizons suivre le programme, validant les choses qu'il avait apprises en désintoxication. Et comme pour la première fois, il ressortit de la réunion en se sentant encore plus fort et plus maître de lui-même que lorsqu'il y était venu.

Dieu merci.

Il se rendit à la maison des Whiskey, en périphérie de la ville, en essayant d'ignorer la voix dans sa tête qui lui disait d'aller plutôt chez Roni. Il voulait la voir, lui faire les promesses qu'il ne devait pas faire. Il voulait faire tout ce qu'il fallait pour qu'elle soit de nouveau à lui, pour la tenir dans ses bras et la voir sourire, pour effacer sa détresse et sa déception. Alors qu'il roulait le long de la longue allée bordée d'arbres et qu'il se garait devant la modeste maison à deux étages des Whiskey, il essaya de ne pas trop penser *à la raison pour* laquelle il ressentait le besoin de voir Red, car cela l'aurait fait penser à sa misérable mère. Il était simplement reconnaissant que Red et Biggs fassent partie de sa vie.

Il pensa à Roni et se demanda à qui elle parlerait maintenant que sa grand-mère était partie. Angela ? Elisa ? Il essaya de l'imaginer en train de discuter de son passé avec elles, et ses tripes se tordirent. Qui, en toute conscience, l'encouragerait à lui donner une chance alors qu'elle s'était démenée pour échapper à la vie dans laquelle il s'était engagé volontairement ?

Il sortit du pick-up et se dirigea vers la porte d'entrée. Tinkerbell, le rottweiler de Bullet, bondit sur le côté de la maison en aboyant.

— Hé, Tink. Je n'ai pas vu le pick-up de Bullet.

Quincy se pencha pour caresser le chien alors que Red arrivait sur le côté de la maison en tenant la main de Lincoln. Red portait sa veste en cuir, tandis que Lincoln était emmitouflé dans un épais pull en laine, ses cheveux roux dépassant de son bonnet bleu marine. Un bonheur familier envahit Quincy à cette vue, ce qui lui permit de se détendre encore plus.

— Je me demandais qui avait bien pu attirer l'attention de Tink, lança Red.

Il fit un signe de la main et Lincoln se libéra de son emprise, trottinant plus vite vers Quincy en tendant les bras, avec un adorable sourire en coin.

— Incy !

Tinkerbell lui courut après.

— Tink, *doucement* ! cria Red.

Le chien ralentit.

— Coucou, mon petit.

Quincy prit Lincoln dans ses bras et l'embrassa sur la joue, respirant le doux parfum de l'innocence.

— Tu es gentil avec Mamie Red ?

Lincoln acquiesça et dit quelque chose trop vite pour que Quincy puisse comprendre.

— Quoi ?

Quincy parsema de baisers la joue de Lincoln, ce qui le fit glousser et ricaner.

— Peut-être que Mamie Red peut traduire pour moi.

— Il a déjeuné avec Papy Biggs sur le patio aujourd'hui. Pas vrai, mon chéri ? dit-elle en lui chatouillant le ventre ce qui le fit rire de nouveau.

— Où est Biggs aujourd'hui ? demanda Quincy alors que Lincoln s'agrippait à ses cheveux et tirait dessus.

Il attrapa la main de Lincoln et embrassa son petit poing, ce qui lui valut un nouveau rire à faire fondre les cœurs. Lincoln agrippa immédiatement les cheveux de Quincy.

— Papy Biggs est à l'intérieur en train de changer la couche d'Axel, répondit Red, en jetant un regard critique sur Quincy.

— Joue avec Tink !

Lincoln essaya de se dégager et Quincy le posa par terre. Tinkerbell lécha le visage de Lincoln et il se dirigea vers le jardin avec le chien à ses côtés.

— Je vois que tu gardes aussi Tink aujourd'hui, dit Quincy quand Red le serra dans ses bras.

— Si tu trouves que Bullet est protecteur envers Finlay, tu devrais voir ce qu'il en est de Tink. Elle ne quitte pas Finlay des yeux. La pauvre Fin avait vraiment besoin d'une pause. C'est bon de te voir, mon cœur.

— Désolé de ne pas avoir appelé avant.

— Oh, mon grand, inutile de téléphoner avant.

Elle passa son bras autour du sien, et ils suivirent Lincoln et Tinkerbell.

— Biggs n'arrête pas de parler de ta nouvelle copine depuis qu'elle l'a pris en photo.

— Je ne suis plus très sûr qu'elle soit ma petite amie.

— Oh, mon chéri, c'est ça le tracas que je vois dans tes yeux ? Je suis désolée. Vous aviez l'air si proche, je pensais que c'était *la bonne*.

Il le croyait aussi.

— Je n'ai jamais ressenti quelque chose de semblable avant elle, et ce avant même que nous commencions à sortir ensemble, admit Quincy. C'est arrivé rapidement, sans aucun avertissement. Puis on a eu notre premier rendez-vous, et je te jure, Red, la terre a tremblé sous mes pieds. C'est un truc de fou.

— On dirait que ta petite dame a ravi ton cœur.

Elle désigna les chaises du patio.

— Pourquoi ne pas s'asseoir et discuter. Tu veux de la limonade ou un soda, mon cœur ?

— Non, ça va, merci.

Il se pencha en avant, les coudes sur les genoux, regardant Lincoln s'installer dans l'herbe et lancer une balle. Le chien la ramassa, courut dans le jardin et la lui rapporta.

Biggs sortit, sa canne dans une main, le bébé Axel dans l'autre.

— Comment ça va, fiston ?

Fiston. Il se demandait si Biggs savait ce que cette expression représentait pour lui à chaque fois qu'il l'utilisait.

— Les choses sont un peu compliquées en ce moment, Biggs.

— Alors ceci devrait illuminer ta journée. Rien n'est plus simple qu'un bébé. Nourrissez-les, changez-les, aimez-les.

Biggs lui tendit Axel, emmitouflé dans un pull épais avec une couverture autour de lui. Des mèches de cheveux noirs dépassaient d'un joli bonnet noir sur lequel était brodé *MINI DARK KNIGHT.* Biggs prit place à côté de Red, se pencha pour l'embrasser.

— Mon garçon est bien avec un bébé dans les bras, pas vrai ?

— Ah, Biggsy, ne le pousse pas à devenir père.

L'expression de Red se réchauffa alors que Quincy berçait Axel.

— Mais oui, tous nos garçons ont l'air de bien aimer nos bébés.

Le petit bailla, ses petits yeux se refermant.

— Tu sais, je n'ai jamais su à quoi une famille était censée ressembler ou comment se comporter, hormis avec Tru, avoua Quincy en caressant la joue d'Axel. J'ai toujours su qu'il m'aimait, et je savais que notre mère lui en voulait. Mais en tant que famille, nous étions si brisés. Tru m'a montré comment aimer, mais votre famille et vous deux m'avez montré ce qu'est un amour digne d'une *famille*. Vous m'avez montré ce à quoi pourrait et devrait ressembler une famille.

Il regarda Lincoln qui se roulait dans l'herbe avec Tinkerbell, puis Biggs assis avec son bras autour de Red, sa main sur sa jambe, et la poitrine de Quincy se comprima.

— Je veux cela un jour – une vraie famille, des enfants à moi à aimer, à éduquer et être là pour eux. Je veux être un homme sur lequel ma famille peut compter, comme toi, Biggs, Tru et les autres. Un homme que les gens respectent et dont ils veulent être proches. Pas tout de suite, bien sûr. J'ai beaucoup de chemin à parcourir avant de pouvoir être cette personne. Mais peut-être dans cinq ou six ans, quand j'en aurai fini avec l'école et que j'aurai passé plusieurs années sans replonger.

— Tu fais tout ce qu'il faut, Quincy, le rassura Red. Tu veux nous dire ce qui s'est passé ?

— J'ai révélé mon passé à Roni.

Il observa Axel. S'il avait la chance de fonder une famille, il devrait un jour parler de son passé à ses enfants.

— Je ne l'ai pas édulcoré. Je lui ai parlé du gars que j'ai tué, des enfants qui vivaient dans la rue, et tout le reste, et pour la première fois de ma vie, j'aimerais être un de ceux qui savent mentir.

— Non, impossible, dit Biggs d'un ton bourru. Mentir te déchirerait et te renverrait directement à la rue, parce que tu n'es pas fait pour ça, fiston.

— Je sais. Merci, dit Quincy, suffoquant devant le soutien de Biggs. Ce n'est pas ce que je voulais dire. Mais les larmes et la peur dans les yeux de Roni quand je lui ai tout raconté me hanteront à jamais.

— Et c'est bien normal. Plus de motivation pour rester

clean, dit Biggs avec un regard sérieux.

— Ce n'est pas faux, mais ce serait plus facile si je sentais que je ne mérite pas d'être aimé. Alors je pourrais juste prendre mes distances. Je sais que j'ai merdé pendant trop d'années, mais je suis un homme bon. Ta famille, Tru, Gemma, tout le monde m'a prouvé que je suis *digne* de donner et de recevoir de l'amour.

— Je crois que tu l'as toujours su, mon chéri, ajouta Red. Sinon, tu ne serais pas devenu clean et tu ne le serais pas resté.

Quincy lui tendit le doigt et Axel l'attrapa.

— C'est fou que je ressente ce vide en moi là maintenant. Comme si j'avais laissé une partie de moi avec elle.

Biggs le scruta pendant un moment.

— Est-ce que tu combats tes démons ?

— Non. Je n'ai aucune envie de me droguer. Les drogues ne peuvent pas combler ce vide. La situation est différente de celle de Tru quand il est allé en prison. Je suis différent. Ce vide est différent de tout ce que j'ai déjà ressenti. Mais d'une certaine manière, je sais que rien ne peut le combler. C'est comme un espace à l'intérieur de moi réservé pour nous, pour Roni et moi, et je sais que cela semble fou.

— Ce n'est pas insensé, mon fils. J'ai vu moi aussi de l'amour entre vous, dit Biggs. Tu ne le sais peut-être pas encore, et elle non plus, mais c'était aussi réel et concret que ce bébé dans tes bras.

— Je pense que je l'ai peut-être perdue, admit Quincy, les mots le transperçant comme un couperet. Je lui ai dit que je lui laisserais de l'espace, mais je me sens mal de ne pas aller plaider ma cause et lui dire à quel point elle compte pour moi.

— Ne la bouscule pas, mon chéri, et ne perds pas espoir, l'encouragea Red. Les affaires de cœur ne suivent pas une certaine chronologie, et on ne peut pas les forcer. Regarde Bear. Il a attendu des mois pour que Crystal sorte enfin avec lui. Le garçon était tellement en mal d'amour, cela dégoulinait de lui. Et Bullet voulait foncer tête baissée pour conquérir Finlay, mais pour la première fois de sa vie, il a appris à écouter, à être doux, et à s'intégrer du mieux qu'il pouvait. Il était un peu comme un tracteur *Mack* labourant à mi-vitesse, mais c'est ce que l'amour fait à une personne. Il leur montre ce qu'ils *peuvent* être avec la bonne personne. Il faudra peut-être un jour, une semaine ou quelques mois à Roni pour savoir ce qu'elle peut supporter et ce qu'elle veut. Mais si elle choisit de s'en aller, alors ce n'était pas la bonne personne et nous avions tous tort. Cela va faire mal, mon chéri, peut-être plus que tout ce que tu as déjà ressenti. Mais nous serons toujours là pour toi.

— Je sais. Je vous en remercie.

— Qu'est-ce que tu veux aujourd'hui, fils ? demanda Biggs. Que pouvons-nous faire pour t'aider à traverser cette épreuve ?

Quincy se rassit.

— En grandissant, d'autres enfants parlaient de ce que c'était que d'être avec leurs parents, et je n'ai jamais compris leurs sentiments de confort ou le sentiment de sécurité qu'ils éprouvaient à simplement regarder la télévision avec eux ou à partager des repas de famille où ils parlaient de leurs journées. Mais grâce à vous deux, je comprends maintenant. Je suppose que j'avais besoin d'entendre que je faisais ce qu'il fallait en lui donnant de l'espace, en laissant mon passé se répandre entre nous et en attendant de voir si elle veut traverser les épreuves avec moi.

Il effleura le front d'Axel de ses lèvres.

— Si ça ne te dérange pas, j'apprécierais de rester assis ici un moment, qu'on parle ou non. Cela fait du bien de savoir que je suis le bienvenu.

Red s'essuya les yeux.

— A présent, je veux appeler cette jeune femme et plaider ta cause à ta place.

Ils rirent tous, dénouant les nœuds dans la poitrine de Quincy juste assez pour y insuffler un peu plus d'espoir.

CHAPITRE DIX

L'ESPOIR QUE QUINCY avait retiré de son séjour chez Biggs et Red était demeuré vif du lundi au mardi, mais lorsque le mardi céda la place au mercredi et qu'il n'avait toujours pas eu de nouvelles de Roni, celui-ci commença à s'effilocher. Quand le mercredi soir arriva, il se dit que Roni en avait probablement fini avec lui, mais peu importe à quel point il essayait de l'accepter, il n'y parvenait pas. Malheureusement, il n'avait pas le luxe d'être distrait ce soir-là. La réunion des Narcotiques Anonymes commençait dans dix minutes et il se devait d'être pleinement attentif aux autres personnes qui comptaient sur lui et qui se trouvaient dans cette pièce. Cela ferait toujours partie de sa vie. Une lutte acharnée où les dealers s'attaquent aux faibles et où Quincy essaierait de donner assez de force à ceux qui sont en voie de guérison – et à lui-même – pour passer un autre jour, une autre semaine, une autre année, devenant de plus en plus fort, à chaque heure qui passe.

Mais comment aurait-il pu s'attendre à ce que Roni le comprenne alors qu'elle avait échappé aux griffes du monde de la drogue sans jamais faiblir et qu'elle avait comblé sa vie de musique, de danse et de bonheur ?

— Je suis tombée sur une amie avec qui j'ai grandi l'autre jour, dit Simone, tirant Quincy de ses pensées.

Elle avait l'air bien, moins nerveuse et plus confiante que la semaine d'avant.

— Sa colocataire déménage après les vacances et elle a proposé de me louer la chambre.

— C'est quelqu'un avec qui tu as déjà fait la fête ?

— Non, mais j'ai été honnête avec elle sur où j'en suis dans mon parcours et elle me soutient. Elle ne boit pas et ne se drogue pas. Je pense que d'ici là, je serai prête à sortir du foyer et à me débrouiller seule.

— C'est bien, mais l'appartement est à Parkvale ou à Peaceful Harbor ?

— Parkvale.

Quincy grinça des dents.

— Sims, tu sais que si tu quittes le refuge et que tu restes à Parkvale, tu ne seras plus sous la protection des Dark Knights. As-tu eu *des nouvelles* de Puck ou de ses gars ?

Elle tritura la couture de son jean.

— Non, mais je sais qu'il me surveille. Je peux le sentir. Qu'en est-il de toi ? Il t'a surnommé *mon parrain le joli cœur*, la nuit où il s'est présenté au refuge. Je parie qu'il te surveille aussi.

— Je ne l'ai pas vu dans le coin et je ne pense pas qu'il franchira le pont qui mène au territoire des Dark Knights. Je tiens à t'aider à déménager et je pense que c'est génial que tu t'en sortes si bien. Mais as-tu pensé à déménager dans cette zone ? Je suis sûr que tu peux trouver un travail ici.

Quincy aurait aimé l'aider à trouver un emploi à Peaceful Harbor mais elle devait faire ces démarches elle-même, du moins pour le moment. Quand il avait commencé à diriger les réunions des Narcotiques Anonymes, Quincy avait demandé à Biggs si les Dark Knights pouvaient aider les personnes en voie de guérison à trouver un emploi et un logement. Mais après une longue discussion sur les réalités du rétablissement, ils avaient convenu qu'en raison de la nature de la tâche, et dans le but de préserver la sécurité des associés de Biggs et de Peaceful Harbor, ils n'apporteraient leur aide qu'après une cure de désintoxication et un engagement de six mois dans le programme des Narcotiques Anonymes.

— Ça me coûterait deux fois plus cher de vivre ici, dit Simone, et elle avait raison.

Harbor était beaucoup plus cher que Parkvale.

— Et je ne peux pas vivre au refuge éternellement.

— Je comprends, mais on ne sait jamais. Cela peut valoir le coup de se renseigner.

— Je le ferai. Je te le promets.

Elle repoussa ses boucles hors de ses yeux, et elles y revinrent immédiatement.

— On ne peut pas en demander plus. Allez, viens. Je dois démarrer la réunion.

Il déclara la séance ouverte et tout le monde prit place autour du cercle. Ils commencèrent par un moment de silence et après les lectures et les annonces, Quincy demanda si quelqu'un voulait prendre la parole.

Jacob, un homme soigné d'une trentaine d'années, commença.

— J'aimerais bien.

Quincy hocha la tête.

Jacob resta assis, comme ils le faisaient quand ils avaient un petit groupe.

— Je suis Jacob…

La porte s'ouvrit et il fit une pause.

— Désolée.

Quincy pivota sur sa chaise et l'air s'échappa de ses poumons. Roni se dirigeait timidement vers le groupe. Il se leva d'un bond.

— Excusez-moi une seconde, lança-t-il en réduisant rapidement la distance entre eux.

— Salut, dit-elle doucement, le regardant avidement derrière ses lunettes. Désolée de t'avoir interrompu.

— Pas de problème. Je suis heureux de te voir. Je veux te parler, mais je ne peux pas pendant la réunion.

— Je sais. Je suis ici *pour assister* à la réunion. J'ai lu sur Internet que c'était une réunion *publique*.

Il existe des réunions publiques et des réunions privées. Les premières étaient ouvertes à toute personne souhaitant s'informer sur le programme, tandis que les réunions privées étaient réservées à ceux qui s'identifiaient comme étant des toxicomanes ou qui pensaient avoir un problème avec la drogue.

Quincy n'en croyait pas ses oreilles, ni au fait qu'elle avait fait des recherches sur la réunion.

— C'est ouvert au public, mais je ne comprends pas.

— Comment pourrais-je vraiment appréhender ce que tu as vécu et les défis que tu vas devoir relever si je ne partage pas ton univers ?

Elle sourit brièvement et se précipita vers l'un des sièges vides, s'excusant auprès du groupe pour l'avoir interrompu, comme si elle ne venait pas de lui couper le souffle. Il retourna à son siège, essayant de surmonter son choc et se sentant comme le plus chanceux des enfoirés sur terre.

— Salut, je m'appelle Jacob, dit Jacob à Roni. Je suis clean depuis 41 jours, déclara-t-il au groupe ensuite. Je suis devenu accro à l'oxycodone après m'être blessé au dos en jouant au football avec mes copains. Les choses sont allées de mal en pis et vous savez tous comment ça se passe.

Il se tritura les mains.

— Ma femme et moi sommes ensemble depuis que nous avons quinze ans. Nous avons deux petites filles et nous sommes tous les deux déterminés à ce que je reste clean…

Pendant le discours de Jacob, Quincy jeta un regard à Roni. Elle écoutait attentivement le jeune homme. Il n'en revenait pas qu'elle soit là. Il ne savait pas ce que cela signifiait pour elle, mais le fait qu'elle soit venue pour le soutenir, et de son propre chef, signifiait déjà beaucoup pour lui.

— Je suis agent immobilier, ce qui signifie que je suis sur la route pour faire visiter des maisons et rencontrer des clients. Je pense que nous savons tous que lorsqu'une personne devient sobre et qu'elle recommence à consommer, la première chose qu'elle fait est de couper les ponts avec les gens de son entourage. Ma femme sait pertinemment que je peux disparaître des jours entiers. Mais elle me connaît par cœur. Si je suis censé faire visiter une maison et que je ne réponds pas à mon téléphone, elle passe là où je suis censé être. Je sais qu'elle fait cela parce qu'elle m'aime et qu'elle a peur que je consomme à nouveau, mais ça me rend fou. Je lui ai demandé de participer à Nar-Anon,[3] mais elle est trop gênée. C'est une situation stressante.

Il regarda Quincy d'un air suppliant.

— Je sais que personne n'est censé faire de suggestions ou de commentaires quand on partage notre histoire, mais j'aime ma femme et j'apprécierais vraiment qu'on m'aide à trouver comment gérer cette situation.

— Bien sûr. Merci, Jacob.

---

[3] C'est un programme en douze étapes pour les amis et les membres de la famille de ceux qui sont touchés par la dépendance de quelqu'un d'autre.

Quincy se tourna vers les autres.

— Il est important de se rappeler que c'est tout aussi difficile pour les amis et la famille que pour la personne qui en souffre. La femme de Jacob veut le soutenir, et c'est crucial pour sa guérison, il est donc normal qu'elle cherche les signes qu'elle a pu manquer la dernière fois. Il est également raisonnable que Jacob soit frustré par cela. On voit le cercle vicieux. La frustration peut conduire à un besoin d'évasion, qui peut conduire à une nouvelle consommation, et le pire est qu'elle essaie de l'empêcher de replonger.

— Je lui ai parlé de tout cela, c'est pourquoi j'aimerais qu'elle rejoigne un groupe de soutien pour l'entendre de la bouche de quelqu'un d'autre. Peut-être qu'alors elle comprendrait, dit Jacob.

— Je suis d'accord pour dire que c'est la meilleure solution, ajouta Quincy. Mais c'est nous qui avons consommé de la drogue et nous devons comprendre qu'il est parfaitement raisonnable que nos proches et nos amis soient mal à l'aise ou gênés de participer à des réunions de soutien. Ils peuvent ressentir de la honte, comme si notre consommation de drogue était un affront personnel, que c'était à cause d'*eux* qu'on ne parvenait pas à rester clean, ou que nous ne les aimions pas assez. Ils peuvent même avoir l'impression qu'ils nous ont poussés à le faire, qu'ils nous ont poussés au bord du précipice. Ils sont blessés et en colère parce que vous avez mis en danger les fondements de votre famille pour quelque chose qu'ils ne comprennent pas. Si vous et votre entourage n'avez pas encore été gênés par votre consommation de drogues, il est probable que vous le serez tous un jour. Jacob fait le bon choix en demandant de l'aide. La raison pour laquelle ce groupe existe, la raison pour laquelle le programme fonctionne, c'est parce que nous nous aidons les uns les autres dans toutes les étapes du rétablissement. Quand une personne veut vous soutenir et qu'elle ne sait pas comment, ou qu'elle a besoin d'une façon plus privée de le faire, il existe des alternatives comme assister à des réunions en dehors de votre ville ou utiliser des groupes de soutien en ligne. Je peux vous recommander des livres sur le sujet après la réunion, et bien sûr, Jacob, votre femme, ou n'importe qui d'autre, peut venir me parler avant ou après une réunion.

— Merci. Je vais lui suggérer tout cela, répondit Jacob.

Quincy regarda Roni, toujours incapable de croire qu'elle soit là.

— Avant que la prochaine personne ne prenne la parole, quand une nouvelle personne rejoint le groupe, elle se présente généralement. Voudrais-tu dire ton nom au groupe ?

Roni se redressa, belle et nerveuse dans un pull crème et une veste marron, ses cheveux tombant en vagues douces sur ses épaules.

— Salut, je m'appelle Roni. Je n'ai jamais pris de drogues, mais l'homme avec qui je sors est en voie de guérison depuis deux ans.

Bon sang de bonsoir.

Elle agita son sac à main sur ses genoux pendant que leurs regards se croisaient.

— Je commence tout juste à découvrir et à apprendre ce que signifie vraiment *la guérison*, et je mentirais si je disais que je n'ai pas une peur bleue de la possibilité qu'il replonge.

Oh, ma chérie, je sais bien et je ne te laisserai jamais tomber.

— Mais j'ai confiance en lui, dit-elle en soutenant son regard. Et je veux que les choses fonctionnent.

Elle regarda les autres, ses yeux s'attardant sur Simone pendant un moment. Donc je suis ici pour apprendre, et j'espère que cela vous convient.

— C'est plus que bien. *Merci*, s'exclama Quincy, sa voix si chargée en émotions qu'il était sûr que tout le monde l'entendait aussi.

— Peut-être pourriez-vous parler à ma femme, plaisanta Jacob.

Alors que les autres l'accueillaient, Quincy essayait futilement d'étouffer l'espoir qui le consumait. Quand leurs regards se croisèrent à nouveau, faisant grimper son pouls en flèche, il renonça à essayer de contrôler quoi que ce soit et se réjouit du fait que Roni croyait en lui, et qu'elle était là, faisant un énorme effort pour *eux*.

RONI AVAIT tellement peur de participer à la réunion qu'elle avait dû prendre une minute dehors avant d'entrer. Elle ne s'en était pas rendu compte avant de s'asseoir, mais elle avait supposé que les personnes présentes lui rappelleraient les personnes avec lesquelles elle avait grandi, des personnes sales et peut-être même droguées, ce qui n'avait aucun sens étant donné que c'était une réunion pour des personnes en voie de guérison. Mais la peur est une chose puissante, et elle a de drôles d'effets sur l'esprit des gens.

La peur faisait aussi des merveilles, comme par exemple la peur de Roni à l'idée de ne pas avoir la chance de vivre plus de choses avec Quincy. Elle se sentait complètement à l'ouest ces derniers jours et il lui manquait désespérément. Avant qu'ils ne commencent à se voir, passer des jours sans recevoir un texto de sa part avait été difficile. Mais après avoir appris à le connaître, après l'avoir embrassé et avoir été tenue dans ses bras, chaque jour sans cette connexion était une pure torture. Elle détestait savoir qu'elle avait causé de l'angoisse à Quincy pendant qu'elle cherchait une solution, mais elle était heureuse d'avoir pris le temps de réfléchir. A la minute même où elle l'avait aperçu à l'autre bout de la pièce, tous ces nœuds en elle avaient commencé à se dénouer et elle avait senti qu'elle pouvait enfin respirer à nouveau.

Elle avait très vite reconnu la fille qu'Angela et elle avaient vue à la librairie ; elle avait appris qu'elle s'appelait Simone. En écoutant les histoires des personnes présentes à la réunion, elle était en admiration devant tant d'honnêteté et de force d'âme pour survivre aux situations horribles qu'elles décrivaient. Elle n'aimait pas songer au fait que Quincy ait pu se trouver dans l'une de ces situations, mais elle devait accepter la vérité et trouver des moyens de le soutenir. Quand il mit fin à la réunion, qu'ils se levèrent tous et se tinrent la main en disant la prière de la sérénité, elle était encore plus en admiration face à Quincy. Il s'était investi pleinement dans la réunion, en exposant les situations de manière réfléchie et avec tact, en donnant des conseils, de l'espoir et de la force, là où tant d'autres personnes – y compris elle jusqu'à présent – se seraient détournées, voire auraient *couru* dans la direction opposée, plutôt que de tendre la main pour aider ces personnes à traverser le précipice oscillant entre la dépendance et la guérison.

Elle avait cru qu'elle en pinçait pour lui avant, mais ce n'était rien comparé à ce qu'elle ressentait à présent, ayant vu plus loin que son cœur aimant, jusqu'à son âme généreuse.

Les membres échangèrent des accolades et remercièrent Roni d'être venue à la réunion. Elle se tint à l'écart pendant que

Quincy parlait avec quelques-uns d'entre eux, et elle remarqua que Simone se dirigeait vers elle. Roni était un peu gênée de la façon dont Angela l'avait questionnée l'autre jour, et elle pouvait voir que Simone l'avait reconnue.

— Je ne me trompe pas en supposant que Quincy est ton petit ami ? demanda Simone avec un sourire amical.

— Oui. C'était si évident que cela ?

— Je l'ai remarqué dans son regard à la seconde où il t'a vue. Je pense que c'est génial que tu sois venue pour le soutenir et pour en savoir plus sur la guérison.

— Merci. J'ai beaucoup à apprendre et j'ignore quelle est la meilleure façon de le soutenir, mais je me suis dit que c'était un bon début.

— Tu fais exactement ce dont il a besoin. Il a fait le plus dur, et il est en train de se forger une vraie vie, entouré de gens biens. Lui faire savoir que tu te soucies de lui et que tu comprends ce que cela signifie d'être avec lui va l'aider.

— Merci, Simone. Je suis désolée de la façon dont mon amie s'est comportée avec toi l'autre jour. Angela est ma meilleure amie depuis longtemps. Elle est très protectrice envers moi.

Angela s'était excusée hier auprès de Roni pour avoir été dure avec elle concernant le passé de Quincy, et même si elle était encore anxieuse à ce sujet, elle l'avait soutenue depuis. Elle avait même parlé de lui à Joey et celui-ci lui avait dit que tout le monde avait un passé et que Roni devait se fier à son cœur, ce qui était exactement ce que la jeune femme avait décidé de faire.

— Pas grave, affirma Simone. Maintenant plus que jamais, je réalise que c'est le genre d'amis que je souhaite avoir à mes côtés. Ceux qui mettront tout en œuvre pour vous protéger, même te protéger de toi-même. Sans Quincy, je n'aurais pas fait tout ce chemin.

Roni jeta un coup œil à Quincy.

— Tu l'as connu quand il se droguait ?

— Oui, par intermittence. C'est une vie étrange quand on est toxicomane. On n'a pas d'amis. On est entouré de gens qui vous trouvent votre prochaine dose. Quincy était la seule personne qui demandait de mes nouvelles et me défendait si un gars devenait problématique. Quand j'ai touché le fond, je suis venue le voir. Il m'a aidé à entrer en désintox et à m'installer au refuge pour femmes.

— Je suis heureuse qu'il ait pu t'aider.

— Moi aussi. Je sais que tu as déclaré être effrayée par ce que tout cela signifie, et tu as raison de l'être. Ignorer la gravité de son passé ne serait pas bon ni pour lui ni pour toi. Quincy est un bon gars et je sais qu'il est entouré d'amis qui le soutiennent, mais je suis vraiment contente qu'il ait quelqu'un de spécial dans sa vie. Il mérite d'être heureux et cela nous donne à tous de l'espoir. La guérison est un chemin difficile et d'après ce que tout le monde m'a dit, trouver quelqu'un qui est prêt à vous accompagner dans ce cheminement est rare.

— Merci. J'espère qu'un jour tu la trouveras aussi, ajouta Roni alors que les autres se dirigeaient vers la porte.

Quincy se dirigea vers elles avec un regard curieux et reconnaissant, réveillant les papillons dans son estomac.

— Est-ce que Simone te raconte des bobards à mon sujet ?

— Je disais juste à Roni que je trouvais génial qu'elle soit venue à la réunion, expliqua Simone. Tu as de la chance, Gritt. Ne fous pas tout en l'air.

Il sourit puis son expression redevint sérieuse tandis qu'il braquait ses yeux bleus clairs sur Roni.

— Je n'en ai aucunement l'intention.

— T'es un gentil gars, dit Simone en enfilant son manteau. Je dois aller à l'arrêt de bus. C'était sympa de te rencontrer, Roni. Je te reverrai peut-être dans le coin.

— Moi aussi, je suis ravie de t'avoir rencontrée.

Simone sortit, les laissant seuls dans la pièce.

— Je l'ai vue à la librairie le jour où Angela et moi sommes passées, déclara Roni.

— Vous êtes donc les filles dont elle m'a parlé et qui sont venues juste pour me dévisager.

Il se rapprocha, faisant grimper sa température.

— Je n'arrive pas à croire que tu sois là. Je pensais que tu avais renoncé à moi.

— Pas du tout, pas une seule seconde. J'avais juste besoin de temps pour mettre toutes les pièces en place avant de sauter à pieds joints et de tout donner pour notre couple.

Elle toucha sa main, ayant besoin de cette connexion.

— Tu disais te sentir perdu après que Truman soit allé en prison. Je comprends cela. Quand j'ai été renversée par la voiture, je me suis tellement perdue, je ne savais plus qui j'étais ni où était ma place, mais j'avais toujours Gram. Puis je l'ai perdue et je me suis sentie si seule. Mais tu étais là pour moi. Je ne l'ai pas réalisé à l'époque, mais nous avons construit plus qu'une amitié pendant tous ces mois. C'est effrayant de penser que je pourrais te perdre à cause de la drogue à tout moment, mais en aucun cas je ne veux m'éloigner et perdre ce que nous étions en train de construire. Donc, si tu peux être patient avec moi pour que je puisse en apprendre plus sur la désintoxication et poser des questions ou avoir besoin d'être rassurée, alors je le veux, Quincy. Je veux de nous. Je *te* veux.

— Bon sang, ma belle.

Il la prit dans ses bras, la tenant comme si elle était tout ce qu'il avait toujours voulu.

— Je serai patient.

Elle colla ses lèvres aux siennes, incapable d'attendre une seconde de plus. Elle n'avait pas besoin d'entendre ce qu'il ferait, car elle le savait déjà. Il lui avait déjà montré l'homme qu'il était. Lorsque leurs lèvres se séparèrent enfin, le reste de ces nœuds au fond d'elle se desserra et se déplaça, devenant de jolis signes de bienvenue.

— Merci, ma chérie. Merci beaucoup.

— Ne me remercie pas. Continue juste à être sincère. J'ai peut-être besoin de temps pour digérer les choses, mais je veux être là pour toi.

— Je te dirai toujours la vérité.

Il l'embrassa à nouveau, plus doucement cette fois.

— Mon appartement n'est pas loin d'ici. On peut y aller pour discuter ?

— Ça me ferait plaisir. Je veux passer du temps à découvrir ton monde, Quincy, voir où tu vis et apprendre à te connaître. Et si tu passes une journée ou une *heure* difficile, il se peut que je ne sache pas dire ce qu'il faut, mais je veux que tu m'apprennes, parce que toutes ces mauvaises choses que tu as traversées t'ont conduit vers la personne que tu es aujourd'hui, et j'aime vraiment ce type.

CHAPITRE ONZE

QUINCY SUIVIT RONI dans son appartement de type loft au-dessus de *Whiskey Automobile*, encore un peu sous le choc qu'elle se soit rendue à la réunion. C'est comme si elle avait sauté à pieds joints…

— Voilà donc ton sanctuaire, dit-elle tranquillement, en se penchant d'un air taquin.

Il s'était demandé si ce serait gênant d'être ensemble après tout ce qu'elle avait appris sur lui et après avoir assisté à la réunion des Narcotiques Anonymes, mais il était heureux que ce ne soit pas le cas.

— On peut dire ça comme ça. Il l'aida à retirer sa veste et l'accrocha, ainsi que son sac à main, près de la porte. Tu veux visiter ?

Il n'y avait rien d'extraordinaire dans son appartement, aucun mur ne séparait les chambres et la salle de bain de l'espace de vie. La cuisine se résumait à un comptoir, un réfrigérateur, un four et quelques armoires à gauche de l'entrée menant à la boutique. Truman lui avait laissé une partie de ses meubles quand il avait déménagé, dont une table basse en bois, un fauteuil orange, qui se trouvait maintenant devant les portes du balcon, et un confortable canapé marron. Jed l'avait aidé à construire des étagères du sol au plafond sur le mur à droite de l'entrée. Les étagères étaient bien remplies, et des livres étaient empilés sur le sol.

— Sympa, ta kitchenette, dit Roni en passant lentement devant la cuisine et la table pour deux.

Elle balaya la pièce du regard.

— Waouh, ça en fait *des* livres.

— On a l'impression que je les collectionne, non ?

Elle afficha un sourire facile et naturel, ce qui le mit encore plus à l'aise. Elle passa sa main sur le dossier de la chaise orange.

— Non, cela te donne l'air d'un type qui aime lire et qui a grandi en traînant dans une bibliothèque. Ton havre de paix.

— Je dirais que c'est exact. Je n'ai jamais eu de livres à moi quand j'étais petit, alors maintenant c'est mon péché mignon. Et tu as raison, ils sont mon refuge. J'avais beaucoup de temps libre quand je suis sorti de désintoxication, et je me suis occupé l'esprit en lisant.

— Mon petit ami le rat de bibliothèque, chantonna-t-elle. J'aime savoir cela.

— Et j'aime t'entendre m'appeler ton petit ami.

— Bien, parce que j'aime le dire.

Elle se retourna et écarta les rideaux, jetant un coup œil dans l'obscurité par les portes du balcon.

— Qu'est-ce qu'il y a là-bas ?

— Un dépotoir. Cet appartement est une sorte de rite de passage. Tru a vécu ici quand il est sorti de prison, et il en a fait un foyer pour les enfants avant que Gemma et lui ne louent une maison plus proche de l'école maternelle. Les Whiskey ont installé une crèche dans l'atelier automobile en bas pour que Tru n'ait pas à laisser les enfants et tout le monde les surveillait pendant qu'ils travaillaient. Maintenant que les enfants sont plus grands, Red les garde.

Roni se retourna avec une expression de surprise.

— Il a pris les enfants pour travailler avec lui ? J'adore ça.

— Oui. Il ne pouvait pas s'en séparer. Il disait qu'il ne savait pas ce qu'ils avaient traversé et qu'il avait peur que quelque chose ne déclenche un mauvais souvenir chez eux. Il a même écrit des contes de fées pour les enfants qui ne contenaient rien de mauvais ou de triste.

Elle mit la main sur son cœur.

— Oh mon Dieu, j'adore cela aussi.

— Je donnerais n'importe quoi pour susciter cette réaction, se dit-il plus à lui-même qu'à elle.

— Tu as *bel et bien* déclenché cette réaction, plusieurs fois. Tu ne l'as juste pas vue, répondit-elle en touchant le canapé, comme si elle avait besoin de toucher tout ce qu'il possédait.

Et il aimait cela, aussi.

— J'ai fondu sur place le tout premier jour où tu es allé chercher Kennedy à son cours de danse, quand elle a sauté dans tes bras, et chaque fois que tu l'as récupérée depuis.

Elle se dirigea vers lui.

— Quand tu m'as dit que tu emmenais Kennedy et Lincoln en rendez-vous, tu as eu la même réaction enthousiaste.

Elle lui prit la main lorsqu'ils s'assirent et ce contact intime lui apporta une autre vague de soulagement car il ne savait pas s'il aurait un jour la chance de la tenir à nouveau dans ses bras.

— J'aime que ces enfants soient si importants pour vous deux, dit-elle avec douceur.

— Tru et les enfants représentent trois des meilleures raisons pour lesquelles je ne toucherai plus jamais à la drogue. J'ai beaucoup à me faire pardonner et j'apprécie énormément l'amour qu'ils me donnent, avoua-t-il en tout honnêteté. Je veux être sûr qu'ils le savent. Je ne leur ferai plus jamais de mal.

— J'imagine qu'ils en sont conscients. Mais, Quincy, alors que je pourrais être affectée et fondre sur beaucoup de choses, ce que je ressens pour toi va bien au-delà. J'espère que tu ne penses pas que je pourrais te reprocher ton passé. Je l'ai mis de côté et je ne veux me focaliser que sur le présent.

Elle tapota sa poitrine au-dessus de son cœur.

— Je sais que tu as fait ce que tu pouvais avec les enfants étant donné ta dépendance, tout comme Tru a fait ce qu'il pouvait. Mais cela ne le rend pas meilleur que toi ou cela ne te dévalorise pas à mes yeux. A vrai dire, tu obtiens cette réaction de pâmoison de ma part avec presque tout ce que tu fais et dis. J'aime la façon dont *tu* aimes tes amis et ta famille, et même si c'était incroyable d'être accueillie dans leur cercle très fermé vendredi soir, ce qui rendait cela si spécial, c'est que c'étaient les gens que *tu* aimes.

Sa poitrine allait exploser.

— Bon sang, ma belle. C'est… Merci.

— Ne me remercie pas. C'est ce que je ressens. Je suis désolée qu'il m'ait fallu du temps pour voir les choses clairement. Mais quand tu m'as dit pour la première fois que tu étais clean depuis deux ans, je l'ai comparé aux six ans et demi pendant lesquels tu avais consommé de la drogue, et sur le moment, cela ne m'a pas paru très long. Mais ce que j'ai lu en ligne depuis et les histoires que j'ai entendues ce soir m'ont montré que deux ans dans la vie d'une personne en voie de guérison sont probablement équivalents à environ cinq ans dans la vie d'une personne qui ne lutte pas contre la dépendance, qui se bat chaque jour pour surmonter quelque chose de plus fort qu'elle. Et d'après ce que j'ai lu aussi, les premiers mois, c'est un combat de tous *les instants*. Cette expression-là est plus juste.

— Tu comprends les choses, vraiment, dit-il avec autant

d'admiration que d'incrédulité.

— *J'essaie*. J'ai encore beaucoup à apprendre, mais j'ai pensé à certaines choses que tu as dites l'autre soir. Tu penses peut-être que Truman est né en ayant tout ce qu'il fallait, mais il a eu une enfance différente de la tienne. Il semblerait qu'il ait eu ta grand-mère pour le guider, au moins un peu, avant ta naissance. Mais *aucun* adulte n'était là pour te guider. Alors oui, Truman a fait des choses remarquables, mais il restait un enfant qui élevait un enfant dans une maison envahie par les toxicomanes.

Elle enleva ses lunettes et les posa sur la table basse. Puis elle lui prit la main.

— S'il te plaît, écoute ce que je vais te dire, parce que c'est important. Truman est merveilleux, mais avant ton arrivée, il a eu neuf ans pour comprendre les choses. Je ne dis pas que c'était facile pour lui, parce que je suis sûre que c'était l'enfer. Mais il n'a *rien* à voir avec toi, Quincy Gritt, parce que tu es né dans le pire des chaos, et tu as rattrapé ton retard en un temps record. En deux ans, non seulement tu as arrangé les choses et tu as tout mis en œuvre pour avoir un avenir solide et stable, mais tu as aussi aidé les autres à faire de même. C'est *de cela* que sont faits les grands hommes, M. Gritt, et je suis honorée que vous m'ayez choisie pour être à vos côtés dans ce périple.

Son cœur se fendilla, chaque mot de la jeune femme s'enfonçant profondément en lui, y plantant des racines. Truman était son pilier et sa force de caractère, l'homme qu'il avait toujours mis sur un piédestal, et cette femme incroyable pensait qu'il y avait aussi *sa* place.

— Tu ne peux pas imaginer à quel point cela me touche.

Ses longs cils papillonnèrent alors qu'elle regardait leurs mains jointes, ses joues rosirent alors que ses beaux yeux rencontrèrent les siens.

— Peut-être que tu peux me le montrer. Tu me manques, Quincy.

— Mon Dieu, mon amour, tu me manques aussi.

Il l'entoura de son bras et leurs bouches se rencontrèrent, doucement au début, dans un baiser plein de promesses inexprimées et d'espoir inébranlable. Il approfondit le baiser, déversant ses émotions refoulées dans cette connexion, et elle l'embrassa plus passionnément.

Leurs langues se heurtèrent, dures et affamées. Elle s'agrippa à ses cheveux, lui arrachant un gémissement et elle se pencha en arrière, le faisant tomber sur elle, et bon sang, il aimait cette position. Tout était différent – la férocité de leurs baisers, la façon dont elle s'accrochait à lui, même le battement de son propre cœur semblait plus grand, *plus fort*, comme s'il pulsait assez fort pour eux deux. Leurs mains étaient partout, caressant, tâtonnant, *réclamant*. Elle était si douce et délicieuse, et elle se trouvait juste là avec lui dans leur dévoration mutuelle. Les minutes passèrent et le monde s'estompa, jusqu'à ce qu'il n'y ait plus que Roni et lui, ainsi que la passion sauvage qui les consumait.

Il ne savait pas combien de temps ils restèrent là à s'embrasser, leurs corps se balançant en parfaite synchronisation. Elle faisait ces bruits sexy, enflammant ses sens, et il ne voulait pas que cela s'arrête. Il l'embrassa plus lentement, plus sensuellement, sa langue glissant sur la sienne, puis s'enfonçant profondément et de manière possessive, provoquant leur plaisir. Elle se cambra sous lui, gémissant et le serrant plus fort alors qu'ils s'embrassaient plus profondément. Elle était son paradis sur terre, une délicatesse qu'il chérissait et un point d'ancrage dont il ignorait la nécessité. Il voulait – *avait besoin* – d'elle à ses côtés ce soir, dans ses bras, et il se fichait qu'ils gardent leurs vêtements jusqu'au matin.

Lorsque leurs lèvres se séparèrent enfin, il la prit dans ses bras, plaçant sa tête dans le creux de son cou, tous deux essoufflés.

— Reste avec moi.

— Hum ? marmonna-t-elle, les yeux toujours fermés.

— Reste avec moi ce soir, ma belle. Je veux juste te serrer dans mes bras.

Ses yeux s'ouvrirent.

— Toute la nuit ? demanda-t-elle en plissant légèrement les lèvres.

— Toute la nuit.

Il lut un soupçon d'hésitation dans ses yeux et passa ses lèvres sur les siennes.

— Nous ne sommes pas obligés de faire quoi que ce soit de sexuel. Nous pouvons regarder un film ou tout autre chose. J'aime être près de toi. Je te veux dans mes bras ce soir, et je veux me réveiller avec toi à mes côtés.

Elle effleura sa hanche, lui rappelant qu'elle était gênée par ses cicatrices, et cela le peinait. Il ne remarquait même plus son boitillement. Quand il la regardait, il voyait simplement Roni, la fille douce, sexy et forte avec un cœur courageux et aimant comme il n'en avait jamais rencontré.

— Je vais te prêter un de mes pantalons de survêtement et un T-shirt pour dormir.

Il la regarda longuement dans les yeux, voulant qu'elle *comprenne* vraiment ses paroles.

— Mais sache que lorsque tu me montreras enfin ces cicatrices, je les embrasserai toutes, et je te promets que je ne les trouverai pas moins belles parce qu'elles font partie de *toi*.

Elle posa ses lèvres sur les siennes.

— Tu utilises encore tes pouvoirs de séduction sur moi.

— Je suis simplement honnête, ma chérie. Mais je ne veux pas te mettre la pression. Si tu préfères rester chez toi ce soir, pas de problème.

Il resserra son emprise sur elle.

— Mais pas tout de suite. Je ne veux pas te lâcher.

Elle fit courir ses doigts le long de sa mâchoire.

— J'aimerais mieux rester, murmura-t-elle.

CHAPITRE DOUZE

UN RAYON DE SOLEIL se faufila à travers les rideaux de la chambre de Quincy, traversant son large dos, serpentant sur la hanche de Roni, et finissant sur le bord du lit, comme si son seul but était de créer l'illusion que Quincy et elle ne faisaient qu'*un*. C'était approprié, car c'était exactement ce qu'elle ressentait. Il dormait avec la moitié de sa poitrine contre la sienne, sa longue jambe repliée reposant sur elle. Ses cheveux tombaient sur son visage et il y avait une légère courbure de ses lèvres. Il l'avait enveloppée dans ses bras toute la nuit, la rassurant. Elle était un peu nerveuse à l'idée de passer la nuit, mais elle ne voulait pas non plus que celle-ci se termine. Il l'avait mise à l'aise, et elle était heureuse d'être restée. Le pantalon de survêtement et la chemise qu'il lui avait prêtés étaient ridiculement grands, mais elle aimait porter ses affaires et être dans sa maison. C'était merveilleux de s'allonger sur le canapé, de s'embrasser, de parler et de regarder *40 ans toujours puceau*. Ils avaient beaucoup ri et cela faisait du bien de ne plus devoir se retenir. Le fait d'assister à cette réunion avait changé la donne, confirmant qu'elle avait pris la bonne décision. Elle pouvait voir que cela avait changé les choses pour lui aussi. Son toucher était plus intime et même la façon dont il la regardait semblait plus profonde et plus ouverte.

Quand ils allèrent finalement se coucher, elle s'était demandé s'il allait essayer de faire l'amour avec elle, sans être sûre de *ne pas* en avoir envie. Mais il n'avait même pas tenté le coup. Même s'il était important de savoir qu'elle pouvait lui faire confiance, elle avait vibré de désir dès l'instant où il était sorti de la chambre, vêtu uniquement d'un pantalon de survêtement noir descendant bas sur les hanches, son corps chaud et ses tatouages sexy exposés. Elle voulait en savoir plus sur ce que symbolisaient les tournesols sur sa poitrine. Pourquoi avait-il des roses sur ses épaules et ses mains ? Elle voulait aussi connaître le symbolisme de chacun d'entre eux. Pourquoi avait-il des roses sur ses épaules et ses mains ? Elle voulait aussi connaître le symbolisme de chacun des tatouages qui recouvraient ses bras. Quand elle lui avait demandé, il avait répondu que la plupart étaient des dessins que Truman avait faits pour lui quand il était jeune, mais ensuite, il avait enroulé son grand et tendre corps autour d'elle et les pensées étaient passées à la trappe.

La chaleur de son corps s'était infiltrée dans ses vêtements toute la nuit et elle était parfaitement consciente de l'excitation qu'il suscitait en se pressant contre elle. Elle ne voulait plus de barrières entre eux. Elle voulait sentir sa chair chaude contre la sienne, *ressentir* les émotions qui s'échappaient de lui chaque fois qu'il la regardait, et laisser libre cours à ses propres désirs.

— Bonjour, ma belle, déclara Quincy en se blottissant contre elle.

Sa main rugueuse se glissa sous sa chemise, effleura son ventre et se posa sur son cœur, déclenchant un feu d'artifice en elle. Elle le *désirait*, elle ne voulait pas être gênée par ses cicatrices, mais elle l'était. Quincy ne les avait pas remarquées l'autre soir, mais il faisait sombre et ils avaient été pris dans le feu de l'action. Il n'y avait aucun endroit où se cacher à la lumière du jour et cela la rendit anxieuse. Mais il avait mis son âme à nu, révélé toutes les parties les plus laides de son passé et elle ne voulait plus lui cacher ces parties d'elle-même.

Il lui embrassa la joue et se redressa sur son coude, la captivant avec le désir dans ses yeux.

— Ton cœur bat vite. Tu vas bien ?

— Juste un peu nerveuse.

Elle prit son courage à deux mains.

— Je veux sentir ta peau contre la mienne.

Avant qu'elle ne puisse se dégonfler, elle retira sa chemise.

La passion brilla dans son regard et il baissa les yeux sur sa poitrine. Elle ne détourna pas les yeux, ayant besoin de voir sa réaction alors qu'il prenait connaissance des cicatrices disparates et *disgracieuses* au-dessus de son sein gauche, qui descendaient le long de son flanc jusqu'à ses côtes. La reconnaissance, l'empathie, et les flammes du désir apparurent dans son regard. Il ne broncha pas, il ne cligna même pas des yeux et un sentiment de chaleur et de sincérité se joignit au courant électrique qui les unissait.

— *Chérie*, tu es absolument magnifique.

Elle poussa un soupir de soulagement, l'honnêteté de sa voix lui donnant encore plus envie de lui. Elle ne détourna pas le regard alors qu'il traçait de son index les fines cicatrices blanches et la peau plissée sur son sein, touchant chaque ligne, chaque imperfection, les émotions dans ses yeux s'approfondissant. Il suivit la trace de la cicatrice le long de son flanc, le long de la peau lisse et intacte entre ses côtes et sa taille. Quand il passa ses doigts sur la marque où un morceau de métal avait transpercé sa peau, elle ferma les yeux et il y déposa un baiser.

— Ouvre les yeux, ma belle.

Elle lui obéit, et la façon dont il la regardait la faisait *se sentir* belle, *unique* et *désirée*. Il ne dit aucun mot lorsqu'il embrassa la trace des cicatrices depuis ses côtes jusqu'à sa poitrine, couvrant chaque centimètre, jusqu'à ce que tout son corps palpite de désir et de quelque chose de bien plus grand.

— Ces cicatrices n'ont rien d'affreux, ma belle, murmura-t-il en les embrassant. Pas besoin de les cacher.

Elle toucha les cicatrices au-dessus de ses sourcils et sur sa joue, se souvenant de ce qu'il avait dit à propos de l'entaille qu'il avait reçue la nuit où l'homme avait attaqué sa mère.

— Le mur ? chuchota-t-elle.

Il acquiesça et elle se pencha, embrassant chacune de ces cicatrices.

Il continua à l'aimer avec sa bouche et ses mains, passionnément et sensuellement. C'était libérateur et merveilleux. Elle savait pertinemment que c'était parce que c'était *Quincy* qui la touchait. C'était la meilleure sensation qu'elle ait jamais éprouvée. Il ne la touchait pas comme s'il était en mission pour faire l'amour. Il le faisait comme si elle était précieuse et qu'il essayait de mémoriser chaque partie d'elle, cicatrices comprises. Quand sa main glissa jusqu'à sa hanche, son ventre se serra nerveusement. Non pas parce qu'elle ne voulait pas aller plus loin, mais parce qu'*elle* le désirait et que cela impliquait de lui montrer la zone couverte des pires cicatrices.

Il dut sentir sa réaction, car au lieu d'aller plus loin, il se leva et effleura ses lèvres sur les siennes.

— Merci de me faire confiance, murmura-t-il.

Elle voulait sentir son contact, sa *reconnaissance* des pires de ses cicatrices. Elle se pencha et posa ses lèvres sur les siennes, et comme un volcan réveillé, son désir emprisonné se déversa dans des baisers urgents et désordonnés. Il semblait se retenir autant qu'elle, car dans la minute qui suivit, leurs corps prirent le dessus. Ses hanches se balancèrent contre son corps dur. Sa main joua habilement sur sa poitrine, pressant et faisant rouler sa pointe frémissante, envoyant des pics de *désir* sous sa peau. Il émit un son brut et sexuel qui la fit vibrer. Elle agrippa les draps alors qu'il abaissait sa bouche vers son sein, le suçant et l'embrassant, faisant se tordre son corps dans une frénésie de gémissements. Lorsqu'il effleura de ses dents sa pointe sensible, le plaisir la parcourut de part en part.

— *Quincy*, supplia-t-elle alors qu'il la taquinait et la poussait au bord de la folie, intensifiant ses efforts à chacun de ses sons jusqu'à ce qu'un *Encore* ne s'échappe de ses lèvres.

Elle se baissa et tira frénétiquement sur son pantalon de survêtement, en proie aux affres du désir qui la consumait. Il couvrit sa main avec la sienne, la calmant et pressa ses lèvres contre les siennes dans un baiser douloureusement tendre mais tellement long que lorsque leurs lèvres se séparèrent enfin, elle fut étourdie de désir.

— Je veux te déshabiller et je ne veux pas me précipiter, dit-il.

Il l'embrassa à nouveau, plus profondément et plus durement, la serrant contre lui, comme s'il lui disait qu'il était sérieux, qu'il était responsable et qu'elle pouvait lui faire confiance. Il descendit plus bas, embrassant son ventre, faisant courir sa langue autour de son nombril tandis qu'il détachait le nœud qui retenait son jogging et le descendait lentement. Désireuse de voir sa réaction, elle l'observa alors qu'il découvrait ses cicatrices. Et comme auparavant, il ne recula pas, ne détourna pas le regard, se contentant d'appliquer sa bouche douce et aimante sur les parties rugueuses de la peau, aussi tendrement qu'il l'avait fait pour le reste de sa personne.

— Tu es magnifique, ma chérie. Chaque parcelle de ton

corps, susurra-t-il.

Il continua de la déshabiller et lui retira sa culotte, embrassant et touchant chaque cicatrice sur ses hanches et ses jambes, et toutes les parties lisses entre les deux, jusqu'à ce qu'elle soit nue, son cœur battant la chamade. Dans ces moments-là, elle savait qu'il n'y avait pas de plus grand luxe que d'être adorée par Quincy Gritt. Il lui embrassa les jambes, sa bouche s'attardant sur l'intérieur de ses cuisses, faisant se contracter ses parties intimes avec anticipation. Alors que ses baisers se rapprochaient de son centre, elle pouvait à peine respirer. Elle s'agrippa aux draps, *Oh mon dieu, oh mon dieu*, répétant ces mots tels un mantra dans sa tête, ainsi que des choses auxquelles elle ne voulait pas penser, comme par exemple *Et si j'avais un mauvais goût ? Et si...*

Il passa sa langue sur son corps humide et ses hanches se soulevèrent du matelas, ce qui l'amena à percuter son nez avec son sexe. Sa tête se renversa en arrière et il laissa échapper un son douloureux, se redressant sur ses genoux, sa main couvrant son nez, son regard confus la fixant.

— *Oh Mon Dieu.* Je suis désolée !

Elle resserra ses jambes, roula sur le côté, et se couvrit le visage.

— Je suis désolée, je suis désolée, tellement désolée !

— Est ce que je t'ai fait mal, ma belle ? demanda-t-il bien trop gentiment pour ce qu'elle venait de faire.

Elle secoua la tête, mortifiée.

— Je n'ai jamais...

— *Jamais... ?*

Il s'allongea à ses côtés, les mettant face à face.

Elle écarta les doigts, jetant un coup œil entre eux.

— Jamais fait *cela*, murmura-t-elle.

Un sourire en coin apparut et elle referma ses doigts, le bloquant, mais un rire nerveux s'échappa et elle le regarda à nouveau.

— Je suis tellement gênée. Tu *veux* que je parte ?

— Et toi, tu veux partir ?

Elle secoua la tête.

— Je voudrais être invisible.

Il gloussa et déplaça ses mains, la prenant dans ses bras pour l'embrasser.

— Si tu étais invisible, je ne pourrais pas voir où te toucher.

Il fit glisser sa main le long de son dos et caressa ses fesses.

— Ou bien où t'embrasser.

Il lui donna un nouveau baiser, plus lent et plus doux.

— C'était si terrible quand je t'ai léchée ?

Ses joues s'empourprèrent, mais elle parvint à secouer la tête.

— C'était si *agréable*, chuchota-t-elle.

— Ah, ma belle, on ne fait que commencer. Je vais enflammer ton monde, si tu me laisses faire.

La malice dans ses yeux fit frémir tout son corps.

— Tu n'as pas peur que je te casse le nez ?

Elle ricana, ce qui le fit rire, atténuant son embarras.

— Attends un peu. Laisse-moi juste prendre mon protège-nez.

Il s'appuya sur sa paume comme s'il allait l'attraper, ce qui la fit rire davantage.

— Si tu n'avais pas une langue bionique, tu n'aurais pas à t'en soucier.

— Tu aimes ma langue, hein ?

Il entreprit d'embrasser son cou, ce qui la chatouilla, et ils roulèrent sur eux-mêmes, s'embrassant et riant, anéantissant son embarras.

Et puis sa bouche recouvrit la sienne, transformant tout ce rire en une passion insatiable. Il enfouit ses mains dans ses cheveux, approfondissant leurs baisers, leurs corps s'entrechoquant. Elle en redemandait et des sons affamés montèrent dans sa gorge. Il coinça sa lèvre inférieure entre ses dents, la tiraillant doucement, provoquant des frissons de plaisir en elle.

Ses yeux la transpercèrent.

— Je vais te faire sentir si bien, ma chérie.

Un *Oui* jaillit avec avidité.

Il descendit le long de son corps, goûtant et embrassant. Son pouls s'accéléra, l'anticipation la gagna tandis qu'il étendait ses mains sur son bas-ventre et que ses pouces se déplaçaient en un rythme hypnotique de chaque côté de son sexe. Elle enroula ses doigts dans les draps tandis qu'il lui prodiguait des baisers alléchants tout autour de son centre. Elle ferma les yeux, chaque contact de ses lèvres l'emmenant plus haut, lui arrachant un soupir d'exaltation.

— J'aime t'embrasser, te goûter, ajouta-t-il entre deux baisers. Il déplaça ses pouces vers l'extérieur et lécha le côté de son sexe, la faisant se tortiller de désir. Je suis impatient de te dévorer.

La faim dans sa voix et ses paroles coquines lui firent lever les hanches, impatiente d'entendre ses promesses. Quand il apposa sa bouche sur l'intérieur de sa cuisse et la *suça*, un éclair la parcourut.

— *Oh mon Dieu …*

Elle sentit son souffle chaud entre ses jambes et ferma la bouche, serrant plus fort ses mains dans les draps et enfonçant plus profondément ses fesses dans le matelas pour ne pas se sentir à nouveau embarrassée. Sa langue glissa le long de l'endroit sacré qui l'appelait de ses vœux, envoyant une décharge dans son cœur. Elle poussa un gémissement irrépressible et il recommença encore et encore, caressant et suçant, faisant disparaître toutes ses défenses, mais pas les *siennes*. Alors qu'elle se cambrait et gémissait, essayant de soulever ses hanches, il les maintenait sur le lit. Elle aimait qu'il prenne soin d'*eux deux*.

— Ça, c'est ma nana.

Il relâcha sa prise.

— Profite de moi, ma chérie. Laisse-toi aller.

Il plongea ses doigts dans son corps et fit quelque chose de magnifique avec sa bouche en même temps, électrisant tout son corps. Il continua à cibler tous les endroits où elle était en manque, l'emmenant dans des montagnes russes de sensations, perturbant sa capacité à penser. Le sang battait dans ses veines, des picotements grimpaient le long de ses membres, et la chaleur irradiait dans son cœur. Elle ressentait un tiraillement irrésistible dans son ventre, comme si ses entrailles essayaient de l'atteindre, et ses orteils se recroquevillèrent. Elle pouvait à peine respirer, elle n'avait jamais rien ressenti de tel auparavant.

— Jouis pour moi, ma belle, lui lança-t-il brutalement.

Ses doigts bougèrent plus vite, et sa bouche recouvrit ce paquet de nerfs à couper le souffle, la dévorant de manière si rude et fulgurante que ses talons s'enfoncèrent dans le matelas si bien que le plaisir la submergea, lui arrachant alors des sons indiscernables. Il ne céda pas, la dévorant sans pitié, la faisant grimper, grimper, *grimper* jusqu'à ce qu'elle explose totalement et que *son nom* ne s'échappe désespérément de ses lèvres.

Sa voix résonnait dans sa tête tandis que son corps s'agitait, jusqu'à ce qu'elle s'écroule enfin, béate, les yeux dans le vague et son corps inerte. Il embrassa son corps trop sensible, la ranimant à chaque contact. Quand il posa ses lèvres sur les siennes, elle s'attendait à être dégoûtée par le goût ou l'odeur d'elle-même. Mais quand sa langue balaya la sienne, son goût à elle se mêla au sien, âpre et sensuel et ce fut absolument parfait.

JAMAIS AUPARAVANT Quincy n'avait ressenti le plaisir de quelqu'un d'autre comme le sien. Les émotions la dévastèrent tel un ouragan. Il effleura ses lèvres sur celles de Roni et il lui dit la vérité.

— Je suis tellement accro à toi, mon amour, je t'appartiens.

— Je te veux *tout entier*, Quincy.

Son cœur vacilla, incapable de croire qu'ils en étaient là, à ce moment-même. Le regard de la jeune femme le libér, et il lui donna un baiser féroce et affectueux. Ils continuèrent à s'embrasser pendant qu'il enlevait son pantalon, tous deux émettant des sons gourmands lorsqu'il brisa leur lien pour prendre un préservatif dans le tiroir de la table de nuit. Les yeux de Roni fixèrent son pénis. Elle tendit le bras et le toucha, d'un seul coup, léger comme une plume le long de son sexe, enflammant à nouveau tout son corps. Il serra les dents quand elle le toucha à nouveau, timidement. Il avait le sentiment qu'elle n'avait jamais fait ce genre d'expérience auparavant, et le fait qu'elle veuille le faire avec lui provoqua un assaut de nouvelles émotions.

— Ça fait du bien, ma belle, l'encouragea-t-il.

Elle se redressa et enroula ses doigts autour de lui, ses yeux curieux rencontrant les siens tandis qu'elle le caressait à nouveau, un peu plus fort cette fois. Il porta sa main à sa bouche et la lécha de la paume à l'extrémité des doigts avant de la poser sur son corps dur, en l'entourant de sa propre main.

— Plus fort, dit-il avec avidité. Comme ça.

Il lui montra ce qu'il voulait, en rapprochant sa main de son corps. Elle respirait plus fort, caressait plus vite, et léchait ses superbes lèvres. Il serra les dents, ayant envie de voir sa bouche sur lui, mais ne voulant pas trop en demander. Ses yeux se portèrent sur leurs mains jointes et il les lâcha. Elle passa sa langue sur ses lèvres et ses yeux innocents et avides se dirigèrent vers les siennes, puis de nouveau vers son sexe. Elle le tuait seconde après seconde, l'entraînant si profondément en elle qu'il savait qu'il ne pourrait jamais en sortir. Il effleura sa joue de ses doigts.

— Qu'est-ce que tu veux, ma chérie ?

Sans un mot, elle se pencha en avant et passa sa langue autour de sa longueur. Il abaissa le menton avec un sifflement et ses beaux yeux incertains se tournèrent vers les siens.

— C'est bon ma belle, *tellement* bon. Je suis à toi, Roni. Touche-moi, joue, explore, fais tout ce que tu veux. *Mais ne t'arrête pas.*

Elle passa sa langue sur sa longueur, puis elle abaissa lentement sa bouche sur la tête et environ un tiers de son sexe, le suçant et le faisant glisser entre ses lèvres. Quincy caressa sa mâchoire et glissa sa main sous ses cheveux, luttant contre l'envie de pousser, de tirer sa bouche plus loin sur lui.

— C'est ça, ma puce. *Bon sang…* C'est génial.

Elle le prit plus profondément, allant plus vite. Un plaisir insoutenable le transperça et un *Oh mon Dieu…* s'échappa entre ses dents.

—Attention, chérie. Tu vas me faire jouir, et même si j'en rêve, j'ai vraiment envie de te faire l'amour.

Les mots le percutèrent. Il avait *baisé* et *pris son pied*, mais il n'avait jamais *fait l'amour*. Quand Roni retira sa bouche, ses yeux magnifiques et pleins de confiance rencontrèrent les siens. Sa poitrine se contracta et il sut que les mots provenaient directement de son cœur.

— Je le veux aussi, répondit-elle doucement.

Il se retira et s'abaissa sur elle, la tornade en lui faisant rage. Il ne repoussa pas ces sentiments. Il voulait être emporté par eux, se perdre en elle et sentir tout ce qu'elle avait à donner. Leurs bouches s'unirent avec fureur, mais lorsque ses bras l'entourèrent, au lieu de pousser et de s'enfouir profondément en elle, il eut l'envie irrésistible de voir son visage au moment où leurs corps s'unissaient pour la toute première fois. C'était un autre désir inconnu et il s'en délecta.

Il l'embrassa doucement et prit son visage dans ses mains, la regardant droit dans les yeux tandis qu'il la pénétrait lentement. Ses yeux s'élargirent.

— Tu vas bien, ma belle ?

Elle acquiesça, ses mains glissant dans ses cheveux.

— Encore mieux que ça.

Son fichu cœur était sur le point d'exploser. Il s'enfonça plus profondément, jusqu'à la garde, et le monde bascula sur son axe. Elle laissa échapper plusieurs respirations rapides, le serrant plus fort, ses yeux débordant de désir indompté.

— *Oh*, dit-elle avec surprise. Tu es si délicieux. Je ne savais pas que ça pouvait être comme ça.

— Mon Dieu, bébé. Moi non plus.

Des milliers de sensations le ravagèrent alors que leurs bouches se rapprochèrent et que leurs doux baisers devinrent fébriles. Il essaya d'y aller doucement, mais c'était comme si leurs corps étaient non seulement faits l'un pour l'autre, mais qu'ils savaient aussi *exactement* quoi faire. Elle répondait à chaque poussée par une flexion des hanches, chaque baiser exigeant par une passion dévorante. Sa douceur se conformait à son corps dur, lui permettant de s'enfoncer dans tout son être. Il poussa ses mains sous ses fesses, soulevant ses hanches pour pouvoir l'emmener incroyablement plus profond, obtenant un son sensuel après l'autre. Il accéléra le mouvement de ses hanches et sa tête tomba en arrière, ses ongles s'enfonçant dans ses épaules.

— Quin.… *Quin.*

Ses muscles internes se contractèrent comme un étau, et elle cria lorsque son orgasme la consuma. Il ne chercha même pas à se retenir. Ils auraient tout le temps de faire l'amour et de prendre leur pied. Le plaisir le submergea, le *frappa*, lui volant le dernier de ses moyens de contrôle. Il grogna son nom, donnant des coups de reins sauvages alors que leur passion les ravageait.

Lorsque la dernière réplique les emporta, il plongea sa tête à côté de la sienne, leurs cœurs s'emballant en tandem. Il embrassa sa joue et son cou, leurs corps étant toujours connectés lorsqu'il la prit dans ses bras et les fit rouler sur le côté. Alors que le monde redevenait clair, il contempla ses yeux aimants et sut sans l'ombre d'un doute qu'il ne serait plus jamais le même.

CHAPITRE TREIZE

RONI ÉTAIT ASSISE SUR le sol de sa salle de classe samedi juste avant midi, faisant défiler les photos de Quincy et d'elle qu'ils avaient prises lors de la chasse au trésor et dans les jours qui avaient suivi. Elle aimait qui elle était avec lui, et lui avec elle, et tout ce qui concernait leur couple. Leur bonheur rayonnait dans chaque photo. Cela ne faisait que quelques jours qu'ils s'étaient remis ensemble, mais ils étaient devenus si proches que cela semblait beaucoup plus long.

— As-tu trouvé les chansons ? demanda Angela en entrant dans la pièce.

Elle était mignonne dans un legging noir et un débardeur rose, avec ses cheveux tirés en arrière par une barrette.

Elle grimaça. Elle était censée trouver des chansons pour un duo d'adolescents en danse contemporaine pour le spectacle d'hiver. Elles allaient travailler pendant le déjeuner sur la chorégraphie.

— J'ai été distraite. Je me suis posée pour les chercher, mais ensuite Quincy m'a envoyé un message vidéo pour me deman- der comment se passait ma journée, et j'ai été rêveuse en regardant des photos de nous. La vidéo était si mignonne, je l'ai regardée trois fois. Dans celle-ci, il tient dans ses bras la petite fille de Sarah, Lila. Elle l'a amenée à la librairie parce qu'elle lui manquait. Ce n'est pas trop mignon ?

— Vraiment adorable. Je veux voir le Beau Gosse et Lila.

Angela prit place à côté d'elle et Roni lui montra la vidéo de Quincy tenant Lila dans ses bras. Le coeur de la jeune femme tressaillit quand il dit : *Hé, ma belle, tu me manques. Comment se passe ta journée ? Fais coucou, Lila.* La petite lui fit signe. Quincy envoya un baiser à Roni et Lila fronça les sourcils et en envoya un à son tour. Puis elle embrassa sa joue et il afficha un sourire ravageur. *Dis au revoir.* Lila s'exécuta et il fit un clin d'œil. *Bye, chérie* et mit fin à la vidéo.

— *Ma belle*, il est *tellement*…

Angela soupira.

— Je sais.

Roni avait tout raconté à son amie sur leur rencontre, leur première nuit et leur premier matin sexy ensemble. Angela s'était à nouveau excusée d'avoir été si dure à l'égard de son passé, mais elle était plutôt contente que cette dernière lui ait dit toutes ces choses, car cela l'avait aidée à comprendre qu'elle avait besoin d'en savoir plus sur la guérison et ce qu'elle impliquait.

— Sans rire, Roni. Il est costaud, à croquer *et* quand tu arrives au travail tous les jours, tu as la tête dans les nuages. Il faut absolument garder cet homme.

Elisa jeta un coup d'œil dans la pièce.

— Pendant que vous y êtes les filles, trouvez une chanson pour le solo de Roni.

— Elisa…

Roni secoua la tête.

Elle haussa les épaules avec une lueur malicieuse dans les yeux.

— Il fallait bien essayer.

— Elle ne va pas laisser tomber, lança Angela alors qu'Elisa s'éloignait.

— Je sais et c'est pour cela que je l'aime. Mais je ne suis pas prête.

— Si cela ne tient qu'à toi, tu ne seras jamais prête. Tu es trop douée pour ne pas aller de l'avant et montrer ce que tu vaux. C'est comme garder des cookies quand tu sais que tes amis les aimeraient.

Angela désigna la photo de Quincy.

— Ce gars juste là mérite de te voir sur scène, dans toute ta splendeur spectaculaire. Et je ne veux pas dire *nue*.

— Pourquoi pas ? Il aimerait me voir nue sur scène si c'était un spectacle *privé*.

L'idée la fit frissonner. Elle n'arrivait toujours pas à croire que non seulement il ne se souciait pas de ses cicatrices, mais qu'il continuait à la toucher partout comme si elles n'existaient pas.

— Je peux te dire que c'est génial de t'entendre dire cela après que tu te sois autant souciée de tes cicatrices ? J'aime que Quincy t'aime *comme tu es*. J'ai l'impression que tu devrais lui accorder plus de gestes d'affection ce soir pour le remercier de ma part.

Oh, comme elle *aimerait* faire cela. Mais elle ne savait pas s'ils se voyaient. Ils avaient passé les trois dernières nuits ensemble, mais ils n'avaient rien prévu pour le soir.

Elle lui montra son téléphone.

— Qu'est-ce que tu fais ?

— Je lui prépare un message vidéo.

— Oh Mon Dieu.

Angela rigola.

— Vous deux, vous élevez le *couple mignon* à un tout autre niveau.

— Merci, dit Roni en haussant les épaules.

Elle démarra la vidéo et fit un signe de la main : *Salut. Ma journée a été géniale. Encore meilleure après avoir vu ta vidéo. C'est tellement mieux que les textos. Continuons à le faire. Angela et moi travaillons pendant le déjeuner sur la chorégraphie du spectacle d'hiver.* Angela surgit par-dessus l'épaule de Roni. *Salut, Quincy ! Ok, je vais faire court. Passe une bonne journée !*

Roni lui fit un signe de la main et lui envoya un baiser, puis elle arrêta la vidéo. Elle la lui envoya.

— Je peux te demander quelque chose sur les relations de couple ?

— Je te l'ai déjà dit. *Fais-le souvent et de façon coquine.* Ça rend tout meilleur.

— Tu es vraiment bizarre. Je crois qu'on maîtrise cet *aspect-là.*

— Vous en êtes au stade *où vous mourez d'envie de passer chaque seconde ensemble*, et même ça ne vous semble pas suffisant. C'est le plus beau des sentiments.

— C'est exactement ce que je ressens, mais il n'a rien dit à propos de me voir ce soir et on est samedi soir. J'ai envie de lui demander, mais je ne veux pas paraître collante. Ce n'est pas grave s'il veut passer du temps avec ses amis ou faire autre chose sans moi. Mais ne devrions-nous pas en parler ? Devrais-je m'attendre à ce qu'il me dise qu'il me verra dimanche, ou mardi, ou n'importe quel jour où il le souhaite ? Veut-il de l'espace et ne me le dit-il pas ? Et s'il pense qu'*il m'*étouffe ?

— Tu dois absolument savoir où tu en es, surtout un soir de week-end, affirma fermement Angela. Il t'a couru après pendant des mois et tu n'arrêtes pas de dire à quel point tu te sens spéciale avec lui. Je parie qu'il est impatient de t'avoir dans ses bras ce soir. Parlez-en. Dis-lui ce que tu viens de me dire. Les mecs ne planifient pas toujours, comme nous le faisons.

— Tu as raison. Je lui parlerai après le travail. On devrait s'y mettre avant de gaspiller toute notre pause déjeuner.

Angela prit son téléphone et elles commencèrent à consulter leurs playlists.

— J'en ai une, dit-elle. Pourquoi pas *Delicate* de Taylor Swift ?

Roni fronça le nez.

— J'aimerais les voir danser sur quelque chose de plus puissant. Peut-être *I Was Here* de Beyoncé ?

— Ce n'est pas mal. Ajoutons-la à la liste.

Elles choisirent quelques titres, puis commencèrent à réduire leur liste. Elles étaient en train d'écouter leurs trois derniers choix, en faisant des mouvements de danse pour voir lequel était le meilleur, quand Elisa arriva avec Quincy. Quand les yeux de Roni se posèrent sur ceux de son petit ami, elle était sûre que le plancher en bois allait enflammer la piste entre eux. *Bon sang.* Cela faisait juste quelques heures qu'elle l'avait vu, elle avait fait l'amour avec lui le matin même, et *pourtant* il était à couper le souffle, si robuste et viril dans son blouson de cuir, les cheveux coiffés en arrière, le jean délavé collant à ses cuisses musclées. Elle fit tout son possible pour ne pas se précipiter sur lui, lui sauter dessus et sceller sa bouche sur la sienne.

— Désolée de vous interrompre, mesdames, dit Elisa avec un sourire complice, arrachant Roni à ses pensées lascives. Il semble que ce jeune homme ne voulait pas que sa *petite amie* ou sa meilleure amie ait faim.

Angela lança à Roni un regard du genre "*je te l'avais bien dit*" alors qu'elles allaient vers lui.

— Désolé de te déranger, ma puce.

Quincy brandit le sac qu'il transportait du café de la librairie.

— Deux salades et des croissants. J'espère que ça ira ?

— Je vous laisse discuter tous les trois, lança Elisa.

— Merci, Elisa, répondit Quincy. La prochaine fois, je t'en apporterai pour toi aussi.

— Quel amour, déclara Elisa.

Quand il reporta son attention vers Roni, Elisa lui fit un signe du pouce.

Roni se réjouit de son approbation.

— Merci, Quincy. Tu n'étais pas obligé de nous apporter de quoi déjeuner.

— Mais nous sommes heureuses que tu l'aies fait ! s'exclama Angela. Merci.

— Je ne vais pas rester. Je sais que vous êtes occupées et je dois retourner au travail. Je suis désolé de débarquer comme ça, mais tu m'as manqué, et j'ai pensé que tu pourrais me dire que tu étais trop occupée pour que je passe te voir. Je ne voulais pas que tu partes sans manger.

— Ouais, c'est ça, comme si elle allait te dire *ça*, dit Angela en riant. Donne-moi le sac, je vais l'emmener dans la cuisine pour que tu puisses embrasser ta copine.

Il lui tendit le sac et, alors qu'elle sortait, il affirma *La meilleure amie du monde* et embrassa tendrement Roni, réveillant les papillons qui semblaient vivre dans son ventre ces jours-ci.

— Je suis ravie que tu sois là. Tu me manquais aussi. Je ne t'aurais jamais dit de ne pas venir me voir, sauf si j'enseignais.

— Super, parce qu'apparemment je ne peux même pas passer quelques heures sans te voir. Je ne sais pas ce que tu me fais, mais j'espère que tu ne t'arrêteras jamais. A quelle heure on peut se voir ce soir ?

Elle eut le souffle coupé.

— Merci mon Dieu.

— Pourquoi sembles-tu soulagée ?

Elle leva les yeux vers lui, se sentant bête de se faire du souci.

— Je pensais que tu ne voulais peut-être pas me voir ce soir parce que tu n'avais rien dit à ce sujet.

— Chérie, comment peux-tu penser cela ? Je vais devoir faire *plus d'efforts* pour te montrer ce que je ressens, déclara-t-il avec un sourire en coin sexy.

— Ce n'est *absolument* pas un problème.

Elle sentit ses joues s'enflammer.

— Je sais à quel point je te plais, mais je ne sais pas quel est la norme en matière de couple. Je sais seulement que lorsque nous sommes séparés, j'ai hâte qu'on soit à nouveau ensemble, et je ne voulais pas que tu penses que j'étais trop en manque d'affection en te le demandant.

— Ce n'est pas être en manque, ma belle. C'est être à fond sur moi.

Il baissa la voix pour que ce ne soit plus qu'un murmure *J'aime vraiment cela.* Il lui donna un baiser rapide.

— Je ne sais pas ce qui est normal pour les autres, mais je sais ce que j'aimerais pour *nous*. Te voir sept jours sur sept me semble parfait.

Elle rit doucement, sûre qu'il plaisantait, bien que ses mots la remplissent de joie.

— Je le pense vraiment, Roni. Je veux que ce soit une *évidence*, pas de questions. Qu'est-ce que toi, tu veux ?

— Être une évidence, répondit-elle en faisant une danse de joie à l'intérieur. Mais si tu veux du temps pour toi ou avec tes amis, cela me va aussi. J'ai l'habitude d'être seule et je ne vais pas être jalouse ou collante. Ce n'est pas que j'ai *besoin* de toi à chaque seconde ou que j'ai besoin de savoir ce que tu fais à chaque minute. J'aime juste être à tes côtés. Je ne me suis jamais rendue compte que j'aimais tout planifier, mais j'aimerais savoir si on va se voir ou pas.

Angela revint dans la pièce.

— Ok, vous deux. Il est temps de conclure. La chorégraphie ne va pas se faire toute seule.

— Je te raccompagne, lui proposa Roni. Je reviens dans une minute, Ang.

Elle le raccompagna jusqu'à son camion, tellement soulagée qu'elle sautillait.

— Viens ici, ma belle.

Ses bras l'entourèrent.

— Je ne veux pas que tu t'inquiètes. Si quelque chose te préoccupe, dis-le-moi. Au cas où tu ne l'aurais pas remarqué, je communique beaucoup. Cela m'aide à garder l'esprit clair.

— Je le ferai à partir de maintenant. Je te le promets.

— Bien. Je dois retourner au travail, mais je voulais te demander encore une chose. Thanksgiving approche à grands pas. Je sais que c'est ta première fête sans ta grand-mère et que cela risque d'être difficile, donc on n'est pas obligés d'aller quelque part si tu préfères passer une nuit tranquille. Mais Dixie et Jace organisent un repas dans leur nouvelle maison, et si tu veux être entourée de gens, tout le monde sera là. Il y aura les Whiskey, Tru et Gemma ainsi que les enfants, et presque tous les gens avec qui nous avons traîné après la chasse au trésor. Lila et Bones fêtent leur anniversaire juste après Thanksgiving, alors nous le célébrons aussi ce soir-là. Rien d'extraordinaire, juste des cadeaux et du gâteau.

Thanksgiving était dans deux semaines. Elle était touchée qu'il ait pensé à ce qu'elle pouvait ressentir et n'en revenait pas qu'il soit prêt à renoncer à voir tous les gens qu'il aimait pour être avec elle.

— J'aimerais beaucoup y aller avec toi. Ce sera triste sans Mamie cette année, mais je ferai sa fameuse tarte aux pommes. Toi et moi, nous serons ensemble, ce qui rendra les choses meilleures. Ça me donnera aussi l'occasion de mieux connaître tes amis.

— Super. Et si on faisait la tarte ensemble ?

Elle battit des cils avec coquetterie.

— Ça veut dire que tu veux mettre la main à la pâte dans ma cuisine ?

Elle avait du mal à croire à quel point elle était ouverte ces derniers jours. Les choses sexy qu'elle disait et faisait avec lui semblaient si naturelles qu'elle se demandait s'il avait découvert des parties cachées d'elle, ou si ses petites attentions l'avaient fait grandir en tant que femme. Elle pensait que c'était probablement un peu des deux et elle espérait qu'ils continueraient sur cette voie pour les années à venir.

— Je veux mettre *la main* à la pâte, déclara-t-il, les yeux remplis de ce désir qu'elle adorait tant.

— Je ne me suis jamais amusée dans ma cuisine auparavant. Ce sera une première amusante à découvrir. On devrait peut-être faire un essai avec cette tarte avant Thanksgiving. Tu veux rester chez moi ce soir ?

Ses yeux s'assombrirent.

— Ma belle, qu'est-ce que tu me fais ? Maintenant je vais y penser toute la journée.

— J'ai de la chance.

Elle se hissa sur ses orteils.

— Alors tu seras prêt pour ce soir.

— Pourquoi aimes-tu me torturer ?

Il approcha ses lèvres des siennes, plongeant dans un baiser profond et intense.

— Vu que tu m'as chauffée et troublée avec ce baiser, je crois que c'est *toi* qui aimes *me* torturer, dit-elle d'un ton insolent. Et tu ne me vois pas me plaindre.

— Tu es excitée et troublée, hein ?

La chaleur brûla dans ses yeux et il empoigna ses fesses.

— Garde tes mains baladeuses pour toi, jeune homme.

Elle se dégagea de ses bras en riant. Appréciant son espièglerie, elle marcha à reculons vers le studio.

— Je dois retourner au travail.

Il se dirigea vers elle comme un lion traquant sa proie, à l'exception de son sourire timide.

— Je ferai vite.

— Tu n'es jamais *rapide*. Tu procures des heures de pur plaisir coquin et maintenant je vais *y* penser toute la journée. *Argh* ! Tu dois partir.

Elle le repoussa avec ses mains.

— *Maintenant,* avant que nous finissions à l'horizontale dans ton camion et que je sois virée.

Il rit et lui envoya un baiser.

— On se voit dans la cuisine ce soir, ma belle.

Alors qu'il montait dans son camion, elle savait qu'elle ne pourrait plus penser qu'à cette promesse coquine et à la faim dans ses yeux pour le reste de la journée.

CHAPITRE QUATORZE

QUINCY TIRA SUR son jean, en écoutant le son de la musique de Roni dans l'autre pièce. Il n'arrivait pas à croire que cela faisait presque trois semaines depuis leur premier rendez-vous, huit jours merveilleux et sept nuits terriblement romantiques, depuis qu'ils avaient parlé de se mettre *en couple*. Ce mot était désormais l'un de ses préférés. Il aimait la façon dont leurs vies s'imbriquaient. Les messages vidéo étaient devenus leur *truc* et il aimait qu'ils aient *cela*. Leurs journées étaient bien remplies, mais ils se retrouvaient le soir. Roni était allée à une autre réunion avec lui et son soutien les avait rapprochés encore plus. Elle était tout aussi discrète que lui sur leur lieu de résidence. Ils passaient certaines nuits chez elle et d'autres chez lui, en fonction de qui travaillait plus tard. Parfois, il étudiait le soir et elle travaillait sur une chorégraphie ou lisait, ou bien ils traînaient avec ses amis, qui étaient devenus aussi les siens. Angela et Joey les avaient même rejoints pour un feu de joie à son appartement le vendredi soir avec Jed et Truman et leurs familles, ainsi que Penny et Scott. Les filles étaient ravies que Roni vienne à la fête de Josie. C'était incroyable qu'elle fasse partie intégrante de sa vie et il aimait qu'il n'y ait pas de malaise entre Penny et elle. Il était également heureux que Penny et Scott aient finalement dit à leurs amis qu'ils se voyaient. Il n'avait jamais vu son amie rougir jusqu'à cette fameuse soirée. Scott avait définitivement une emprise sur elle et il était ravi pour eux deux.

Quincy passa la main dans ses cheveux, encore humides de la douche qu'il avait prise avec Roni, et attrapa sa chemise en sortant de sa chambre. Son cœur battit plus vite à la vue de la jeune femme portant un de ses T-shirts, dansant jambes nues et toute belle devant le meuble, ses cheveux mouillés se balançant sur ses épaules.

Elle se pencha sur le guéridon pour écrire dans son journal de chorégraphie. Elle travaillait si dur pour que tout soit parfait pour les enfants. Il souhaitait pouvoir la convaincre de monter sur cette scène et de montrer au monde entier à quel point *elle* était incroyable.

Peut-être qu'un jour…

Elle remuait ses fesses en écrivant, faisant resurgir des souvenirs de samedi soir, quand ils avaient prévu de faire la tarte de sa grand-mère et avaient finalement terminé en se dévorant l'un l'autre dans sa cuisine.

Il laissa tomber sa chemise sur le canapé et alla vers elle, faisant courir ses mains le long de ses hanches tout en embrassant son cou, sachant que cela la rendait folle. Elle sentait le frais et le sexy, comme des promesses d'après-midi ensoleillés et de nuits d'amour, des parfums d'un avenir qu'il n'aurait jamais pensé avoir – et qu'il ne pouvait maintenant plus imaginer sans elle.

— Hé, ma belle. Comment va ta hanche ce matin ?

Ils avaient été un peu sauvages la nuit dernière. Il essayait de ne pas être trop dur, mais parfois, ils se laissaient emporter. Roni ne se plaignait jamais, mais quelquefois, après avoir fait l'amour, ou après une longue journée de travail, il la surprenait en train de se frotter la hanche. Il lui faisait presque toujours un massage le soir et une fois, il lui avait fait couler un bain chaud. Ils s'y étaient baignés ensemble, et cela semblait l'aider à soulager sa douleur. En dehors de faire l'amour avec elle, il n'y avait pas de plus grand plaisir que de prendre soin d'elle, émotionnellement et physiquement.

— Je pense que mon corps s'habitue à nos ébats. Je vais bien, mais j'aurais besoin de quelques baisers supplémentaires ici.

Elle déplaça ses cheveux sur une épaule, lui dévoilant son cou.

Il tombait sous le charme de son bel esprit et de son âme aimante, mais les zones blessées – son corps et sa confiance – occupaient une place spéciale dans son cœur. Il leur donnait à tous un surcroît d'amour, lui faisant savoir combien elle était belle, à l'intérieur comme à l'extérieur, aussi souvent qu'il le ressentait, ce qui donnait probablement l'impression qu'il tournait en boucle. Mais il s'en fichait. Il aimait lui offrir tout son amour. Au début, elle avait eu du mal à se promener sans pantalon devant lui, mais mardi soir, après avoir fait l'amour, ils en avaient parlé aussi ouvertement et honnêtement qu'ils parlaient de tout le reste. Elle était un peu gênée, mais le matin, quand elle s'était réveillée et qu'il avait couvert de baisers les cicatrices de son dos, elle avait compris que lorsqu'il avait dit avoir trouvé chaque centimètre de son corps magnifique, il avait été sincère.

Il lui embrassa la mâchoire.

— Rien n'aurait pu me préparer à l'incroyable sensation de me réveiller à tes côtés.

Ils venaient de faire l'amour sous la douche et son corps vibrait encore d'un désir retrouvé. Il était généralement en congé le dimanche et regrettait d'avoir proposé de remplacer un autre employé aujourd'hui. Mais il finissait à trois heures et ils emmenaient Kennedy et Lincoln à un rendez-vous ensemble.

— Mmm, dit-elle en s'adossant à sa poitrine, se frottant contre lui.

Il la retourna dans ses bras.

— J'aimerais pouvoir passer toute la journée avec toi.

— Moi aussi. Mais au moins, tu rentreras tôt à la maison. J'ai hâte d'être à notre rendez-vous avec les enfants.

Il avait une surprise en réserve pour elle.

— On va bien s'amuser. Que fais-tu aujourd'hui ?

Elle appuya ses lèvres sur le centre de sa poitrine.

— T'attendre.

— Bon sang, tu as toujours les meilleures réponses. Tu vas rester ici ?

— Un petit moment. Je dois aller au studio pour parler de certaines choses avec Elisa. On peut se voir chez moi après ton travail ?

— Bien sûr. C'est parfait. Maintenant, dis-moi, ma belle…

Il la souleva sur le comptoir et se cala entre ses jambes.

— Comment suis-je censé partir quand tu es habillée comme ça ?

Il fit courir ses mains le long de ses jambes et sur ses cuisses. Ses yeux s'assombrirent.

— *Quincy.*

— Hum ?

Il passa son pouce entre ses jambes et la sentit se contracter à travers sa culotte.

— Tu vas me laisser toute excitée et troublée.

— Tu me connais mieux que ça.

Il glissa son pouce dans sa culotte, sur sa moiteur.

— *Mon Dieu...*

— Oooh, chérie, tu as besoin de moi, dit-il en la caressant.

Elle se tortilla, soutenant son regard, et se mordit la lèvre inférieure.

— Tu es tellement sexy, bon sang.

Il jeta un coup d'œil à l'horloge de la cuisinière, calculant le temps qu'il lui restait avant de devoir partir. Il n'avait pas de temps pour une autre douche, mais il en avait pour lui donner du plaisir. Il plongea ses doigts dans sa culotte et l'arracha de ses jambes, ce qui lui valut un *couinement* de surprise.

— C'est l'heure du petit-déjeuner, grogna-t-il, et il écarta les jambes de la jeune femme pour la regarder.

— Tu vas être en retard, dit-elle à demi-mot, en passant ses mains dans ses cheveux de manière à le rendre complètement fou.

Ses mains étaient aussi dangereuses que le reste de son corps.

— Aie confiance, ma douce.

Il écrasa sa bouche contre la sienne et poussa ses doigts à l'intérieur d'elle, obtenant les sons qu'il désirait. Il avait appris comment la faire jouir, mais s'arrêta net, ayant besoin de la goûter, de la sentir jouir pendant qu'il la dévorait. Il retira sa bouche et elle gémit. Avec une main sur ses fesses, il la hissa sur le bord du meuble et abaissa sa bouche vers sa terre promise.

Elle enfouit ses mains dans ses cheveux et enroula ses jambes autour de ses épaules pendant qu'il la dévorait.

— *Ne t'arrête pas. Là, là... Oh mon Dieu !*

Il la dévorait plus fort, la baisant avec sa langue, taquinant les nerfs sensibles qui la maintenaient au sommet, sa jouissance se répandant sur sa langue.

Le paradis.

— TU CROIS que je suis en train de devenir une obsédée sexuelle ? demanda Roni à Angela au téléphone plus tard dans l'après-midi. Elle était à son appartement, se préparant pour son rendez-vous avec Quincy et les enfants. Leur brainstorming sur la chorégraphie s'était en quelque sorte transformé en une discussion sur Quincy.

Angela rigola.

— Tu poses de drôles de questions. Je comprends, parce que je crois que je t'ai demandé la même chose quand j'avais 17 ans et que je faisais l'amour pour la première fois. Tu te souviens ?

— Tu n'as pas *posé de questions*, lui rappela Roni. Tu m'as dit que tu en devenais une. Alors, tu crois que moi, aussi ?

— Bien sûr que non. Tu es une jeune femme saine et sexuellement active. Mais je suis un peu inquiète de ton enthousiasme à l'idée de sortir avec un enfant.

Roni était ravie que Quincy veuille l'inclure.

— Tu sais que j'adore Kennedy et Lincoln. N'étaient-ils pas adorables à faire des s'mores[4] au feu de joie ?

Lincoln s'était pris d'affection pour Roni, s'était assis sur ses genoux, parlait sans arrêt, gloussait et partageait des chamallows, et elle en avait adoré chaque seconde.

— Je pense que tu veux dire *s'Moons*, la corrigea Angela.

Jed avait inventé le nom *s'Moons* parce que Josie avait fait des biscuits au pain d'épice et les enfants les avaient utilisés à la

---

[4] Dessert composé d'une guimauve grillée et d'un carré de chocolat entre deux biscuits Graham ou Soda, traditionnellement mangé lors d'un feu de camps en été.

place des biscuits *Graham*.

— Kennedy te sermonnait sur le fait de les appeler ainsi et Lincoln essayait de faire de même, mais cela donnait un long mot qui n'avait aucun sens, dit Angela en riant. Je jure que ce gamin parle à la vitesse de l'éclair. Joey est amoureux de lui.

— J'ai hâte que vous ayez des enfants. Je pourrai être tante Roni.

Elle s'assit pour mettre ses bottes.

— Pourquoi tu penses que c'est bizarre que je sois impatiente d'aller à ce rendez-vous avec Quincy et les enfants ? La famille est importante à ses yeux, et j'aime cet aspect de sa personnalité.

— Je ne sais pas. Peut-être parce que tu as vingt-quatre ans, pas trente. Mais je suppose que ça n'a pas d'importance ce que tu fais avec lui, n'est-ce pas ? Tu flottes sur un nuage depuis que les choses se sont arrangées entre vous. Je suis si heureuse que tu ne m'aies pas écoutée.

— J'ai pris en compte tes préoccupations. Mais le cœur a ses raisons, et le mien veut Quincy plus que tu ne peux l'imaginer.

Roni s'est rendue à une deuxième réunion des Narcotiques Anonymes avec lui le mercredi soir et cela avait été utile. Mais elle n'irait probablement plus à beaucoup d'autres. Entre les informations qu'elle avait obtenues en ligne, les livres qu'elle lisait, les choses qu'elle avait apprises lors des réunions, le parrainage de Simone par Quincy, qui incluait des appels téléphoniques et des réunions spontanées lorsqu'elle avait besoin de soutien, et le simple fait de parler avec Quincy de son sevrage, elle avait une idée claire de ce que cela impliquait. Elle savait que les choses pouvaient changer pour lui à tout moment, et elle était heureuse que Quincy n'ait pas essayé d'enrober les choses. Il lui avait dit qu'une odeur, un goût, ou même la vue de quelque chose pouvait déclencher ce qu'il appelait *la bête*, et que sa dépendance pouvait reprendre le dessus, même s'il ne s'était pas encore senti attiré par les drogues. Elle connaissait les risques et ils lui faisaient peur, mais Quincy en valait la peine, et le soutien de sa famille et de ses amis atténuait cette peur.

— Je doute que cela dépasse le cadre de mon imagination, étant donné que tu viens au travail tous les jours, les yeux brillants et gonflés à bloc comme s'il avait un pénis magique, dit Angela, ramenant l'esprit de Roni à l'instant présent.

— Ça doit être magique, parce que tu dis toujours qu'après que Joey et toi ayez fait des folies, tout ce que tu veux, c'est faire des câlins et tout ce qu'il veut faire, c'est dormir. Mais je te jure que quand Quincy et moi on le fait, on est revigorés.

— Oui, je sais tout de M. Bien Monté et de vos heures de sexcapades et de pizzas post-orgasmiques.

Roni rougit en repensant à leur matinée sexy. Elle n'avait pas donné de détails sur leur vie sexuelle à Angela, si ce n'est des choses comme "*Nous nous sommes amusés à fond plusieurs fois*" ou "*Sa bouche devrait être livrée avec une notice d'avertissement*", mais cela faisait du bien de discuter entre filles, plutôt que de se contenter d'écouter les histoires d'Angela. Roni avait l'impression de rattraper certaines des choses qu'elle avait manquées en grandissant, comme avoir un petit ami, faire des blagues personnelles et expérimenter le fait de vouloir partager sa vie – et son lit – avec quelqu'un. Elle avait tellement l'habitude d'être seule, elle n'était pas sûre de ce qu'elle ressentirait en passant chaque nuit avec Quincy, mais c'était arrivé si naturellement, elle ne pouvait pas envisager les choses autrement.

— Tu n'as jamais souhaité avoir plus d'expérience ? Que tu aies été avec plus de gars ? lui demanda Angela.

— Non. Je tiens à Quincy et cela rend tout cela très spécial.

Roni savait que certaines choses que Quincy et elle faisaient n'étaient pas *nouvelles* pour lui, mais il lui avait dit qu'elles *semblaient* l'être parce qu'il les faisait pour la première fois avec l'esprit clair et une femme à laquelle il tenait.

— A vrai dire, Ang. Je m'étais toujours dit que tu inventais des histoires pour montrer à quel point tu aimais le sexe.

Elle sortit de sa chambre.

— Mais si c'est à moitié aussi bon que ce que nous faisons, alors je sais que ce n'est probablement pas le cas.

— *Pas besoin* d'enjoliver les choses. Joey est un *dieu* du sexe. On est tout juste parvenus à rentrer dans mon appartement vendredi soir après avoir quitté le feu de joie. En parlant de mon fiancé sexy, tu imagines qu'il a des piles de cadeaux de Noël déjà achetés et emballés pour sa famille ? Je te jure, c'est M. Noël.

— Je suis sûre qu'il a acheté et caché les tiens. Il te gâte.

— Et j'en savoure chaque seconde. Je n'en reviens pas que Thanksgiving soit dans quatre jours. Cette année est passée si vite. Je suis si heureuse que nous ayons un week-end de quatre jours. J'ai prévu de rester au lit le vendredi avec mon dieu du sexe.

— Ce n'est pas comme ça que se déroulent vos journées quand vous êtes tous les deux en congé ?

Roni la taquina, en faisant les cent pas dans son salon.

— Habituellement, répondit Angela. Mais nous allons choisir notre sapin de Noël le week-end prochain et tu sais qu'il restera debout jusqu'à ce que toutes les aiguilles tombent.

Roni était impatiente de passer Thanksgiving et Noël avec Quincy.

— Je pense que c'est amusant de voir que Joey aime tant les fêtes. Tu te souviens de l'arbre artificiel que Gram avait ? Il était si vieux qu'il est pratiquement tombé en morceaux quand on a vidé son appartement.

— Je m'en souviens. Tu voulais lui organiser un enterrement.

— Je ne l'ai pas fait, rigola Roni. J'étais juste triste de me débarrasser de ses affaires.

— Je plaisantais. Tu penses que Quincy et toi allez choisir un arbre ensemble ?

— Je l'espère. Je n'en ai jamais choisi un avant. Je me demande ce qu'il fait pour Noël. Le connaissant, il le passe probablement avec Tru, Gemma et les enfants, ce qui me semble parfait. Oh mon Dieu… Je viens de penser à un truc. Vu le comportement de sa mère, je me demande s'il a jamais célébré Noël.

Sa poitrine se contracta.

— J'espère que oui. Ce serait triste s'il ne le faisait pas.

— Mon Dieu, vous êtes vraiment faits l'un pour l'autre. Vous avez raté tant de choses en grandissant.

— Je sais. Mais je vais faire en sorte que ce Noël soit très spécial pour lui.

— Je croyais qu'il était témoin d'un mariage à Noël.

— Il l'est. Josie et Jed vont se marier, mais je vais penser à quelque chose de fantastique juste pour lui. Je t'ai dit que les vestes en cuir des enfants sont arrivées l'autre jour ? Elles sont trop mignonnes ! On les garde pour les offrir à Noël. J'ai hâte de voir leurs visages quand ils les ouvreront.

— Tu sais que Lincoln n'en aura rien à faire d'une veste. Il s'amusera plus avec la boîte dans laquelle tu la mettras.

— Je sais. Pourquoi penses-tu que Gemma et moi chuchotions au feu de joie ? Je lui demandais d'autres suggestions de cadeaux.

— Évidemment. Tu as toujours une longueur d'avance sur moi.

Roni regarda par la fenêtre et vit Quincy qui sortait de son pick-up. Un sourire apparut sur son visage.

— Quincy vient d'arriver. Merci d'avoir fait du brainstorming avec moi aujourd'hui. J'ai apprécié.

— Pas de problème. Tu étais ma copine avant d'être celle du Beau Gosse.

— T'es la meilleure, Ang. Je dois y aller. Amuse-toi bien en faisant du shopping avec ton dieu du sexe.

— Amuse-toi bien à ton rendez-vous avec ton pénis magique.

Roni rit en mettant fin à l'appel.

Elle était si heureuse de voir Quincy qu'elle ouvrit la porte et se précipita sur le palier. Il monta les escaliers deux par deux, réduisant l'espace entre eux.

— Voilà ma magnifique copine.

Il lui tendit la main en même temps qu'elle se jetait dans ses bras. Il la porta à l'intérieur sans rompre leur baiser, ses pieds se balançant au-dessus du sol. Quand il la déposa, il la garda près de lui avec son bras autour de sa taille.

— *Mmm.* Tes baisers me font toujours plaisir. Tu m'as manqué.

— Toi aussi. Et le travail ?

Il haussa les épaules.

— Très occupé. Tu as entendu qu'ils prévoient de la neige la semaine prochaine ?

— Non, mais j'adore ça, alors cela ne me dérange pas.

— Tu es trop mignonne. Tu as passé une bonne journée ?

— Oui. J'ai trouvé des idées amusantes pour mon cours des cinq et six ans et j'ai réfléchi à quelques trucs pour le spectacle d'hiver avec Angela. Elle va chercher son arbre avec Joey le week-end prochain. Elle a demandé si nous allions avoir un sapin ensemble.

— Ah bon ? Tu sais ce que ça veut dire.

— Qu'elle est mon amie ?

Il ricana.

— Sachant que Noël est dans plus d'un mois, ça veut dire qu'à ses yeux, nous sommes aussi *une évidence*. Il effleura ses lèvres. Ça me plaît beaucoup, et je sais ce qu'on va faire le week-end prochain.

— J'espère que c'est acheter un arbre !

— Oublie le côté mignon. Tu es la plus *adorable*. Oui, on va avoir un sapin.

Elle poussa un cri de joie et le serra à nouveau dans ses bras.

— On peut aller à la ferme des arbres Helms ? J'y suis allée en voyage scolaire à l'école primaire. Ils ont du cidre chaud et des carrioles tirées par des chevaux !

Elle sautilla.

— S'il te plaît ? Je ne suis jamais allée chercher un sapin. Grand-mère en utilisait toujours un artificiel.

Il rit.

— On ira où tu veux, si tu me fais ce magnifique sourire.

— Yeah !

Elle le serra à nouveau dans ses bras.

— Merci !

— Tu as gagné, ma chérie. Je n'en avais jamais choisi un non plus. Ça colle bien, n'est-ce pas ? Notre premier Noël ensemble et la première fois qu'on choisit un sapin.

— Oui et je prendrai beaucoup de photos. On va tellement s'amuser !

Elle modéra son enthousiasme d'un cran et en profita pour

lui demander :

— Est-ce que tu fêtais Noël quand tu étais jeune ?

— Pas avec ma mère, si c'est ce que tu veux savoir. Tru et moi nous asseyions dehors la veille de Noël et il me montrait les étoiles ou les nuages et inventait des histoires qui ne ressemblaient en rien à nos vies. Il me disait qu'un jour, nous aurions nos propres histoires heureuses dans la vraie vie.

— Des contes de fées juste pour toi. Il a toujours été un grand conteur.

— Oui, en effet. Chaque année, il me faisait un dessin et le laissait près de mon lit le matin de Noël.

Son visage devint sérieux.

— Noël s'est terminé pour moi après qu'il soit allé en prison, et puis l'année dernière je l'ai célébré avec la famille de Tru et tous nos amis. C'était génial, mais cette année sera encore meilleure.

Il colla ses lèvres aux siennes.

— As-tu encore les photos de Tru ? J'aimerais les voir.

— Non. Quand je suis tombé dans la drogue, j'ai tout perdu. Les perdre est l'un de mes plus grands regrets. Mais j'ai fait tatouer sur moi celles dont je me souvenais pour ne jamais les oublier.

— Peux-tu me dire ce que signifient certaines d'entre eux ?

Il tendit la main, lui montrant la rose au dos.

— Avant que Tru ne déménage, et aussi longtemps que je m'en souvienne, chaque fois que les choses devenaient difficiles à la maison, il m'emmenait dans une église à quelques rues de là où nous vivions. Ils avaient de magnifiques jardins de roses. Il inventait des histoires dans lesquelles on vivait dans un endroit lointain rempli de roses, ce qui me permettait d'échapper au cauchemar de nos vies et de me réfugier dans ces rêves pendant un moment. J'adorais ces foutues histoires. Après avoir déménagé, il a trouvé un moyen de parler en code à notre mère pour qu'elle ne sache pas de quoi on parlait. Il me demandait si j'étais allé voir les roses, mais ce qu'il voulait vraiment savoir, c'était comment les choses s'étaient passées entre nos visites. Si cela s'était mal passé, je disais que j'avais été piquée par les épines. Mais si les choses n'avaient pas été si mauvaises, je disais que les roses étaient en pleine floraison. Le plus drôle, c'est qu'on utilisait le même langage, que ce soit en été ou en hiver, et elle n'a jamais compris.

Elle le serra dans ses bras.

— Je déteste que tu aies dû vivre comme ça.

— On ne choisit pas nos parents. Mais j'avais Tru.

— Et il t'avait, toi. Je suis sûre que cela l'a aidé de pouvoir se concentrer sur vous dans les moments difficiles.

— Je pense que oui. Tu remarqueras qu'il n'y a pas d'épines sur mes roses. Je veux garder le bon côté des choses, pas le mauvais.

— J'aime que tu y réfléchisses autant. Et le tatouage d'un visage de femme et d'un petit garçon sur ton bras ? C'était aussi basé sur un des dessins de Tru ?

— Ouais. Une mère et son fils vus à travers la fenêtre d'un bateau. Quand il m'a donné cette image, il a dit que s'il avait le pouvoir de m'offrir une chose, il me mettrait sur un bateau pour un endroit lointain avec une nouvelle mère. Il avait aussi inventé des histoires à son sujet. Et tu vois la roue en mouvement qui est tatouée sur mon bras ? Quand j'étais en désintoxication, il l'a dessinée pour me rappeler de continuer à avancer.

— Il fait toujours attention à toi. Vous avez de la chance de pouvoir compter l'un sur l'autre et de savoir qu'il en sera toujours ainsi. J'aimerais avoir un frère ou une sœur. Ce serait bien de savoir que quelqu'un est toujours là pour moi.

— C'est mon rôle à présent, ma belle. Tu veux savoir pour les tournesols sur ma poitrine ? Tu n'arrêtes pas de les suivre.

Elle hocha la tête avec enthousiasme.

— Tru ne les a pas dessinés. J'ai lu quelque chose à leur sujet juste après ma sortie de désintoxication, et je l'ai ressenti comme un signe. Ils symbolisent l'optimisme, la foi, le bonheur, et ce sont des dépolluants naturels du sol, éliminant les toxines comme le plomb, l'arsenic et même l'uranium. Ils ont été utilisés sur certains des sites des plus grandes catastrophes environnementales au monde, comme Tchernobyl. Comme je mène une vie saine, cela me parle, et ils poussent toujours vers le soleil.

— Ça, je le savais.

— Tu savais que les géants peuvent atteindre 6 mètres de haut ?

— Waouh. Non. Un jour, tu devrais en avoir dans ton jardin.

— Peut-être qu'un jour *on* en aura un, dit-il avec un clin d'œil, la mettant dans tous ses états.

— J'aime à penser que je peux atteindre des hauteurs inimaginables et tendre vers le soleil, moi aussi.

— Tu veux dire avec ton travail ?

— Pas vraiment. Je pense à la vie, à ne pas sombrer dans les ténèbres de mon passé. Je n'ai pas l'ambition de posséder une entreprise ou ce genre de choses. J'aime travailler à la librairie, et ils m'ont déjà dit que je pourrai passer au service comptabilité quand je serai prêt. Dixie a également laissé entendre que lorsque Jace et elle fonderont une famille, elle aura besoin de moi pour prendre en charge la comptabilité du garage et du bar. Mais je conserverai sans doute toujours une place dans le magasin. Comme tu l'as déjà compris, les livres me procurent un sentiment de sécurité et de bonheur. Je peux me plonger dans un monde fantastique ou m'informer sur des faits, et je ne veux jamais cesser d'apprendre. J'ai un assez bon cerveau, et je ne veux plus jamais le gaspiller.

Elle ajouta cela à la longue liste des choses qu'elle aimait chez lui.

— L'autre soir, Tru a dit que même enfant, tu étais le garçon le plus intelligent qu'il ait jamais connu.

Il haussa les épaules.

— Il répète ce genre de choses tout le temps.

— Je le crois, Quincy. Tu es toujours en train d'étudier et d'apprendre, et la façon dont tu vis ta vie prouve à quel point tu es intelligent.

— Ou peut-être que ça prouve juste que je suis déterminé.

Il la prit dans ses bras et lui donna un chaste baiser. Assez parlé de mes tatouages.

— Attends ! Tu en as fait un pour les enfants ?

— Bien sûr, et un pour Tru et Gemma et chacun des Whiskeys. Les chaînes autour de mon bras gauche. Il y a un lien pour chacun d'eux, et juste en dessous des chaînes, tu verras un jardin, qui a une fleur pour Jed et mes autres amis dont je me suis rapproché. Et dans ce jardin…

— Il y a une pièce d'un penny.[5] Je l'ai déjà vue. Pour Penny, n'est-ce pas ? demanda-t-elle, aimant qu'il sache qu'elle ne serait pas jalouse pour ça.

— Exactement. On ferait mieux de se dépêcher si on ne veut pas être en retard pour récupérer les enfants. Oncle Quincy ne peut pas être en retard.

---

[5] Un penny est l'équivalent d'une pièce d'un centime.

— Est-ce bizarre pour toi que Kennedy et Lincoln soient tes frère et sœur, mais qu'ils t'appellent Oncle Quincy ?

— Non. C'est une bénédiction, répondit-il. Je prie pour qu'ils ne se souviennent de rien de ce qui s'est passé avant de venir vivre avec Tru.

— C'est logique. Est-ce que vous leur direz un jour la vérité ?

— Je vais laisser à Tru et Gemma le soin d'en décider. Mais mon frère sait que je pense que nous devrions tout leur dire quand ils seront adultes et qu'ils pourront le digérer. Ils méritent de connaître la vérité.

Elle glissa son doigt dans la boucle de sa ceinture.

— Est-ce que ça t'inquiète que cela puisse changer ta relation avec eux ?

— Bien sûr, mais je ne peux pas laisser mes craintes nous empêcher de faire ce qu'il faut.

Il jeta un coup d'œil à son sac posé sur le sol près de la porte.

— As-tu préparé des vêtements pour rester chez moi pour les deux prochaines nuits ?

— Oui, laisse-moi juste prendre mes livres pour ne pas les oublier.

Elle alla chercher les livres, et alors qu'elle les mettait dans son sac, il y jeta un coup d'œil.

— Tu as d'autres livres sur la façon de surmonter la dépendance ? J'aurais pu te les avoir à prix réduit.

— Je sais, mais je les ai trouvés pour seulement deux dollars chacun dans un magasin de seconde main en ligne.

Elle se leva.

— Elisa me les a recommandés.

— Tu lui en as parlé ?

— Ça ne te dérange pas ? Elle t'apprécie tellement, elle parlait de la gentillesse du jeune homme que tu es et demandait où tu avais grandi. Je ne voulais pas mentir.

Il lui prit la main, les émotions naissant dans ses yeux lorsqu'il déclara.

— Pas de souci. Je suis content que tu n'aies pas honte de moi.

— Quincy, tu as fait – *tu fais* – quelque chose d'incroyable. Tu défies les statistiques. Je n'ai pas honte de ce que tu as traversé. Se retrouver mêlé à la drogue peut arriver à n'importe qui. Cela peut arriver et je ne veux pas paraître désinvolte à ce sujet, mais la drogue est partout. Je suis désolée que tu aies vécu cela, mais je ne vais pas faire comme si ça n'était pas arrivé ou comme si c'était quelque chose que je devais cacher. Je suis fière de tout ce que tu fais pour toi et pour les autres.

— Mon Dieu, ma puce. Qu'ai-je fait pour te mériter ?

— Ne sois pas stupide. Il n'y a pas de mérite à moins que cela n'aille dans les deux sens.

— Comment Elisa a-t-elle eu connaissance de ces livres ?

— Quand elle était plus jeune, elle avait une amie qui a commencé à prendre de la cocaïne pour perdre du poids pour la danse, et c'est devenu une addiction. Elisa l'a aidée à se désintoxiquer et à trouver un travail en dehors de l'industrie. Elle est d'un grand soutien pour nous tous. Elle s'inquiétera toujours pour moi et les gens dans ma vie, mais nous avons parlé un moment. C'était réconfortant de savoir que son amie n'a pas recommencé à se droguer.

— Tu ne peux pas imaginer ce que cela représente pour moi que tu t'investisses autant dans ma guérison.

— Si, je le sais, car je le vois dans tes yeux et je l'entends dans ta voix. Nous ferions mieux d'y aller, *Oncle Quincy*.

Il prit sa veste sur le crochet et la tendit pour elle.

— Où emmène-t-on les enfants ? demanda-t-elle en enfilant sa veste.

— Tu verras bien.

— On se la joue mystérieux, pas vrai ?

— Je suis comme un livre ouvert.

Il lui donna une tape sur les fesses et ouvrit la porte.

— Allons-y, ma belle. On a des enfants à divertir.

CHAPITRE QUINZE

UN PEU PLUS TARD DANS L'APRÈS-MIDI, Quincy portait Lincoln et Roni tenait la main de Kennedy alors qu'ils quittaient le Harbor Theater, où ils avaient regardé le film original *Toy Story* dans le cadre d'un marathon sur les films de la saga. Kennedy s'était fait toute belle pour leur rendez-vous en portant une robe violette avec des collants noirs et des bottes de motard noires que sa tante Crystal lui avait offertes, avec un joli manteau noir matelassé par-dessus.

— Vous avez aimé, Miss Woni ? demanda Kennedy. Je vous ai entendue renifler. Vous étiez en train de pleurer ?

— J'ai adoré le film. Mais j'étais triste pour Woody. Je n'ai pas aimé la façon dont Andy l'a mis de côté pour un nouveau jouet.

— Tout va bien, Miss Woni. Ils sont amis maintenant.

Kennedy lui sourit, ses nattes se balançant tandis qu'ils marchaient sur le trottoir.

— Et toi, tu as aimé le film ? demanda Roni à son tour.

— Ouais, ouais, répondit Kennedy. Je les ai tous vus, mais Oncle Quincy voulait que tu le voies. Il dit que vous n'avez pas pu voir de films, ni aller à des fêtes, ni danser, ni *rien d'autre* quand vous étiez enfants. Il veut faire toutes ces choses amusantes avec toi. Je veux aussi le faire avec toi !

Roni regarda Quincy, qui haussa les épaules, comme si le fait de partager ses sentiments pour elle avec Kennedy et d'organiser le rendez-vous pour elle autant que pour les enfants n'était pas un gros problème. Malgré toute sa désinvolture, ses yeux étaient chargés de tendresse. Elle était tellement amoureuse de lui qu'elle se demandait si lui, et tous les autres, pouvaient également le voir dans ses yeux. Elle avait été autant fascinée par les enfants et lui que par le film. Il était patient et affectueux avec eux, les embrassant et les serrant toujours dans ses bras, s'assurant qu'ils étaient à l'aise. Elle remerciait sa bonne étoile de ne pas avoir fui, car elle aurait manqué les meilleures choses de sa vie.

Kennedy prit la main libre de Quincy.

— Je pense que Miss Woni a besoin de glace pour lui remonter le moral.

— C'est une excellente idée, ma puce.

Quincy observa Lincoln, perché dans ses bras épais.

— Qu'est-ce que tu en penses, mon grand ? Tu veux une glace ?

La tête de Lincoln se mit à sautiller, excité.

— *Zaime la glace.*

Quincy se blottit contre sa joue, ce qui lui valut de doux rires du petit garçon.

— Je pense que tu as une carrière de commissaire-priseur devant toi, petit singe.

Ils marchèrent jusqu'à *Luscious Licks* et Quincy tendit la main vers la porte.

— A terre ! cria Lincoln et il se dégagea. Kennedy et lui coururent à l'intérieur.

Quincy embrassa rapidement Roni en les suivant à l'intérieur.

— Tu as vraiment aimé le film ?

— Oui, beaucoup. Mais j'ai encore plus aimé entendre ce que tu as dit à Kennedy.

— Je veux faire toutes ces choses avec toi, ma belle. Je n'ai pas beaucoup d'argent, mais je vais faire de mon mieux pour que tu ne rates plus jamais rien.

— Regardez qui voilà, dit Penny en leur faisant un clin d'œil, en contournant le comptoir et en prenant Lincoln dans ses bras. Deux de mes petits bouts de chou préférés.

Kennedy bondit.

— On est en rendez-vous ! On a vu *Toy Story* !

— Comme c'est amusant ! Raconte-moi tout, insista Penny. C'est celui avec Shrek ?

— Non, bêta, dit Kennedy. C'est sur Andy, Woody et Buzz l'Éclair…

Alors que Kennedy continuait à parler du film et que Lincoln rebondissait dans les bras de Penny en babillant à une vitesse record, Quincy enleva les vestes des enfants et le chapeau de Lincoln et les posa sur une chaise. Il passe la main sur les cheveux du petit garçon et Lincoln afficha un grand sourire et tendit les mains vers Quincy qui le prit à Penny. Cette dernière s'accroupit pour accorder toute son attention à Kennedy, qui lui parlait du film. Lincoln frappa le sommet de la tête de Quincy comme un tambour et celui-ci lui chatouilla le ventre, le faisant couiner de joie.

Roni aurait pu les voir ensemble toute la journée.

— Tu es si doué avec lui, lança-t-elle en rangeant sa veste avec les autres.

— Merci, ma belle, répondit Quincy avec un sourire sexy.

Lincoln fonça dans la direction de Roni, bras tendus.

— Veux quoi ma zolie.

Roni eut chaud partout.

— Est-ce qu'il vient de dire… ?

Les sourcils de Quincy se froncèrent.

— Eh, mon grand, c'est *ma* copine.

— Je peux satisfaire tout le monde, affirma Roni en prenant Lincoln et en l'installant sur sa hanche.

Il enroula ses bras autour de son cou et sourit comme s'il avait gagné un prix.

— Je ne peux pas lui reprocher de savoir reconnaître une bombe quand il en voit une, dit Quincy en enlevant sa veste. Il était si beau et à croquer dans son T-shirt Henley gris.

— Je veux être un canon comme Miss Woni, ajouta Kennedy.

Quincy fronça les sourcils et Roni et Penny échangèrent un regard amusé.

Roni essaya de ne pas rire de l'hésitation de Quincy et tendit sa main à Kennedy.

— Et si on allait voir les glaces ?

Penny donna une tape dans le dos de Quincy.

— Respire, Oncle Q. Elle n'a que 5 ans.

— Je veux un *sundæ spécial cinéma*, s'exclama Kennedy. *Un sundæ de fin heureuse* !

Quincy lança un regard si enflammé à Roni que son pouls s'accéléra.

— On dirait qu'Oncle Quincy en veut un aussi, dit Penny en riant.

Les yeux de Quincy ne quittèrent pas ceux de Roni.

— Uniquement avec ma chérie.

— Oncle *Quincy*, Mlle Woni ne fait pas de sundæs, dit Kennedy. Seule Penny en fait.

— Je pense que je vais laisser la fin heureuse d'Oncle Quincy à Roni, déclara Penny.

Les enfants bavardèrent pendant que Penny préparait leurs glaces et Quincy posa sa main dans le dos de Roni, chuchotant à propos des fins heureuses et du fait de s'embrasser au fond d'un cinéma quand les enfants n'étaient pas avec eux. Elle aimait leur côté sexy secret.

Le jeune homme s'installa entre les enfants pendant qu'ils mangeaient, essuyant simultanément la bouche de Lincoln et répondant à la litanie de remarques et d'histoires de Kennedy, donnant encore plus de raisons à Roni de se pâmer devant lui. Il laissa même Lincoln lui donner de la crème glacée, et il manqua allègrement sa cible à plusieurs reprises, donnant à manger à la barbe de Quincy plutôt qu'à sa bouche.

Roni lui donna les serviettes restantes et se leva pour aller en chercher d'autres.

Penny finissait avec un client.

— Je vais te chercher une serviette en papier mouillée, s'exclama Penny quand il partit. Quincy va laisser Lincoln lui mettre de la glace partout avant d'avoir fini.

Roni lui adressa un nouveau regard pendant que Penny allait vers l'évier.

— C'est inné chez lui.

— Ouais, un jour il fera un super papa. C'est l'une des nombreuses raisons pour lesquelles tant de femmes célibataires de Harbor viennent assister à ses séances de lectures à la librairie.

— Je sais, dit Roni, ressentant une pointe de jalousie.

Quincy lui lanca un regard et lui envoya un baiser, repoussant ce sentiment.

— J'ai pris plaisir à faire plus ample connaissance avec Scott et toi au feu de joie. Je l'aime vraiment bien. Vous avez l'air heureux ensemble.

— Merci. Nous le sommes, mais c'est encore tout nouveau. C'est bizarre de passer d'amis à quelque chose de plus fort.

Penny lui tendit les serviettes en papier mouillées et un gant de toilette sec.

C'était drôle parce que Roni n'avait pas senti que c'était bizarre pour Quincy et elle, mais ils ne se connaissaient pas aussi bien que Penny et Scott. Roni avait appris que les amitiés étaient solides entre leurs amis. Penny avait appelé Quincy un certain nombre de fois depuis qu'ils étaient ensemble, et elle lui collait un sourire aux lèvres, d'une manière différente de celle de Roni – une manière amicale, comme Angela le faisait pour la jeune femme. Elle était contente qu'ils soient ensemble.

— Il s'avère que j'aime Scott *beaucoup plus* que je ne le pensais, avoua Penny.

— C'est drôle comme ça nous prend au dépourvu, pas vrai ? Elle jeta un coup d'œil à Quincy.

— Je suis folle *de tu sais qui*. Le simple fait d'entendre sa voix me rend heureuse.

— Je suis également heureuse parce que lui aussi est fou de toi. Il était vraiment désemparé après t'avoir parlé de son passé. Je suis contente que tu aies accepté de lui donner une chance, parce qu'il en vaut la peine.

— Je le sais. Mais je n'aime pas me dire que c'est moi qui ai pris un risque avec lui. Ne prenons-nous pas tous des risques dans toutes les relations ? Je sais que les risques de sortir avec quelqu'un en voie de guérison sont différents, mais ce n'est pas une *chance*. C'est avec lui que je *veux* être, et je le soutiendrai autant que je le pourrai.

— Je suis heureuse d'entendre cela, déclara Penny.

— Qu'en est-il de Scott et toi ? Tu penses que c'est sérieux ? Il a l'air génial avec les enfants.

— Il l'est, mais je ne sais pas si nous irons aussi loin. Je ne pense pas que les enfants soient prévus dans un futur proche, dit Penny avec tristesse.

— Pourquoi pas ?

— Je pense que les abus qu'il a subis avec ses parents lui font peur. Il fait des commentaires sur le fait qu'être un oncle le suffit. Et j'ai toujours voulu des enfants, donc…

— Je déteste le fait qu'ils aient traversé tant de choses. Mais on ne va pas *tous* se comporter comme nos parents. Je comprends pourquoi Scott a peur, mais regarde Quincy et Tru. Quincy a certes reproduit les erreurs de son passé mais il s'en est sorti et il est sur la bonne voie. Regarde Sarah et Josie. Elles sont géniales avec leurs enfants. Si elles parviennent à oublier la façon dont leur mère les a traitées, je suis sûre que Scott le peut aussi.

Elle lança un regard à Quincy qui essayait de planter sa cuillère dans la glace de Lincoln, qui la recouvrit de ses mains, ce qui fit rugir Kennedy de rire.

— Je continue à me demander comment Quincy et Tru ont appris à être si patients et aimants alors que leur mère était si affreuse. Je ne pense pas que Quincy voit à quel point il est génial quand les enfants sont concernés.

Penny tourna le dos à ce dernier, en murmurant juste un peu.

— Il se sent mal d'avoir mis autant de temps à les mettre dans une situation plus sûre, bien avant que Tru ne les trouve.

— Mais il a essayé plusieurs fois. Sa mère n'arrêtait pas d'envoyer des gens à ses trousses, dit doucement Roni. Il a été battu pour cela, et il n'a jamais laissé les enfants seuls.

— Ah bon ? Je ne savais pas qu'il avait tenté de les libérer.

Les nerfs de Roni se hérissèrent.

— *Oh.* J'ai cru qu'il te l'avait dit.

Elle espérait ne pas avoir fait de boulette.

— Il ne l'a pas fait, mais cela ressemble plus au Quincy que je connais.

Lincoln mit sa main dans sa glace.

— Lincoln ! cria Kennedy.

Quincy lui saisit le poignet.

— Hé, ma belle, tu crois qu'on peut avoir ces serviettes ?

— Zai d'la glace. Suis trop beau ! dit Lincoln.

— Je vois ça, répondit Roni en riant. Il est si mignon.

Elle se rendit à la table et essuya les mains de Lincoln, puis lui tapa sur le bout de son nez.

— Voilà, p'tit gars.

Kennedy bondit de son siège.

— Penny, tu veux me voir danser ?

— Nettoyons d'abord ces mains collantes, dit Roni, et Kennedy lui tendit les mains pour qu'elle les essuie.

Les mains désormais propres, Kennedy se balançait et tournoyait autour de la pièce.

— Regarde-moi, Penny ! Regarde ce que je peux faire ! Viendras-tu à mon spectacle de danse ?

Lincoln trottinait derrière elle.

— Moi aussi ! hurla Lincoln.

— Absolument, dit Penny, en essuyant la table pendant qu'ils dansaient.

Quincy entoura Roni de son bras.

— On ne s'ennuie jamais avec eux.

Ses nerfs se hérissèrent à nouveau.

— Je crois que j'ai fait une gaffe.

— Tout à l'heure ? demanda-t-il alors que les enfants riaient et dansaient dans le magasin.

Elle acquiesça.

— J'en doute. Que s'est-il passé ?

— Je pensais que Penny savait que tu avais essayé d'éloigner les enfants de ta mère. Je suis désolée. Je ne savais pas que c'était un secret.

— Seuls Tru et Gemma le savent, mais pas de problème. Ne t'inquiète pas pour cela.

— Mais vous êtes si proches, chuchota-t-elle. Pourquoi ne lui as-tu pas dit ?

Il la serra plus fort et baissa la voix.

— Parce que c'est une *amie*. Elle n'avait pas besoin de connaître tous les détails sordides.

Il jeta un coup d'œil à Penny, qui prenait Lincoln dans ses bras et dansait avec lui, puis tourna son regard franc vers Roni.

— Elle n'allait jamais se retrouver dans mon lit ou dans ma vie comme j'avais espéré que tu le fasses. Je voulais que tu prennes ta décision en sachant absolument tout, le bon et le mauvais, pour qu'il n'y ait pas de surprises, pas de squelettes dans le placard qui pourraient nous détruire plus tard.

— J'apprécie et je suis désolée de lui en avoir parlé.

— Tu n'as rien fait de mal, ma belle. Tu peux parler de mon passé avec n'importe qui.

Il colla ses lèvres aux siennes, apaisant ses inquiétudes.

— Miss Woni, dansez avec nous ! cria Kennedy.

— Je danse avec toi, ma Zolie !

Lincoln se détacha des bras de Penny et se dirigea vers Roni.

Quincy lui serra la main.

— On dirait que la fête ne fait que commencer.

CHAPITRE SEIZE

QUINCY LEVA LES YEUX des pommes qu'il coupait en tranches le matin de Thanksgiving pour voir Roni se balancer au rythme de *Cornelia Street* diffusé sur son téléphone alors qu'elle mélangeait les ingrédients pour les tartes aux pommes qu'ils préparaient. Comment cela avait-il pu devenir sa vie ? Passer du temps avec cette femme incroyable ? S'endormir avec elle dans ses bras et se réveiller avec ses câlins et ses baisers insatiables ? Parfois, il se surprenait à espérer que personne ne viendrait entraver son bonheur, mais l'instant d'après, elle disait ou faisait quelque chose d'intime ou d'adorable, et il se rappelait que les choses n'arrivent pas par hasard. Il avait le contrôle de la situation et il avait désormais la tête sur les épaules.

— Je sens que tu me regardes, dit-elle, dos à lui, se balançant toujours sur la musique. J'adore cela, mais nous avons besoin des pommes pour pouvoir mettre les tartes au four.

Oui, ils étaient *tellement* en phase l'un avec l'autre. Il se remit à couper les pommes en tranches.

Ils étaient restés à son appartement la nuit dernière pour qu'elle ait tous les ustensiles de cuisson de sa grand-mère. Ils avaient fait la grasse matinée, mais dès qu'elle avait ouvert les yeux, elle était tellement excitée à l'idée de faire la fameuse tarte aux pommes de sa grand-mère, qu'elle avait attrapé ses lunettes sexy, enfilé un pantalon de survêtement ample et un débardeur noir avec "On se fiche d'avoir les cheveux ébouriffés à cause de la danse" inscrit sur la poitrine, et l'avait tiré du lit. Il avait essayé de l'inciter à faire l'amour, mais c'était une boule d'énergie et elle était nerveuse. Bien qu'elle soit ravie de participer à la fête chez les Whiskey, elle voulait s'assurer que les tartes soient parfaites. *Allez !* lui dit-elle en lui tendant son pantalon de survêtement, puis en le tirant par la main hors du lit. *Ce sera amusant, et je promets de me rattraper une fois que les tartes seront parfaites !* Elle était si mignonne, il n'y avait aucun autre endroit où il aurait voulu être, à part là, avec elle dans la cuisine, à profiter de sa joie.

— Hé, chérie, est-ce que c'est mal si je n'arrête pas de penser au film *American Pie* ? demanda-t-il.

— Quel film ? Je ne crois pas l'avoir vu.

— *American Pie.* La scène où ses amis lui disent que, euh… *tu sais*, ça ressemble à une tarte aux pommes chaude.

Elle se retourna, une cuillère en bois dans une main, le nez froncé, confuse.

— Qu'est-ce qui ressemble à une tarte aux pommes ?

— Tu n'as sérieusement jamais entendu parler de cette scène ?

— Je suppose que non, désolée.

Elle haussa les épaules et se remit à mélanger la pâte.

— Qu'est-ce qu'elle a de si géniale ?

— Ma belle, tu ne regarderas plus jamais une tarte aux pommes de la même manière.

Elle lui lança un regard incrédule.

— J'en doute.

— D'accord, ma belle. A toi de voir.

Il gloussa.

— Le personnage principal est joué par Jason Biggs. Il est au lycée et il demande à ses copains ce que cela fait de passer à l'acte avec une fille. Ils lui répondent que c'est comme une tarte aux pommes chaude. Puis, il rentre chez lui et il y a une tarte aux pommes fraîchement sortie du four sur le comptoir.

Elle se retourna, les yeux écarquillés.

— Mais *non*.

— Oh si, et pas seulement avec ses doigts.

— *Non !*

Elle rit et prit une mine dégoûtée. *Beurk !* Elle posa sa main sur sa hanche, en arquant les sourcils de manière insolente.

— Et alors ? C'est vrai ?

— Quoi ?

— Est-ce que ça ressemble à une tarte aux pommes chaude ?

— Comment pourrais-je le savoir ? Je n'ai jamais couché avec une tarte.

Il rit et l'attira dans ses bras, écrasant ses lèvres sur les siennes.

— On va regarder ce film ensemble ce week-end.

— *D'accord*, mais tu ne mettras pas *ton tu sais quoi* dans mes tartes.

— Chérie, rien ne peut être aussi bon que d'être enfoui au plus profond *de toi*.

Il lui donna un baiser à faire gémir, puis lui claqua les fesses alors qu'elle se remettait à faire leurs tartes parfaites.

— C'est l'heure de l'ingrédient *secret*, dit-elle timidement.

— Quel est le secret de Mamie ?

Elle jeta un coup d'œil par-dessus son épaule.

— Je ne peux pas te le dire. Ce ne serait plus un secret.

Il enroula ses bras autour d'elle par derrière, glissant ses mains dans sa chemise, caressant ses seins, aimant les petits bruits qu'elle faisait.

— Peut-être que je peux te donner du plaisir.

— Hum hum, dit-elle en prenant une grande inspiration.

Il planta ses dents dans la courbe où son épaule rencontrait son cou, en suçant doucement. Elle se tortilla contre lui, s'accrochant derrière elle pour le tenir.

— Voilà, ma belle, touche-moi.

Elle se dégagea de sa prise, les yeux remplis de désir, mais pointa la cuillère en bois sur lui.

— Garde toute cette sexyitude là-bas. On ne peut pas… Je dois les mettre au four.

Il se dirigea vers elle.

— Je veux juste connaître l'ingrédient secret.

— *Non*, pas du tout, dit-elle en ricanant.

Il passa son bras autour d'elle, la tirant contre lui.

— Tu as raison. Je veux connaître *tous* tes secrets, Veronica Wescott, chacun d'entre eux. Et puis je veux créer nos *propres* secrets, nos propres traditions, notre monde à nous.

Elle se radoucit dans ses bras.

— Tu me fais fondre à nouveau. J'aime quand tu dis des choses comme celles-là.

— Et j'aime quand tu es tout fondante dans mes bras.

Elle le regarda de ses beaux yeux confiants, faisant vibrer quelque chose au fond de lui. Il avait toujours voulu la dévorer, mais là, il voulait juste l'*aimer*. La prise de conscience ne frappa pas avec la force d'un ouragan, mais aussi rapidement que le vent, touchant chaque iota de son être, le soulevant et le remplissant d'une manière qui le faisait se sentir *entier*. Oh oui, il était définitivement en train de tomber amoureux d'elle et il ne s'était jamais senti aussi bien de toute sa vie.

— Du tapioca, avec du sucre et de la cannelle, dit-elle doucement, le tirant de ses pensées. Ce sont les ingrédients secrets de grand-mère.

— Et de l'amour, ajouta-t-il. Tu as dit qu'elle faisait ses tartes avec amour.

— Toujours, murmura-t-elle.

Ils se regardèrent si longtemps qu'il se demanda si elle le ressentait aussi.

— Oh mon dieu. Les tartes.

Elle éclata de rire.

Il secoua la tête pour s'éclaircir les idées.

— Quoi ?

— Les *tartes*. On doit les finir et y mettre les ingrédients secrets. Tu m'as jeté un sort, et j'ai la tête dans les nuages.

Elle lui donna un chaste baiser et se retourna vers le bol.

La chanson *This Girl Is on Fire* passa et elle se remit à danser, fredonnant tandis qu'ils mettaient les pommes dans le mélange et qu'elle les remuait. Il aimait la regarder danser. Il était venu plus tôt pour récupérer Kennedy à son cours hier, juste pour pouvoir regarder Roni en action. Elle était formidable avec les enfants et elle avait finalement réussi à faire danser Dottie avec les autres filles. Il n'était pas surpris. Il ne savait pas comment quelqu'un pouvait résister à ses charmes. Elisa l'avait vu dans l'embrasure de la porte et s'était arrêtée pour bavarder. Elle s'était extasiée sur Roni, lui racontant à quel point elle était motivée depuis son plus jeune âge, et comment elle s'était rapidement et fortement distinguée parmi ses camarades de classe. Elle avait ajouté que Roni avait un *don rare* pour la danse et avait décrit les efforts qu'elle avait déployés pour entrer à *Juilliard*, s'entraînant jour et nuit pendant des heures, année après année. Elisa avait expliqué qu'elle avait repoussé ses limites douloureuses après l'accident pour pouvoir danser à nouveau et qu'elle avait espéré que Roni danse dans le spectacle. Angela avait aussi fait des commentaires à ce sujet lors du feu de joie. Il savait qu'elle aimait enseigner, mais il ne pouvait se défaire du sentiment qu'elle ne devait pas abandonner complètement son rêve. Il devait y avoir un autre moyen pour qu'elle puisse monter sur cette scène et se sentir bien.

Roni se tourna et inclina la tête, le regardant d'un air perplexe. Il se rendit compte qu'il la fixait.

— Tu aimes ce que tu vois ?

— Sacrément oui.

Elle laissa glisser son regard le long de son torse nu et se lécha les lèvres, attisant la chaleur qui couvait toujours en lui.

— Moi aussi, sauf qu'il manque quelque chose.

— Tes mains sur mon corps ?

— Oui, *aussi*, dit-elle en ricanant. Je suppose que tu étais tellement occupé à me regarder que tu ne m'as pas entendue te demander de sortir du frigo la pâte pour le fond de tarte que j'ai fait hier soir. Nous devons l'étaler et la préparer.

— Désolé, chérie. Je n'ai pas entendu.

Il la prit dans le frigo.

— Je me perds un peu en toi.

— Tu ne m'entends pas me plaindre.

Pendant qu'elle lui montrait comment abaisser la pâte, tapisser le fond du moule et canneler les bords, il lui vola des baisers et se blottit contre son cou, ce qui lui valut autant de regards que de soupirs. Il versa le mélange de pommes dans les fonds de tarte pendant qu'elle se balançait sur la musique, fredonnant et hochant la tête tandis qu'elle coupait le reste de la pâte en bandes à l'aide d'un cutter à cannelures qui créait des bords décoratifs.

— Hé, ma belle. Elisa veut vraiment que tu danses pour le

spectacle d'hiver. Peut-être que tu devrais y réfléchir un peu plus.

— Non merci.

Il déposa le bol vide dans l'évier et s'appuya contre le comptoir alors qu'elle commençait à placer des bandes de pâte sur l'une des tartes et à les tisser pour créer un treillage.

— Mais tu as dit que tu aimais montrer aux enfants qu'ils pouvaient briller, quoi qu'il arrive. Ne méritent-ils pas de te voir, en tant que leur mentor, faire cela ?

Elle garda les yeux rivés sur la tarte.

— Elisa t'a demandé de me convaincre de le faire ?

— Non et ce n'est pas mon intention. Mais elle m'a dit à quel point tu avais travaillé dur pour devenir aussi bonne en danse, et je sais que tu as dit que tu ne voulais pas rabaisser les autres, mais je continue à penser que te voir danser ne peut que tirer ces enfants vers le haut.

Elle continua à travailler la pâte, restant silencieuse.

— Est-ce qu'il y a quelque chose de plus important que le fait de ne pas être parfait ou de rabaisser les autres ? demanda-t-il. Parce que tu es parfaite pour moi, et Elisa a affirmé que tu surpassais de loin tous les danseurs avec lesquels elle a travaillés.

— Tu n'as aucune idée de ce que c'est que de devoir réapprendre à marcher, et encore moins à danser.

Sa poitrine se contracta.

— Tu as raison, mais je sais combien il est difficile de faire face à quelque chose de beaucoup plus fort que soi chaque jour de sa vie et de faire le choix conscient de se battre, quoi qu'il en coûte ou quel que soit l'embarras. Parce que mon rêve est de ne jamais prendre de drogue, et je mourrai avant de laisser quoi que ce soit m'entraîner à nouveau dans cet enfer.

Elle leva les yeux vers lui.

— Je suis désolée. Ce n'est pas ce que je voulais dire. Je sais combien rester clean est difficile.

— Alors ouvre-toi à moi, ma chérie.

Il lui prit la main, l'attira dans ses bras.

— Tu es allée jusqu'au bout de la rééducation pour une bonne raison, et tu as relevé le défi de vivre toute une vie avec moi, ce qui prouve que tu n'es pas le genre de personne qui se dérobe.

Il lui embrassa le front.

— Je te soutiendrai à cent pour cent dans tous les cas. Je veux juste comprendre ta décision.

Sans dire un mot, elle se remit à tresser la pâte. Elle garda le silence jusqu'à ce qu'elle finisse les deux tartes.

— La rééducation était vraiment très difficile, Quincy. C'était vraiment dur pour moi. Je me suis battue avec tout ce que j'avais pour retrouver ma mobilité et ma flexibilité. Mais c'était comme nager à contre-courant. Je faisais des progrès, puis je faisais machine arrière parce que j'avais trop mal pour continuer.

Sa voix se fit plus rageuse, mais pas trop forte.

— Je luttais contre la dépression, ce qui m'était si étranger que je jure qu'il me fallait tout ce que j'avais en moi pour garder la tête hors de l'eau. Je pensais que je ne danserais plus jamais, et cela me terrifiait, parce que sans la danse, je n'avais aucune idée de qui je serais.

— C'est normal. Chaque fois que je pensais à me soigner, j'étais terrifié à l'idée de qui je deviendrais sans l'emprise de la drogue. Mais après avoir laissé tomber Bear, je n'avais personne pour me tenir la main, aucune lumière au bout du tunnel infesté de bêtes pour me rappeler pourquoi le combat en valait la peine.

Elle mit les tartes au four, évitant son regard pendant qu'elle réglait le minuteur.

— Mais *toi*, ma chérie, dit-il en la prenant à nouveau dans ses bras, pour qu'elle le voie. Tu t'es épanouie. Tu as le monde à portée de main et tu n'es pas seule. Tu as le soutien de tous nos amis et le mien, d'Elisa, d'Angela et de toutes ces petites filles qui te considèrent comme leur modèle. J'aimerais que tu tentes ta chance et que tu ne mettes pas définitivement de côté ces rêves pour lesquels tu as travaillé si dur.

— Ce n'est pas si facile. La danse a toujours été *mon* repère, ma forteresse, dit-elle en utilisant les mêmes mots qu'il avait employés pour décrire Truman. C'est quelque chose qui m'a toujours procuré du bonheur, et l'idée d'être humiliée sur scène va absolument tout gâcher pour moi. Je me connais, Quincy. Une fois que cela se produira, je ne retrouverai *jamais* cette joie de danser. Mais pour l'instant je l'ai, même si je ne danse que pour moi entre les cours ou après le travail, et ça ne me dérange pas de garder la danse pour moi et pour enseigner. Je ne suis pas anxieuse quand j'enseigne, mais chaque fois que je pense à monter sur scène, je suis envahie par l'angoisse, j'ai peur que ma jambe lâche ou que mon pied ou ma hanche me fasse mal.

— Tu ressentais la même chose à mon égard, tu te souviens ? Les SMS ne te posaient pas de problème, mais tu étais nerveuse lorsque j'étais en face de toi.

Elle acquiesça en souriant.

— Et regarde à quel point nous sommes bien ensemble. Tu es humaine, ma puce. Si tu montes sur scène et que ta hanche ou ton pied te fait mal, les gens qui te regardent…

— Auront pitié de moi, dit-elle avec force. Et je ne veux pas de cela.

— Tu rigoles, ils n'en feront rien. Fais-moi confiance, ma belle. Ils seront tellement captivés par ce que tu fais. Tu es la seule à remarquer tes défauts. Tu es l'experte, une perfectionniste, mais le reste d'entre nous est ravi d'avoir la chance de te voir danser.

Elle traça un tournesol sur sa poitrine.

— Mais si je n'arrive pas à aller au bout d'une danse ?

— Alors tu seras applaudie plus tôt.

— Tu donnes l'impression que c'est facile, répondit-elle avec un sourire.

— Pas facile, ma belle, juste réaliste. Tu crois qu'Elisa ou Angela vont critiquer ta danse ? Ou Kennedy ou Dottie ? Elles vont toutes encourager Miss Woni.

Elle rit.

— Je suis sérieuse, Roni. Je comprends que tu ne veuilles pas être humiliée. Personne n'en a envie. Et la dernière chose que je veux pour toi, c'est qu'on te vole la joie que te procure la danse. Mais je ne pense pas que tu te sois laissée une chance. Peut-être que tu peux commencer petit à petit, faire une danse rien que pour moi.

Elle lui jeta un coup d'œil, ses lèvres se courbant avec espièglerie.

— Tu veux dire un strip-tease ?

— Bon sang oui, mais seulement en plus de la vraie danse que tu fais. Je me pointe tôt juste pour avoir la chance de te voir danser. Quand tu racontes l'histoire de la chanson à travers la danse, c'est hypnotisant. Je ne peux pas regarder ailleurs.

— Mais je suis ta petite amie, donc tu vois les choses avec un point de vue différent des autres.

— Peut-être, mais si d'autres personnes voient ne serait-ce que la moitié de ce que je vois, elles seront époustouflées, elles aussi.

Il plaça ses cheveux derrière son oreille pour mieux voir son visage.

— Ma belle, tu es trop magnifique pour laisser la peur te guider. J'aimerais que tu puisses te voir comme les autres le font, comme tu semblais le faire avant. Je veux te soutenir comme tu le fais avec moi, et si cela signifie laisser tomber, je le ferai. Mais dis-moi, Roni. C'est vraiment ce que tu veux ? Ne plus jamais danser sur une scène ?

Elle baissa les yeux si vite qu'il sut qu'elle n'avait pas renoncé à son rêve.

— C'est bien ce que je pensais.

Il déposa un baiser sur son front, ramenant son regard sur le sien.

— Je donnerais tout pour te voir sur scène si et quand tu seras prête, et cet espoir s'accompagne d'une offre de massage complet du corps avant et après le spectacle.

Elle glissa son doigt dans la ceinture de son pantalon de survêtement et embrassa sa poitrine.

— Tu donnerais *n'importe quoi* ? Elle fit courir ses doigts sur ses pectoraux. Il y a une raison pour laquelle je ne t'ai pas donné de chemise à mettre ce matin.

— *N'importe quoi.*

Mon Dieu, elle le contrôlait. Elle savait exactement comment le distraire de la conversation.

Un sourire séduisant se dessina sur ses lèvres tandis qu'elle traçait les tatouages sur son bras, ses yeux suivant ses doigts le long de son avant-bras.

— J'ai vraiment aimé ce que tu as fait l'autre matin quand on a fait l'amour sous la douche.

Réaction Immédiate. Il est tout dur.

Il la ramena contre lui pour qu'elle puisse sentir ce qu'elle lui faisait.

— Ce truc avec ma bouche, ou quand je t'ai soulevée et plaquée contre le mur ?

Elle le regarda fixement.

— *Les deux.*

— Bon sang, ma chérie, grogna-t-il, et il captura sa bouche, la soulevant dans ses bras. Elle enroula ses jambes autour de sa taille et il l'emmena vers la chambre, ne retirant sa bouche que pour lui dire :

— Ça veut dire que tu vas penser au spectacle ?

— Ça te coûtera deux orgasmes.

Il ricana.

— Tu me prends pour qui, un fainéant ? J'en veux *quatre*.

CHAPITRE DIX-SEPT

LA MAISON DE DIXIE ET JACE était à l'image de leur famille, ou peut-être comme une tasse de chocolat chaud par une froide journée d'hiver – grande, chaleureuse, accueillante, et en ce moment, remplie à ras bord. Quincy ne plaisantait pas en disant que tout le monde serait là. Roni n'avait jamais été dans une maison remplie d'autant de personnes ou d'autant d'amour. Quand Quincy et elle étaient arrivés, ils étaient passés d'une étreinte à l'autre et avaient été accueillis avec une excitation inattendue, ce qui était merveilleux. Les enfants applaudirent et Lincoln s'approcha en criant *Ma Zolie, t'es là* !, ce qui provoqua des éclats de rire. Les enfants attrapèrent Quincy pour aller jouer près de l'énorme sapin de Noël. Même si les filles avaient été gentilles avec Roni depuis qu'elles s'étaient rencontrées et qu'elle s'était rapprochée de Penny et que Josie avait même envoyé quelques textos juste pour bavarder, Roni avait toujours un peu peur de se sentir mise à l'écart alors que Thanksgiving était une fête si familiale. Mais Red et les filles l'avaient accueillie dans leur cercle. La mère de Jed et Crystal, Pamela, une blonde enjouée, avait parlé à Roni des tartes qu'elle avait faites avec Quincy et Roni lui avait donné la recette. Avec les filles, elle avait discuté de leurs relations et du mariage à venir de Josie et Jed. Maintenant, elles cherchaient des noms pour le bébé de Finlay et Bullet.

— Bullet t'appelle Lollipop, alors pourquoi pas Cake Pop ? plaisanta alors Penny, suscitant une grimace de Finlay et des rires de tous les autres.

— Je pense que si c'est une fille, elle devrait avoir un nom féminin, comme Penny et toi, ajouta Gemma. Peut-être Tiffany ou Elizabeth ?

— Je vote pour ces deux-là, dit Pamela. Ou même quelque chose de plus classique, comme Margorie ou même Melody.

— J'aime ces deux noms. Et pourquoi pas un prénom unisexe comme Jordan ou Parker ? proposa Josie.

— J'aime les noms unisexes, mais ce n'est pas le cas de Bullet, dit Finlay. Nous parlions de noms de bébé pendant qu'il assemblait le couffin que Sarah et Bones nous ont offert à la baby shower, et j'ai suggéré Charley pour une fille ou un garçon, et elle baissa la voix d'une octave pour l'imiter : *Notre petite chérie ne va pas grandir avec un nom de mec.*

— C'est mon garçon tout craché, dit Red avec un petit rire.

— Tu pourrais choisir Trigger si c'est un garçon, ajouta Crystal. Cela devrait correspondre à la catégorie des noms masculins.

— Mon bébé ne portera *pas* le nom d'une partie d'un fusil. Finlay frotta son ventre.

— Cela convient bien à mon mari, mais ce bébé est encore innocent. J'aimerais vous rendre hommage à Biggs ou à toi, Red. Quel est le prénom de Biggs ?

— C'est Byron, mais, ma chérie, tu nous fais honneur chaque jour en faisant du bien à notre fils, dit Red avec compassion. Tu devrais donner à ce bébé le nom qui vous parle à tous les deux.

— Ne l'appelle pas Byron, dit Dixie. C'est un nom affreux.

Il va se faire embêter. Pourquoi crois-tu que mon père se fait appeler Biggs ?

Finlay posa une main sur sa hanche.

— Tu as rencontré mon mari ? Je pourrais appeler notre fils Jezebel et personne ne se moquerait de lui, ce qui provoqua de nouveaux rires.

— Quoi que tu fasses, Fin, ne lui donne pas le nom d'une sorte de *combustible*, dit Tracey, en regardant Diesel, qui la regardait aussi attentivement que les autres gars regardaient les enfants. J'ai besoin d'un verre d'eau. Je reviens tout de suite.

Pendant qu'ils discutaient des noms, Roni jeta un coup d'œil à Quincy, à quatre pattes avec Hail et Bradley sur son dos. Jed, Truman et Bones discutaient près de l'énorme sapin de Noël, observant les enfants comme des faucons tandis que Kennedy ordonnait à Lincoln de ramper sous le ventre de Quincy et demandait à Hail de dire *Hue*. Lila s'accroupit devant Quincy dans son adorable robe à froufrous, regardant son visage, et il se tendit pour la chatouiller d'une main. Elle partit en couinant et en gloussant, se collant contre les jambes de Scott. Ce dernier hissa sa nièce, qui ricanait, sur ses épaules. Quincy glissa un regard à Roni, en souriant comme s'il passait le meilleur moment de sa vie. C'était un spectacle que la jeune femme n'oublierait jamais, et qu'elle voulait voir pendant des années.

— Oh-oh, les gars, *regardez*.

Josie désigna Diesel qui se tenait au-dessus de Tracey dans la cuisine alors qu'elle remplissait un verre d'eau à partir du distributeur situé sur la porte du réfrigérateur. Comme la plupart des hommes, Diesel portait un gilet en cuir noir avec des patchs Dark Knights, ce qui lui donnait un air encore plus intimidant.

— Il fait un mètre quatre-vingt-dix et elle fait quoi ? Un mètre cinquante *peut-être* ? Tu peux imaginer ces deux-là au lit ? dit Crystal en rigolant. Tu parles d'un rodéo.

— Vu la tête de Diesel, je dirais que c'est *exactement* ce qu'il imagine en ce moment-même, dit Dixie.

Gemma et Penny étaient d'accord. Red secoua juste la tête.

— Les discussions entre filles ne sont plus les mêmes, ajouta Pamela, partageant un regard complice avec Red.

— Je ne comprends pas que Tracey ne se rende pas compte qu'il l'aime bien, lança Sarah. A moins que l'on se trompe.

Dixie croisa les bras.

— On a raison.

— Je pense que Tracey le sait, même si elle ne peut pas encore se l'avouer, dit Penny. La façon dont il la regarde fait que c'est difficile à rater.

Tout comme les regards furtifs de Scott et toi, songea Roni.

Finlay caressa son ventre naissant.

— Bullet et moi devions avoir cette tête-là pour vous au début.

Tracey se retourna, serrant son verre à deux mains, le dos appuyé contre le réfrigérateur, les yeux écarquillés comme des soucoupes alors que Diesel disait quelque chose que Roni ne pouvait pas entendre.

— On ne devrait pas l'aider à se sortir de cette situation ?

— Tracey a peut-être l'air effrayée, chérie, mais elle ne l'est pas, insista Red avec emphase. Elle peut se débrouiller avec lui, tout comme Finlay l'a fait avec Bullet. Diesel est plus dur que notre Bullet, mais il ne ferait jamais de mal à une femme. C'est un protecteur jusqu'au bout des ongles.

Tracey se précipita hors de la cuisine, se dirigeant directement vers les filles avec une mine renfrognée et se faufila entre

Red et Roni. Cette dernière jeta un regard à Diesel, qui arborait un sourire satisfait. Quand il remarqua qu'elle le regardait, son visage redevint stoïque.

— C'était quoi, *ça* ? demanda Penny.

— Je ne sais pas. Il est tellement bizarre, concéda Tracey. Il m'a demandé si j'avais un rencard pour le mariage de Josie et quand je lui ai demandé comment je pourrais avoir un rencard alors qu'il ne laisse pas les mecs me parler, il est resté là à me fixer.

— *Te dévorer des yeux* serait plus approprié, déclara Dixie.

— Elle a raison. Il te regardait de cette façon, approuva Roni. Est-ce qu'il voulait que tu ailles avec lui au mariage ?

— Bien sûr que non, insista Tracey. Mais je crois que je comprends enfin pourquoi il me regarde toujours. Red, tu lui as parlé de mon ex-petit ami violent quand j'ai commencé à travailler ici, n'est-ce pas ?

— Oui et je lui ai dit de garder un œil sur toi pour que tu n'aies pas d'ennuis, confirma Red.

— Tu vois ? C'est exactement ce qu'il fait, dit Tracey. Je pense qu'il voulait s'assurer qu'il avait le temps de se renseigner sur mon rencard, comme si j'en voulais un. Je vais devoir tirer sur sa chaîne pour qu'il recule, comme on le fait avec les chiens agressifs. Est-ce que quelqu'un a un de ces colliers avec des pointes à l'intérieur ?

Red rigola.

— Je t'ai dit qu'elle pouvait se débrouiller avec lui. Tracey et moi avons longuement parlé de notre homme des cavernes et elle veut s'en occuper toute seule.

— Exactement, affirma Tracey.

— Croyez-moi, si je pensais qu'un homme représentait une menace pour une de nos filles, je serais la première à intervenir.

Red fixa Roni.

— Cela te concerne aussi, ma chérie. Tu fais partie de la famille maintenant.

— Merci, répondit Roni avec surprise. Je n'ai jamais été entourée d'une famille comme la vôtre. C'est incroyable comme vous prenez soin les uns des autres.

— C'est très particulier, n'est-ce pas ? affirma Tracey. Je n'avais aucune idée que cela pouvait être ainsi jusqu'à ce qu'ils me fassent entrer dans leur clan.

Pamela et Crystal échangèrent un regard chaleureux.

— Moi non plus. Au début, j'étais bouleversée, admit Sarah. Mais ensuite, j'ai appris à faire confiance, et cela m'a conduit à accepter qu'une famille, c'est censée être comme ça.

— C'est vrai, ma belle, répondit Red. D'ailleurs, Roni, ton charmant petit ami fait partie de *notre* famille, et il en sera toujours un membre important. Il n'est pas seul dans sa guérison ou dans toute autre partie de sa vie. Il est passé à travers les mailles du filet une fois, mais plus jamais.

Roni était ravie d'entendre ces mots, même si elle le savait déjà par la façon dont ils le traitaient.

— Qu'est-ce que les gars sont en train de raconter ? déclara Crystal avant qu'elle ne puisse répondre. Elle désigna Bullet, Bear, et Jace, qui tenait le bébé Axel.

— Connaissant Bullet, il est en train de trouver comment enfermer Finlay pour le reste de sa grossesse, plaisanta Dixie.

Finlay rigola.

— Son amour est si fort. Il va être le meilleur des papas.

— As-tu vu Bear avec Axel ? demanda Crystal. Il saute sur l'occasion de lui changer les couches, de le baigner et de jouer avec lui.

— Bear est bon avec Axel, mais il n'a rien à envier à Bones, le triple papa, fit remarquer Sarah.

— En parlant d'enfants, dit Tracey à Roni. Ton petit ami les aime vraiment.

Elle fit un signe de tête dans la direction de Quincy. Il parlait avec Scott et Truman, tenant Kennedy et Lincoln sous ses bras comme des ballons de football, leurs jambes donnant des coups de pied tandis qu'ils riaient à gorge déployée. Quant à Hail et Bradley, ils tournaient en rond autour des trois hommes.

— Il est tellement gentil avec eux.

Roni regarda Gemma.

— On s'est éclatés pendant notre rendez-vous avec Kennedy et Lincoln.

— Eux aussi. Gemma sourit. Lincoln n'arrête pas de parler de *Ma Zolie* et Kennedy est déjà en train de planifier votre prochain rendez-vous avec eux.

Toutes les filles firent des commentaires sur le surnom mignon de Lincoln pour Roni.

C'était drôle de constater que le même surnom pouvait la faire se sentir spéciale de deux manières totalement différentes. Elle jeta à nouveau un coup d'œil à Quincy qui posait les enfants, prenait Lila dans ses bras, l'embrassait sur la joue, puis la laissait jouer avec les autres enfants. Ses yeux devinrent sérieux alors qu'il parlait avec Scott et Truman. Puis son regard glissa vers Roni, son expression s'adoucissant. Elle aimait savoir qu'elle semblait être dans ses pensées aussi souvent qu'il l'était dans les siennes.

— C'était un soupir excessivement *rêveur*, Roni, dit Finlay.

Roni se rendit compte qu'elle fixait Quincy et détourna les yeux, pour découvrir que tous les regards étaient braqués sur elle.

— Désolée. Il est juste tellement…

— Sexy ? suggéra Tracey.

— Oui, sans aucun doute, mais il est plus que ça. Il y a quelque chose en lui et la façon dont il se soucie des autres. J'ai du mal à croire que dans moins d'une semaine, cela ne fera qu'un mois qu'on sort ensemble. J'ai l'impression qu'on est ensemble depuis bien plus longtemps.

— C'est parce qu'il t'a charmée par texto tout l'été, expliqua Penny.

— Oui, pas faux.

— Il peut être insistant, mais il veut bien faire, ajouta Penny.

— Il ne me force pas, mais il donne un coup de pouce, affirma Roni. Il me donne envie de faire des choses dont je n'avais même pas conscience.

— Quincy et ses *mauvaises habitudes*, plaisanta Crystal.

— Pas *ce genre* de pression. Enfin, peut-être aussi, mais…

Roni sentit ses joues brûler.

— Ils s'envoient des vidéos tout le temps, souligna Josie. Jed dit que Quincy arrête tout ce qu'il fait pour regarder vos vidéos.

— Ça devient beaucoup plus intéressant, dit Dixie.

— Pas *ce genre* de vidéos, insista Roni. On utilise les messages vidéo au lieu des textos. C'est plus personnel. Bref, ce que je voulais dire, c'est qu'il voit plus en moi que ce que je me permets de voir désormais.

— Qu'est-ce que tu entends par *plus* ? demanda Josie.

Roni ne s'était pas rendue compte qu'elle ne leur avait jamais parlé de son accident. Elle les mit au courant de ce qu'elle avait traversé.

— Quincy essaie de me faire reprendre la danse au niveau professionnel. D'un côté, je suis vraiment nerveuse à ce sujet. Mais d'un autre côté, une grande partie de moi veut le faire pour lui, ce qui est bizarre car je n'ai jamais voulu danser *pour* quelqu'un d'autre. Je voulais rendre fière ma grand-mère et Elisa, ma professeure de danse, mais la danse a toujours été quelque chose que je faisais pour moi-même.

— C'est grâce à cela que tu sais que tu as trouvé ta personne, dit Red. Celui qui t'aidera à donner le meilleur de toi-même et qui traversera les flammes pour toi.

Roni y réfléchit pendant une seconde.

— Je pense qu'il traverserait le feu pour moi et pour vous tous aussi. C'est un homme bon dans ce domaine.

— Et toi, tu es avec nous toutes, dit Gemma joyeusement.

— En parlant de *nous*, est-ce que Gemma t'a parlé des costumes pour le spectacle d'hiver ? demanda Crystal.

— Non. Il y a un problème ? demanda Roni. Nous avons eu quelques problèmes avec des costumes mal ajustés pour le Festival d'été, mais Elisa s'est arrangée avec la compagnie et je pense qu'elle a envoyé une note aux parents pour qu'ils ne commandent rien à moins de quatre semaines avant l'événement.

— Je n'ai pas encore commandé celui de Kennedy, la rassura Gemma. Je ne t'avais rien dit à ce sujet parce que tu sors avec Quincy et je ne voulais pas que tu penses que nous essayions d'utiliser votre relation à notre avantage, mais quand je regardais le site web de la société, j'ai compris que Crystal et moi pourrions faire les costumes à un prix beaucoup plus bas. Nous pouvons obtenir les matériaux en gros par le biais de la boutique et faire économiser beaucoup d'argent aux familles.

— Sais-tu si Elisa envisagerait de les faire fabriquer localement ? demanda Crystal.

— Je pense qu'elle serait ravie et, Gemma, je n'aurais jamais dit que tu utilisais ma relation avec Quincy. Quand j'étais jeune, nous ne pouvions pas nous permettre de prendre autant de cours de danse que je le voulais, alors ma grand-mère fabriquait *tous* les costumes en échange des frais d'inscription. Je pense qu'Elisa et les parents apprécieraient d'économiser de l'argent et de faire les choses localement. Donnez-moi donc votre numéro. Je lui en parlerai et je vous ferai part de sa réponse.

— Parfait. Merci, répliqua Gemma.

Pendant qu'elles échangeaient leurs numéros, Jace se rapprocha de Dixie en tenant Axel dans ses bras et lui embrassa la joue. Il avait l'air d'avoir une trentaine d'années, avec de longs cheveux bruns et des yeux sombres que Roni avait remarqués être sur Dixie aussi souvent que ceux de Quincy étaient sur elle.

— Mon mari, mon petit bout de chou, dit Dixie avec amour. Si tu crois que Quincy aime les enfants, Jace n'a pas lâché ce bébé depuis que Bear et Crystal ont franchi la porte.

Jace fit un sourire.

— Peut-être que l'année prochaine, à cette époque, on aura notre propre petit à porter.

— J'ai un contrat à remplir, tu te souviens ?

Dixie se pencha vers lui.

— Je peux te garantir que l'égérie de *Silver-Stone* ne sera pas aussi attirante dans tes tenues en cuir et en dentelle avec un gros ventre de bébé.

Les yeux de Jace s'enflammèrent.

— Tu veux parier ?

Il lui fit un câlin et Dixie se mit à rire.

— Tu couches avec le patron. Je vais faire modifier le contrat.

— *Arrête.*

Dixi avait l'air plus enjoué qu'irrité.

— Et si on donnait à Mamie Pamela son petit-fils ?

Elle lui prit Axel, embrassa son front et le tendit à Pamela.

— Tu m'as manqué, dit Pamela en câlinant le bébé.

Dixie prit la main de Jace.

— Viens, mon grand, tu dois découper la dinde.

— Je vais créer une ligne de maternité *Leather and Lace*, s'exclama-t-il alors qu'elle entraînait Jace vers la cuisine.

Dixie regarda par-dessus son épaule.

— A l'aide ! J'ai besoin de renforts !

Roni rit tandis que les autres filles la suivirent vers la cuisine.

— Allons-y, ma petite chérie.

Red passa son bras autour de Roni, la guidant vers les filles.

— Une des nôtres a besoin de renfort. Cela veut dire qu'on est là pour elle, même si j'adorerais avoir plus de petits-enfants.

LE DÎNER ÉTAIT DÉLICIEUX, bruyant et merveilleux. Entre les remarques hilarantes des enfants, les gars qui faisaient des blagues coquines et parlaient en code pour que les enfants n'en aient pas vent, et les filles qui leur rendaient la pareille, Roni n'avait jamais autant ri. Quincy était aussi attentif que d'habitude, lui tenant la main ou la prenant dans ses bras pendant presque tout le repas. Il lui murmura des choses douces et sexy à l'oreille et embrassa souvent sa joue. Tout le monde s'était amusé à les taquiner sur leurs gestes d'affection, ce que Quincy savourait comme il l'avait fait au bar, l'embrassant encore plus pour les encourager.

— Si vous continuez comme ça, vous serez les prochains à avoir une brioche dans le four, dit Bear avec un sourire malicieux.

— On s'en occupe, s'exclama Jace.

Dixie leva les yeux au ciel.

— Pas de bébés pour toi jusqu'à ce qu'on ait réparé mon autre *bébé*.

— Tu es la seule femme sur terre qui appelle sa maison un bébé.

Jace regarda autour de la table.

— Quand on a déménagé de sa petite maison en ville, elle a dit qu'elle avait l'impression d'abandonner son bébé.

— Je n'y peux rien si j'y suis attachée, déclara Dixie. Je suis fière d'avoir acheté moi-même cette maison.

— Je me demandais si tu allais vendre, lança Truman.

Dixie hocha la tête.

— Désolée, Tru. Je ne suis pas prête à la laisser partir. Nous allons la réparer et la louer quelque temps.

— Si elle n'en fait qu'à sa tête, nous la louerons jusqu'à ce que nos enfants à naître soient assez grands pour y emménager, dit Jace en secouant la tête.

— J'adore cette idée ! s'exclama Dixie, provoquant une série de ricanements et de blagues.

— Bien sûr que tu aimes cette idée.

Jace regarda Diesel.

— Hé, D, tu vas rester dans les parages un petit moment ? Est-ce que tu cherches un endroit à louer ?

Diesel secoua la tête.

— Nan. Je suis bien au clubhouse, merci.

— Il a déjà fait installer une porte de chambre rotative, dit Tracey plus à Roni qu'à quiconque, mais tout le monde l'entendit, et le silence tomba sur la pièce.

Diesel posa ses yeux sombres sur elle et il eut un sourire satisfait.

— Jalouse, ma petite ?

Tracey releva le menton, rencontra son regard et plissa les yeux.

— Dans tes rêves, *Sans plomb*.

Tout le monde éclata de rire alors que Tracey et Diesel semblaient se défier du regard.

— Ok, tout le monde, on se calme, dit Biggs sévèrement, ses yeux se déplaçant autour de la table alors qu'ils se taisaient. Ça a été une année difficile, pas vrai ? Nous avons accueilli de nouveaux membres dans notre famille, de nouveaux petits-enfants et nous avons la chance d'en avoir un autre en route. Deux mariages à l'horizon et de nouveaux couples autour de la table.

Il leva son verre vers Quincy et Roni, puis vers Penny et Scott.

— Et je voudrais juste vous dire que je suis reconnaissant pour chacun d'entre vous et pour ceux qui ne sont pas là pour faire la fête avec nous.

— On parie sur qui sera le prochain à se fiancer ? demanda Bear, en regardant Roni et Quincy puis Scott et Penny.

Ce dernier mit son bras autour de Penny, l'attirant plus près de lui.

— Je viens tout juste de convaincre cette magnifique femme de sortir avec moi. Donne-nous une minute, ok ?

Tout le monde rigola.

— Penny, si tu veux épouser mon frère, emménage avec lui, dit Josie. Sarah et moi sommes la preuve vivante qu'une fois que tu vis avec Scott, le mariage est à portée de main.

De nouveaux rires suivirent.

Roni aimait leurs plaisanteries et la façon dont les autres couples assis autour de la table étaient aussi proches que Quincy et elle. Même si Sarah et Bones avaient Lila entre eux, il se pencha sur le dossier de la chaise haute et caressa l'épaule de Sarah, attirant son attention pour lui envoyer un baiser. Truman et Gemma chuchotaient à côté de Lincoln. Bullet avait gardé une main sur le ventre de Finlay pendant tout le repas, faisant une annonce à chaque fois que le bébé donnait un coup de pied. Il n'y avait pas de moments *Hallmark* dans cette famille, c'était certain. Ils étaient trop authentiques pour cela, se donnant du fil à retordre et riant si fort que les bébés en étaient effrayés. Roni aimait aussi ça chez eux. Après le dîner, ils chantèrent "Joyeux anniversaire" à Lila et Bones et elle aima ses cadeaux d'anniversaire presque autant que son gâteau. Ils s'étaient amusés à les acheter. Quincy avait été adorable en choisissant la poupée parfaite pour s'habiller et plusieurs de ses livres préférés. Il y avait plusieurs desserts et Roni était heureuse que ses tartes et celles de Quincy aient été couronnées de succès. Toutes les filles voulaient la recette.

Quand ils eurent fini de manger, Biggs emmena les enfants dans le salon et leur fit la lecture, pendant que Red et Pamela s'occupaient des bébés, et Bullet obligea Finlay à s'allonger. Tous les autres donnèrent un coup de main pour le nettoyage. Une fois que les enfants eurent quitté la pièce, les gars lâchèrent d'autres blagues cochonnes sans utiliser de mots codés, ce qui fit rougir Roni et certaines des autres filles autant qu'elles riaient. Même Diesel esquissa un sourire, ce qui ne suffisait pas à adoucir ses traits anguleux.

C'était le plus merveilleux des Thanksgiving que Roni ait jamais vécus. Même si sa grand-mère lui manquait, avec Quincy et tous ses nouveaux amis, il n'y avait pas de place pour la solitude. Une fois que le dernier plat fut lavé, Quincy prit sa main, la conduisant hors de la cuisine.

— Je veux te montrer quelque chose.

Il était magnifique dans son jean et son pull noir alors qu'il la conduisait à l'étage, dans un hall, et par une porte qui menait à un autre étage, dans le nid de pie vitré qu'elle avait vu quand ils étaient arrivés. Avant qu'elle ait pu dire un mot, il la plaqua contre lui, la capturant dans un baiser sexy et sensuel qui dura si longtemps qu'elle en eut des frissons de la tête aux pieds.

— Désolé, ma belle, dit-il. J'ai eu envie de faire cela toute la soirée.

Elle enroula ses bras autour de son cou, passant ses doigts dans ses cheveux.

— Je suis heureuse que tu en veuilles plus après tous les baisers que nous avons partagés pendant le dîner.

— C'était des amuse-bouche.

Il pressa à nouveau ses lèvres sur les siennes.

— Est-ce que tu passes un bon moment ?

— Comment pourrait-il en être autrement ? Ta famille est celle dont on rêve. Il y a tellement d'amour et de soutien, c'est comme les histoires que Tru inventait pour toi. J'aurais aimé que tu puisses grandir avec eux pour que tu aies toujours l'amour que tu mérites.

— Mon Dieu, *chérie*, ton grand cœur me touche à chaque fois.

Il lui donna un autre baiser. Tes lèvres aussi.

Il l'embrassa lentement et doucement, puis il la serra contre lui et ils allèrent à la fenêtre, regardant les flocons de neige tomber du ciel.

— Il neige, s'exclama-t-elle avec enthousiasme.

— J'ai demandé de la neige rien que pour toi. Son téléphone sonna, et il jura à voix basse. Désolé.

Il le sortit de sa poche et jeta un coup d'œil à l'écran.

— C'est Simone. J'ai besoin de la prendre. Les vacances peuvent être difficiles.

— Bien sûr. Tu veux que j'attende en bas ?

— Pas question.

Il la garda près de lui pendant qu'il répondait à l'appel.

— Salut, Simone.

Il était silencieux, il écoutait et Roni sentit son corps se raidir. Il se détacha d'elle, la mâchoire serrée, le regard grave.

— Tu es blessée ?

Il marqua une pause, sa poitrine se gonflant au rythme d'inspirations rapides.

— Reste avec Sunny. Je suis en chemin.

— Elle va bien ? Demanda Roni quand il mit fin à l'appel.

— Elle a eu une altercation avec son ex et elle est secouée, mais elle est au refuge et en sécurité maintenant. Je suis désolé, ma chérie, mais je dois y aller et m'assurer qu'elle ne régresse pas à cause de ce problème. Est-ce que ça irait si Tru te ramenait à la maison ?

— Absolument. Je peux aller avec toi pour être là pour elle ? Pour vous deux ?

— Bon sang, chérie. Tu ferais ça ?

Les mots de Red lui revinrent en mémoire.

— Tu es mon âme sœur Quincy. Je ferais tout pour toi.

Il l'attira dans une autre étreinte.

— Moi aussi je ferais tout pour toi, mais même si j'apprécie l'offre, je ne veux pas que tu sois impliquée dans tout ceci. Son ex est un dealer et il surveille le refuge. Je ne veux pas qu'il te voie là-bas.

— Tu es en danger ? demanda-t-elle alors qu'ils descendaient les escaliers.

— Non. Mais je dois m'assurer qu'elle ne l'est pas.

Il se dirigea vers le salon, tenant toujours sa main, les épaules en arrière, le torse bombé, paraissant encore plus grand que d'habitude, et interpella *Diesel et Tru* d'une voix profonde et autoritaire que Roni ne reconnut pas.

Elle avait l'impression qu'il ne s'était pas rendu compte qu'il tenait toujours sa main alors que Diesel et Tru réduisaient la distance entre eux, et que tous les autres hommes dans la pièce leur emboîtaient le pas comme s'ils avaient été convoqués, eux aussi. Quincy leur expliqua rapidement la situation.

— Ce fils de pute est *mort*, cria Diesel, les mains crispées.

— Avant que tu ne choisisses cette voie, Diesel, dit Quincy sèchement. Tu penses que tu peux joindre cette femme flic avec qui tu es ami à Parkvale ?

Diesel acquiesça.

— On pourrait avoir besoin d'elle ce soir. Je vais essayer de convaincre Simone de porter plainte et d'obtenir une ordonnance restrictive. Je pense qu'elle serait plus à l'aise avec une femme, expliqua Quincy. Tu peux faire surveiller un peu plus le refuge et le travail de Simone pendant un moment ?

— Considère que c'est déjà fait. Elle sera escortée pour aller et revenir du travail et je vais mettre en place des équipes pour qu'elle ne soit jamais seule.

Diesel porta son téléphone à son oreille et se mit sur le côté.

— A-t-elle besoin d'un médecin ? demanda Bones.

— Non, mais je te remercie, dit Quincy. J'y vais pour m'assurer qu'elle reste clean.

— Nous venons avec toi pour surveiller la zone et s'assurer qu'il n'y a pas d'autres problèmes, ajouta Bullet, en faisant un signe de tête à Bones, Bear et Jed.

— Scott et moi allons nous assurer que nos femmes rentrent saines et sauves à la maison, dit Biggs d'un ton bourru.

La vache. Ils travaillaient ensemble comme une troupe de danse chorégraphiée par des experts.

— Je ne pense pas qu'on ait besoin de tout le monde, mais je sais qu'il ne faut pas discuter. Quincy regarda Truman.

— Tu veux bien ramener Roni chez elle ?

— Pas de problème, frérot, répondit-il.

Comme s'il les avait congédiés, les gars se dirigèrent vers leurs conjoints. Quincy entraîna Roni dans la salle à manger.

— Tu es sûre que ça va ?

— Je vais bien, mais la façon dont ils sont entrés en action me fait dire que c'est vraiment dangereux.

Elle serra sa main.

— Ne me mens pas, Quincy. Je peux le supporter.

— Je ne te mentirai *jamais.* Ils s'assurent juste que ce connard et ses gars ne traînent pas dans le coin. C'est comme ça qu'ils fonctionnent, ma puce. Les Dark Knights sont là pour protéger les gens. Je vais m'en sortir. Je te le promets.

— D'accord, mais fais très attention, et viens chez moi dès que tu auras fini.

— Je ne sais pas combien de temps cela va prendre. Il pourrait être deux ou trois heures du matin.

— Je me fiche de l'heure qu'il est. J'ai besoin de savoir que tu es en sécurité.

— Ok. Il la prit dans ses bras, la serrant très fort. Je… Merci de comprendre, mon cœur.

Il lui donna un baiser rapide, attrapa sa veste et se dirigea vers la porte avec les autres, la laissant lutter contre une boule inattendue dans sa gorge alors que Truman, Gemma et Biggs s'approchaient d'elle.

— Tu vas bien ? lui demanda Truman.

— Plus ou moins. Je suis inquiète pour Simone et eux.

— Tu ne serais pas humaine si ce n'était pas le cas, répliqua-t-il.

— Je me souviens de la première fois que j'ai vu les gars foncer comme ils viennent de le faire, dit Gemma. Cela m'a fait peur.

Roni était heureuse de ne pas être la seule à ressentir cela.

— Le fait est qu'après cette nuit-là, je me suis rendue compte que tous ces gars vêtus de cuir qui se rassemblaient ainsi n'auraient pas dû être effrayants, expliqua Gemma. On dirait Superman sous stéroïdes. Les types effrayants sont ceux qu'ils poursuivent et dont ils protègent le reste d'entre nous.

— Et tu n'as pas peur qu'ils soient blessés ? demanda Roni.

Gemma hocha la tête.

— Bien sûr que je m'inquiète, mais ils protègent les gens et sauvent des vies.

— Est-ce qu'ils vont se battre ? demanda Roni.

— Seulement s'ils doivent le faire, ma belle, dit Biggs, en passant un bras sur son épaule, comme un véritable pilier sur lequel elle pouvait s'appuyer. Ne t'inquiète pas. A l'heure qu'il est, Diesel a une trentaine de Dark Knights en route pour Parkvale. Ils vont s'en sortir.

Sa voix était aussi rude que du papier de verre et aussi réconfortante que son étreinte. D'autres éléments de la vie de Quincy se mettaient en place, ce qui incluait l'endroit où la nature attentionnée de Quincy et son désir de soutenir et d'aider les autres avaient été développés. Elle tombait amoureuse de cette famille aussi profondément qu'elle l'était de Quincy.

CHAPITRE DIX-HUIT

IL ÉTAIT PRESQUE deux heures et demie du matin lorsque Quincy descendit de son pick-up et traversa le parking en direction de l'appartement de Roni. Quand il était sorti de désintoxication, il avait rebattu les oreilles de Truman et de Jed après des réunions et des journées difficiles. Mais il n'avait jamais eu quelqu'un chez qui se réfugier. Maintenant, il s'efforçait de laisser derrière lui le souvenir cauchemardesque de son passé en montant les marches vers la femme qui était au centre de ses rêves d'avenir radieux. Lorsque Roni ouvrit la porte, les yeux remplis d'inquiétude mais très belle dans son short de bain et son débardeur, et le serra dans ses bras, il n'avait jamais été aussi reconnaissant de toute sa vie.

— Salut, ma belle. Désolé, il est si tard.

Truman lui avait envoyé un texto pour lui dire qu'il avait essayé de faire en sorte que Roni reste chez eux pour qu'elle ne soit pas seule. Quand elle avait affirmé que tout irait bien, Gemma avait proposé de rester avec elle. Mais Roni avait insisté pour dire qu'elle allait bien. Quincy connaissait assez bien sa forte tête de copine pour comprendre qu'elle n'aurait pas voulu être un fardeau pour eux.

Elle posa ses mains sur ses joues, cherchant son regard.

— Est-ce que tu vas bien ? Est-ce que Simone va bien ?

Il se pencha et l'embrassa.

— Nous allons bien tous les deux. Allons à l'intérieur.

— Je peux t'offrir quelque chose ? Je ne sais pas quoi faire dans cette situation. Tu veux de l'eau ? demanda-t-elle alors qu'il accrochait sa veste.

— J'ai juste envie de toi, mon cœur.

Il lui prit la main et ils se dirigèrent vers le canapé. Tu es restée éveillée tout ce temps ?

— Je n'arrivais pas à dormir. J'étais trop inquiète. Est-ce que Simone va bien ? A-t-elle été blessée ?

Il détestait la rendre inquiète.

— Elle va bien. Il l'a attrapée quand elle est descendue du bus et a essayé de la faire monter avec lui dans son véhicule. Il l'a un peu malmenée, mais ne l'a pas frappée. Elle a quelques bleus sur les bras dus à la force de sa prise.

— Oh non.

Roni couvrit sa bouche avec sa main.

— Pauvre Simone. Peut-être que tu devrais la laisser rester chez toi pour qu'elle soit en sécurité.

Pour la énième fois depuis qu'ils étaient ensemble, il avait l'impression que son cœur débordait.

— Tu es vraiment formidable. J'aime que tu veuilles aider Simone, mais en tant que parrain, je ne peux pas faire cela.

— *Quelqu'un* peut-il le faire ? Les Dark Knights ?

Il expliqua l'accord qu'il avait passé avec Biggs sur le fait que les personnes en voie de guérison ne devaient pas avoir pris de drogue pendant six mois avant d'être placées dans les maisons ou entreprises des membres du club et des résidents de Peaceful Harbor.

— Diesel et moi avons parlé de la faire sortir complètement du Maryland. Le frère de Biggs, Tiny, dirige le *Redemption*

Ranch dans le Colorado, qui travaille avec des personnes en voie de guérison. Ils ont un excellent programme avec des thérapeutes et des médecins dans le personnel. Mais Simone n'est pas prête à quitter la région.

— Même si ce n'est pas sûr, ici ?

— C'est un processus, ma belle. Le rétablissement est plus dur au début, et elle commence juste à trouver ses marques. Un changement aussi important pourrait la faire régresser. Elle veut rester clean et elle a fait le bon choix en lui résistant et en m'appelant. Diesel la protège à partir de maintenant et j'ai pu la convaincre d'obtenir une ordonnance restrictive contre son ex, ce qui a pris du temps. Diesel a quelques contacts pour essayer de la faire entrer dans le système, mais ça prendra encore une semaine ou deux.

— Oh, bien. C'était judicieux. Vous connaissez la personne qui lui a fait ça ?

— Ouais. C'est le dealer à qui je devais de l'argent. Celui qui m'a tabassé et laissé pour mort.

— *Quincy*, ragea-t-elle. Tu as dit que tu n'étais pas en danger.

— Je ne l'étais pas. Tu as vu les gars partir avec moi. Ils me protégeaient.

— Je n'arrive pas à croire que je doive te le faire remarquer, mais ce type t'a laissé pour mort et tu es toujours en vie. Ça me semble dangereux, surtout s'il surveille cet endroit et sait que tu as aidé Simone.

La panique monta dans ses yeux.

— *Oh non.* Tu lui dois toujours de l'argent ? Et s'il s'en prend à toi ?

— Roni, ma chérie, je ne lui dois *rien*, et il ne s'en prendra pas à moi.

Il lui prit les mains, les serrant de façon rassurante.

— Il sait que je suis son parrain. Il a probablement des vues sur moi depuis que j'ai commencé à l'aider, mais c'est la *seule chose* qu'il me reproche. Je n'ai aucun lien ni aucune dette envers lui ou qui que ce soit dans ce monde. Quand j'étais en désintoxication, Tru avait peur que le type s'en prenne à ma famille, alors il est allé voir Biggs et a emprunté de l'argent pour payer ma dette. Biggs a demandé à Bullet de s'en occuper, et depuis, j'ai remboursé chaque centime à Biggs. Il ne m'arrivera *rien*. Je ne me mettrais jamais plus dans sa ligne de mire, et encore moins te mettre toi ou quelqu'un d'autre en danger.

— Ok, merci mon Dieu.

Elle laissa échapper un souffle de soulagement.

— Tu n'as pas à t'inquiéter, ma belle.

— Cela ne m'a jamais arrêté auparavant. Elle grimpa sur ses genoux et mit ses bras autour de lui, posant sa tête sur son épaule. J'avais vraiment peur ce soir.

Il lui embrassa le front, lui caressa le dos.

— Je sais. Je suis désolé.

— Je suis contente que vous alliez bien tous les deux.

Elle le serra plus fort et il eut le cœur brisé en sachant ce qu'il devait dire ensuite, mais il ne pouvait pas faire autrement.

— Roni, je sais que tu as déclaré que tu étais d'accord, mais si jamais ça devient trop dur pour toi…

Elle couvrit ses lèvres avec son doigt et leva ses yeux amoureux vers les siens.

— Je suis quoi, une fainéante ? dit-elle, lui renvoyant ses propres mots. Tu ne vas pas te débarrasser de moi si facilement, Quincy. Tu es coincé avec moi.

Elle abaissa ses lèvres sur les siennes.

— Je ne voudrais être nulle part ailleurs.

CHAPITRE DIX-NEUF

LA FERME HELMS TREE était exactement comme dans les souvenirs de Roni et bien plus encore. Il avait neigé par intermittence tout le week-end, et en fin d'après-midi le dimanche, Peaceful Harbor était recouvert de plusieurs centimètres de neige. Les deux chiens des Helms, chacun avec un gros nœud rouge au collier, accueillirent les invités en remuant la queue et en faisant des léchouilles. Des haut-parleurs diffusaient de la musique festive et des lumières de Noël colorées scintillaient contre les flocons tombant du ciel. Des personnes de tous âges, emmitouflées sous leurs bonnets et leurs écharpes, entraient et sortaient de la boutique de souvenirs et s'agglutinaient autour de la vitrine de la cabane de restauration vieillie, en buvant du chocolat chaud et du cidre chaud. Les enfants couraient partout et jouaient, et des familles faisaient de la luge derrière la boutique de souvenirs. D'autres se rendaient dans les champs, marchant entre les rangées d'arbres luxuriants avec des touffes blanches sur leurs branches, tandis que des chanceux revenaient avec des sapins de un mètre quatre-vingt ou de deux mètres. Il y avait des promenades en calèche, les chevaux étant décorés de cloches et de nœuds, et un stand de confection de couronnes sous un chapiteau. Roni se blottit contre Quincy. Il souriait en regardant tout cela, les averses de neige faisant scintiller son bonnet gris et son manteau noir.

C'était exactement ce dont ils avaient besoin après quelques jours stressants. Comme c'était l'un des week-ends de shopping les plus chargés de l'année, Quincy avait travaillé toute la journée de vendredi et samedi, et aujourd'hui il avait travaillé jusqu'à quinze heures. Mais cela ne dérangeait pas Roni. Cela lui a donné le temps de faire des achats avec Angela pour les décorations de Noël et un cadeau pour la fête de Josie. Elle avait également acheté quelques chaussettes de Noël pour Quincy, qu'elle avait hâte de lui offrir. Ils avaient passé les deux dernières nuits chez lui puisqu'elle avait le week-end de libre, et il l'avait surprise en lui donnant la clé de son appartement vendredi soir pour qu'elle puisse aller et venir pendant qu'il travaillait. Elle aimait être là. Elle commençait à se sentir plus chez elle que dans son propre appartement. Leurs soirées avaient été intimes et merveilleuses, mais Simone avait appelé plusieurs fois tard dans la nuit, et il lui avait fallu un certain temps pour se calmer après. Il y avait un code d'anonymat qui allait de pair avec le parrainage, et bien que Quincy n'ait pas partagé les détails de leurs conversations, il avait expliqué qu'avec la toxicomanie, lorsque les drogues sont brandies comme des carottes à un cheval, même si la personne en voie de guérison est forte sur le moment et se détourne, les pulsions ne s'arrêtent pas là. Roni ne s'est pas opposée aux appels de Simone. Cela lui avait donné une nouvelle perspective, et elle aimait voir à quel point Quincy était investi dans la guérison de la jeune femme. Il travaillait si dur ; *le besoin* de profiter de cette journée était encore plus grand que pour elle-même. Quand il posa ces yeux bleus clairs sur elle et pressa ses lèvres contre les siennes, elle pouvait déjà voir le bien que cela lui faisait.

— Prête à aller chercher notre sapin, ma belle ?

— Qu'est-ce que tu crois ?

Elle l'entraîna vers la table où ils distribuaient des étiquettes à mettre sur l'arbre qu'ils avaient choisi. Le personnel le couperait pendant qu'ils profiteraient de tout ce que la ferme avait à offrir. Elle attendait ce moment avec impatience depuis que Quincy avait annoncé qu'ils y allaient et elle était trop excitée pour se contenter de marcher.

— Viens !

Elle courut le long d'une rangée, faisant glisser sa main le long des branches, envoyant la neige sur eux en averse.

— Tu veux un grand arbre ou un petit ? Gros ou maigre ? Je crois que le panneau disait qu'il y avait différentes sortes d'arbres aussi. Tu t'y connais dans ce domaine ? On en prend un pour chez toi et un pour chez moi ?

Il éclata de rire et la prit dans ses bras, souriant de toutes ses dents.

— *C'est ça que* je veux, chérie, que *tu* sois aussi heureuse et à mes côtés, tous les jours.

Il lui donna un baiser fougueux et possessif, qui devint lent et d'une sensualité à couper le souffle, et juste au moment où elle était sûre qu'ils feraient fondre la neige sous leurs pieds, il se retira, laissant son cœur gonflé d'amour et ses genoux faibles.

— Je t'en achèterai autant que tu veux. Où veux-tu te réveiller le matin de Noël ?

Son esprit était encore submergé par sa déclaration, mais elle réussit à ajouter :

— Dans tes bras.

— *Mon Dieu*, jeune femme, dit-il en posant son front sur le sien. Tu me tues. C'est ce que je veux aussi. Tu veux des sapins chez moi et chez toi ?

— Pas nécessairement. On passe plus de temps chez toi, et

j'aime y être. On se sent plus chez soi. Va pour un seul sapin.

Ils scellèrent leur décision par un autre baiser, et tandis qu'ils marchaient main dans la main, elle se dit qu'elle ne devait pas se laisser emporter par ce nouveau niveau d'intimité, mais c'était difficile de ne pas le faire quand elle le voulait également à ses côtés tous les jours.

Ils prirent leur temps pour parcourir les rangées, en essayant d'en choisir un, mais aucun ne semblait parfait.

— Celui-là est bien, déclara Quincy en désignant un arbre massif qui le dépassait d'au moins trente centimètres.

Elle plissa le nez.

— Il semble surdimensionné, un peu comme ce gars dans chaque lycée qui est la star partout, ses cheveux sont trop parfaits et ses dents sont trop droites.

Quincy gloussa.

— On dirait que je n'ai pas raté grand chose.

— En fait, j'aurais aimé que tu aies la chance d'aller au lycée parce que tu aimes tellement apprendre. Mais si tu y étais allé, tu aurais probablement eu un million de petites amies, et l'une d'entre elles t'aurait forcé à te marier avant que tu n'aies vingt et un ans. Tu aurais eu deux enfants, et je te verrais dans l'allée de l'épicerie où je me suis arrêtée en rentrant chez moi après un spectacle de danse en solo, et nos regards se seraient croisés. Je serais folle de ce type aux yeux bleus qui semble avoir un cœur d'or. Mais vous, M. Gritt le Fidèle, vous m'auriez fait un sourire amical, mais pas dragueur, et vous auriez poursuivi votre chemin, en achetant de la pâtée pour chiots – parce que vous auriez certainement une nourriture adaptée aux chiots et aux enfants, et probablement quelque chose de spécial pour votre femme – qui, d'ailleurs, serait intelligente, aimante, et tout ce dont vous avez toujours rêvé.

Il fronça les sourcils.

— Et que t'arriverait-il dans ton fantasme ?

— Je rentrerais chez moi et je penserais au type rêveur qui a volé mon cœur, et je comparerais tous les autres hommes à lui pour le reste de ma vie.

Il la serra dans ses bras.

— C'est l'histoire la plus triste que j'aie jamais entendue.

— Tu n'as pas encore entendu la fin.

Il haussa un sourcil.

— Quand le jour laisserait place à la nuit, je me glisserais dans le lit et poserais ma tête sur l'épaule de mon mari. Au moment où il se retournait pour m'embrasser, nos deux petits se précipiteraient dans la chambre et grimperaient entre nous. Le chiot s'agripperait au bord du lit parce qu'il est trop petit pour sauter, et mon mari l'attraperait et le laisserait lécher tout son visage. Je regarderais par-dessus la tête de nos enfants dans ses yeux bleu clair et je dirais quelque chose comme *"J'aime notre vie"*, et il se pencherait sur nos deux enfants les plus adorables du monde et dirait *"J'aime ma femme"*. Et puis il m'embrasserait, et nos enfants crieraient « Beurk, papa ! » et il m'embrasserait encore, parce que mes baisers ont toujours eu un effet sur lui.

— Bien sûr que oui, et je suis prêt à recommencer.

Il l'embrassa fougueusement, ne se séparant qu'au son des rires. Il regarda les trois enfants qui couraient devant eux.

— Deux, hein ?

Elle apprécia qu'il joue le jeu.

— C'est trop ?

— Je pense plus à trois.

Il passa son bras autour de ses épaules et marcha dans la direction des enfants.

— Peut-être quatre.

— Laisse-moi rayer *la danse* de ma future liste de choses à faire.

— *Non-non.* Deux c'est bien.

Ils rigolèrent tous les deux, puis ils regardèrent d'autres arbres, passant devant un si grand nombre d'entre eux que Quincy finit par dire.

— On est à court d'options.

Au même moment, elle vit *leur* arbre.

— Celui-ci ! s'exclama-t-elle en le poussant vers lui. N'est-il pas parfait pour nous ?

— C'est un peu tordu.

— Ça fait partie de son charme, et c'est pour ça qu'il est fait pour être à nous. Aucun de nous n'a suivi de chemin tout tracé pour en arriver là, mais ensemble, on est parfaits. Cet arbre est plus grand que toi, mais je pense qu'il rentrera dans ton appartement, et il a une longue branche pointue pour y mettre l'étoile, ou ce qu'on veut y accrocher.

— Il lui manque une branche.

Il mit sa main dans le trou où il manquait une branche.

— Je suppose que cela veut dire qu'il a traversé une période difficile, comme nous.

— Exactement, dit-elle fièrement.

— Tu as raison. Il est parfait. On va le prendre.

Pendant qu'il attachait l'étiquette à l'arbre, Roni ramassa une poignée de neige et en fit une boule. Quand il se retourna, elle la lui lança, le frappant en pleine poitrine. Sa mâchoire se décrocha, et il essuya la neige collée à sa veste, riant tout en ramassant une poignée de neige.

— Tu veux jouer à ça, tu es sûre ? dit-il, les yeux plissés alors qu'elle préparait une autre boule de neige.

— Oh *oui* et elle jeta une autre boule.

Il courut vers elle, elle poussa un cri et fit un sprint. Une boule de neige le frappa dans son dos et elle éclata de rire. Elle prit plus de neige, la tassa en courant et la lança derrière elle. Elle rata sa cible, mais il en avait une autre dans la main. Elle couina à nouveau, courant en zigzag et ramassant plus de neige, évitant sa boule de neige. Leurs rires emplissaient l'air tandis qu'ils se pourchassaient au milieu des rangées. Quand elle se retourna pour en lancer une autre, *il était juste devant elle* et la plaqua au sol en riant aux éclats. Elle roula et essaya de se relever, mais il la tira contre lui, dos à sa poitrine, les jambes ballantes.

— Je t'aurai ! lança-t-elle en riant.

Il la fit pivoter dans ses bras, de sorte qu'ils étaient face à face, l'écrasant contre lui. Ses lèvres chaudes et souriantes effleurèrent les siennes.

— Qu'est-ce que tu as dit, ma belle ?

Elle se tortilla, essayant de se libérer. Comprenant que c'était un effort futile, elle déclara :

— J'ai *failli* t'avoir !

Il la fit rouler sous lui, l'air terriblement heureux.

— Presque, mon œil. Je t'appartiens déjà, ma belle. Avec ton arbre tordu et tes tartes aux pommes sucrées, je n'avais aucune chance.

Et elle non plus, car l'homme qui avait réclamé chaque partie d'elle étouffait son rire avec des baisers torrides jusqu'à ce qu'il n'y ait plus aucune autre possibilité.

QUINCY AVAIT ENTENDU parler des joies de Noël et de la magie des fêtes, mais jusqu'à aujourd'hui, il n'en avait jamais fait l'expérience. Les deux dernières heures avaient été un tourbillon de plaisirs, et l'enthousiasme avec lequel Roni s'occupait de tout était contagieux. Ils avaient fabriqué deux couronnes, une pour sa maison et une pour la sienne. C'était quelque chose que Quincy ne s'était jamais imaginé faire, mais avec Roni, il en avait apprécié chaque seconde. Ils avaient également fait de la luge. Après chaque tour de luge, le visage de Roni s'était illuminé, et elle s'était exclamée "*Encore !*" jusqu'à ce qu'ils y soient allés tellement de fois que sa hanche lui faisait mal à force de grimper la colline. Ils avaient fait une pause-vin chaud sous les lumières scintillantes, regardant les gens et jouant avec les chiens. Il n'avait pas réalisé que Roni appréciait les chiens, mais elle s'était mise à plat ventre avec lui pour les chouchouter. À présent, alors qu'ils se promenaient dans la boutique de cadeaux en remplissant leur panier d'ornements représentant des femmes qui dansent sur la neige, un couple partageant un traîneau, le Père Noël en train de lire, un garçon et une fille au visage rond avec des bonnets rouges et des pyjamas verts s'embrassant devant un arbre de Noël, et bien d'autres encore, la puissance de ses émotions le frappa de plein fouet.

— Il *faut* qu'on prenne celle-là.

Roni brandit une couronne de Noël qui ressemblait beaucoup aux couronnes qu'ils avaient fabriquées avec des pommes de pin dorées et des rubans rouges, mais sur cette couronne était accroché un couple au visage rond dont les bras et les visages souriants dépassaient à l'avant de la couronne et les corps et les jambes à l'arrière.

Ils portaient des bonnets de Père Noël rouges et blancs et des moufles vertes, et ils tenaient une bannière blanche avec

Notre Premier Noël imprimé en rouge et l'année imprimée en noir en dessous.

— Ils vont mettre nos noms sur la partie blanche des chapeaux. Et l'année prochaine, nous pourrons revenir chercher celui-ci et leur demander de mettre l'année dans le cœur.

Elle désigna une décoration de Noël où un couple portaient des bonnets de Père Noël duveteux, avaient des joues roses et des écharpes vertes, et tenaient un cœur blanc rayé de rouge et de blanc comme un sucre d'orge.

Cet organe qui l'avait fait trébucher si souvent ces derniers temps autour de Roni vacilla une fois de plus lorsqu'il réalisa qu'ils ne faisaient pas que décorer un arbre. Ils ouvraient la voie à la tradition et faisaient de la place pour des projets de lendemains et de fêtes à venir.

— Je les aime tous les deux. *Et je t'aime.*

— Yeah !

Elle déposa le couple et garda l'ornement de la couronne.

— Viens.

Elle lui prit la main, se dirigea vers la table de bricolage.

— Allons mettre nos noms sur la bannière.

Après avoir rempli deux sacs d'ornements, ils quittèrent la boutique de cadeaux. Le soleil commençait à se coucher, et les gens chargeaient les arbres sur leurs voitures.

— Waouh, le coucher de soleil est magnifique.

Roni pointa du doigt le ciel enflammé au loin alors qu'ils marchaient près de la zone de chargement. Elle donna un coup de coude à Quincy.

— Hé, ce n'est pas le gars qui a obtenu la deuxième place à la chasse au trésor ?

Il suivit son regard vers Jon Butterscotch. Il se tenait à quelques mètres de là en train de parler avec une grande blonde qui avait l'air ennuyé alors qu'elle lançait des arbres dans une broyeuse.

— Oui, c'est Jon.

Il leur fit signe de passer.

— Hé, Quincy. Content de te voir.

— Moi aussi, Jon. Voici ma petite amie, Roni. Roni, voici Jon Butterscotch.

Ce dernier haussa les sourcils et sourit.

— Ah oui, le baiser à cent points.

Roni rougit.

— C'est bien moi. Je t'ai vu à la vente aux enchères des célibataires, il y a quelques mois de cela.

— C'est normal, lança la blonde en poussant un arbre dans la machine.

— Oh, ne sois pas jalouse, mon chou, s'exclama Jon en flirtant. L'année prochaine, *tu* pourras essayer de gagner cinquante nuances de douceur.

La blonde leva les yeux au ciel et déplaça un arbre recouvert d'un filet sur le côté avec les autres.

— Quincy, tu connais Tater ? demanda Jon. On se connaît *depuis l'époque* où elle n'était qu'une douce jeune fille.

La blonde plissa les yeux.

— Appelle-moi encore une fois comme cela et tu es le prochain à passer à la broyeuse.

Elle adressa un sourire chaleureux à Quincy et Roni.

— Je suis *Tatum* Helms. Ravie de vous rencontrer tous les deux.

— Salut. Je suis Quincy, et voici Roni.

— La ferme d'arbres vous appartient ? demanda Roni, les yeux brillants d'excitation.

— Ma famille en est propriétaire, dit Tatum. Je suis en ville pour filer un coup de main quelque temps.

— Je prenais juste des dispositions pour qu'elle me livre mon arbre vendredi soir.

Jon fit un clin d'œil à Quincy.

Tatum passa un autre arbre dans la presse.

— Pas question, Butterscotch.

Quincy ricana.

— Je mourrais d'envie de venir ici depuis des années, dit Roni. Ta famille rend ce lieu si spécial. On a presque tout visité et acheté toutes les décorations que vous avez.

Elle brandit les sacs dans la main de Quincy.

— Ça a dû être incroyable de grandir au milieu de toutes ces festivités année après année.

— Pas pour ce Scrooge, dit Jon. Tater déteste Noël.

Jon en avait sous la ceinture pour continuer à l'appeler ainsi avec les yeux revolver qu'elle lui envoyait.

— Vraiment ? Pourquoi ? répondit Roni avec empathie.

— Je ne *déteste* pas Noël.

Tatum jeta un coup d'œil à Jon, les yeux froncés.

— Disons que certains mauvais souvenirs l'ont gâché à mes yeux.

— Oh, allez. Tu m'aimes, dit Jon d'un ton jovial.

Tatum se moqua de lui.

— Autant que j'aime marcher dans un tas fumant de…

— Compris, l'interrompit Quincy. Bonne chance, Butterscotch. Ravi de faire ta connaissance, Tatum.

— Il est arrogant, s'exclama Roni alors qu'ils s'éloignaient.

— C'est Jon. C'est un bon gars. Il est juste imbu de sa personne.

Il la serra contre lui.

— Si jamais je me comporte de la sorte, donne-moi une

claque, d'accord ?

— Évidemment ! Il commence à faire nuit. On devrait peut-être y aller.

— Pas encore, ma belle. Je n'ai pas encore eu l'occasion de t'embrasser sous les étoiles dans un chariot tiré par des chevaux.

— Et moi qui pensais que cette journée ne pouvait pas être meilleure.

CHAPITRE VINGT

APRÈS AVOIR QUITTÉ LA FERME, ils s'arrêtèrent pour manger une pizza, puis se dirigèrent vers l'appartement de Quincy pour installer le sapin. Ils déplacèrent la chaise orange de l'autre côté de la pièce et installèrent le pied de sapin qu'ils avaient acheté à la ferme devant les portes du balcon. Quincy pensait que Roni allait bondir sur place, vu la façon dont elle sautillait pendant qu'il finissait de monter le sapin.

— C'est parfait ! s'exclama-t-elle dès qu'ils eurent fini.

— Tu as le compas dans l'œil, bébé. Je pense que ça sera parfait si on met l'étoile qu'on a achetée dessus.

Elle glissa son bras autour de sa taille, se blottissant contre lui.

— J'ai hâte de le décorer.

— Ah, zut. On a oublié d'acheter des lumières pour le sapin.

Il se reprocha cette erreur stupide. Je vais aller en acheter.

Elle se planta devant lui, lui fit un grand sourire.

— Reste là. J'ai une petite surprise pour toi.

Elle se rendit dans la chambre et en ressortit une minute plus tard avec quatre énormes sacs à provisions.

— J'ai fait quelques achats pendant que tu travaillais ce week-end. Des lumières pour le sapin et d'autres pour la tête de notre lit.

Notre lit. Il adorait ça.

Elle posa les sacs sur le canapé.

— J'ai des décorations pour les murs, des guirlandes pour les étagères, des chaussettes, et il y a un autre sac dans la chambre avec des coussins de Noël pour le canapé. J'ai même pris des moules à biscuits de Noël pour qu'on puisse en faire ensemble.

Il l'attira dans ses bras.

— Tu aurais pu faire n'importe quoi pendant ton week-end de repos, et tu as choisi de faire tout ceci pour nous ?

— Je me suis un peu emballée, n'est-ce pas ?

— Non, ma puce. C'est génial. *Tu es* géniale. Je n'ai jamais vécu un vrai Noël comme celui-là. Je ne savais même pas quoi offrir, et toi...

— Il colla ses lèvres aux siennes.

Merci.

— J'ai vraiment exagéré, dit-elle quand ils commencent à déballer les sacs. Avant d'être ensemble, j'appréhendais les vacances sans Mamie. Je pensais que si j'avais de la chance, je recevrais peut-être un de tes messages, si tu n'avais pas déjà renoncé à moi à ce moment-là.

Elle parlait vite, mettant des paquets sur la table.

— Mais tu as fait irruption dans ma vie avec ton camion décoré, tes guimauves, nos mains qui se tiennent et tes baisers, et tu m'as fait tomber amoureuse de toi, et comme c'est notre premier Noël ensemble et que je voulais que ce soit parfait pour toi, je...

Elle tourna la tête vers lui, les yeux paniqués.

— Oh Mon Dieu ! Je ne voulais pas dire ça.

Elle se leva et fit les cent pas tandis qu'il essayait de trouver sa voix, sa confession résonnant dans sa tête.

— On ne sort pas ensemble depuis longtemps. J'ai fait une erreur. Les filles ne sont pas censées le dire en premier, n'est-ce pas ? Je suis déso…

Il la prit dans ses bras, la faisant taire avec la pression ferme de ses lèvres. Son cœur battait la chamade dans sa poitrine. *Tu m'aimes. S'il te plaît, ne retire pas ce que tu as dit.* Il intensifia le baiser, savourant sa confession. Quand ils se séparèrent, il la garda près de lui. Elle le regardait comme s'il était la réponse à toutes ses prières, ce qui était tellement fantastique qu'il avait envie de le crier sur les toits, car il savait sans aucun doute qu'elle était la réponse à la sienne.

— Je t'aime aussi, Roni. Je le ressens depuis un bon moment, et je ne sais pas qui est censé le dire en premier. La seule chose qui compte, c'est qu'on soit ensemble. *Toi*, la belle, talentueuse et généreuse Veronica Wescott, à qui j'ai pensé tous les jours depuis six mois, *tu m'aimes*, malgré tous mes défauts et mon horrible passé. Je t'aime tellement, mon cœur, que j'en ai mal.

— J'aime *tout* de toi, Quincy, mais ce que je ressens est tellement plus grand que ces trois mots. J'aime qu'on se comprenne l'un l'autre et ce qu'on a dû surmonter. J'aime la façon dont on se soutient mutuellement. Quand j'entends ta voix, mon cœur s'emballe, et quand tu prends ma main, ce simple contact me remplit de tant de bonheur que je veux *vivre* ces instants.

Des larmes montèrent.

— Quand tu étudies et que je lis ou que je travaille sur une chorégraphie, même si nous sommes simplement assis sur un canapé ou allongés sur un lit à faire nos trucs à nous, nous le faisons ensemble, et c'est *si* bon, c'est comme si j'avais enfin trouvé l'endroit auquel j'appartiens.

— C'est le cas, ma belle, et pour moi aussi. Faisons de ce Noël le meilleur *de tous les temps.*

— J'ai une meilleure idée.

Elle se dressa sur la pointe de ses orteils et l'embrassa, puis elle prit une guirlande lumineuse.

— Faisons de ce Noël le meilleur de tous les temps, qui ne sera surpassé que par celui de l'année prochaine.

Et c'est exactement ce qu'ils firent, enroulant des lumières colorées autour de l'arbre et accrochant les ornements qu'ils avaient achetés, en s'embrassant entre temps. Ils installèrent des guirlandes lumineuses dans l'alcôve de la cuisine, autour des portes du balcon et autour des cadres de porte de la chambre. Ils décorèrent la bibliothèque avec une guirlande et quelques bibelots de Noël en céramique. Roni avait pensé à tout, y compris un chemin de table rouge, un tapis de sapin rouge et blanc avec des paillettes argentées et un porte-couronne pour la porte provenant du magasin. Quincy passa dans la chambre pour prendre le sac de coussins et vit qu'elle avait déjà accroché des lumières autour de la tête de lit. Elle avait dû le faire avant qu'il ne quitte le travail, ce qui était logique, puisqu'elle l'avait rejoint en bas et qu'ils étaient allés directement à la ferme de sapins. En prenant le sac d'oreillers, il remarqua un cadre bleu clair sur la table de nuit et le prit. Il y avait l'année écrite en blanc sur le dessus et une photo d'eux s'embrassant sur le toboggan la nuit de la chasse au trésor. *Mon Dieu,* il l'aimait tellement.

Quand il revint dans le salon, elle avait éteint les lumières du plafond. Le sapin de Noël brillait de mille feux, tout comme les autres lumières de la pièce. Roni plaçait deux cintres pour les chaussettes, qui ressemblaient à des cadeaux, sur le bord d'une étagère.

— Tu peux les attraper ?

— En échange d'un baiser.

Il se pencha et l'embrassa. Il posa le sac d'oreillers et prit les chaussettes. Elle avait fait broder leurs noms dessus. Elle était pleine de surprises.

— Merci d'avoir installé les lumières dans la chambre, et j'adore la photo.

— C'est l'une de mes préférées, avoua-t-elle en lui tendant l'autre chaussette.

— Tu fais de cet endroit un véritable foyer.

— C'est une bonne chose ? demanda-t-elle avec douceur.

— C'est mieux que bien.

Ils accrochèrent les chaussettes, et elle se recula, les admirant.

— Voilà.

— Parfait.

Il glissa son bras autour d'elle alors qu'ils se tournaient pour tout voir.

— Encore une chose, ma belle.

— Les oreillers, dit-elle. J'ai failli oublier.

Elle était si mignonne. Il parlait de l'étoile, mais elle était si heureuse, elle gambadait en plaçant des oreillers rouges et blancs sur le canapé et un oreiller blanc en forme de bonhomme de neige sur la chaise orange. Quand elle prit du recul pour les admirer, il la saisit par la taille par derrière et la souleva du sol. Elle poussa un cri quand il la mit sur ses épaules.

— Quincy !

Leurs rires emplirent la pièce. Elle essaya de se pencher sur sa tête pour l'embrasser, ce qui ne fit que les faire rire davantage.

— Qu'est-ce que je fais ici ?

— Tu as une étoile à accrocher.

Il la porta jusqu'à la cuisine, où l'étoile se trouvait à côté de la deuxième couronne qu'ils avaient faite. Ils allaient l'accrocher chez elle.

— Comment ai-je pu oublier l'étoile ? dit-elle quand il la lui tendit et alla vers le sapin. Notre arbre artificiel ne faisait qu'un mètre de haut. Je n'ai jamais fait cela auparavant.

Elle se pencha en avant, pour atteindre la branche supérieure.

— Attention, ma puce.

Il saisit le tronc près du sommet, le penchant en avant pour qu'elle puisse mettre l'étoile.

— C'est tellement excitant. J'aimerais qu'on puisse prendre une photo.

— Tes désirs sont des ordres.

Il sortit son téléphone de sa poche et prit une photo d'elle tenant l'étoile et une autre alors qu'elle la mettait au sommet de l'arbre. Il la fit descendre pour pouvoir brancher la prise de l'étoile et elle prit des photos de lui en train de le faire. Puis, ils se tinrent bras dessus, bras dessous, admirant leur sapin.

— Chérie, c'est le plus bel arbre que j'ai jamais vu.

— C'est parce que c'est le nôtre.

Elle parcourut la pièce du regard.

— J'ai toujours aimé Noël, mais je n'ai jamais ressenti cela.

— Cette pièce est pleine d'amour, ma belle, et tout est meilleur comme cela.

Ses bras l'encerclèrent.

— Avec *toi* tout est meilleur. J'aime tout de toi, et c'est incroyable de pouvoir le dire sans avoir à se retenir.

— J'espère que tu ne te retiendras jamais de moi.

Une pointe de noirceur et de séduction brilla dans ses yeux.

— Je t'ai réservé une autre surprise pour te le prouver.

Elle fit courir ses doigts le long de sa poitrine jusqu'à la taille de son jean, envoyant de la chaleur vers son sexe.

— Donne-moi quelques minutes pour organiser tout cela.

— Ça a l'air prometteur.

Elle regarda par-dessus son épaule, les joues rosies.

— Reste là.

RONI SE PRÉCIPITA dans la salle de bain, ses nerfs à vif pendant qu'elle se lavait. Quincy était au téléphone, dos à elle, quand elle se glissa dans la chambre pour se changer. Elle sortit la lingerie de Noël qu'elle avait achetée avec Angela et qui allait la transformer en un cadeau de Noël vivant. Ou plutôt, une humaine *nue* emballée avec un nœud en satin rouge. Elle ouvrit le paquet de ses mains tremblantes et posa les deux longues bandes de satin sur le lit.

Oh Seigneur.

Cela avait semblé être une bien meilleure idée quand Angela lui en avait fait la suggestion.

Prenant une profonde inspiration, qui ne fit rien pour calmer ses nerfs, elle se déshabilla. Elle saisit la bande de satin la plus courte, essayant de se rappeler comment porter ce fichu truc, et regarda l'emballage à la recherche d'instructions.

Il n'y en avait pas.

Super.

Elle enroula le satin autour de sa poitrine en croisant deux fois les bandes en diagonale sur ses seins et les noua au milieu. Ce n'était pas si difficile, mais l'autre bande, plus longue, serait plus délicate. Elle la passa entre ses seins, sous l'autre ruban, et par-dessus son épaule. Puis elle tendit la main entre ses jambes pour attraper le bout, mais il se balançait hors de portée comme une feuille au vent. Elle fit passer plus de satin par-dessus son épaule et essaya à nouveau de l'attraper.

— Tout va bien là-dedans ? demanda Quincy à travers la porte fermée de la chambre.

Elle se figea.

— N'entre pas ! Je vais bien.

Elle défit la bande et la posa sur le lit. Puis elle se coucha sur le dos au-dessus de la bande de satin. Elle attrapa le bas de la bande et l'autre extrémité, qui était au-dessus de son épaule, et se déhancha sur le lit en tenant les deux bouts, penchée en avant. Elle croisa son regard dans le miroir et s'arrêta net.

Bon sang de bonsoir. Je ressemble au bossu de Notre Dame.

Était-elle *vraiment* en train de faire tout ça ?

Elle se regarda à nouveau dans le miroir et se détourna. Elle avait l'air si sexy dans le magasin, et elle voulait tellement faire cela pour Quincy, pour lui montrer qu'elle *lui* appartenait entièrement. Elle n'allait *pas* laisser le ruban les priver de ce cadeau spécial.

Elle se redressa, tenant le morceau supérieur drapé sur son épaule, et l'enfila entre ses seins sous l'autre bande de satin, puis le fit descendre entre ses seins à nouveau. Elle fit remonter l'extrémité inférieure entre ses jambes, couvrant ses parties intimes, et la fit passer le long de son corps, par-dessus le ruban couvrant ses seins, et l'enfila derrière ce ruban, puis attacha les deux extrémités en un gros nœud rouge. Elle se vit dans le miroir et n'arrivait pas à croire qu'elle se tenait là, vêtue seulement de deux bandes de satin. Sa poitrine et ses joues étaient rose vif. Mais elle n'allait pas laisser cela la dissuader d'exciter son petit ami incroyablement sexy avec un cadeau inattendu. Elle ébouriffa ses cheveux, essayant d'ignorer la sensation du ruban sur la raie de ses fesses alors qu'elle enfilait le minuscule kimono rouge transparent qu'elle avait acheté, et ferma les yeux un bref instant pour essayer de se calmer.

Comme si un miracle pouvait se produire.

Elle utilisa toutes les astuces qu'elle avait apprises pour calmer le trac, qui n'avaient rien à voir avec le fait de vouloir séduire l'homme qu'elle aimait, et adressa une prière silencieuse aux pouvoirs en place pour qu'elle ne s'évanouisse pas à cause du trac.

Elle prit son téléphone, mit la chanson *Santa Baby* d'Eartha Kitt en boucle et fit de son mieux pour *se pavaner* en sortant de la chambre. Quincy était debout près de la bibliothèque. Il leva les yeux du livre qu'il tenait et celui-ci tomba de ses doigts quand elle se faufila vers lui. Des flammes jaillirent entre eux alors qu'elle tournait sur elle-même. Elle soutint son regard de prédatrice, balançant ses hanches et ses épaules, ouvrant le kimono, et se trémoussant alors qu'il tombait sur le sol.

— *Nom de Dieu...* dit-il d'une voix rauque alors qu'elle posait sa main sur son ventre, faisant glisser ses doigts le long de son flanc et de son dos tandis qu'elle se pavanait autour de lui, puis tournoyait.

— Tu aimes...

— Bordel, j'*adore*.

Il la hissa sur son épaule et l'emmena dans la chambre.

— Quincy ! Attends, j'ai une petite danse pour toi !

Il la déposa sur le lit et enleva sa chemise, se penchant sur elle.

— Te dévorer maintenant. Tu danseras plus tard.

Ses yeux la transpercent tandis qu'il détachait les nœuds.

Oh, elle l'adorait tellement ! Il fit en sorte que cette fichue tenue en vaille la peine.

— Tu es si sexy, bon sang.

Il captura sa bouche dans un baiser vorace, essayant futilement de dégager le satin sans rompre leur baiser. Il tira et déchira, la frustration l'envahissant lorsqu'il retira sa bouche et grogna.

— Mais qu'est-ce que c'est que ça ? J'ai besoin de ciseaux.

Elle ricana et commença à se déballer.

— Enlève tes vêtements.

Il quitta le lit, se déshabillant en trois secondes et récupéra sa bouche. Son érection reposait contre son centre, épaisse et attirante. Elle voulait faire tellement de choses : glisser vers le bas et le sentir l'emplir jusqu'à ce qu'ils ne fassent plus qu'un, le narguer jusqu'à ce qu'il la supplie de lui faire l'amour, et *ceci* – permettre à sa magnifique bouche de la faire frissonner et trembler de plaisir. Mais ce soir était censé être pour lui, alors quand ses mains parcoururent son corps, elle renversa sa tête en arrière, se cambrant sous lui pour qu'il se lève. Elle connaissait si bien son homme. C'était un amant passionné et attentionné qui lui laissait toujours de la place pour bouger. Elle se leva aussi, et poussa son torse, le faisant retomber sur le dos. Il attrapa ses fesses alors qu'elle était à cheval sur ses jambes, embrassant sa poitrine, taquinant ses mamelons avec ses doigts et sa langue. Son sexe tressaillait avidement sous elle.

— Oh, ouais, chérie, c'est si bon.

Il lui empoigna les hanches, la tirant vers l'avant.

— J'ai besoin que ma bouche soit sur toi.

Son corps se consuma.

— J'ai une meilleure idée.

— Tu veux me sauter dessus, ma belle ?

Il pressa ses hanches, soulevant les siennes sous elle.

Elle aimait son langage cochon, et il le savait. Il était passé maître dans l'art de murmurer des choses si vilaines qu'il pouvait la faire mouiller sans jamais la toucher.

— Je veux t'aimer avec ma bouche, et je veux que tu m'aimes avec la tienne.

Il émit un son guttural, et elle voulut répéter ce qu'elle avait dit simplement pour l'entendre le faire à nouveau. Elle se déplaça et se tourna, chevauchant son visage, et enroula sa main autour de son pénis. Il attrapa ses hanches, abaissant son centre vers sa bouche, tandis qu'elle le prenait au fond de sa gorge. Ils avaient exploré le corps de l'autre si souvent qu'ils se connaissaient par cœur. Certaines nuits, ils avaient fait l'amour plusieurs fois, et d'autres, ils étaient simplement allongés dans le lit à parler et à s'embrasser. Mais ce soir, surtout après qu'ils se soient déclarés leur amour, elle avait envie de *tout* ressentir.

Il gémit contre elle, et le son vibra dans son corps, augmentant son excitation. Elle redoubla d'efforts, le caressant plus rapidement, le suçant plus fort, puis taquinant le bout, le faisant gémir et le poussant à bout.

— Mon Dieu, ma chérie, tu vas me faire jouir.

Il était toujours si prudent pour ne pas se laisser aller, mais elle voulait sentir cette passion, goûter à son excitation. Elle voulait qu'il perde la tête.

— Parfait, dit-elle en entourant son corps, obtenant à nouveau ce son sensuel.

Il la dévora plus rigoureusement, faisant jouer ses doigts, la taquinant et la narguant de la manière qu'il savait la rendre folle. Elle répondit à ses efforts en accélérant les siens, et bientôt, ils gémissaient tous les deux, au bord de la libération. Il toucha le point qui la fit exploser de chaleur, et elle cria autour de son sexe alors que son orgasme l'engloutissait. Elle caressa ses testicules en sachant qu'il aimait ça, et il la suivit jusqu'au bout. Ses hanches se mirent à bouger tandis qu'elle avalait tout ce qu'il avait à lui offrir, et ils restèrent là, s'aimant jusqu'au dernier frisson.

Puis il se rapprocha d'elle, les mettant face à face, et frotta sa mâchoire, la prenant dans un baiser doux et sensuel. Son corps frissonnait et bourdonnait, elle passa sa main sur sa hanche et attrapa ses fesses, les pressant l'une contre l'autre. Comme toujours, leurs corps prirent le dessus, transformant ce baiser en une fièvre dévorante, et en quelques minutes il était dur et elle avait mal pour lui.

Il gaina son corps, et il s'abaissa sur le dos, la guidant sur lui et sur sa hampe.

— Je veux te regarder jouir, s'exclama-t-il en faisant monter la chaleur en elle.

Elle abaissa ses lèvres vers les siennes, ses cheveux tombant sur eux alors qu'ils trouvaient leur rythme. Il emmêla ses doigts dans ses cheveux et elle adorait cette prise possessive. Il intensifia leurs baisers, poussant plus fort, et déplaça une main vers le haut de ses fesses, appuyant dessus pendant qu'il poussait. Les plaisirs qui l'engloutissaient étaient écrasants, et elle se souleva, arquant son dos, utilisant sa poitrine comme levier pour le chevaucher. Il garda une main sur son postérieur, l'autre taquinant son téton.

— Tellement sexy, Mon Dieu, grogna-t-il.

Il se releva, recouvrant son sein de sa bouche et le suçant si fort que son orgasme la submergea, la frappant de vagues érotiques de chaleur et de glace, l'envoyant *au sommet*, puis en elle redescendit, jusqu'à ce qu'elle s'effondre, haletante et frissonnante contre lui. Ses bras puissants l'entouraient tandis qu'il la repoussait sur le matelas, la couvrant de baisers et lui murmurant entre chaque contact de ses lèvres.

— Je t'aime… je ne me lasserai jamais de toi… tu es si belle, chérie.

Lorsque ses yeux s'ouvrirent et que son visage apparut, il croisa leurs mains et lui fit l'amour jusqu'à ce qu'ils soient tous les deux béatement rassasiés et trop épuisés pour bouger.

Un long moment plus tard, il se chargea du préservatif et ils s'allongèrent ensemble, nez à nez, s'embrassant et chuchotant, les lumières de la tête de lit projetant des couleurs autour d'eux et *Santa Baby* toujours en boucle dans le salon.

— Maintenant qu'on a rayé *Roni enveloppée dans un nœud* de ma liste de souhaits de Noël…

Il embrassa ses lèvres souriantes.

— Qu'est-ce qu'il y a sur la tienne ?

— Tu m'as déjà accordé plus de souhaits que je ne pouvais imaginer.

CHAPITRE VINGT ET UN

RONI ET ANGELA étaient assises de part et d'autre de la table dans la salle de repos du studio, passant en revue les derniers détails de la production avec Elisa. Trois semaines s'étaient écoulées depuis Thanksgiving, et tout semblait se mettre en place dans la vie de Roni. Quincy et elle étaient plus proches que jamais, et le spectacle d'hiver se déroulait à merveille. Elisa avait rencontré Gemma et Crystal la semaine après les vacances, et Roni et Angela les avaient depuis rencontrées deux fois au sujet des costumes. Non seulement elles avaient réussi à faire économiser de l'argent aux familles, mais elles étaient également prêtes à faire des essayages pour chacune des jeunes filles. En prime, Roni s'était rapprochée de Gemma et Crystal. Elles s'envoyaient souvent des textos et s'étaient même retrouvées plusieurs fois pour déjeuner.

— Vous avez toutes les deux fait un travail phénoménal et avec les filles de *Princesse d'un Jou*r pour confectionner les costumes, je pense que ce sera notre meilleure vitrine, déclara Elisa.

Angela et Roni échangèrent des regards excités.

— Les filles, vous travaillez vraiment bien ensemble. Je suis fière de vous deux.

Elisa referma son cahier, son regard se portant sur Roni.

— Ta grand-mère serait très fière de toi pour le chemin que tu as parcouru depuis son décès.

— Merci, répondit Roni. Je l'espère.

— C'est évident. Elle était fière de toi pour tout ce que tu avais déjà accompli, lui rappela Angela.

— Et elle serait encore plus fière si tu ajoutais un certain solo à notre répertoire, ajouta Elisa avec une lueur d'espoir dans les yeux.

— Peut-être un jour, mais je ne suis pas encore prête. Je m'habitue tout juste à danser devant Quincy.

Angela et elle avaient travaillé de nombreuses heures pour préparer le spectacle et Quincy voulait connaître chaque petite chose sur les productions et la danse qu'elle faisait. Il aimait tellement la regarder danser, qu'un soir elle l'avait surpris quand il était venu la voir pendant sa pause dîner, et elle avait exécuté une de ses danses préférées juste pour lui. Elle avait tellement aimé danser pour lui qu'elle lui avait donné plusieurs autres spectacles privés dans son appartement, dont beaucoup s'étaient terminés à mi-chemin avec eux, nus et enlacés.

— C'est un jeune homme très chanceux et très spécial, déclara Elisa.

— Il te fait défaillir à cause de ces déjeuners et dîners, n'est-ce pas ? la taquina Angela.

Quincy avait apporté assez de nourriture pour eux tous les jours où Angela et/ou Elisa travaillaient pendant leurs pauses repas. Il avait appris à mieux les connaître toutes les deux et Roni était touchée qu'il fasse de tels efforts avec les personnes qui étaient importantes à ses yeux.

Elisa se leva.

— Il me fait craquer en raison de la façon dont il traite Roni. Tout ce qu'il dit et fait passe après ça.

— Bravo, bravo, conclut Angela.

— M. Merveilleux t'a-t-il dit où il t'emmène ce soir ? demanda Elisa.

— Pas encore, mais je ne l'ai jamais vu aussi excité ou aussi mystérieux.

Il y a environ deux semaines de cela, Quincy lui avait dit qu'il avait une surprise pour elle, qu'elle devait s'habiller joliment et se préparer à être *épatée*. Ne savait-il pas qu'il la *subjuguait* tous les jours par sa prévenance, son soutien et son amour sans faille pour elle et tous les autres membres de son entourage ? Le week-end dernier, ils avaient emmené Kennedy et Lincoln dans un magasin artisanal, où les enfants avaient confectionné des cadeaux de Noël pour Truman et Gemma, et ils s'étaient tous amusés. Quincy avait créé une danseuse en argile pour Roni, et elle lui avait fait un ornement en forme de cœur pour leur arbre avec **Roni Loves Quincy** peint dessus. Avec l'aide de Quincy, Kennedy en avait fait une sur laquelle était écrit **Kennedy Loves Roni + Quincy**. Lincoln ne voulait pas être laissé pour compte, alors ils en avaient fait une autre qui disait **Lincoln Loves Zolie + Incy**.

— Je suis impatiente de découvrir tous les détails, dit Elisa. J'aime les bonnes surprises.

— Et je veux entendre tous les détails que tu ne peux pas raconter à Elisa, ajouta Angela en lui faisant un clin d'œil.

— Les filles, vous pensez que je suis trop vieille pour prendre du bon temps. Attendez de voir de quoi vous êtes capables à mon âge, s'exclama Elisa alors qu'elles sortaient de la pièce pour fermer pour la nuit.

Elle les embrassa toutes les deux et alla dans son bureau.

— Elle est hilarante… et elle *a raison*, dit Angela. Je sais que je ne quitterai plus Joey jusqu'au jour de ma mort.

— Moi aussi. Quincy, pas Joey.

Elle jeta un coup d'œil à l'horloge, se demandant comment se passait le rendez-vous de Quincy avec Simone. Il était allé avec elle pour voir l'appartement dans lequel elle emménagerait après les vacances. L'ordonnance restrictive avait été obtenue la semaine d'avant et Roni avait vu le soulagement sur son visage quand il avait appris la nouvelle. Il était allé voir Simone ce soir pour s'assurer qu'elle savait qu'elle ne devait pas baisser sa garde.

— As-tu décidé de ce que tu vas porter ce soir ? demanda Angela. S'il te plaît, dis-moi que tu vas porter les bottes montantes.

— Oui, mais pas parce que tu les appelles des bottes "Baise-moi". Je les porte parce qu'elles vont avec ma robe noire à manches longues et au bas dentelé.

— Tu portes ta robe moulante spéciale avec sa jupe à volants et tu ne veux pas admettre que tes bottes sont vraiment des bottes spéciales ?

Roni lui donna une tape sur le bras.

— *Chut.* Ce n'est *pas* pour ça que je porte la robe. Je la porte parce que je sais qu'il va m'aimer dedans.

— Presque autant qu'il aime te sauter dessus quand tu la portes.

Angela rit et cogna l'épaule de Roni avec la sienne.

— J'aime te faire rougir.

— Lui aussi.

Elle regarda dans le couloir la porte qui menait à son appartement, mais elle avait l'impression de ne pas y avoir vécu depuis des mois. Ils étaient restés chez Quincy tous les soirs depuis qu'ils avaient installé le sapin, à l'exception des mercredis où elle était restée tard pour danser, et où il était venu après ses réunions des alcooliques anonymes.

— Je ferais mieux d'y aller. Je dois me doucher et me préparer.

— Pourquoi tu regardes cette porte ? Tu vis pratiquement chez lui.

Un frisson la parcourait chaque fois qu'Angela la taquinait à ce sujet.

— Je sais, et j'adore ça.

Elle afficha un sourire mielleux.

— Ma robe noire et mes bottes *non-tentatrices* sont chez moi. Je te verrai demain et je te dirai quelle a été la grande surprise.

Alors que Roni se dirigeait vers le hall, Angela ajouta :

— N'oublie pas d'épiler tous les endroits coquins.

Roni secoua la tête en riant et se dirigea vers son appartement, heureuse d'avoir déjà pris soin de *cela*.

PLUS TARD CE SOIR-LÀ, Quincy pénétra dans son appartement, vêtu d'un costume sombre et d'une chemise blanche impeccable, les cheveux gominés et un regard séducteur frémissant dans les yeux, tandis qu'il la dévorait des yeux.

— *Bon sang*, chérie, tu es à couper le souffle.

Elle ne pouvait rien faire de plus que de le fixer. Il était *si* attirant.

— Tu donnes ta langue au chat ?

Il s'approcha d'elle, pressant ses lèvres contre les siennes.

— Peut-être que ça va t'aider.

Il leva son autre main et ouvrit un récipient transparent. Il contenait le plus beau bouquet de poignet qu'elle ait jamais vu, avec de minuscules roses roses et blanches, un soupçon de feuilles vertes, du gypsophile et un ruban rose pâle.

— Tu as manqué ton bal de fin d'année et d'autres danses, alors j'ai supposé qu'on ne t'avait jamais offert de fleur.

Une boule se logea dans sa gorge lorsqu'il le plaça sur son poignet.

— Et voilà que le premier et unique bouquet que je donne est à la première et unique fille que j'ai jamais aimée.

Elle se jeta dans ses bras, des larmes glissant sur ses joues.

— Merci. C'est très beau. *Tu es* magnifique.

Elle recula, essuyant ses yeux, aimant encore plus ses paroles que le petit bouquet.

— Et si on optait pour "viril", "beau" ou "étalon" ?

Elle éclata de rire.

— Tu es tout cela à la fois, mais tu as littéralement volé ma capacité à parler quand tu as passé la porte. Tu es toujours très beau, ne te méprends pas, mais dans ce costume, on dirait que tu appartiens à un panneau d'affichage ou à un écran de cinéma, et le fait que tu l'aies porté pour moi me fait me sentir si spéciale.

— Tu es la personne la plus exceptionnelle de ma vie. Je suis content que tu l'aimes. Je l'ai acheté pour le mariage de Jed et Josie, et je voulais que cette nuit soit une nuit que tu n'oublieras jamais.

Elle avait du mal à croire que Noël et le mariage n'étaient que dans neuf jours.

— Il n'y a déjà aucun moyen que j'oublie cette nuit.

— On ne fait que commencer et tu es incroyable, ma chérie. Combien d'autres tenues sexy as-tu cachées ?

— Quelques-unes. Cela me fait penser que je dois prendre mon sac dans la chambre. On reste chez toi, non ?

— A moins que tu ne préfères rester ici, dit-il en la suivant dans le couloir.

— Je n'ai même plus l'impression d'être chez moi. On dirait plutôt une escale.

Il la serra plus fort.

— Alors rendons cela officiel. Emménage avec moi, ma belle. Je t'aime et tu m'aimes, et on est ensemble tous les soirs de toute façon. Faisons de mon appartement *notre* appartement.

Sa peau fut prise de chair de poule.

— Sérieusement ?

— C'est ce que je veux depuis des semaines. Quand nous sommes séparés, quelque chose en moi se sent déstabilisé. Mais à la fin de la journée, lorsque l'un de nous franchit cette porte et se retrouve dans les bras de l'autre, tout semble à nouveau normal. J'ai failli te le demander le soir où on a acheté notre sapin, mais je ne voulais pas te brusquer.

— *Bouscule-moi*, Quincy, parce que dans ma tête, j'y suis déjà.

Le bonheur bouillonnait à l'intérieur d'elle. Je suppose qu'on devrait apporter ma bibliothèque, non ?

Il la souleva, la fit tourner autour de lui et l'embrassa.

— Tu viens de faire de moi l'homme le plus heureux de la terre, lança-t-il en la déposant à terre. Nous allons apporter ta bibliothèque et tout le reste. Nous commencerons à déménager demain après le travail, et je finirai pendant que tu seras à la fête de Josie dimanche après-midi. Je vais demander à Tru et aux gars de nous aider.

Il ramassa son sac et l'entoura d'un bras.

— Ils ont peut-être d'autres projets, dit-elle alors qu'ils se dirigeaient vers le hall.

— Alors, je vais t'installer moi-même. Je ne vais pas te laisser le temps de changer d'avis.

— Comme si ça pouvait arriver. Tu es coincé avec moi, mon pote. Et je paie la moitié du loyer.

Il se moqua.

— Tu parles !

Elle mit la main sur sa hanche.

— Le loyer n'est pas négociable. Si tu veux que j'emménage, alors tu dois accepter mes conditions.

— Tu es dure en affaires. *D'accord.* Je vais utiliser ma part pour t'acheter des choses.

Elle lui jeta un regard désapprobateur.

— Je t'aime.

Il l'embrassa et l'aida à mettre son manteau.

— Comment ça s'est passé avec Simone ? lui demanda-t-elle en se dirigeant vers son pick-up. Tu as aimé l'endroit où elle emménage ?

— C'était bien. Je ne l'aime pas dans ce quartier, mais je me suis arrêté au bar sur le chemin du retour et j'ai parlé à Diesel. Il m'a assuré qu'ils allaient continuer à veiller sur elle. Elle n'a pas eu d'autres problèmes, mais son ex est un vrai con. Il attend peut-être qu'elle ne soit plus sous la protection des Dark Knights. Avec un peu de chance, elle pourra alors trouver un endroit à Peaceful Harbor ou aller au *Ranch de la Rédemption.*

— Je serais terrifiée si j'étais elle. J'ai lu sur le net que la personne contre qui on prend une ordonnance restrictive est prévenue quand la décision est prise. S'il est aussi horrible qu'il en a l'air, il n'a probablement pas fini d'essayer de la pousser à se droguer à nouveau.

Quincy l'aida à monter dans le pick-up, *la* regardant comme si elle avait décroché la lune.

— Je suppose que ça ne devrait pas me surprendre que tu te

sois renseignée sur les ordonnances restrictives, étant donné que tu as lu tout ce que tu as pu trouver sur la guérison. Simone a dit qu'elle se sentait plus protégée que jamais auparavant. Elle joue la comédie comme si elle avait plus peur qu'il s'en prenne aux Dark Knights plutôt qu'à elle.

La panique monta dans la poitrine de Roni.

— Le fera-t-il ? Et pour toi ? Tu es en danger parce que tu es son parrain ?

— Non, chérie. Je te l'ai dit, et il n'y a aucune chance qu'il s'en prenne au club non plus. Simone fait ce qu'elle doit faire pour rester assez forte pour tenir le coup jour après jour. Elle essaie de se sentir plus en sécurité. C'est un mécanisme naturel de survie. C'est pourquoi, je la surveille plus souvent, pour m'assurer qu'elle ne rechute pas. Ce qui me fait penser, nous avons prévu de nous rencontrer au refuge dimanche en début d'après-midi.

Elle respira un peu mieux.

— Je suis contente que tu surveilles Simone. Je m'inquiète pour elle. Je ne sais pas comment tu peux voir les gens aux réunions et ne pas vouloir garder un œil sur chacun d'eux.

— Ce n'est pas une question de ne pas vouloir. Ils doivent vouloir rester clean plus qu'ils ne veulent de la drogue. Je ne suis pas leur sauveur. Je suis là pour donner de l'espoir, pour m'assurer que les discussions se déroulent bien et pour fournir un environnement propice au rétablissement. Pour Simone, je suis un mentor, la personne au bout de sa chaîne qui est là pour écouter, pour transmettre ce que j'ai appris dans les programmes et pour l'aider à trouver sa voie. Je suis là *pour* elle, mais la seule personne qui peut sauver Simone est *Simone*.

Il sourit.

— Maintenant, mon doux et sexy amour, c'est l'heure de ta surprise.

CHAPITRE VINGT-DEUX

QUINCY ÉTAIT TELLEMENT heureux de la décision prise par Roni d'emménager, que sa nervosité à l'idée de la surprise qu'il lui réservait après le dîner s'en trouvait *presque* réduite à néant.

Les rues de Peaceful Harbor étaient décorées pour les fêtes avec des lumières scintillantes le long de la rue principale. Lorsqu'il s'était garé sur le parking de *Chez Dimitri*, un restaurant méditerranéen confortable qui surplombe le port, la mâchoire de Roni s'était décrochée, ses yeux brillaient d'admiration. Le restaurant avait été construit sur le modèle d'une maison méditerranéenne, avec des murs en stuc, un toit en terre cuite, des ouvertures cintrées entourant un patio avec des balustrades en fer forgé et une entrée à double arche, qui était bordée de lumières décoratives.

— Quincy, on ne peut pas se permettre cet endroit.

Il se gara, tellement heureux qu'elle ait dit "*nous*".

— Ce soir, c'est une soirée spéciale et on *peut* se le permettre. On a passé des mois à s'envoyer des textos sans sortir ensemble. J'ai fait des économies pour nos rendez-vous, un pot avec ton nom dessus. Je ne gagne peut-être pas un salaire à six chiffres, mais je gagne assez pour t'offrir une soirée *spectaculaire* de temps en temps. Et un jour, quand j'aurai fini mes études, nous gagnerons assez pour louer une petite maison avec un jardin pour notre chiot et des chambres pour nos futurs bébés, et je pourrai t'emmener dans des endroits chics plus souvent.

L'amour apparut dans son regard.

— Je n'ai pas besoin de luxe, Quincy. Je n'ai besoin que de toi.

— Je sais, mais je veux te faire plaisir, chérie. Tu ne te souviens peut-être pas, mais avant qu'on commence à sortir ensemble, je t'ai demandé par texto si tu devais choisir un restaurant dans notre quartier, ce serait lequel, et tu as dit…

— *Chez Dimitri*, répondit-elle tendrement. Je ne sais pas quoi dire. Je n'ai jamais été dans un endroit aussi chic.

— Tu n'as pas besoin de dire quoi que ce soit. Dans tes yeux, je sais toujours ce que tu penses et je t'aime aussi.

Il l'embrassa et alla l'aider à descendre du pick-up.

Ils se dirigèrent vers le restaurant intimiste et faiblement éclairé. Il n'y avait qu'une vingtaine de tables, avec des bougies au centre. Des lumières blanches entouraient les fenêtres donnant sur le port. Le clair de lune dansait à la surface de l'eau sombre.

Quincy aida Roni à enlever son manteau.

— Tout le monde est habillé à la perfection, chuchota-t-elle. Est-ce que j'ai l'air bien ? Pourquoi je suis si nerveuse ?

— Peut-être parce que tu sais que tu es la plus belle femme ici et que toutes les autres femmes seront jalouses.

Ils accrochèrent leurs manteaux dans le dressing et, à l'abri des regards de l'hôtesse, il l'attira dans ses bras, l'embrassant passionnément jusqu'à ce qu'elle se détende contre lui. Puis il effleura ses lèvres.

— Ça va mieux ?

Elle soupira.

— *Beaucoup mieux.*

Ils étaient assis près d'une fenêtre, comme Quincy l'avait demandé lorsqu'il avait fait la réservation. La vue sur l'eau était magnifique, mais rien n'était comparable à la vue, de l'autre côté de la table, de la fille qui avait volé son cœur et lui avait montré ce qu'était vraiment une vie bien remplie. Ils partagèrent des amuse-bouches de tomates rôties à la sauge et de brocolis rôtis au Halloumi avec des poireaux caramélisés.

Roni n'arrêtait pas de s'extasier sur la nourriture et l'atmosphère. Il était heureux d'avoir fait le bon choix. Il avait appris beaucoup de choses sur elle au cours des dernières semaines, comme la façon dont elle jouait avec les pointes de ses cheveux lorsqu'elle se concentrait et la manière dont ses pieds et ses bras bougeaient lorsqu'elle réfléchissait à un enchaînement de danse, même si elle était assise. Elle aimait s'allonger dans son lit le matin et laisser la journée *s'écouler,* se délectant de cette tranquillité parce qu'elle avait passé tant d'années à avoir peur de ce qui se trouvait derrière sa fenêtre. Il avait aussi appris ses habitudes alimentaires, comme le fait qu'elle aimait les pâtes et le pain, même si elle préférait le blé complet au blanc, et qu'elle préférait les fruits et légumes aux protéines. Quincy et elle étaient des consommateurs peu exigeants, ayant grandi avec des budgets serrés, mais ils aimaient faire des expériences lorsqu'ils cuisinaient ensemble, ce qui les amenait souvent à faire des bêtises ou à faire l'amour, puis à manger une des gourmandises secrètes de Roni, une pizza ou des tacos. Il avait aussi remarqué qu'elle n'était pas très friande de sucreries, à moins qu'ils ne les préparent, comme les tartes et les biscuits qu'ils avaient faits. Il n'avait jamais prêté autant d'attention à tout ce qui concerne une personne auparavant et avec Roni, il n'avait même pas eu à s'y efforcer. Il adorait tout chez elle et remarquait tout.

Ils discutèrent pendant le dîner, partageant du poulet avec des artichauts et des olives et des côtelettes d'agneau aux herbes avec des légumes rôtis.

— Si tu veux vraiment commencer à déménager demain soir, alors je devrais commencer à faire mes bagages ce soir ou demain matin.

— On va se débrouiller, ma belle. On peut rester chez toi ce soir et faire nos bagages pendant quelques heures si tu veux.

— Et si on faisait nos bagages, puis qu'on retournait chez toi pour la nuit, même si je sais que je vais être trop impatiente pour dormir.

— Super ! lança-t-il en haussant les sourcils.

— Où allons-nous mettre mes meubles ? Je dois le dire à Elisa et Angela.

Elle baissa la voix, se pencha en avant.

— Oh, Quincy, je suis si heureuse !

Il rapprocha sa chaise et lui prit la main.

— Moi aussi, chérie. On va mettre certains de tes meubles dans la deuxième chambre ou mettre les tiens dans le salon et les miens dans la chambre. Comme tu veux.

— Je ne sais pas. Cela me serait égal si on n'avait pas de meubles.

Ils se blottirent l'un contre l'autre, s'embrassèrent et finirent leur repas, partageant des baies au vinaigre balsamique et un yaourt au miel pour le dessert. Au moment où ils partirent, ils étaient tous les deux rassasiés.

Quand ils arrivèrent au véhicule, Roni mit ses bras autour de son cou.

— Merci pour cette nuit incroyable. Tu m'as officiellement *épatée*.

— On n'a pas encore fini.

Ses yeux s'écarquillèrent.

— On n'en a pas fini ?

— Non. J'ai une autre surprise pour toi.

Il l'aida à monter dans le pick-up et fit le tour du siège conducteur, espérant de tout son être qu'elle aimerait ce qu'il lui réservait.

Elle dut lui demander cinq fois où ils allaient pendant qu'il traversait la ville, mais il se contenta de lui serrer la main, la laissant se poser des questions.

— On va au Harlequin Playhouse ? demanda-t-elle quand il s'arrêta sur la route qui menait à leur destination.

— Bien sûr.

— C'est là que nous organisons nos spectacles. J'ai dansé ici quand j'étais jeune, mais ils n'ont pas de productions le jeudi soir.

— C'est un spectacle spécial.

— Qu'est-ce qu'on va voir ? demanda-t-elle, excitée.

— C'est une surprise.

Il se gara sur le parking presque vide.

— On est en avance ? lança-t-elle alors qu'il l'aidait à sortir.

— Peut-être un peu.

Quincy appréciait la façon dont son visage s'illuminait lorsqu'ils entrèrent dans le luxueux hall d'entrée, avec sa moquette rouge foncé, ses murs en bois foncé et ses lustres fantaisistes. Une porte à leur droite s'ouvrit et Raya Singh, la directrice du théâtre, s'avança vers eux dans une robe bleue ajustée. Elle avait la peau couleur olive, des cheveux noirs raides et des pommettes hautes si bien qu'elle lui faisait penser à Elisa, en plus jeune. Il avait rencontré Raya plusieurs fois pour organiser la surprise pour Roni.

— Quincy, Roni, c'est si bon de te voir.

Elle embrassa Quincy. Elle sourit chaleureusement à l'expression curieuse de la jeune femme.

— Tu as un petit ami très attentionné.

Alors que Raya lui fit la bise, Roni jeta un coup d'œil par-dessus son épaule à Quincy.

— As-tu manigancé avec Raya ?

— Tu vas voir.

Celle-ci baissa la voix de manière conspiratrice.

— Il est très bon pour organiser des surprises. Laissez-moi prendre vos manteaux, puis vous pourrez aller dans le théâtre et vous mettre à l'aise.

— Merci, Raya, dit Quincy, en aidant Roni à prendre sa veste et en la lui remettant.

— Ton bouquet de fleurs est magnifique, déclara Raya.

— Merci, dit-elle en prenant la main de Quincy. C'est le premier qu'on m'offre.

— Cela fait de cette soirée une soirée encore plus mémorable. J'espère que tu apprécieras le spectacle.

Ils entrèrent dans le théâtre vide et ils se dirigèrent vers l'avant.

— Je suis si nerveuse. Qu'est-ce que tu as fait ?

— Je suis tombé amoureux, répondit-il, car quelle autre réponse pouvait-il donner ?

LES LUMIÈRES S'ÉTEIGNIRENT, et les rideaux s'écartèrent, révélant un écran couleur nacre.

— Est-ce qu'on va regarder un film ? chuchota Roni.

Quincy mit son bras autour d'elle.

— Tu te souviens quand j'ai dit que j'aimerais pouvoir revenir en arrière et voir toutes tes performances ? C'est encore mieux, parce que je peux les regarder avec toi.

Elle ignorait ce qu'il voulait dire, mais avant qu'elle ne puisse lui demander, l'écran s'alluma et Roni, âgée de six ans, apparut au centre de la scène dans son justaucorps et sa jupe lavande du *Summer Showcase*. De la musique retentit et la petite fille leva son visage, si sérieux et concentré. Le pouls de Roni s'emballa en se regardant toute jeune danser. Elle se souvenait de cette production. Elle était tout aussi nerveuse à l'époque qu'aujourd'hui, mais Grand-mère avait dit : "*Il n'y a rien que tu ne puisses faire si tu le veux vraiment*". Alors sous le regard de Roni, la danse se transforma en un montage de sa danse pendant son enfance, entrecoupé de photos d'elle et de sa grand-mère. Des larmes coulèrent sur ses joues, et Quincy embrassa sa tempe et posa sa tête contre la sienne tandis qu'ils la regardaient s'épanouir sous leurs yeux en une adolescente dansant seule sur la scène.

Mon Dieu, j'étais tellement douée.

Une heure ou plus s'écoula alors que des années de danses de groupe et de solos se déroulaient sous leurs yeux. Roni n'en croyait pas ses yeux. Quincy avait même inclus des séquences où Angela et elle jouaient ensemble et des photos d'elles avant et après les spectacles. Comment avait-il obtenu toutes ces images ? L'écran devint noir, et juste au moment où elle se tourna pour le lui demander, il se ralluma avec l'une des danses qu'elle avait exécutées à *Juilliard*. De nouvelles larmes coulèrent alors que lui revenaient en mémoire l'esprit de compétition dont elle avait besoin, la nervosité constante qu'elle avait endurée en essayant de répondre et de dépasser les attentes de chacun – surtout les siennes – et le sentiment glorieux et insurmontable d'accomplissement, de briller parmi les danseurs d'élite, qui avait fait que tout cela en valait la peine. Lorsqu'une photo de son diplôme de *Juilliard* apparut sur l'écran, un sanglot s'échappa de ses lèvres, et elle se couvrit la bouche. Elle l'avait rangé dans une boîte dans son placard. Il n'y a aucun moyen qu'il ait pu le trouver.

Quincy la serra plus fort.

— Je t'aime, murmura-t-il.

Elle avait l'impression que sa poitrine allait exploser quand l'audition qu'elle avait faite pour la compagnie de danse à New York apparut sur l'écran. La boule qui s'était logée dans sa gorge se développa douloureusement alors qu'elle se voyait glisser gracieusement sur la scène, ses mouvements parfaits.

Où as-tu trouvé cela ?

Elle essuya ses larmes, mais rien ne les arrêta lorsque l'écran s'illumina avec le montage de plans fixes de Roni à l'hôpital dans les jours qui suivirent l'accident, son corps ravagé, moulé et couvert d'ecchymoses et d'éraflures. La chanson *Perfect Skin* d'Olivia Lane était diffusée. Quincy serra Roni plus fort alors qu'apparaissait une image d'elle endormie dans un lit d'hôpital et une autre de sa joue striée de larmes, regardant loin de la caméra. Il y avait des photos de Gram et Elisa lui tenant la main près de son lit d'hôpital, et un selfie qu'Angela avait pris d'elles allongées côte à côte. La poitrine de Roni se serra en voyant apparaître des photos d'elle en rééducation, apprenant à marcher, faisant des grimaces douloureuses, souriant et tirant la langue. *Angela a dû te les donner.* Elle se souvenait d'Angela prenant cette photo, l'encourageant et disant des bêtises juste pour la faire rire. Angela avait été le roc de Roni tout au long de son épuisante convalescence.

Des images d'elle essayant de danser à nouveau envahirent

l'écran, puis d'autres séquences vidéo, cette fois du studio, de la jeune femme luttant contre sa douleur. Il y avait tellement de séquences documentant des mois de rééducation qu'il n'avait pu les obtenir que d'Elisa, mais elle ne savait pas comment cette dernière avait pu les prendre. La façon dont les images étaient assemblées montrait la transition de Roni, depuis le moment où elle était trop blessée pour marcher jusqu'à celui où elle glissait avec grâce sur le sol, se lançant dans chaque mouvement, et toutes les étapes douloureuses entre les deux. Elle essuya ses yeux, fascinée par elle-même alors qu'elle dansait dans le studio après les heures de travail, quand elle pensait que personne ne pouvait la voir. Puis Quincy fit surgir une autre vague d'émotions avec un montage d'elle enseignant le cours de hip-hop pour adolescents, le cours de ballet, et le cours de Kennedy. Il avait même inclus le moment où Dottie avait finalement rejoint les autres.

Lorsque l'écran s'assombrit, elle laissa échapper un souffle qu'elle n'avait pas réalisé retenir, et dans la seconde suivante, la chanson *Lose You to Love Me* retentit, et l'écran s'anima à nouveau avec Roni dansant dans le studio plus récemment. Quincy apparut dans l'embrasure de la porte derrière elle, l'air totalement et complètement abasourdi en la regardant. Elle était tellement perdue dans la danse, qu'elle n'avait même pas remarqué qu'il était là. Ce qu'il avait dit cette nuit-là lui traversa l'esprit. *Tu es forte, belle, et pour moi, un œil non averti qui te regarde danser, tu es l'incarnation de la perfection.*

Il la serra plus fort.

— Je crois que je suis tombé encore plus amoureux de toi à ce moment-là, murmura-t-il.

Des larmes coulèrent sur ses joues, alors qu'elle pensait ne plus en avoir, elle en avait déjà versé tellement.

Quand la musique cessa et que les lumières s'allumèrent, elle remarqua que les yeux de Quincy étaient humides eux aussi. Il se racla la gorge et cligna des yeux pour les sécher, la regardant un peu nerveusement.

— J'espère que ça allait.

Elle s'essuya les yeux, la gorge à vif sous le coup de l'émotion.

— Comment as-tu fait tout ça ?

— Elisa avait des images des événements et des vidéos de sécurité des caméras du studio. J'ai eu l'idée le jour où je l'ai rencontrée et nous n'avons cessé d'y travailler depuis. Tu te souviens quand elle m'a raccompagnée pour te voir la première fois ? Je lui avais déjà demandé si elle pouvait m'aider. Angela a aussi contribué. Ses parents avaient des vidéos de la plupart des représentations.

— Et mon diplôme de *Juilliard* ?

— Elisa a fait marcher ses relations et m'a obtenu une copie. Je l'ai fait encadrer. Il est accroché au mur de *notre* appartement.

Ses yeux étaient emplis de larmes.

— Elle m'a aidé à obtenir la vidéo de l'audition, aussi. Je ne voulais pas te bouleverser. Je voulais vivre ce que tu as vécu au fil des ans, traverser *ensemble* les épreuves, et je voulais que tu voies à quel point tu es remarquable.

Alors qu'elle se mettait debout, la confusion monta dans ses yeux, mais lorsqu'elle se baissa sur ses genoux et mit ses bras autour de lui, sa confusion se transforma en compréhension. Elle le serra fort dans ses bras, se sentant vraiment *visible* pour la première fois depuis des années. Quincy voyait ses insécurités, ses forces et ses défauts, et elle était tellement amoureuse de lui qu'elle voulait lui faire savoir qu'elle voyait tout de lui, aussi, surtout son âme aimante et solidaire.

Elle releva son visage baigné de larmes, rencontra ses yeux souriants.

— C'est toi qui es remarquable. Tu ne m'as pas seulement *épatée*, mais tu es devenu l'air que je respire. Je vais faire cette représentation, Quincy, et je vais le faire pour *toi*. Donc, si je ne finis pas, j'attends de toi que tu lances les premiers applaudissements.

CHAPITRE VINGT-TROIS

— HEY, QUIN ?

Roni l'appela de la salle de bain ce dimanche en fin de matinée.

— Tu as trouvé les chaussures ?

Il aimait quand elle l'appelait comme ça. Ils avaient fait les cartons de son appartement depuis le jeudi soir. Ils en avaient déballé la plupart et après avoir rendu visite à Simone cette après-midi, Truman et quelques gars viendraient chez Roni pour déplacer le reste de ses meubles pendant qu'elle serait à la fête de Josie. Il regarda les cartons qu'il avait déjà ouverts, et la pile qu'ils n'avaient pas ouverte, souhaitant qu'ils aient pensé à les étiqueter. Mais cette idée s'était perdue avec l'excitation d'emménager ensemble.

— Pas encore, chérie, répondit-il, ses yeux dérivant vers le sapin de Noël, qui comptait plusieurs petits cadeaux de leur part depuis quelques semaines. Il aimait choisir des cadeaux pour elle et voir à quel point elle était excitée quand elle glissait le sien là-bas.

Il ouvrit une autre boîte, trouvant des justaucorps et d'autres accessoires de danse. Deux cartons plus tard, il trouva ses chaussures et fouilla dedans à la recherche des bottines couleur bronze qu'elle voulait porter à la fête. Il trouva ses bottines, mais plus intéressant encore, il trouva une paire de talons aiguilles noirs et l'imagina dans ces chaussures.

Il les emporta dans la salle de bain et la trouva penchée en avant, en train de repêcher le sèche-cheveux sous le lavabo, lui donnant un aperçu de ses magnifiques fesses qui ressortaient de dessous une serviette. C'était l'une des raisons pour lesquelles ils avaient commencé à garder des préservatifs dans l'armoire à pharmacie. Il se frotta contre elle, passant sa main sous la serviette et remontant le long de sa cuisse.

— *Quincy*, dit-elle doucement en se levant, le regardant à travers leur reflet dans le miroir.

— J'ai trouvé la boîte de chaussures.

Il montra les talons aiguilles au bout de ses doigts.

— Que dois-je faire pour que tu les portes ?

— C'était pour un costume d'Halloween.

— Et si tu y glissais tes jolis petits pieds pour moi ?

Il lui embrassa le cou, plaçant son autre main plus haut, la taquinant entre ses jambes, obtenant ce rougissement qu'il adorait.

— Tu ne dois pas te préparer pour aller voir Simone ?

Pressant son corps dur contre ses fesses, il enfonça ses doigts dans son corps humide.

— J'ai tout mon temps.

Elle appuya ses mains à plat sur le comptoir, respirant plus fort alors qu'il se concentrait sur l'endroit qui la faisait gémir. Il descendit sa bouche vers son cou, la mordillant et la léchant.

— Quincy, haleta-t-elle, en écartant les jambes.

Il posa les talons sur le sol et enleva son pantalon de survêtement.

— Ouvre les yeux, ma belle.

Elle obéit, la température montant en flèche et envoyant sa

serviette sur le sol. Il frotta son sexe contre ses fesses.

— Que dirais-tu de porter ces talons, ma belle ?

Elle glissa ses pieds dedans, et *purée*. Elle était toujours sexy, mais bon sang, il était sur le point de craquer. Il caressa sa poitrine d'une main, utilisant son autre main entre ses jambes tandis qu'il pressait son membre contre elle. Elle se balançait et faisait ces petits gémissements qu'il aimait tant.

— Tu es tellement sexy, ma chérie.

Il se pencha, embrassa la courbe de ses fesses, mordillant les douces joues, ce qui lui valut un long gémissement sensuel. Il écarta ses jambes, léchant entre elles et enroula ses mains autour d'elle, taquinant entre ses jambes tandis qu'il léchait, embrassait et explorait.

— Quincy, j'ai besoin de toi, haleta-t-elle.

— J'aimerais que tu prennes un contraceptif pour que je puisse m'enfoncer en toi sans aucune barrière entre nous, dit-il, la voix rauque de désir en se levant.

Elle se retourna et caressa son érection.

— Je pensais la même chose.

Il écrasa sa bouche contre la sienne tandis qu'ils se poussaient mutuellement à bout, se caressant et se taquinant. Quand elle guida son sexe entre ses jambes, il retira ses doigts, frottant sa longueur le long de son centre, le mouillant de la base à la pointe et un gémissement gronda. Il poussa ses hanches, sa longueur chevauchant sa chaleur glissante, et se détourna sa bouche.

— J'ai besoin de te prendre tout de suite.

Il la souleva et la posa sur le bord du meuble, cherchant un préservatif.

— Tu as dit que tu avais le temps.

Elle haussa les sourcils de manière séduisante. Autant en

profiter. Elle colla ses lèvres aux siennes, puis guida son visage plus bas.

— Je t'aime, nom de Dieu. Mets tes mains derrière toi, chérie, et tiens-toi bien.

Il passa ses jambes sur ses épaules et la combla, la caressant avec sa langue, la taquinant avec ses doigts et la narguant avec ses dents, l'amenant jusqu'au bord de l'orgasme.

— *J'en veux plus… maintenant… Quincy, s'il te plaît* !

C'est alors qu'il la dévora comme elle en avait besoin. Son nom jaillit de ses lèvres alors qu'elle jouissait, son corps frémissant et tremblant alors qu'elle chevauchait la vague de son orgasme. Il resta en elle, l'amenant à nouveau au bord du précipice, puis utilisa sa bouche pour l'y maintenir, son corps tremblant et haletant tandis qu'il se gainait.

— Dépêche-toi, implora-t-elle.

Ses bras l'entourèrent et ses jambes s'enroulèrent autour de lui, et il s'enfonça profondément.

— J'ai besoin d'être plus près, dit-elle, en enroulant ses bras autour de son cou et en se soulevant du meuble.

Il la pénétra, se tournant avec elle dans ses bras pour utiliser le mur comme levier, et fit glisser sa bouche sur la sienne. Elle aspira sa langue, sachant très bien que cela le rendait fou, et il poussa plus fort, *plus vite*, la chaleur lui brûlant l'échine. Sa tête retomba en arrière quand elle cria, et il la suivit au bord du précipice, s'abandonnant à leur extase.

Elle devint molle dans ses bras, se blottissant dans le creux de son cou, tous deux respirant difficilement. Il était submergé par les émotions. Il n'avait jamais su que l'amour pouvait être si puissant, il irradiait autour de lui.

Il appuya ses lèvres sur sa joue.

— Tu veux t'allonger et je vais te frotter la hanche avant de prendre la douche ?

Elle secoua la tête.

— Je veux rester ici.

Il sentait son amour dans chaque mot qu'elle prononçait, dans chaque respiration qu'elle prenait, et dans ces moments où il avait envie de prendre soin d'elle autant qu'elle avait envie de leur proximité, il savait qu'il était devenu une partie aussi profonde de sa vie qu'elle l'était pour lui.

GINGER ALL THE DAYS sentait aussi bon que ce que Roni imaginait de l'atelier du Père Noël et c'était le magasin le plus adorable qu'elle ait jamais vu. Les murs roses et les étagères blanches encastrées présentaient toutes sortes de maisons en pain d'épices, de châteaux, de chariots, de poussettes pour bébés, de biscuits, de bols, de cônes de glace, et bien d'autres choses encore. Les rideaux étaient ornés de rayures rose, blanche et brune assorties à l'auvent de la façade, et les vitrines étaient presque vides, car Josie avait presque tout vendu ce matin-là. Sarah et Dixie avaient fait un excellent travail de décoration. Des ballons roses et blancs avec les mots *"**Mariée**"* et *"**Future mariée**"* imprimés dessus étaient attachés aux chaises et flottaient au plafond, leurs longs rubans pendaient, et une bannière argentée avec *"**Félicitations**"* était suspendue devant la vitre qui séparait le magasin de la cuisine.

Des bavardages et des rires emplissaient l'air tandis que les filles décoraient leurs friandises. Roni travaillait à une table avec Tracey et Penny, décorant des maisons en pain d'épice, tandis que Finlay était assise sur une chaise, les pieds surélevés et un pot de glaçage en équilibre sur son ventre, qu'elle mangeait à pleines dents. De l'autre côté de la pièce, Sarah et Josie faisaient un château en pain d'épice, et Izzy et Crystal faisaient des objets érotiques en pain d'épice et riaient comme des folles, tandis que Gemma et Dixie décoraient des cookies. Dixie les mangeait aussi vite qu'elles les glaçaient.

Quand Roni était arrivée, elles avaient crié et l'avaient félicitée pour son déménagement chez Quincy, et elle avait partagé leur excitation. Entre les dîners avec son compagnon et les autres couples, les feux de joie et les déjeuners du dimanche, Roni avait développé des amitiés fortes avec chacun d'entre eux, et elle avait appris non seulement à aimer leurs commentaires effrontés et leurs conversations à bâtons rompus, mais aussi à y prendre part. Et tandis qu'elle léchait le glaçage de ses doigts, elle se réjouissait d'avoir d'autres rencontres avec eux à l'avenir.

— Roni, comment ça se passe ? l'interpella Josie.

Les murs de sa maison en pain d'épice s'étaient déjà effondrés trois fois et elle venait juste de finir d'enduire les coutures de glaçage.

— Je crois que j'ai réussi cette fois-ci !

— Moi aussi !

Izzy renversa sa tête en arrière et tint un biscuit en forme de pénis à l'envers au-dessus de sa bouche ouverte, faisant couler du glaçage dilué sur le bout et l'attrapant avec sa langue.

Toutes les filles éclatèrent de rire.

— Je parie que Jared apprécie ce talent, déclara Dixie avec un sourire en coin.

— Oh, *je t'en prie*. J'ai déjà balancé ce truc à un Stone, il y a des semaines de cela.

Izzy fit un grand spectacle en mordant le bout du biscuit du pénis.

— Tu l'as fait ? demanda Tracey. Alors, avec qui es-tu sortie jusqu'à deux heures ce matin ?

Izzy reprit une bouchée de son cookie.

— Pas Jared.

— Je suppose que le Père Noël ne descendra pas dans votre cheminée, plaisanta Crystal, les faisant toutes rire.

— Elle peut passer le réveillon avec moi, déclara Tracey. Je n'ai rien de prévu.

Izzy se rapprocha et mit son bras autour de Tracey.

— Bien sûr, colocataire. On va bien s'amuser. On devrait aller au *Whispers*. C'était l'une des boîtes de nuit les plus courues de Peaceful Harbor.

— Euh… tu sais que ce n'est pas vraiment mon truc, répondit Tracey.

Izzy lui donna une tape sur la tête.

— Je sais, mais j'essaye d'arranger ça.

Elle alla vérifier le château à deux niveaux que Josie et Sarah étaient en train de construire.

— Roni, est-ce que Quincy et toi venez toujours le matin de Noël pour ouvrir les cadeaux avec les enfants ? demanda Gemma.

— On ne manquerait cela pour rien au monde, dit Roni.

— Super. Lincoln a fait un cadeau spécial pour sa *Zolie*.

— Il raconte des trucs adorables.

Finlay plongea à nouveau son doigt dans le glaçage.

— Tout comme son oncle, à propos de Roni.

Penny regarda cette dernière.

— Chaque fois que Quincy t'achète un cadeau, il m'appelle pour *me* le dire parce qu'il est tellement excité qu'il a peur de te le dire par accident.

— Je sais. Il m'a dit qu'il t'avait appelée, admit Roni. Mais je fais la même chose avec Angela. Je m'amuse tellement à faire du shopping pour lui. Je te jure, on est comme des enfants quand il s'agit des fêtes.

— Jed affirme n'avoir jamais vu Quincy aussi heureux, dit Josie.

— Je veux bien le croire, car Angela dit la même chose de moi, et c'est vrai. Je n'ai jamais imaginé que je pouvais ressentir cela. Je me souviens quand je suis allée à *Juilliard*, j'étais en extase. Je pensais que c'était tout ce que je pouvais désirer. Mais c'était différent, tu comprends ? Rien n'est comparable au fait de rentrer à la maison tous les jours pour retrouver Quincy. Je me réveille, et je souris. Je vais me coucher, et je me sens en sécurité, heureuse et bien dans ma peau. Je n'ai jamais imaginé avoir un petit ami, et encore moins tomber amoureuse et vivre une vie qui ressemble à un rêve. Ça peut paraître ringard, mais c'est comme si Quincy et moi étions faits l'un pour l'autre. Je lui ai même dit que je ferai le Spectacle d'hiver.

— C'est vrai ? s'exclama Penny. C'est génial. Il doit être ravi. Nous avons tous des billets pour voir Kennedy danser. Je suis impatiente de te voir sur scène.

— Je pense que Lincoln pourrait perdre la tête en te voyant danser, dit Gemma.

Toutes les filles se montrèrent enthousiastes.

— On dirait que la maison va être bondée.

Roni était heureuse qu'elles soient toutes là, mais une pensée tenace la tenaillait et elle savait que c'était un endroit sûr pour en parler.

— Je suis un peu nerveuse à ce sujet. Quincy est tellement excité. J'espère que je ne vais pas le décevoir.

— Ma belle, *par pitié.*

Penny secoua la tête.

— Quincy est tellement amoureux de toi, tu pourrais monter sur scène, faire un tour, une révérence et il applaudirait comme si tu avais dansé dans *Casse-Noisette*.

Les filles étaient unanimes. Roni savait qu'elles avaient raison et elle pouvait déjà se sentir plus calme.

— Vous avez raison. Il m'aime de façon inconditionnelle.

— Hé, peut-être que j'aurai bientôt une belle-sœur, se réjouit Gemma.

Roni rigola.

— On vient *juste* d'emménager ensemble.

— Peut-être que *Potty*[6] est le prochain sur la liste de mariage, dit Finlay avec une pointe d'humour dans les yeux.

Penny lui adressa un regard noir.

— Je t'ai dit de ne pas nous appeler comme ça.

Finlay ricana en mangeant plus de glaçage.

— Vous étiez très câlins au dîner vendredi soir, dit Sarah. Bones et Bear ont déjà fait un pari sur qui se mariera en premier, Scott et toi ou Roni et Quincy.

— Dis-leur d'économiser leur argent et de parier sur Roni et Quincy, répliqua Penny.

— Oh oh, dit Crystal. Scotty a des problèmes au lit ?

— *Crystal*, grogna Josie. C'est mon frère, et je ne veux rien savoir.

— Si Penny est malheureuse à cause de cela, elle doit pouvoir en parler, ajouta Sarah. Nous n'avons pas eu des exemples d'amour. Mais peut-être que les gars pourraient lui donner des conseils.

— Bullet pourrait le faire, dit Finlay avec un rire narquois.

— Truman, aussi, affirma aussi Gemma.

---

[6] Potty est l'association des noms de Penny et Scotty.

— Bear connaît *tous* les sales coups, lança Crystal. Vous devriez voir comment il…

— Stop ! cria Dixie. Il *est interdit* de parler de sexe concernant nos frères.

— Josie et Sarah, couvrez-vous les oreilles, leur conseilla Penny, et Josie se couvrit les oreilles.

Sarah retira les mains de Josie de ses oreilles.

— Scotty est totalement génial que ce soit dans sa chambre ou ailleurs. Je n'aurais jamais imaginé tomber amoureuse d'un gars aussi fort que moi.

— Alors pourquoi tu t'es retiré de la course au mariage ? demanda Izzy.

Penny jeta un coup d'œil à Finlay et à elle, et Finlay se frotta le ventre, un froncement de sourcils se formant sur son visage. La semaine dernière, Roni et Penny avaient discuté davantage du fait que Scott ne voulait pas de famille et Roni savait à quel point cela lui pesait. A la façon dont Penny commençait à se concentrer sur sa maison en pain d'épice, il était évident qu'elle ne voulait pas en parler.

Pour essayer de détourner l'attention de son amie, Roni déclara :

— Il n'y a pas vraiment de course au mariage, pas vrai ?

— Bien sûr que non, dit Crystal. Mais une fois que l'un de nos hommes revendique une femme, il ne se passe jamais longtemps avant qu'ils aient la bague au doigt et un bébé dans le ventre.

Les filles rirent.

— Je suis sûre que vous avez remarqué que Jace est impatient de rejoindre le mouvement des bébés, dit Dixie.

— Eh bien, Quincy et moi en avons parlé. Il veut passer cinq ans sans prendre de drogue avant de fonder une famille, et je suis totalement d'accord avec cela. Nous sommes tous les deux si jeunes. J'adore les enfants, mais je *veux* être seule avec lui avant d'avoir des bébés à élever. J'ai passé toute ma vie sans éprouver ce que je ressens avec lui. Traitez-moi d'égoïste, mais je ne suis pas encore prête à partager cela.

— Oh, je vais pleurer, fit Finlay.

Penny jeta sa serviette.

— Et voilà, saletés d'hormones.

— Je pense que c'est vraiment intelligent d'attendre, concéda Gemma. Vous avez tous les deux traversé beaucoup de choses, et vous méritez de profiter l'un de l'autre.

— Elle a raison. On a tout le temps d'avoir des bébés, ajouta Penny. Et je suis sûre que Kennedy et Lincoln seront heureux de satisfaire tous vos désirs d'enfants.

— Axel aussi, conclut Crystal. N'hésitez pas à venir entre trois et quatre heures du matin, car il a récemment déclaré que c'était *l'heure de la fête*.

Elles rirent et discutèrent tout en terminant leurs créations en pain d'épice et en nettoyant.

— Ouvrons les cadeaux ! annonça Dixie.

— Je t'ai dit que je ne voulais pas de cadeaux, insista Josie alors que Sarah l'entraînait vers une chaise.

Sarah lui serra affectueusement l'épaule.

— Assieds-toi et profite, sœurette.

Dixie lui tendit un sac cadeau noir et blanc avec un ruban rose.

— Ce n'est pas pour toi. C'est pour Jed.

Josie glissa un coup d'œil dans le sac.

— Ooh la la ! Je vois une étiquette *Leather and Lace*. Elle sortit un déshabillé en dentelle noire très fin.

Les filles poussèrent des cris d'exclamations et Roni ne pensait qu'à une chose : où elle pourrait trouver quelque chose d'aussi sexy à porter devant Quincy. Vu qu'il était fou de ses talons et de ses rubans, elle savait qu'il allait adorer. Il lui manquait de nouveau. Même en présence de toutes ces copines, elle avait hâte de rentrer à la maison, de le voir, et de voir ses meubles installés.

— Je vais devoir chercher cette société sur Google, murmura Roni à Tracey.

— Je vais te mettre en relation ! affirma Dixie à voix haute.

— Je t'ai dit que les secrets sont difficiles à garder dans ce groupe, dit Penny.

Roni haussa les épaules.

— C'est bon. On vit ensemble. Vous savez qu'on fait des folies.

— Hé, Roni ? déclara Gemma, en regardant son téléphone. Tru vient d'envoyer un texto demandant s'il s'est trompé d'heure pour rencontrer Quincy. Tu as eu de ses nouvelles ?

— Il est allé au refuge. Il se peut qu'il soit en retard.

Roni chercha son téléphone dans sa poche arrière, mais il n'y était pas. J'ai dû laisser mon téléphone dans la voiture. Laisse-moi le récupérer et voir s'il a envoyé un message.

Elle sortit et courut vers la voiture, l'air froid lui piquant les joues. Elle attrapa son téléphone et alors qu'elle refermait la porte, elle aperçut quelque chose dans l'allée, près de la route. Elle plissa les yeux pour mieux voir, et alors qu'elle s'en approchait, elle réalisa que c'était une personne. Les cheveux sur sa nuque se dressèrent sur la tête quand elle reconnut les vêtements que Quincy portait quand elle était partie.

— *Quincy* ! cria-t-elle en courant vers lui et en hurlant *A l'aide ! Faites quelque chose* ! Sa veste avait disparu, sa chemise était déchirée, et il ne bougeait pas. Elle tomba sur le sol à côté de lui, et la vue du bout de caoutchouc attaché autour de son bras, juste au-dessus du coude, la poignarda. *Non non non non* !

Les filles sortirent en trombe du bâtiment.

— *Appelez les secours* !

Elle retourna Quincy, mais c'était un poids mort, sans vie, les lèvres plus sombres que d'habitude. *Oh Mon Dieu, non-non* !

— Quincy, réveille-toi ! *S'il te plaît, réveille-toi* !

Les filles parlaient frénétiquement au téléphone tandis que Penny se jetait à genoux et attrapait son bras, vérifiant son pouls.

— J'ai un pouls ! cria-t-elle, des larmes coulant sur ses joues.

— Est-ce qu'il respire ? hurla Dixie, le téléphone collé à son oreille.

— Je ne sais pas ! dit Roni, les larmes brouillant sa vision alors qu'elle approchait son oreille de sa bouche. Un peu, mais à peine. *Dépêche-toi. S'il te plaît, dépêche-toi* !

— Tu sais quelles drogues il a prises ? demanda Dixie.

— Non ! hurla-t-elle avec colère. Il *n'en prendrait pas* ! *S'il te plaît*, dépêche-toi !

Alors que Dixie énumérait les antécédents de Quincy en matière de drogue, Diesel et Tracey se précipitèrent dans l'allée du clubhouse. Les autres filles criaient, hurlant le nom de Quincy, essayant de le réveiller.

Roni le berça contre sa poitrine, se balançant d'avant en arrière en scandant *Ne meurs pas, ne meurs pas*. Tout le reste devint un bruit de fond tandis qu'elle le suppliait de se réveiller. Tracey essaya de l'éloigner de lui alors que Diesel s'écroulait à côté de lui, mais elle lutta pour s'accrocher.

— Non. Il a besoin de moi !

— Recule ou il va mourir, aboya Diesel.

Roni se laissa tomber sur ses mains, des larmes coulant sur

ses joues. Gemma et Penny s'accroupirent entre Quincy et elle, les sirènes hurlant au loin.

— Laisse Diesel l'examiner, dit Gemma. Il va s'en sortir, mais tu dois laisser de l'espace à Diesel.

— Qu'est-ce qu'il a pris ? demanda Diesel.

— Je ne sais pas. Ne le laisse pas mourir ! S'il te plaît, aide-le ! Roni le supplia, se levant d'un bond alors que des motos et des camions entraient dans l'allée.

Les pneus crissèrent puis Truman, Bullet, Bones, Bear, Scott, et Jed se précipitèrent vers eux.

— Les filles dans le pick-up ! cria Bones à Sarah en allant vers Quincy.

Il y eut des cris et des jurons. Les filles essayèrent de consoler Roni, mais elle les combattit, ayant besoin de l'atteindre, incapable de penser à autre chose qu'aux prières et aux *"S'il te plaît, ne meurs pas"* qui lui passaient par la tête.

— Il ne respire pas ! Je commence les compressions ! brailla Bones en commençant le massage cardiaque.

— *Non* !

Les genoux de Roni lâchèrent, et elle s'effondra sur le sol en sanglotant.

— Merde !

Truman se retourna, de la peur et la rage dans le regard.

— Quand est-ce qu'il a recommencé à se droguer ?

— Il n'a pas recommencé ! Il ne *voulait pas* ! insista Roni. Je suis sûre qu'il ne voulait pas.

— Il respire à nouveau ! hurla quelqu'un à l'arrivée de l'ambulance, puis il y eut un tourbillon d'activité et Quincy fut chargé sur une civière et dans l'ambulance.

— Je peux monter avec lui ? Je veux aller avec lui, plaida frénétiquement Roni, mais on l'ignora.

Les portes de l'ambulance se refermèrent.

— Il ne respire pas, entendit-elle l'ambulancier dire.

Roni se cramponna à Penny, une sensation d'écrasement l'empêchant de faire entrer l'air dans ses propres poumons. Penny l'enlaça, puis d'autres bras les entourèrent, tout le monde parlant en même temps.

— Il va s'en sortir.

— Allons à l'hôpital.

— Tout va bien se passer.

Alors que Truman et Gemma l'aidaient à monter dans leur véhicule, Roni ne pensait qu'aux derniers mots de l'ambulancier. Si Quincy ne s'en sortait pas, elle ne savait pas comment tout pourrait redevenir normal.

CHAPITRE VINGT-QUATRE

QUINCY ÉTAIT ALLONGÉ sur un lit aux urgences avec deux côtes cassées – et un cœur brisé qui le faisait plus souffrir que n'importe quel os cassé – et se demandait comment sa vie avait pu être aussi merdique, quand Truman franchit le rideau, la mâchoire serrée, les yeux flamboyants de colère et de déception, coupant Quincy dans son élan.

Les yeux de Truman se rétrécirent alors qu'il se hissait au-dessus du lit, se plaçant directement devant Quincy, les dents serrées.

— Combien de fois, Quincy ? Combien de fois vas-tu essayer de te tuer et de nous faire subir ça ? Merci mon Dieu pour ce fichu Narcan.

C'était le médicament que les ambulanciers lui avaient donné pour contrer les effets mortels de l'overdose.

— As-tu la moindre idée de ce que Roni traverse en ce moment ?

Truman tendit le bras, montrant la direction dans laquelle il était venu.

— Elle est dehors en train de brailler, essayant de convaincre tout le monde que tu n'as pas fait ça. Je t'aime, mec, mais c'est quoi ce bordel ? Tu as failli *mourir*.

Le Narcan ne lui avait pas seulement sauvé la vie, il l'avait aussi laissé assez lucide pour savoir que si Roni le défendait maintenant, cela allait bientôt changer.

— Je n'ai rien fait, bordel, s'emporta Quincy.

Truman pencha la tête.

— T'as remarqué que mon pick-up n'était pas là ? Tu crois vraiment que je foutrais en l'air la vie de Roni ? Je l'aime, vieux. Tu crois que je te referais ça ? À Gemma ? Aux enfants ? A tous ceux présents dans nos putains de vies ?

Il se redressa en position assise, grimaçant de douleur, et empoigna ses côtes.

— Je refusais de le croire, mais nous sommes déjà passés par là. Tu avais encore ce maudit caoutchouc autour de ton bras.

Les yeux de Truman se remplirent de larmes.

— Ce *n'est pas* moi, Tru. Puck et cinq de ses hommes de main m'ont traîné hors de mon véhicule à un feu rouge alors que j'étais en route pour voir Simone. C'est *Puck* le responsable. Il a essayé de me faire passer pour un pauvre drogué qui a fait une overdose pour ne pas se faire prendre. Il envoyait un message aux Dark Knights disant *Dégagez ou Simone est la prochaine sur la liste.* Je le jure devant Dieu. Je t'aime, mon vieux, et la dernière chose que je voudrais faire, c'est de te faire subir ça *encore une fois.*

Ses yeux se remplirent de larmes et il s'en fichait, parce qu'il était tellement triste et furieux, qu'il allait perdre la tête.

— Ils m'ont conduit dans un endroit horrible et m'ont frappé. Puis ils m'ont jeté dans la voiture, m'ont injecté de l'héroïne et m'ont jeté par la portière devant le *Whiskey's.* La police m'a dit que j'étais arrivé jusqu'à l'allée de Jed. Je ne me souviens même pas comment j'y suis arrivé. La seule chose que j'avais en tête était que je devais rejoindre Roni pour m'assurer qu'elle était en sécurité.

Il essuya ses yeux.

— Deux ans et quarante-neuf jours sans rien prendre jetés par les fenêtres à cause d'un sale connard.

Le nez de Truman se dilata, ses dents se serrèrent et les muscles de son cou et de ses bras se contractèrent tandis que ses mains se crispaient.

— Je vais tuer cette merde.

— *Non*, tu ne le *feras pas*. Tu n'iras pas en prison, Tru, ni pour moi, ni pour personne d'autre. Mais *Puck*, oui. J'enregistrais un message vidéo pour Roni quand je l'ai vu, avec ses gars, sortir de leurs voitures devant et derrière moi et se diriger vers mon pick-up. J'ai laissé l'enregistrement en marche et mis le téléphone dans ma poche. C'est pour cette raison que j'ai demandé au docteur d'appeler les flics. Maintenant ils ont les preuves.

— Il va revenir à la charge, Quincy. Ça ne suffira pas à le mettre hors d'état de nuire.

— Non, mais une accusation de meurtre, oui.

Quincy serra les dents, fermant les yeux pour éviter la brûlure des larmes.

— Quand il m'a malmené, il a admis avoir tué le gars qui conduisait la voiture qui a renversé Roni. Tu te souviens quand je suis venu te voir pour emprunter de l'argent et que tu m'as renvoyé ? Le jour suivant, ses hommes m'ont trouvé. Je me suis enfui, mais ils m'ont poursuivi. J'ai entendu des coups de feu, mais je n'ai jamais cherché à comprendre. J'ai simplement continué à traîner.

Il ravala la bile qui lui brûlait la gorge, se souvenant du montage photo de Roni à l'hôpital et de son long et difficile chemin vers la guérison.

— Il a dit que cette balle *m*'était destinée, Tru. Roni a perdu sa carrière parce que j'étais un fichu drogué. Comment diable vais-je lui avouer cela ?

Il détourna le regard, honteux et dévasté.

Truman prit place sur le bord du lit et l'attira dans une étreinte.

— Tu n'as pas appuyé sur la gâchette, répondit sévèrement Truman. Tu n'es pas coupable, Quincy. Tu ne sais même pas s'il disait la vérité. Il t'a épié et Roni est allée à ces réunions des Narcotiques Anonymes. Il l'a probablement aperçue là-bas et a obtenu des informations croustillantes à son sujet.

— Je pense qu'il m'a surveillé tout le temps où j'ai aidé Simone. Il savait définitivement pour Roni, son accident et moi. C'est pourquoi, il me l'a dit. J'ai pensé à la possibilité qu'il ait pu mentir, mais les flics ont contacté le détective qui avait travaillé sur l'affaire et ont confirmé que l'accident de Roni avait eu lieu le 19 septembre, il y a deux ans de cela. Vous avez trouvé les enfants le 15 septembre, il y a deux ans, et...

— Tu es venu quémander de l'argent trois jours plus tard, le *dix-huit* septembre.

— Ils m'ont trouvé le jour suivant. La chronologie correspond, même si j'aimerais que ce ne soit pas le cas. C'est *ma* faute, Tru. Peu importe comment on tourne les choses, si je n'avais pas été là, elle vivrait son rêve, en dansant professionnellement et ne serait pas en train de pleurer sur mon triste sort.

Truman le prit par les épaules, le fixant d'un regard noir.

— Tu vas *m'*écouter. Tu *n'es pas* un pauvre type. Tu as vécu l'enfer et tu as non seulement trouvé le moyen de t'en sortir, mais tu es devenu l'un des meilleurs, l'un des plus loyaux et l'un des plus honnêtes hommes que je connaisse et Roni le sait aussi. Je vais lui dire avec toi, et on va traverser cette épreuve ensemble. Elle t'aime, mec. Tu avais ce fichu tuyau autour de ton bras et elle refusait *toujours* de croire que tu t'étais encore drogué. Elle t'aime tellement. Ne laisse pas cette histoire te renvoyer aux endroits sinistres dans lesquels tu sombrais avant. Tu ne mérites pas cela.

Sa gorge se serra.

— Je *ne vais pas* me droguer à nouveau. Je vais retourner en cure de désintoxication pour trente jours. J'ai déjà passé l'appel et j'ai aussi parlé à ma patronne à la librairie. Elle sait que j'ai suivi une cure de désintoxication et elle me gardera mon emploi. J'apprécierais si tu pouvais me laisser dire au revoir aux enfants ce soir et me conduire au centre de désintoxication. Un mois devrait suffire pour que je reprenne le contrôle de ma vie et pour que tu aides Roni à remettre ses affaires chez elle pour qu'elle puisse aller de l'avant.

Il contracta sa mâchoire alors que d'autres larmes coulaient. Il les essuya avec colère.

— Elle n'a pas besoin de moi et de ma merde dans sa vie. Elle ne sera plus jamais capable de me regarder en face quand je lui avouerai tout.

— Tu n'en sais rien, dit Truman, l'air aussi peiné que Quincy.

— Si, je le sais, et j'apprécie le fait que tu me proposes de lui annoncer avec moi, mais je dois le faire seul. Je suis désolé, Tru. La dernière chose que je voulais était de te faire subir cela à nouveau.

Truman secoua la tête, embrassant Quincy une nouvelle fois.

— Je t'aime, mec, et je sais que retourner en cure de désintoxication ressemble à un pas en arrière, mais je suis tellement fier de toi.

La boule dans la gorge de Quincy grandit suite aux louanges

de Truman et il le serra plus fort.

— Merci.

Il relâcha son frère et s'essuya les yeux.

— Je peux te demander une faveur ? La police et le détective qu'ils ont appelé attendent d'interroger Roni au sujet de son accident. Ils ont accepté de me laisser lui parler d'abord, alors tu peux me l'envoyer ? Je serai avec elle quand ils l'interrogeront, mais il faudra nous ramener à la maison, si ça ne te dérange pas. Ils me gardent une heure ou deux en observation, et ensuite je m'en vais.

— Compte sur moi.

— Hé ! Tru.

Son frère releva son menton.

— Encore une chose. Quand je serai en désintoxication, peux-tu t'occuper de Simone et d'elle pour moi ? Les flics ont arrêté Simone et ils ont dit qu'ils garderaient un œil sur Roni et sur elle, mais tu sais que ce n'est pas suffisant.

— Absolument. Elle fait partie de la famille, mon vieux. Elle peut compter sur nous.

RONI FAISAIT LES CENT PAS dans la salle d'attente, essayant de garder son calme. Si une personne de plus lui disait que tout irait bien, elle allait hurler. Tous leurs amis étaient là, même Biggs et Red étaient venus. Le soutien de Quincy était incomparable, mais comment tout pourrait aller bien ? Elle avait vu le tuyau.

Elle ne pouvait même pas y *penser*.

Il avait failli *mourir*.

Truman avait expliqué sur le chemin vers l'hôpital que les ambulanciers avaient donné à Quincy quelque chose pour contrer les drogues qu'il avait utilisées, ce qui était bien, mais même si elle avait vu la plaie ouverte dans son bras, elle ne croyait toujours pas que Quincy s'était drogué à nouveau. Et le pire c'est qu'elle *savait* qu'elle était dans le déni. Toute la documentation indiquait de ne pas prendre une rechute personnellement, mais ce n'était pas à propos d'*elle*. Quincy, se droguant, était une affaire personnelle pour *lui* et c'est ce qui faisait si mal. C'est pourquoi, elle ne voulait pas le croire. Il était trop investi dans sa guérison. Pourquoi aurait-il rechuté ?

Red se rapprocha et posa une main sur le dos de Roni.

— Je peux t'offrir quelque chose, ma chérie ?

La jeune femme secoua la tête.

— Je n'y crois pas, Red. La bataille qui se déroule dans sa tête doit être impitoyable. Un côté qui se bat pour rester clean, l'autre qui cède à l'attrait de la drogue.

Les mots jaillirent si vite qu'elle ne put empêcher sa voix de s'élever.

— Et où est son pick-up ? J'ai entendu deux officiers le rechercher au bureau d'enregistrement. A-t-il commis un crime ? A-t-il été victime d'un car-jacking ? A-t-il seulement vu Simone ? Est-ce qu'*elle* se droguait encore ? Personne ne veut me dire quoi que ce soit !

— Oh, ma puce !

Red mit ses bras autour d'elle, lui caressant le dos alors qu'elle pleurait sur son épaule.

— Tout ce que je sais pour le moment, c'est qu'il n'est jamais arrivé au refuge et qu'ils ont trouvé son véhicule toujours en marche au milieu de la route à Parkvale.

— Je n'y comprends *rien*. Je le saurais si Quincy était dans une mauvaise passe, même s'il ne m'en parlait pas. Je l'aurais senti. Je sais que ce serait le cas.

Roni essuya ses larmes alors que Truman franchissait les doubles portes, les épaules voûtées dans sa chemise de flanelle, le visage qui affichait un masque de douleur.

— Truman !

Elle courut vers lui.

— Comment va-t-il ? Que se passe-t-il ? Je peux le voir ?

— Il va bien. Il veut te voir. Je vais t'y amener.

Il observa par-dessus son épaule Bullet et Diesel et une sorte de message silencieux passa entre eux, qui incluait un simple hochement de tête et fit se redresser les hommes, les poings serrés.

Truman la raccompagnait dans la salle des urgences.

— C'était quoi ça ? Qu'est-ce que tu leur disais ?

— C'est mieux si Quincy te le dit lui-même.

Il ouvrit le rideau et elle vit Quincy assis sur le bord du lit d'hôpital en train de se tordre les mains, un bleu et des éraflures striant le côté de son visage. Il leva ses yeux accablés de chagrin et les larmes inondèrent les siens alors qu'elle courait vers lui et jetait ses bras autour de lui, en sanglotant.

— Je suis désolé, déclara Quincy en la serrant fort. Je suis tellement désolé, mon Dieu.

Elle le serra plus fort, incapable de s'exprimer à cause de ses sanglots, sa colère, sa tristesse et sa confusion. Elle avait besoin de cela – d'être dans ses bras, de voir qu'il était vivant. Ses poils frottèrent sa joue lorsqu'il l'embrassa, et la sensation familière rendit son chagrin d'amour encore plus profond. Elle se cramponna à lui jusqu'à ce qu'elle parvienne à maîtriser ses sanglots, du moins en grande partie. Elle se dégagea de son emprise, tenant ses bras, mais les larmes dans ses yeux la minèrent.

— Tu as failli *mourir*.

Sa mâchoire se contracta.

— Je suis désolé, ma belle. Je te promets, je *n'ai pas* pris ces drogues.

— Je veux bien te croire et je doute que tu le fasses, mais j'ai tout lu sur le déni, alors ne me prends pas pour une idiote.

Des larmes coulèrent de ses yeux.

— Ça fait trop mal.

— Je ne le suis pas. C'est l'ex de Simone, Puck, qui me les a injectées.

L'air quitta ses poumons, les larmes inondant à nouveau ses yeux.

— C'est vrai, mon cœur. Il a essayé de me tuer pour envoyer un message au club.

— Oh mon Dieu !

Elle le serra à nouveau dans ses bras, pleurant plus violemment.

— Je savais que tu ne voudrais pas retomber dans la drogue. C'est pour ça que la police est là ? Ils peuvent l'arrêter ?

Elle se rendit compte qu'il ne l'embrassait pas. Son corps était rigide. Elle recula, scrutant ses yeux angoissés.

— Qu'est-ce qui ne va pas ? Oh mon Dieu, ont-ils fait du mal à Simone ? Où est-elle ? L'ont-ils *tuée* ?

— Non, chérie, elle est en sécurité.

Elle essuya ses yeux.

— Alors pourquoi tu ne me serres pas dans tes bras ?

Il baissa son regard, les muscles de sa mâchoire se contractant.

— Je retourne en désintox, Roni. Je repars de zéro. Je vais devoir suivre le programme quand je sortirai et tu n'as pas besoin de mes conneries dans ta vie.

Elle se remit à sangloter.

— Tu peux retourner chez toi, t'installer avec quelqu'un qui ne…

— Tais-toi ! cria-t-elle. Tu la fermes tout de suite, Quincy Gritt. Je *ne* t'abandonnerai *pas*, et tu *ne* me repousseras *pas* à cause d'une idée alambiquée et honorable dans ta tête. Tu es mon âme sœur, et tu m'*aimes*. Je sais que tu m'aimes, alors si nous devons aller aux réunions des Narcotiques Anonymes sept jours sur sept, ou deux fois par jour tous les jours, alors c'est ce que nous ferons. Mais tu *n'es pas* seul dans cette histoire et tu *ne* te débarrasseras *pas* de moi si facilement.

Des larmes perlèrent de ses yeux.

— Mais, Roni…

— *Non* !

Elle se cala entre ses jambes et prit son visage entre ses mains.

— *Non*, Quincy. Pas de *mais*. C'est ton visage que je vois quand je pense à mon avenir, et je sais que c'est ce que tu veux aussi. Deux enfants et un chiot. Je m'en fous si on est de retour à la case départ. *Tu* ne t'es pas infligé ça tout seul et tu ne vas pas gâcher notre avenir à cause de ça. Notre plan quinquennal commence *maintenant*, que ça te plaise ou non.

Ses bras puissants entourèrent la jeune femme, l'écrasant contre lui.

— Je t'aime.

— Je t'aime aussi, dit-elle, leurs cœurs battant frénétiquement. S'il te plaît, ne dis pas que tu ne veux plus de nous. *S'il te plaît.*

— J'aurai toujours envie de toi, Roni.

Il la prit par les bras et se retira, l'agonie émanant de son corps.

— Mais il y a autre chose.

— Quoi que ce soit, on peut le gérer.

— Je n'en suis pas si sûr. Ton accident s'est produit le 19 septembre, pas vrai ?

— Oui. Pourquoi ?

Sa mâchoire se contracta encore plus.

— Puck a admis avoir tiré la balle qui a tué le conducteur de la voiture qui t'a renversée.

— *Oh mon Dieu.*

Roni couvrit sa bouche, d'autres émotions l'envahissant. *Ils avaient finalement trouvé la personne responsable de l'accident.*

— C'est pour ça que la police a demandé à te voir ?

Il acquiesça, déglutissant difficilement et lâcha les bras de la jeune femme.

— Tu te souviens que je t'ai dit que je devais de l'argent à Puck et que lorsque ses gars m'ont trouvé et traîné jusqu'à lui, je me suis enfui ?

— Oui… ?

Des larmes coulèrent.

— La balle qui a touché le conducteur m'était destinée. Je ne le savais pas. Je te jure, je l'ignorais. Puck me l'a dit quand il m'a malmené et le timing est logique. La police l'a vérifié. Si je n'avais pas été là ce jour-là, si je n'avais pas fui, tu serais encore danseuse professionnelle.

Ses mots lui coupèrent le souffle et elle trébucha en arrière, la main sur la poitrine. La pièce se mit à tanguer. Elle fixa une tache sur le sol, essayant de s'ancrer, mais sa tête tournait et son cœur semblait se déchirer. *Ils visaient Quincy.*

— C'est à cause de moi que tu as tout perdu, ma belle, répondit-il avec regret. Aucune excuse n'est assez forte pour rattraper ça.

La balle t'était destinée. Elle pouvait à peine entendre à cause du sang qui bouillonnait dans ses oreilles.

— Mais tu serais mort, se dit-elle plus à elle-même qu'à lui.

Elle leva les yeux vers les siens, le monde redevenant plus clair.

— Cette balle t'était destinée. Si tu n'avais pas couru, tu serais mort.

— Et tu aurais eu la vie que tu as toujours voulue.

Il n'y avait pas de larmes qui piquaient ses yeux, seulement de la véhémence qui brûlait sa poitrine, l'enhardissant.

— La vie que je voulais *à cette époque*, pas celle que je désire *à présent*. Pas après t'avoir rencontré.

— Ma puce, j'ai vu les photos de l'enfer que tu as vécu à cause de moi. Comment peux-tu me regarder sans me haïr ?

— Je t'aime trop pour pouvoir te détester.

Elle se plaça entre ses jambes et prit ses bras, les faisant passer brutalement autour d'elle.

— Tu n'as pas appuyé sur la gâchette et tu ne conduisais pas cette voiture. On est fait pour être ensemble, Quincy Gritt, et si tu ne veux pas cela parce que tu ne m'aimes pas, alors dis-le-moi, maintenant, en face. Ne te cache pas derrière toutes les épreuves qui ont jalonné nos chemins et nous ont redirigés, parce que ce sont eux qui nous ont réunis, et on *ne peut pas* les changer. Nous ne pouvons pas regarder en arrière. On peut seulement regarder vers l'avant. Je n'aurais jamais su que je voulais deux bébés et un chien et un drogué en voie de guérison avec un cœur si gros qu'il est prêt à jeter la femme qu'il aime pour lui éviter de souffrir davantage. Eh bien, j'ai un scoop pour toi, *Mr Cœur en Or.* Tu m'as apporté plus de bonheur et donné plus d'amour au cours des sept derniers mois que je n'aurais *jamais* pu l'espérer, et je suis prête non seulement à me tenir à tes côtés, mais aussi à traverser une tempête avec toi aujourd'hui, la semaine prochaine et dans plusieurs années. Alors, est-ce que *tu m*'aimes assez pour surmonter *ensemble* la culpabilité que tu ressens, ou est-ce que tu as besoin de moi pour…

Ses mots se perdirent dans le contact urgent de ses lèvres et le rapprochement de ses bras.

— Je t'aime, dit-il entre des baisers désespérés et des larmes salées. Je veux de toi, ma chérie.

Elle enfonça ses mains dans ses cheveux, l'embrassant plus fort, puis elle s'écarta de sa bouche.

— Si tu me demandes *encore une fois* de m'éloigner, je te jure que je te casse les dents.

Il rit, ce qui déclencha son rire, et leurs bouches se rapprochèrent dans un baiser plus doux, plus affectueux, leurs larmes salées glissant entre leurs lèvres dans un baiser plein d'excuses pour le passé, de gratitude et d'espoir pour l'avenir, et d'un amour si grand et si réel que rien ne pourrait jamais se mettre entre eux.

CHAPITRE VINGT-CINQ

CINQ JOURS SANS DROGUE. *Passons à six*, voilà la première pensée de Quincy à son réveil.

Il avait eu la même pensée tous les matins depuis son entrée en cure de désintoxication, ne changeant que le nombre de jours. *Un jour après l'autre.* Comme tous les matins, il était allongé les yeux fermés, pensant à toutes les raisons de rester clean. Il était en haut de la liste, car s'il ne pouvait pas le faire pour lui-même, alors il ne le ferait pour personne d'autre. C'était la seule raison pour laquelle il passait avant sa remarquable copine. Les souvenirs de leur premier rendez-vous défilèrent dans son esprit. Il n'oublierait jamais le regard étonné qu'elle avait eu à travers la baie vitrée lorsqu'il était apparu. Sa nervosité l'avait fait craquer encore plus que tout ce qu'elle avait déjà fait. Les marshmallows grillés, les plaisanteries et ces baisers délicieux défilèrent comme dans un film, suivis de son exubérance à la chasse au trésor et de sa danse hypnotique. Mais rien ne valait sa confiance et son acceptation le jour où elle s'était présentée à la réunion des Narcotiques Anonymes et le soutien qu'elle lui avait apporté chaque jour depuis, sauf peut-être l'amour dans ses yeux chaque fois qu'ils faisaient l'amour. Il pouvait encore entendre son rire lorsqu'ils faisaient de la luge à la ferme *Helms Tree* et se rappeler le plaisir qu'ils avaient eu à choisir leur sapin. Sa poitrine se serra au souvenir des décorations accrochées à leur sapin de Noël et de la tenue sexy en ruban qu'elle avait portée pour le séduire. Il savait qu'il valait mieux ne pas déballer mentalement ce ruban alors qu'il ne la verrait pas avant vingt-quatre jours.

Il tourna ses pensées vers ses autres raisons de rester clean : Truman, Gemma, les enfants, et tous leurs amis, ce qui rendait un peu *plus facile* de repousser les envies de se droguer à nouveau, bien que plus facile soit un terme relatif.

Après avoir visualisé chacun de ses amis et membres de sa famille, il se souvint que c'était Noël et la tristesse l'envahit. Il pouvait imaginer que sa petite amie sensible pensait à lui, qu'elle portait probablement un de ses T-shirts et qu'elle dormait de son côté du lit.

Il s'attarda sur cette pensée.

Son côté du lit. Le sien.

Vingt-quatre jours de plus.

La nostalgie d'elle était devenue une douleur sourde dans sa poitrine, son compagnon permanent. Au moins, il savait que Roni ne serait pas seule aujourd'hui. Avant que Truman ne le dépose en désintoxication, elle était allée avec lui voir les enfants pour qu'il puisse leur dire au revoir. Son cœur s'était brisé, mais il ne leur avait pas menti. Il ne le ferait jamais. Il leur expliqua que l'oncle Quincy avait besoin d'un peu d'aide et qu'il serait absent pour un moment, mais qu'il les aimait et qu'il penserait à eux tous les jours, et qu'avant qu'ils ne s'en rendent compte, il serait de retour pour jouer et aller à des rendez-vous spéciaux. Roni avait dit qu'elle continuerait de se rendre chez Truman et Gemma à Noël pour les représenter tous les deux, ce qui lui fit l'aimer encore plus. Il n'avait pas pensé que cela soit possible. Mais il apprenait que son amour pour elle était aussi irrépressible que l'amour infini qu'elle lui portait.

Il ouvrit les yeux, enfin prêt à accueillir le sixième jour et inspira profondément en jetant ses jambes sur le côté du lit. Il fixa ses pieds nus, un souvenir de lui assis sur le canapé avec Roni lui revenant en mémoire. Ils étaient appuyés sur les côtés opposés, jouant des pieds pendant qu'elle lisait et qu'il étudiait. Elle avait affiché un sourire éclatant, qui avait illuminé ses magnifiques yeux noisette derrière ses lunettes sexy lorsqu'elle avait dit *C'est une autre première. Je n'ai jamais joué au foot avant. Nous allons remplir nos vies de premières fois et de commencements.*

Il inspira profondément, souhaitant qu'ils puissent jouer au foot en ce moment-même et jeta un coup d'œil à l'horloge sur la table de chevet. Il y avait un cadeau emballé à côté qui n'était pas là la nuit dernière. Il le prit et ouvrit la carte, reconnaissant l'écriture en spirale de Roni. Son pouls s'accéléra lorsqu'il commença à lire.

Joyeux Noël ! Tu peux imaginer à quel point j'étais excitée d'entendre que Biggs s'était arrangé pour que cela te soit livré. Je te jure que cet homme a des relations partout. J'espère que tu aimeras le cadeau.

Je n'ai eu cesse d'y penser depuis que tu m'en as parlé. Tu verras ce que je veux dire quand tu ouvriras le cadeau. Tu as dû mandater tout le monde pour s'occuper de moi (je t'aime tellement pour ça !) car au cours des cinq derniers jours, j'ai reçu plus d'invitations à dîner que je ne pouvais en accepter. Je n'ai pas très envie d'être avec d'autres personnes, mais chaque soir, je suis allée chez quelqu'un parce que je savais que c'était ce que tu voulais. Quand je suis allée chez Biggs et Red, tout le monde est venu. C'était comme Thanksgiving, sauf que c'était triste, parce que tu nous manquais tellement. Tu dois savoir qu'ils ont fait de leur mieux pour me remonter le moral. Angela m'a envoyé des messages vidéo en se faisant passer pour toi. Ils sont vraiment drôles. Je te les montrerai quand tu rentreras à la maison.

Tu me manques à chaque minute de chaque jour, mais je suis si fière de toi, Quincy. Tu es la personne la plus forte et la plus courageuse que je connaisse, et je suis si chanceuse de partager ma vie avec toi.

Des larmes lui brûlèrent les yeux. *Elle* était la plus forte et la plus courageuse, et c'était *lui* le chanceux.

Je dors dans tes chemises, et je rêve de toi toutes les nuits. Je te jure que quand je me réveille, je sens que tu penses à moi comme je pense à toi. Je t'aime, Quincy, aujourd'hui, demain et pour toujours.

A toi, à tout jamais mon chéri.
Roni

Quincy s'essuya les yeux et se racla la gorge pour essayer d'en atténuer le pincement. Comment diable avait-il eu la chance d'être avec elle ? C'était une réponse qu'il n'obtiendrait jamais, mais il passerait sa vie à lui montrer à quel point il l'adorait. Il renifla la carte, captant un soupçon du parfum de Roni. Peut-être qu'il avait imaginé cela, et si c'était le cas, il s'en fichait. Il la sentit tout près de lui.

Il posa la carte bien droite sur la table de nuit pour pouvoir la voir quand il irait se coucher et prit le paquet, envoyant un remerciement silencieux à Biggs en l'ouvrant.

A l'intérieur, il y avait une boîte à chemise, et quand il retira le couvercle, il trouva un livre blanc à reliure métallique avec

Souvenirs de Noël de Quincy imprimés en rouge au milieu, avec une guirlande et du houx en dessous. Il le sortit de la boîte et ouvrit la couverture, son cœur se serra à la vue du premier dessin que Truman avait laissé près de son lit. Les larmes coulèrent à nouveau lorsqu'il vit le visage de Truman sur un corps d'oiseau, s'envolant dans le ciel avec Quincy, petit garçon, sur son dos. Sous la photo, il y avait l'histoire que Truman lui avait racontée, comme quoi il aurait aimé pouvoir les emmener en avion dans un endroit où les drogues n'existaient pas. Quincy prit une grande inspiration en tournant la page, découvrant une autre des photos qu'il avait perdues, une des roseraies, et une autre histoire qu'il n'avait jamais oubliée. Pendant la demi-heure qui suivit, il s'émerveilla devant des photos et des histoires du passé qu'il souhaitait pouvoir oublier, et en même temps, il ne voulait jamais oublier les moments derrière chacune des images du livre.

Lorsqu'il arriva à la dernière page, son cœur se remplit et les rires fusèrent. Truman avait dessiné une image de Roni assise sur les épaules de Quincy. Il tenait d'une main le tronc du sapin près du sommet alors qu'elle y plaçait l'étoile, et dans son autre main se trouvait son téléphone alors qu'il prenait un selfie d'eux. Sous la photo, la légende indiquait ***Notre premier arbre de Noël parfait***. À côté d'eux se trouvaient deux cœurs rouges reliés entre eux. Sur le cœur de gauche, ***Roni*** était écrit. Entre les deux cœurs, ***Aime*** était écrit verticalement, et dans le cœur de droite, il y avait ***Quincy***, les trois mots étant écrits en noir dans l'écriture en spirale de Roni.

Il essuya ses larmes, puis s'allongea sur le lit pour jeter un second coup d'œil au plus beau cadeau de Noël qu'il ait jamais reçu.

RONI ÉTAIT ASSISE SUR le canapé, sirotant une tasse de chocolat chaud, regardant distraitement les lumières de l'arbre de Noël et les cadeaux en dessous, souhaitant que Quincy soit là. Et puis la culpabilité surgit pour avoir eu cette pensée égoïste alors qu'il faisait quelque chose de beaucoup plus important pour eux. Elle essaya de repousser cette culpabilité, espérant que le cadeau qu'elle avait déposé hier avait égayé sa matinée. Truman avait travaillé dur ces dernières semaines sur ces photos, et elle aurait voulu voir le visage de Quincy quand il avait ouvert le cadeau. Mais elle était sûre qu'il avait encore plus besoin de les voir à présent.

C'était censé être son premier vrai Noël, rempli de bons souvenirs et de *premières fois*. Elle était heureuse qu'il prenne soin de lui et qu'il place sa guérison avant toute chose, mais cela ne l'empêchait pas de lui manquer plus qu'elle n'aurait jamais pu imaginer manquer à quelqu'un ou à quelque chose dans sa vie. Encore plus que la danse lui avait manqué après l'accident.

Malheureusement, ce manque de Quincy amena un assaut d'autres émotions. Des émotions qu'elle avait essayées de cacher à tout le monde, même à Penny, avec qui elle parlait pourtant tous les jours parce qu'elle était tout aussi inquiète pour Quincy que ne l'était Roni. Parler de ce qui leur manquait chez lui, de leurs espoirs et de leurs craintes concernant son rétablissement avait créé un lien affectif entre elles, ce dont Roni était recon-naissante. Mais elle gardait pour elle les sentiments les plus durs parce que Penny et tous les autres avaient assez à faire en se souciant de Quincy, en essayant de s'assurer que Roni allait bien, et en prenant des dispositions pour que Simone aille au

Redemption Ranch dans le Colorado, ce qu'elle, heureusement, avait finalement accepté. Roni pouvait parler à Elisa et Angela des sentiments qu'elle cachait, mais elle ne voulait pas les inquiéter plus qu'elle ne l'avait déjà fait. Elles l'avaient merveilleusement soutenue. Elisa lui avait même dit de prendre des jours de repos, ce que Roni refusa. La dernière chose dont elle avait besoin était de passer plus de temps seule.

Lorsqu'elle se retrouvait seule, les émotions les plus dures l'envahissaient – la tristesse, la colère et la haine – et les plus laides d'entre elles étaient dirigées contre Patrick "Puck" Fulton. Quand le détective l'avait interrogée, il avait fait remonter la peur et la douleur de son accident. Cela la hantait encore. Tard dans la nuit, elle entendait les pneus crisser et ressentait la douleur de l'impact et la dévastation de la perte de tout ce pour quoi elle avait travaillé. Cela renforça sa haine envers Puck. Elle le détestait pour tellement de raisons. Avoir failli tuer Quincy et avoir volé deux ans de sa guérison étaient en haut de la liste, mais cela ne s'arrêtait pas là. Il avait tué un homme innocent, volé la carrière pour laquelle elle avait travaillé si dur, et perturbé la vie que Quincy et elle construisait, et elle était furieuse contre lui d'avoir fait culpabiliser son compagnon pour quelque chose qu'il n'avait pas fait. Heureusement, elle avait appris que quand les forces de police avaient perquisitionné la maison et la voiture de Puck, l'examen balistique d'un de ses nombreux pistolets correspondait à la balle qui avait tué le conducteur de la voiture qui l'avait renversée. Ils avaient aussi trouvé l'ADN de Quincy. Entre ça et l'enregistrement que ce dernier avait obtenu de Puck qui l'avait kidnappé, lui avait injecté de l'héroïne avec l'intention de le tuer et s'était vanté d'avoir tué le conducteur de la voiture qui avait renversé Roni, la police disposait de suffisamment de preuves pour le poursuivre et, avec un peu de chance, l'enfermer pour un long moment. Cela la soulageait un peu, mais pas assez pour atténuer la colère haineuse qui la rongeait.

Elle n'avait jamais été douée pour garder des émotions négatives et elle devait trouver un moyen de les gérer ou de s'en débarrasser. Elle n'avait aucune idée de la façon de s'y prendre, car il était hors de question qu'elle pardonne à ce monstre.

La seule chose dont elle était sûre ces jours-ci était qu'elle avait eu raison de croire en Quincy, et qu'elle avait de la chance d'avoir tant de personnes dans sa vie qui se souciaient d'eux deux. Angela et Joey l'avaient traînée avec eux hier soir pour passer le réveillon de Noël chez les parents d'Angela. Roni ne se sentait pas d'humeur festive et elle ne voulait pas y aller, mais finalement elle était contente d'y être allée. La famille turbulente d'Angela la connaissait depuis si longtemps qu'elle savait comment la faire rire, et elle en avait besoin. Bien que rentrer à la maison dans un appartement vide l'avait laissée triste et seule une fois de plus.

Elle finit son chocolat chaud et posa sa tasse dans l'évier quand on frappa à la porte du balcon. Elle jeta un coup d'œil à l'horloge de la cuisinière, se demandant qui pouvait bien se présenter à sept heures le matin de Noël. Elle traversa la pièce et jeta un coup d'œil entre les rideaux. Angela fit un signe de la main de l'autre côté de la vitre. Elle portait un bonnet de Père Noël rouge et tenait un récipient en plastique. Elle le souleva en faisant une danse joyeuse lorsque Roni ouvrit la porte.

— Joyeux Noël, mon sucre d'orge ! Il fait froid ici, dit Angela en la dépassant.

Elle regarda Roni d'un air perturbé en posant le récipient sur la table.

— Qu'est-ce qui se passe ici ?

Elle pointa un doigt vers Roni.

— Un peu de folie à la Britney Spears mélangée au style Billie Eilish et aux cheveux Helena Bonham Carter ?

Roni baissa les yeux sur sa tenue.

— C'est le pantalon de survêtement que Quincy m'a prêté la première nuit où je suis restée ici, et c'est son T-shirt le plus doux, et…

Elle leva la main et toucha ce qui avait été un chignon la nuit dernière mais qui était désormais un enchevêtrement qui pendait sur le côté de sa tête, ce qui la fit rire, tout comme Angela.

— Ah, Roni. Je suis désolée qu'il ne soit pas là.

Angela la prit dans ses bras.

— Je suis désolée. Je sais que rien ne peut remplacer Quincy, mais au moins tu as la meilleure amie du monde, qui t'a fait des brioches à la cannelle.

Elle retira le couvercle, libérant un arôme appétissant.

— Tu es une déesse. Merci.

Roni en a pris une. Elle en mangea une bouchée, et cette friandise était exactement ce dont elle avait besoin.

— Mmm. Ce sont les meilleures.

— Je les ai faites avec beaucoup d'amour, ce qui veut dire beaucoup de cannelle et de glaçage dit Angela en ôtant son manteau. Tu ne vas pas voir Gemma et les enfants ce matin pour ouvrir les cadeaux ? Je ne suis pas sûre qu'ils apprécient ton nouveau look.

— J'ai quelques heures avant de devoir y aller.

Roni attrapa des assiettes et des serviettes et elles s'assirent.

— Ne devrais-tu pas être avec Joey pour fêter Noël ?

— Je lui ai fait un câlin et il s'est rendormi. Donc, je suis là avec ma copine.

Elle sortit un petit cadeau de sa poche et le posa sur la table.

— Joyeux Noël !

Roni se leva d'un bond, se sentant déjà plus heureuse, et alla vers le sapin pour récupérer le cadeau d'Angela.

— Joyeux Noël à toi aussi.

Elle le lui tendit.

— C'est pour Joey et toi.

— On compte jusqu'à cinq ? proposa Angela au moment où Roni s'asseyait.

Roni hocha la tête. Elles comptaient jusqu'à cinq au lieu de trois depuis qu'elles étaient toutes petites, mais aucune ne se souvenait pourquoi. Elles comptèrent ensemble, *Un. Deux. Trois. Quatre. Cinq* ! et ouvrirent leurs cadeaux. Roni observa Angela ouvrant le sien au lieu d'enlever le haut du cadeau qu'elle lui avait offert.

— *Waouh.*

Angela sortit de la boîte le caraco et la culotte en cuir et dentelle rouge et noir.

— Roni, je ne peux pas accepter ça. J'ai vu leurs produits en ligne. Ils sont vraiment chers.

— Dixie et Jace m'ont fait une grosse remise. J'ai même pris quelque chose pour moi, pour quand Quincy rentrera.

— Dans ce cas, je l'*adore*. Merci.

Angela se pencha en avant et la serra dans ses bras.

— Ouvre le tien.

Roni ouvrit la boîte et en retira un porte-clés qui détenait la moitié du cœur de sa meilleure amie.

— C'est magnifique. Merci.

Angela fouilla dans la poche de son sweat-shirt et posa une boîte identique sur la table.

— C'est l'autre moitié. C'est pour Quincy. Nous serons

toujours meilleures amies, mais avec l'amour naît un autre type de meilleure amie, et je veux que tu saches que je vous aime tous les deux et je serai heureuse de partager mon statut de meilleure amie avec ton homme.

— Oh, *Ang*.

Roni prit Angela dans ses bras, les larmes lui piquant les yeux.

— Je t'aime tellement. Merci. Cela signifie beaucoup à mes yeux.

— Je suis contente que ça te plaise. Écoute, Roni. On sait toutes les deux que tu ne me dis pas tout sur ce que tu ressens avec Quincy en désintox et la découverte que la balle lui était destinée, et c'est normal. Ta grand-mère t'a élevée à la dure et je sais que tu aimes te terrer et faire ton deuil à ta façon. Tu as essayé de le faire après ton accident et encore quand grand-mère est morte. Je comprends tout à fait.

— Je suis désolée, dit doucement Roni.

— Ne le sois pas. Chaque amitié comporte une sorte de rapport de force. Tu es la fille qui pousse, et je vais toujours me frayer un chemin dans ta vie, même quand tu me dis de ne pas le faire, parce que même si tu as beaucoup de nouveaux amis et un homme qui t'adore, personne ne peut prendre la place de la fille qui t'a donné ta première serviette hygiénique quand tu as eu tes règles pendant le cours de danse.

Elles éclatèrent de rire toutes les deux.

— Je n'arrive pas à croire que tu aies parlé de cela, dit Roni alors qu'un autre coup retentit aux portes du balcon.

Elle se leva pour répondre.

— Est-ce que Joey te rejoint ici ?

— Nan.

Elle écarta les rideaux et vit Truman de l'autre côté, un

chapeau noir rabattu sur son front, le col de son manteau relevé, sa barbe repliée sur sa poitrine.

— Salut, dit-elle en ouvrant la porte, une bouffée d'air froid l'envahissant. Entre.

— Salut, Roni.

Il fit signe à Angela.

— Salut, Angela. Joyeux Noël.

Angela sourit.

— Salut, Tru. Toi aussi.

Truman braqua un regard sérieux sur Roni.

— Je suis vraiment désolé de vous interrompre mais j'ai besoin que tu t'habilles et que tu viennes avec moi.

Le ton de sa voix fit naître la panique en elle.

— Qu'est-ce qui se passe ? C'est Quincy ?

— Oui, c'est Quincy.

CHAPITRE VINGT-SIX

LA ROUTINE ÉTAIT ESSENTIELLE à la guérison de Quincy. La première fois qu'il était allé en désintox, il avait dû comprendre ce que cela impliquait. Maintenant, il savait tout de la routine, mais en créer une qui n'incluait pas de passer du temps avec Roni ou un message vidéo de sa part était une agonie. Il profitait d'à peu près toutes les thérapies proposées par le centre, du yoga en douze étapes à la régulation émotionnelle, en passant par la musicothérapie et la gymnastique. Certains jours, il allait deux fois à la salle de gym. Il utilisait le banc de musculation quand il fut appelé dans la salle de réunion numéro trois.

Il frappa.

— Entrez.

Quincy ouvrit la porte, titubant à la vue de Roni qui se tenait à quelques mètres, magnifique dans un pull rouge et un jean noir, des larmes visibles derrière ses lunettes.

— Ma chérie… ?

Ils se précipitèrent l'un vers l'autre et elle se jeta dans ses bras, leurs bouches s'écrasant l'une contre l'autre. Leurs larmes salées glissèrent entre leurs lèvres. Son cœur était sur le point d'exploser.

— Comment es-tu entrée ici ?

Il jeta un coup d'œil dans la pièce et vit Truman debout près de la porte, le bonheur étant tellement présent dans ses yeux que c'était palpable.

— Biggs a tiré quelques ficelles de plus, déclara Truman.

Avec un bras autour de Roni, Quincy se dirigea vers lui, les embrassant tous les deux, car il était hors de question qu'il la lâche.

— Merci, mec. Pour tout. Ces photos sont…

Il essaya de trouver le mot juste et réalisa qu'il n'en avait pas besoin. Truman avait été là à chaque étape du chemin, tout comme il l'était maintenant. Le pilier de son enfance et la flèche à suivre, le garçon devenu homme qui lui avait appris à aimer, protéger *ainsi que* diriger les autres *et* lui-même. Il n'avait peut-être plus besoin de suivre Truman, mais il était sacrément reconnaissant qu'il soit resté à ses côtés pour qu'ils puissent profiter du futur qu'ils méritaient tous les deux.

— Joyeux Noël, mon frère, lança Truman. Ils vous donnent une demi-heure, alors je vais vous laisser un peu d'intimité.

En quittant la pièce, Quincy entoura à nouveau Roni de ses bras, la serrant très fort.

— Mon Dieu, tu m'as tellement manqué.

— Toi aussi, dit-elle à travers les larmes.

Quand il essaya de se pencher en arrière pour voir son visage, elle le serra encore plus fort.

— Je ne te lâcherai pas, murmura-t-elle.

— Moi non plus, ma chérie.

Il se mit sur une chaise avec elle sur ses genoux, et ils se tinrent longtemps sans dire un mot. Mais Quincy était conscient des minutes qui défilaient, et il avait besoin de voir les yeux de Roni pour savoir si elle allait vraiment bien.

Il se dégagea et encadra son beau visage entre ses mains,

essuyant ses larmes avec la pointe de ses pouces. Un nœud se forma dans ses tripes à la vue de la tristesse dans ses yeux.

— J'aime mon cadeau. Merci d'avoir demandé à Tru de dessiner les images et d'écrire les histoires et de les avoir mises dans le livre. La dernière image est ma préférée.

Sa lèvre inférieure trembla, mais elle ramena ses épaules en arrière, faisant un effort considérable pour esquisser un sourire, la fausseté de celui-ci le déchirant.

— Moi aussi, dit-elle doucement.

— Tu devrais ouvrir les cadeaux que j'ai mis sous le sapin.

Quand elle baissa les yeux, il releva son menton.

— Parle-moi, chérie. Comment vas-tu ? Tu vas au travail ? Tu passes du temps avec Angela ou les filles ? Tu as besoin de quelque chose ?

— Je vais bien. Je vais travailler et je vois des gens pour le dîner.

— La vérité, ma puce, tu te souviens ? On s'est promis d'être honnêtes.

Des larmes ruisselèrent sur ses joues et elle éclata en sanglots. Elle s'accrocha à lui et enfouit son visage dans son cou.

— Je ne vais pas bien. Tu me *manques*, et j'ai tellement de colère et de haine en moi pour Puck et toutes les choses qu'il t'a faites, à moi, à ce pauvre homme qu'il a tué. Je ne sais pas quoi faire de tout cela. J'ai peur de ne jamais pouvoir m'en débarrasser, dit-elle en haletant. Et voilà que je te déballe tout alors que je devrais te demander comment tu vas. Je suis désolée.

Sa confession le laissa à vif, le cœur brisé, et déterminé à l'aider.

— Regarde-moi, ma belle.

Elle se recula et il essuya ses larmes.

— Je vais bien, la rassura-t-il. Je gère la situation, Roni, et je m'inquiéterai pour toi, que tu me dises ce qui va ou pas, parce que je le vois. Je le ressens. Tu fais partie de moi, ma belle, et cela ne cesse pas parce que des kilomètres nous séparent.

Il appuya ses lèvres sur les siennes, pensant à la façon dont elle évacuait le stress et se souvint de la façon dont elle avait dit qu'elle avait dansé tard le soir après le décès de sa grand-mère pour surmonter son chagrin.

— Tu danses après le travail ?

Elle secoua la tête.

— Je n'ai pas le temps. Tout le monde est si gentil et me soutient, et j'ai pensé que tu voudrais que je sois avec eux, alors j'ai pour habitude d'aller directement chez l'un d'entre eux quand je sors.

— Écoute-moi bien, chérie. J'aime que tu voies des gens parce que tu sais que je ne veux pas que tu sois seule, mais c'est *mon* désir égoïste de combler un vide pour toi pendant que je suis ici. Mais ce n'est peut-être pas le bon vide. J'ai besoin que tu prennes soin *de toi* d'abord et avant tout pendant que je suis ici à prendre soin de moi, et si cela signifie que tu danses au lieu de voir tes amis, alors fais-le. Ne laisse pas la laideur de ce bâtard te ronger et détruire ta beauté. Tu *as besoin* d'évacuer cette colère et cette haine de ton système et la danse a toujours été ton exutoire. Promets-moi que tu prendras le temps de le faire.

En hochant la tête, elle inspira profondément, laissant échapper un long soupir en prenant sa main et en la pressant contre sa poitrine.

— Tu sens à quelle vitesse mon cœur bat ?

Elle la garda pendant que son cœur se calmait, puis un sourire sincère apparut.

— Tu savais exactement ce dont j'avais besoin. Comment ai-je pu oublier la seule chose sur laquelle je comptais depuis si longtemps ?

— Parce que nous n'avons pas été stressés ces dernières semaines, et que le temps supplémentaire que tu as passé à danser était pour le plaisir. Mais tu es de nouveau en convalescence, chérie. Tu as revécu l'accident quand la police t'a interrogée, et j'ai pu voir comment cela a fait remonter toute cette douleur et cette colère. Si tu ajoutes à cela le fait que ton petit ami en est au sixième jour de sa thérapie, cela fait beaucoup à gérer. Tu as besoin de danser et d'utiliser cet exutoire autant que tu le peux.

Il lui frotta les hanches.

— Et n'oublie pas de te faire plaisir après, en prenant des bains chauds ou en te faisant masser. Je paierai pour ça.

— Je veux bien danser, mais je ne veux que tes mains sur mon corps.

Elle se blottit à nouveau contre lui et passa ses doigts dans ses cheveux.

Il ferma brièvement les yeux, se délectant de son toucher.

— Ma puce, ce serait peut-être une bonne idée que tu parles à quelqu'un. Un thérapeute. As-tu parlé à quelqu'un après ton accident ?

— Il y avait quelqu'un à l'hôpital, mais pas vraiment.

— Je sais, étant donné la façon dont tu t'es tenue à l'écart après la mort de ta grand-mère, que tu aimes gérer les choses en privé. Mais certaines choses sont trop dures pour pouvoir les régler seule. Es-tu prête à parler à quelqu'un ?

Elle croisa son regard et hocha la tête.

— Oui. Grâce à toi, j'apprends à quel point la communication est importante.

— Nous trouverons le nom d'un thérapeute qui connaît bien le deuil et la guérison avant que tu ne partes d'ici.

Il jeta un coup d'œil à l'horloge, et son cœur se serra, mais il essaya de ne pas laisser paraître cette déception dans sa voix.

— Notre temps est presque terminé. Prends beaucoup de photos pour moi quand tu fêteras Noël avec les enfants, et au mariage de Jed et Josie ce soir. Qui va être le témoin ?

— En fait, ils ont reporté le mariage. Jed a dit qu'il ne pouvait pas se marier sans la présence de son meilleur ami.

Quincy détestait avoir gâché leur mariage, mais il aimait l'engagement de Jed envers lui.

— Sacré Jed.

— Ils le reportent au jour où il a fait sa demande.

— Quand ?

Il lui parla de la première demande spontanée de Jed, et de la seconde, planifiée.

— La première fois. Ils vont se marier en février.

— Ok, eh bien, ça craint que je gâche leur mariage, mais je suis content de pouvoir y assister. As-tu eu des nouvelles de Simone ou Penny ? Est-ce qu'elles vont bien ?

— Oui. Diesel prend l'avion avec Simone pour aller à *Redemption Ranch* demain, et Penny et moi parlons tous les jours. Elle s'inquiète pour toi, mais comme nous tous, elle a foi en toi.

— J'apprécie beaucoup. Je déteste avoir fait subir cela à tout le monde. Au moins, je serai sorti à temps pour te voir au Spectacle d'Hiver.

— *Tu* ne nous fais rien endurer, Quincy. Tu n'as pas pris ces drogues. C'est la faute de Puck, et ils l'ont arrêté.

Elle le mit au courant de ce que Truman et Biggs lui avaient dit.

— Et tu sais quoi ?

— Je sais beaucoup *de choses.* Le plus important étant que je t'aime, ma belle.

Elle colla ses superbes lèvres aux siennes.

— Je suis heureuse que la désintoxication n'ait pas entamé ton pouvoir de séduction. Ce ne sont que vingt-quatre jours de plus. Ce sont des jours *importants*, et oui, ils seront terriblement durs, mais je verrai un thérapeute et je recommencerai à danser, et tu travailleras sur ta guérison. Après ces vingt-quatre jours difficiles, nous serons encore plus forts. C'est un petit prix à payer quand nous avons l'éternité devant nous.

CHAPITRE VINGT-SEPT

LE JOUR DE L'AN, il y eut trente centimètres de neige et de glace et l'hiver demeura en force tout au long du mois de janvier. Mais comme pour annoncer les choses à venir, lorsque Quincy sortit du centre de désintoxication après avoir terminé son programme de trente jours, le soleil brillait, sa copine souriait et l'air vif de l'hiver n'avait jamais été aussi bon. Ils se dirigèrent vers la voiture de Roni, il jeta son sac sur le siège arrière et la prit dans ses bras, la soulevant du sol et l'embrassant aussi profondément et passionnément qu'il en avait rêvé depuis trop longtemps. Elle fit ces sons sensuels qu'il aimait tant, touchant ses bras et son dos.

Elle se détourna de sa bouche, les yeux sombres et affamés.

— Tu as *sacrément* pris du muscle.

— Je suppose que ces séances d'entraînement deux fois par jour ont payé.

— C'est sûr. Je suis impatiente d'enlever tes vêtements.

Mon Dieu, il l'adorait.

— Sortons d'ici, ma belle et passons les prochaines vingt-quatre heures nus dans les bras de l'autre.

Ils s'installèrent dans leurs sièges, et pendant qu'ils roulaient, Roni parlait à une vitesse folle de la joie qu'elle ressentait à l'idée qu'il rentre à la maison, de l'efficacité de la thérapie et de l'excitation qu'elle ressentait à l'idée de danser *pour lui* lors du spectacle.

— Angela et moi avons emmené Kennedy et Lincoln pour deux rendez-vous, et les enfants et moi avons organisé une soirée pyjama un soir pour que Tru et Gemma puissent faire une pause. Nous nous sommes tellement amusés.

Elle le regarda, les sourcils froncés, et il se rendit compte qu'il la dévisageait, mais il ne pouvait pas détourner le regard. Il lui serra la main, persuadé de sourire comme un imbécile.

— Est-ce que je parle trop ? Je suis juste tellement heureuse que tu sois sorti et je veux te mettre au courant de tout.

— Ça ne me dérange pas que tu parles trop.

Il souleva sa main et en embrassa le dos.

— Ta voix m'a manqué autant que tout le reste de ta personne. Tu es devenue encore plus belle, ma chérie. Je ne peux pas m'empêcher de te regarder.

Elle rougit et tourna sur une route secondaire.

— Où va-t-on ?

— J'ai besoin de faire un arrêt rapide avant de rentrer à la maison, répondit-elle. Ça ne prendra qu'une minute.

Quand elle tourna dans l'ancienne rue de Dixie, bordée par les voitures et les camions de ses amis et de sa famille, il réalisa que quelque chose se tramait.

— Je suppose que Tru et Gemma ont acheté la maison de Dixie après tout, non ? C'est bien Jace qui a réussi à la faire vendre et à accélérer l'arrivée de son bébé ?

— En parlant de bébés, dit-elle en se garant derrière le camion de Bullet. Je ne peux pas croire que j'ai oublié de mentionner que Bullet et Finlay ont eu une petite fille. C'est la chose la plus mignonne que j'ai jamais vue.

Ils descendirent du véhicule et se dirigèrent vers le chemin.

— Son nom est Tallulah Wren, et ils l'appellent Lulu. Elle a une touffe de cheveux noirs, comme Bullet, et les grands yeux bleus de Finlay. Bullet ne la laisse jamais. Je pense qu'il est plus doué pour les bébés que Jace.

— Je suis impatient de la rencontrer, dit-il en attirant Roni dans ses bras. Ma Puce, avant d'entrer et de se laisser distraire par tout le monde, je veux te remercier d'avoir cru en moi et d'être resté à mes côtés. J'aurais aimé être là pour toi le mois dernier pendant que tu gérais tous ces sentiments négatifs. Je ferai tout ce qui est en mon pouvoir pour être là pour toi à partir de maintenant. Tu es ma moitié, *mon amour*, le visage que je vois quand je ferme les yeux, et la seule personne que je veux dans mes bras la nuit. Je t'adore, ma belle, et j'espère que lorsque nous serons vieux et grisonnants, tu repenseras à notre vie ensemble et que tu n'auras aucun regret, car moi, je n'en aurai aucun.

Des larmes coulèrent de ses yeux et elle les essuya.

— Le seul regret que j'aurai sera d'entrer dans la pièce avec un eyeliner qui a coulé.

Elle se dressa sur la pointe des pieds et pressa ses lèvres contre les siennes. Dès qu'ils franchirent la porte, tout le monde cria "Bienvenue à la maison".

Quincy passa d'une paire de bras aimants à l'autre tandis que tout le monde le félicitait et disait à quel point ils étaient fiers de lui, ce qui lui fit ressentir une vague d'émotions. La dernière fois qu'il était sorti de désintoxication, il connaissait à peine ces amis qui étaient devenus sa famille, et maintenant il ne pouvait pas imaginer sa vie sans eux. Tout le monde parlait en même temps. Plusieurs enfants se rapprochèrent pour un câlin collectif. Les filles lui dirent qu'il leur avait manqué et les garçons plaisantèrent et dirent des conneries. C'était génial d'être de retour avec tout le monde, même s'ils l'avaient coincé dans le hall d'entrée.

Bullet tenait bébé Lulu dans un bras, adorable dans une grenouillère rose. Elle avait tellement de cheveux noirs qu'on aurait dit une perruque et la façon dont il la tenait montrait clairement qu'elle ne quittait jamais ses bras, même quand il étreignit Quincy avec un seul bras.

— Je t'aime, mec.

— Je t'aime moi aussi. Félicitations pour cet adorable petit bout.

Quincy chatouilla les pieds du bébé.

— Tallulah, hein ? Super nom.

— Ouais, c'est Kennedy qui l'a trouvé. J'aurais appelé cette petite chérie comme elle le voulait. Nous allons rattraper le temps perdu, déclara Bullet alors que Penny le dépassait et se collait contre Quincy.

— Je suis si heureuse que tu sois de retour, dit Penny les larmes aux yeux.

— Moi aussi, Pen. Scott et toi, ça va ?

Il lui jeta un coup d'œil, debout au bord du salon avec Truman, Bear et Bones, tous souriants.

— Oui, oui.

Penny renifla, resserrant son emprise sur lui.

— Laisse-moi entrer.

Dixie les entoura de ses bras.

— Tu as enfin trouvé ta copine après tous ces mois et il *fallait* que tu lui fasses passer un grand test, n'est-ce pas ?

Il ricana.

— Tu m'as manqué aussi, Dix.

— Ok, les petites chouineuses, laissez maman Red passer.

Red leur arracha Quincy et le serra encore plus fort qu'elles ne l'avaient fait.

— Je suis heureuse que tu sois à la maison, mon cœur. On est tous là pour toi.

Bon sang, s'il ne se sentait pas ému à nouveau.

— Merci, Red.

Jed se rapprocha et Quincy accepta le fait qu'il allait probablement passer les prochaines heures à *pleurer*.

— Désolé pour ton mariage, mec.

Jed lui donna une tape dans le dos.

— T'inquiète pas. Je suis juste content que tu ailles bien. Je t'aime.

— Je t'aime aussi, répondit Quincy en étant entraîné dans une autre étreinte.

Quelques embrassades plus tard, il se tenait devant Truman, qui portait Lincoln dans ses bras et son cœur eut l'impression qu'il allait battre à tout rompre.

— Tu as réussi, mon frère.

Truman le serra dans ses bras.

— Je suis tellement fier de toi.

— Tro Tro fier, dit Lincoln, faisant rire tout le monde.

— Viens ici, p'tit bonhomme.

Quincy prit Lincoln dans ses bras et appuya sa joue contre la sienne.

— Tu m'as manqué, mon pote, murmura-t-il.

— A moi aussi ! hurla Kennedy en courant, les bras en l'air.

— Viens ici, ma puce.

Quincy la hissa dans son autre bras et l'embrassa aussi.

— Vous m'avez manqué les enfants.

— Dormi dans le lit de Zolie ! lâcha Lincoln à voix haute, ce qui provoqua de nouveaux rires.

Quincy adressa un clin d'œil à Roni, qui se tenait avec Penny et Angela, appréciant qu'elle les ait inclus, Joey et elle, dans leur fête.

— Je m'en vais pendant un mois et tu emménages chez ma copine ? Je vais devoir t'apprendre le respect, bonhomme. Heureusement que je t'aime.

Lincoln se dégagea de son étreinte.

— T'aime aussi Incy !

— Viens à la maison ! Je veux jouer ! s'exclama Kennedy alors que Quincy la déposait et qu'elle courait hors du hall d'entrée.

Tout le monde se dirigea vers le salon, mais Quincy tendit la main à Roni, voulant un moment seul avec elle.

— Enlève ton manteau et reste un peu. C'est trop ? Tout le monde voulait te voir.

Il suspendit son manteau.

— Tout est parfait. Merci. Je suis si heureux que tu aies intégré Angela et Joey.

— Quincy Gritt, viens ici, fiston, cria Biggs quand sa bouche se posa sur la sienne.

Le jeune homme sourit contre ses lèvres.

— J'en veux d'autres plus tard.

Il passa son bras autour de ses épaules, embrassant sa tempe alors qu'ils entraient dans le salon, où une bannière **Bienvenue à la maison** était accrochée au-dessus de la cheminée, et sur le manteau se trouvait la photo de Roni et lui s'embrassant sur la diapositive qui avait été sur leur table de nuit. Il y avait plusieurs autres photos de l'appartement, ainsi que de nouvelles photos de son couple qu'ils avaient prises depuis la chasse au trésor. Le silence retomba dans la pièce lorsque son regard se porta sur le canapé de Roni et sa chaise orange. Tout le monde l'observait alors qu'il essayait de donner un sens à la présence de ses meubles et de ceux de Roni. Leurs livres remplissaient les étagères et son diplôme d'études supérieures était encadré et accroché au mur à côté du diplôme de *Juilliard* de Roni. Leur sapin de Noël tordu, avec les mêmes cadeaux en dessous qui étaient là quand il est allé en cure de désintoxication, se trouvait dans le coin de la pièce.

— Bienvenue à la maison, Quincy, dit doucement Roni en le regardant. J'ai pensé qu'on aurait besoin d'un nouveau départ, alors j'ai loué la maison de Dixie. C'est seulement 200 dollars de plus que ce qu'on payait pour ton appartement et je peux payer la différence. Ta confiance en moi et en ma danse m'a vraiment touchée. Avec tes encouragements et certaines choses utiles que j'ai apprises sur moi-même en thérapie, j'ai décidé de parler avec Raya et Elisa de la possibilité de monter un spectacle de danse contemporaine en solo deux fois par an au théâtre. Ce sera mon propre projet, sans passer par le studio de danse. Elisa est d'accord et Raya pense que c'est une bonne idée.

Ils avaient tous les deux les larmes aux yeux.

— Chérie, tout ça, et puis encore *ça* ?

Elle haussa les épaules.

— Est-ce que c'est trop, trop vite ?

Il la prit dans ses bras.

— Non, ma chérie. C'est parfait, tout comme toi. Mais tu ne paieras pas le supplément du loyer.

Les ricanements des gars et les exclamations des filles s'élevèrent autour d'eux alors qu'il l'embrassait, suscitant sifflets et acclamations.

— Cette année, on loue la maison, dit-il doucement. L'année prochaine, on prendra peut-être un chiot.

Il posa ses lèvres sur les siennes et la salle devint silencieuse.

— Puis une bague, et l'année suivante, un mariage.

Il resserra son emprise sur elle.

— On aura tout le temps de s'entraîner à faire des bébés pendant qu'on avancera vers notre avenir.

Des huées et des acclamations retentirent et il l'écrasa contre lui.

— Merci de m'accepter, mon passé et moi.

Elle le regarda avec tant d'amour dans ses yeux et dans son cœur, qu'il en était inondé.

— Je t'aime, tes ténèbres et toi, Quincy. Je t'aimerai éternellement.

— J'ai embrassé Zolie cria Lincoln, alors qu'il abaissait ses lèvres sur les siennes.

C'est à ce moment-là que Quincy sut qu'il avait enfin, et de façon extatique, trouvé *sa place*.

Découvrez la novella sur Penny et Scott dans *À nos horizons*. Retrouvez un premier aperçu de Diesel et Tracey dans *À l'état brut* mais également un premier avant-goût des Braden de Weston dans *Au cœur de l'amour*. Mais ce n'est pas tout car après ces premiers extraits, vous aurez un bonus en cliquant sur le lien qui vous mènera vers deux des photos que Quincy a reçues dans son livre de Noël de la part de Roni.

Quand tout ce dont vous rêvez est juste en face de vous, mais toujours hors de portée…

Penny Wilson est heureuse en affaires, elle a plus d'amis qu'une femme ne pourrait en désirer et un petit ami dont elle est passionnément amoureuse. Scott Beckley est honnête, fidèle, de loin l'amant le plus talentueux de la planète et absolument fou de ses nièces et de ses neveux. Scott est le genre d'homme que l'on épouse… sauf que Penny n'a toujours pas entendu les trois fameux mots qui pourraient propulser leur relation au niveau supérieur. Scott a fui les maltraitances de ses parents à l'âge de dix-sept ans. Il s'est frayé un chemin dans le monde sans l'aide de personne. Même si cela fait plus de dix ans, et que depuis, il a retrouvé les sœurs dont il s'était éloigné et s'est bâti une belle vie à Peaceful Harbor, dans le Maryland, son passé le tourmente toujours. Penny sait qu'il l'aime de tout son cœur, mais entre une fille qui rêve d'une famille et un homme qui redoute d'en avoir une, l'amour ne suffira peut-être pas.

Desmond "Diesel" Black est un "Nomade" chez les Dark Knights, un club de bikers. Il protège les autres au péril de sa vie et roule toujours seul. Tracey Kline a laissé la seule famille qu'elle avait pour un homme qui a brisé plus que son esprit, la laissant seule et incapable de faire confiance de nouveau. Quand un revirement du destin révèle des morceaux de leurs passés et que personne d'autre ne voit, seront-ils capables de s'aider à réparer leurs blessures? Pourront-ils apprendre à faire confiance à l'alchimie et la connexion qui est trop forte pour être ignorée?

Bonus pour Aime-moi dans tes ténèbres

J'ai tellement adoré l'idée des images que Truman et Roni ont dessinées pour Quincy que j'ai décidé d'en faire réaliser deux d'entre elles. Cliquez ci-dessous pour découvrir celles que j'ai choisies.

www.MelissaFoster.com/bonus-content

Fan des romans de Melissa ?

Les Whiskeys sont une des familles qui font partie de la série Amour Sublime. Il s'agit d'une série de romances familiales mettant en scène des héros farouchement dévoués, des héroïnes insolentes et sexy, et des histoires qui dépasseront toutes vos attentes ! Cliquez ci-dessous pour découvrir cette série: www.MelissaFoster.com/Amour-Sublime

Autres livres par Melissa
(en anglais)
English Editions

<u>LOVE IN BLOOM SERIES</u>

SNOW SISTERS
Sisters in Love
Sisters in Bloom
Sisters in White

THE BRADENS at Weston
Lovers at Heart, Reimagined
Destined for Love
Friendship on Fire
Sea of Love
Bursting with Love
Hearts at Play

THE BRADENS at Trusty
Taken by Love
Fated for Love
Romancing My Love
Flirting with Love
Dreaming of Love
Crashing into Love

THE BRADENS at Peaceful Harbor
Healed by Love
Surrender My Love
River of Love
Crushing on Love

Whisper of Love
Thrill of Love

**THE BRADENS & MONTGOMERYS at Pleasant Hill –
Oak Falls**
Embracing Her Heart
Anything for Love
Trails of Love
Wild Crazy Hearts
Making You Mine
Searching for Love
Hot for Love
Sweet Sexy Heart
Then Came Love
Rocked by Love
Falling For Mr. Bad (Previously *Our Wicked Hearts*)
Claiming Her Heart

THE BRADEN NOVELLAS
Promise My Love
Our New Love
Daring Her Love
Story of Love
Love at Last
A Very Braden Christmas

THE REMINGTONS
Game of Love
Stroke of Love
Flames of Love
Slope of Love
Read, Write, Love
Touched by Love

SEASIDE SUMMERS

Seaside Dreams
Seaside Hearts
Seaside Sunsets
Seaside Secrets
Seaside Nights
Seaside Embrace
Seaside Lovers
Seaside Whispers
Seaside Serenade

BAYSIDE SUMMERS

Bayside Desires
Bayside Passions
Bayside Heat
Bayside Escape
Bayside Romance
Bayside Fantasies

THE STEELES AT SILVER ISLAND

Tempted by Love
My True Love
Caught by Love
Always Her Love

THE RYDERS

Seized by Love
Claimed by Love
Chased by Love
Rescued by Love
Swept Into Love

THE WHISKEYS: DARK KNIGHTS AT PEACEFUL HARBOR

Tru Blue
Truly, Madly, Whiskey
Driving Whiskey Wild
Wicked Whiskey Love
Mad About Moon
Taming My Whiskey
The Gritty Truth
In for a Penny
Running on Diesel

THE WHISKEYS: DARK KNIGHTS AT REDEMPTION RANCH

The Trouble with Whiskey
For the Love of Whiskey

SUGAR LAKE

The Real Thing
Only for You
Love Like Ours
Finding My Girl

HARMONY POINTE

Call Her Mine
This is Love
She Loves Me

THE WICKEDS: DARK KNIGHTS AT BAYSIDE

A Little Bit Wicked
The Wicked Aftermath
Crazy, Wicked Love
The Wicked Truth
His Wicked Ways

SILVER HARBOR
Maybe We Will
Maybe We Should
Maybe We Won't

WILD BOYS AFTER DARK
Logan
Heath
Jackson
Cooper

BAD BOYS AFTER DARK
Mick
Dylan
Carson
Brett

<u>HARBORSIDE NIGHTS SERIES</u>
Includes characters from the Love in Bloom series
Catching Cassidy
Discovering Delilah
Tempting Tristan

More Books by Melissa
Chasing Amanda (mystery/suspense)
Come Back to Me (mystery/suspense)
Have No Shame (historical fiction/romance)
Love, Lies & Mystery (3-book bundle)
Megan's Way (literary fiction)
Traces of Kara (psychological thriller)
Where Petals Fall (suspense)

Remerciements

J'espère que vous avez adoré l'histoire de Quincy et Roni autant que j'ai aimé l'écrire.

Si vous découvrez mes textes, notez que tous mes livres peuvent être lus indépendamment les uns des autres. Les personnages apparaissent dans d'autres séries, de sorte que vous ne raterez jamais de fiançailles, de mariages ni de naissances. Pour en savoir plus sur la série *Amour sublime* et mes autres titres en anglais, c'est ici :
www.MelissaFoster.com/Melissas-Books

Je propose plusieurs ebooks gratuits. Ce sont les tomes 1 de chaque série. Vous pouvez les retrouver ici :
www.MelissaFoster.com/LIBFree

Je discute souvent avec mes lecteurs sur Facebook. N'oubliez pas de rejoindre mon groupe !
www.Facebook.com/groups/MelissaFosterFans

Suivez ma page d'auteur sur Facebook ou Instagram pour des concours et les dernières informations sur les mondes de vos héros préférés.
www.Facebook.com/MelissaFosterAuthor et
www.Instagram.com/Melissafoster_Author

Si vous préférez les romances plus douces, sans scènes explicites ni langage cru, découvrez ma série en anglais, *Sweet with Heat*, sous le nom de plume, Addison Cole. Vous y trouverez les mêmes histoires d'amour, en un peu moins torrides.

Les illustrations figurant à la fin de cette histoire ont été réalisées par Oliver Harbour, un artiste exceptionnel, un ami attentionné et un homme tout à fait extraordinaire. Merci, Ollie, d'avoir partagé ton talent avec moi.

Merci à ma formidable équipe éditoriale, Kristen Weber et Penina Lopez, et à mes méticuleuses relectrices, Elaini Caruso, Juliette Hill, Marlene Engel, Lynn Mullan, Justin Harrison et Lessa Owen ; et pour la traduction française à Judy Leeta. En dernier, mais non des moindres, un énorme merci à ma famille pour sa patience, son soutien et son inspiration.

Retrouvez Melissa

Melissa Foster est une auteure primée, dont les best-sellers figurent aux classements du New York Times et de USA Today. Ses livres sont recommandés par le blog littéraire de USA Today, le magazine Hagerstown, The Patriot et de nombreuses autres revues. Melissa a peint et fait don de plusieurs fresques murales pour l'hôpital des enfants malades à Washington, DC.

Retrouvez Melissa sur son site web ou discutez avec elle sur les réseaux sociaux. Melissa aime parler de ses livres avec les clubs de lecture et les groupes de lecteurs. N'hésitez pas à l'inviter à vos événements. Les livres de Melissa sont disponibles dans la majeure partie des boutiques en ligne, en version papier et numérique.

Melissa écrit également des romances douces (sans scènes explicites) sous le nom de plume Addison Cole.

www.ingramcontent.com/pod-product-compliance
Lightning Source LLC
Chambersburg PA
CBHW051000210726

48287CB00004B/1305